非戦を貫く
三〇〇人詩集

鈴木比佐雄・佐相憲一＝編

コールサック社

目次

序詩

一章　彼も人なり、我も人也

二章　「爆弾三勇士」を強制した歴史

五章　地球を抱いて生きる沖縄

六章　沖縄の心と共に

七章　広島・長崎

九章　八月十五日

十章　苦悩する他者たち

十一章　交戦権は認めない憲法

十三章　平和創造

序詩

農民芸術概論綱要

宮沢　賢治（みやざわ　けんじ）
1896年～1933年、岩手県生まれ。『銀河鉄道の夜』『風の又三郎』。
「羅須地人協会」を設立。農民芸術を実践した。岩手県花巻市に暮らした。

序論

……われらはいっしょにこれから何を論ずるか……

おれたちはみな農民である　ずゐぶん忙がしく仕事もつらい
もっと明るく生き生きと生活をする道を見付けたい
われらの古い師父たちの中にはさういふ人も応々あった
近代科学の実証と求道者たちの実験とわれらの直観の一致に於て論じたい
世界がぜんたい幸福にならないうちは個人の幸福はあり得ない
自我の意識は個人から集団社会宇宙と次第に進化する
この方向は古い聖者の踏みまた教へた道ではないか
新たな時代は世界が一の意識になり生物となる方向にある
正しく強く生きるとは銀河系を自らの中に意識してこれに応じて行くことである
われらは世界のまことの幸福を索ねよう　求道すでに道である

一章　彼も人なり、我も人也

北村　透谷（きたむら　とうこく）

1868～1894年、神奈川県生まれ。詩集『蓬莱曲』、評論『人生に相渉るとは何の謂ぞ』。『文学界』に文芸評論を発表。

髑髏舞《どくろまい》

某日、地學教會に於て見し幻燈によりて想を構ふ。

うたゝねのかりのふしどにうまひして
　としつき經ぬる暗《やみ》の中。
枕邊に立ちける石の重さをも
　物の數とも思はじな。
月なきもまた花なきも何かあらん、
　この墓中《おくつき》の安らかさ。
たもとには落つるしづくを拂《はらわ》ねば、
　この身も溶くるしづくなり。
朽つる身ぞこのまゝにこそあるべけれ、
　ちなみきれたる浮世の塵《ちり》。」

めづらしや今宵《こよい》は松の琴きこゆ、
　遠《をち》の水音《みおと》も面白し。
深々《しんしん》と更《ふ》けわたりたる眞夜中に、
　鴉の鳴くはいぶかしや。
何にもあれわが故郷《ふるさと》の光景《ありさま》を
　訪はゞいかにと心うごく。
ほられたる穴の淺きは幸なれや。
　墓にすゑたる石輕《かる》み。
いでや見むいかにかはれる世の態《さま》を、
　小笹蹈《こささふみ》分け歩みてむ。
世の中は秋の紅葉《もみじ》か花の春、
　いづれを問はぬ夢のうち。」

暗《やみ》なれや暗なれや實《げ》に春秋も
　あやめもわかぬ暗の世かな。
月もなく星も名殘の空の間《ま》に、
　雲のうごくもめづらしや。
天《あめ》を衝《つ》く立樹《たちき》にすがるつたかつら、
　うらみあり氣に垂れさがり。
繁り生ふ蓬《よもぎ》はかたみにからみあひ、
　毒のをろちを住ますらめ。
思ひ出るこゝぞむかしの藪《やぶ》なりし、
　いとまもつげでこのわが身、
あへなくも落つる樹《こ》の葉の連となり
　死出の旅路にいそぎける。」

すさまじや雲を蹴て飛ぶいなづまの

　空に鬼神やつどふらむ。
寄せ來《きた》るひゞき怖ろし鳴雷《なるかみ》の
　何を怒りて騒ぐらむ。
鳴雷《なるかみ》は髑髏厭《いと》ふて哮《たけ》るかや、
　どくろとてあざけり玉ひそよ。
昔はと語るもをしきことながら、
　今の髑髏もひとたびは、
百千《もゝち》の男《をのこ》なやませし今小町とは
　うたはれし身の果《はて》ぞとよ。
忘らるゝ身よりも忘るゝ人心、
　きのふの友はあらずかや。」

人あらば近う寄れかし來れかし、
　むかしを忍ぶ人あらば。
天地《あめつち》に盈《み》つてふ精も近よれよ、
　見せむひとさし舞ふて見せむ。
舞ふよ髑髏めづらしや髑髏の舞、
　忘れはすまじ花小町。
高く跳ね輕く躍れば面影の、
　霓裳《げいしょう》羽衣《うい》を舞ひをさめ。
かれし咽《のど》うるほはさんと溪《たに》の面《おも》、
　うつるすがたのあさましや。
はら〳〵と落つるは葉末の露ならで、
　花の髑髏のひとしづく。」

うらめしや見る人なきもことはりぞ、
　昨日にかはれる今日の舞。
纏頭《てんとう》の山を成しける夢の跡、
　覺めて恥かし露の前。
この身のみ秋にはあらぬ野の末の
　いづれの花か散らざらむ。
うたてやなうきたる節《ふし》の呉竹に、
　迷はせし世はわが迷ひ。
忘らるゝ身も何か恨みむ悟りては、
　雲の行來《ゆきき》に氣もいそぐ。
暫《しば》し待てやよ秋風よ肉なき身ぞ、
　月の出ぬ間《ま》にいざ歸《かへ》らむ。

〈一八九四年（明治二七年）五月「文学界」に発表〉

乱調激韵《げきいん》

鍬《くわ》投て、我《わが》今日出立つ故山《こざん》の圃《ほ》。
籬《まがき》に凭《よ》りて我を送る老たる母。
白髪愁《はくはつうれい》長くして老眼涙あふる。
慇懃《いんぎん》、袖を引く、我がうない子《ご》。
無心、彼は知《しら》ず、父が死出の旅。
我が腸断《はらわたた》つと云わんや、
国の為《ため》なり、君の為なり。
さらばよ、我が鍬とりし畑《はた》。
さらばよ、我が鋤《すき》洗いし小川。
我を送る郷関《きょうかん》の人、
願《ねがわく》ば、暫《しば》し其《その》『万歳』の声を止《とどめ》よ。
静けき山、清き河、
其の異様なる叫びに汚れん。
万歳の名に依《より》て、死出の人を送《おくる》。
我豈憤《あにいきどお》らんや、
国の為なり、君の為なり。
淼淼煙波《びょうびょうえんぱ》三千里、
東、郷関を顧《かえり》みて我が腸断つ。

中里　介山（なかざと　かいざん）
1885～1944年、東京都羽村市生まれ。小説『大菩薩峠』、『中里介山全集』。「平民新聞」に寄稿。

西、前途を望めば夏雲累々《かうんるいるい》。
泣かんか、笑わんか、叫ばんか。
一夜、舷《ふなばた》を叩いて月に対す、
あー我、怯《きょう》なりき、
懐《おもい》は横槊高吟《おうさくこうぎん》の英雄に飛ばず。
家郷を憶《おも》うて涙雨の如し。
我豈泣かんや、
国の為なり、君の為なり。
落日斜《ななめ》なる荒原の夕《ゆうべ》、
満目《まんもく》に横《よこた》う伏屍《ふくし》を見よ、
夕陽《せきよう》を受けて色暗澹《あんたん》。
夏草の闇《やみ》を縫うて流るる
其の腥《なまぐさ》き人の子の血を見よ。
敵、味方、彼も人なり、我も人也。
人、人を殺さしむるの権威ありや。
人、人を殺すべきの義務ありや。
あー言うこと勿《なか》れ、
国の為なり、君の為なり。

君死にたまふことなかれ
―旅順口包囲軍の中に在る弟を歎きて―

与謝野　晶子（よさの　あきこ）
1878～1942年、大阪府生まれ。歌集『みだれ髪』、『与謝野晶子全集』。文芸誌「明星」「青鞜」。

あゝおとうとよ、君を泣く、
君死にたまふことなかれ、
末に生れし君なれば
親のなさけはまさりしも、
親は刃をにぎらせて
人を殺せとおしえしや。
人を殺して死ねとよて
二十四までをそだてしや。

堺《さかい》の街のあきびとの
旧家をほこるあるじにて
親の名を継ぐ君なれば、
君死にたまふことなかれ
旅順の城はほろぶとも、
ほろびずとても、何事ぞ、
君は知らじな、あきびとの
家のおきてに無かりけり。

君死にたまふことなかれ、
すめらみことは、戦いに
おほみづからは出でまさね、
かたみに人の血を流し、
獣《けもの》の道に死ねよとは、
死ぬるを人のほまれとは、
大みこゝろの深ければ
もとよりいかで思《おぼ》されん。

あゝおとうとよ、戦いに
君死にたまふことなかれ、
すぎにし秋を父ぎみに
おくれたまえる母ぎみは、
なげきの中に、いたましく
わが子を召され、家を守《も》り、
安しと聞える大御代《おおみよ》も
母のしら髪はまさりぬる。

暖簾《のれん》のかげに伏して泣く
あえかにわかき新妻《にいづま》を、
君わするるや、思えるや、
十月《とつき》も添わでわかれたる
少女《おとめ》ごころを思ひみよ、
この世ひとりの君ならで
あゝまた誰をたのむべき、
君死にたまふことなかれ。

戦争

義眼の中にダイヤモンドを入れて貰ったとて、何になろう。苔の生えた肋骨に勲章を懸けたとて、それが何になろう。

腸詰《ちょうづめ》をぶら下げた巨大な頭を粉砕しなければならぬ。腸詰をぶら下げた巨大な頭は粉砕しなければならぬ。

その骨灰を掌の上でタンポポのように吹き飛ばすのは、いつの日であろう。

北川　冬彦（きたがわ　ふゆひこ）

1900～1990年、滋賀県生まれ。詩集『戦争』『北川冬彦全詩集』。詩誌「詩と詩論」「時間」。東京都立川市に暮らした。

ある野戦病院に於ての出来事

戦場に於ける『名誉の犠牲者』等は、彼の瀕死の寝台をとりかこむあの充満した特殊の気分——戦友や、軍医によって絶えず語られる激励の言葉、過度に誇張された名言の頌讃《しょうさん》、一種の緊張された厳粛の空気——によってすっかり酔わされてしまう。彼の魂は高翔して、あたかも舞台における英雄のごとく、悲壮劇の高潮に於て絶叫する。「最後に言う。皇帝陛下万歳！」と。

かくの如き悲惨事は見るに堪えない。青年を強制して死地に入れながら、最後の貴重な一瞬間に於てすら、なお彼を麻痺さすべく阿片の強烈な一片を与えるというのは！　さればある勇敢な犠牲者等は、彼の野戦病院の一室に於て、しばしば次の如く叫んだであろう。「この驚くべき企まれたる国家的奸計を見破るべく、最後に臨んで、私は始めて素気《しらふ》であった。」と。併しながらこの美談は、後世に伝わらなかったのである。

萩原　朔太郎（はぎわら　さくたろう）

1886〜1942年、群馬県生まれ。詩集『月に吠える』『青猫』。群馬県前橋市、東京都に暮らした。

砂けぶり

大正大地震の翌々日夜横浜に上陸

草の葉には、風が―、
日なたには、かげりが、
　静かな午後に過ぎる
　のんびりした空想

　横網の安田の庭。
猫一疋ゐる　ひろさ。
人を焼くにほひでも　してくれ
　ひつそりしすぎる

沓があびる　ほこり
目金を昏くする　ごみ
　人もなげに、大道に反りかへる
　　馬の死骸

ほりわりの水。
どろりと青い―。
あげ汐の川が
道の上に　流れる

　赤んぼのしがい。
意味のない焼けがら―。

折口　信夫（おりくち　しのぶ）
1887年、大阪府生まれ。詩集『古代感愛集』、歌集『水の上』、『折口信夫全集』。
大阪府、東京都などに暮らした。

つまらなかつた一生を
思ひもすまい　脳味噌

憎い　きらびやかさも、
繊細の　もったいなさも、
あゝ愉快と　言ってのけようか。
一挙になくなつちまつた。

そこをとほるのは　だれだ―。
　砂の上に　いっぱいの月
　まつさをな風―。
　　やけ土が　うごく

太初《タイショ》からの反目を
だれが　批判するのか。
代々《ダイダイ》に祟《タタ》る神。
根強い　人間の呪咀《ジュソ》―

砂けぶり　二

焼け原に　芽を出した
ごふつくばりの力芝《チカラシバ》め―。
だが　きさまが憎めない。
たつた　一かたまりの　青々した草だもの
両国の上で、水の色を見よう。
せめてもの　やすらひに―。
身にしむ水の色だ。
　死骸よ。この間、浮き出さずに居《ヲ》れ

水死の女の　印象
黒くちゞかんだ　藤の葉
よごれ朽《クサ》つて　静かな髪の毛
―あゝ　そこにも　こゝにも

横浜からあるいて　来ました。
疲れきつたからだです―。
そんなに　おどろかさないでください。
朝鮮人になつちまひたい　気がします

深川だ。
あゝ　まつさをな空だ―。
野菜でも作らう。
この青天井のするどさ。
　夜《ヨル》になつた―。
また　蝋燭と流言の夜《ヨル》だ。

まつくらな町を　金棒ひいて
夜警に出かけようか

井戸のなかへ
毒を入れてまはると言ふ人々―。
われ〳〵を叱つて下さる
神々のつかはしめ　だらう

かはゆい子どもが―
大道で　しばって居たつけ―。
あの音―。
　帰順民のむくろの―。

命をもつて　目睹した
一瞬の芸術
苦痛に陶酔した
涅槃《ネハン》の　大恐怖
おん身らは　誰をころしたと思ふ。
かの尊い　御名《ミナ》において―。
おそろしい呪文だ。
　万歳　ばんざあい

我らの死は、
涅槃を無視する―。
　擾乱の　歓喜と
飽満する　痛苦と

新聞にのった写真

ごらんなさい
こっちから二番目のこの男をごらんなさい
これはわたしのアニキだ
あなたのもう一人の息子だ
あなたのもう一人の息子　私のアニキが
ここにこのような恰好をして
脚絆《きゃはん》をはかされ
弁当をしょわされ
重い弾薬嚢《だんやくのう》でぐるぐる巻きにされ
構《かま》え銃《つつ》　タマ込め　ツケケンをさされて
ここに
上海総工会の壁の前に
足をふんばって人殺しの顔つきで立たされている

ごらんなさい　母上
あなたの息子が何をしようとしているかを
あなたの息子は人を殺そうとしている
見も知らぬ人をわけもなく突き殺そうとしている
その壁の前にあらわれる人は
そこであなたの柔《やさ》しいもう一人の息子の手で

中野　重治（なかの　しげはる）

1902～1979年、福井県生まれ。『中野重治全集』『中野重治詩集』。「新日本文学会」を創刊。東京都に暮らした。

その慄《ふる》える胸板をやにわに抉《えぐ》られるのだ
一層やにわに一層鋭く抉られるために
あなたの息子の腕が親指のマムシのように縮んでいるの
　をごらんなさい
そしてごらんなさい
壁の向うがわを
そこの建物の中で
沢山の部屋と廊下と階段と窖《あなぐら》とのなかで
あなたによく似たよその母の息子たちが
錠前をねじきり
金庫をこじあけ
床と天井とをひっぺがえして家探《やさが》しをしているのを
物盗りをしているのを
そしてそれを拒むすべての胸が
円い胸や　乳房のある胸や　あなたの胸のように皺の
　よった胸やが
あなたの息子のと同じい銃剣で
前と後とから刺し貫かれるのをごらんなさい
おお
顔をそむけなさるな　母よ

あなたの息子が人殺しにされたことから眼をそらしなさるな
その人殺しの表情と姿勢とがここに新聞に写真になってのったのを
そのわななく手の平で押えなさるな
愛する息子を腕の中からもぎ取られ
そしてその胸に釘を打ちこまれた千人の母親達のいることの前に
あなたがその中のただ一人でしかないことの前に
母よ
私と私のアニキとのただ一人の母よ
そのしばしばする老眼を目つぶりなさるな

殺戮《さつりく》の殿堂

白鳥　省吾（しろとり　せいご）
1890〜1973年、宮城県まれ。詩集『世界の一人』『白鳥省吾自選詩集』。民衆詩派の推進者。群馬県前橋市、東京都に暮らした。

人人よ心して歩み入れよ、
静かに湛《たた》えられた悲痛な魂の
夢を光を
かき擾《みだ》すことなく魚のように歩めよ。
この遊就館のなかの砲弾の破片や
世界各国と日本とのあらゆる大砲や小銃、
鈍重にして残忍な微笑は
何物の手でも温《ぬく》めることも柔げることも出来ずに
その天性を時代より時代へ
場面より場面へ転転として血みどろに転び果てて、
さながら運命の洞窟に止まったように
凝然と動かずに居る。

私は又、古くからの名匠の鍛えた刀剣の数数や
見事な甲冑《かっちゅう》や敵の分捕品の他に、
明治の戦史が生んだ数多い将軍の肖像が
壁間に列《なら》んでいるのを見る。
遠い死の圏外から
彩色された美美しい軍服と厳《いかめ》しい顔は、
蛇のぬけ殻のように力なく飾られて光る。

私は又手足を失って皇后陛下から義手義足を賜わったと
　いう士卒の
小形の写真が無数に並んでいるのを見る、
その人人は今どうしている?
そして戦争はどんな影響をその家族に与えたろう?

ただ御国の為に戦えよ
命を鴻毛《こうもう》よりも軽しとせよ、と
ああ出征より戦場へ困苦へ……
そして故郷からの手紙、陣中の無聊《むりょう》、罪悪、
戦友の最後、敵陣の奪取、泥のような疲労……
それらの血と涙と歓喜との限りない経験の展開よ、埋没
　よ。

温かい家庭の団欒の、若い妻、老いた親、なつかしい兄
　弟姉妹と幼児、
私は此の士卒達の背景としてそれらを思う。
そして見えざる榴散弾《りゅうさんだん》も
轟《とど》きつつ空に吼《ほ》えつつ何物をも弾《は》ね飛ばした、
止みがたい人類の欲求の

永遠に血みどろに聞こえくる世界の勝鬨《かちどき》よ、
硝煙の匂いよ、
進軍喇叭《らっぱ》よ。

おお殺戮の殿堂に
あらゆる傷つける魂は折りかさなりて、
静かな冬の日の空気は死のように澄んでいる
そして何事も無い。

戦争

千度も僕は考えこんだ。
一億とよばれる抵抗のなかで
「なにが戦争なのだろう？」

戦争とは、たえまなく血が流れ出ることだ。
その流れた血が、むなしく
地に吸いこまれてしまうことだ。
僕のしらないあいだに。僕の血のつづきが。

敵も、味方もおなじように、
「かたなければ。」と必死になることだ。
鉄びんや、橋のらんかんもつぶして
大砲や、軍艦に鋳直されることだ。
反省したり、味ったりするのは止めて
瓦を作るように型にはめて、人間を戦力としておくりだ
　すことだ。
十九の子供も。
五十の父親も。

十九の子供も
五十の父親も
一つの命令に服従して、
左をむき
右をむき
一つの標的にひき金をひく。

敵の父親や
敵の子供については
考える必要は毛頭ない。
それは、敵なのだから。

そして、戦争が考えるところによると、
戦争よりこの世に立派なことはないのだ。
戦争より健全な行動はなく、
軍隊よりあかるい生活はなく、
また戦死より名言なことはない。
子供よ。まことにうれしいじゃないか。
互いにこの戦争に生れあわせたことは。

十九の子供も
五十の父親も
おなじおしきせをきて
おなじ軍歌をうたって。

金子　光晴（かねこ　みつはる）
1895〜1975年、愛知県生まれ。『金子光晴全詩集』『マレー蘭印紀行』。東京都武蔵野市に暮らした。

夜の床の歌

われらの希望は微塵に打砕かれた
太陽、もうお前も信じられない、
月、お前は雲の間を軽忽《きゅうこつ》に走り去る。
すべてのものは狂犬の唾液に
ひたされたパンを喰う、
胸騒ぎは静まらない、
強い酒のためにも酔わない、
ああ、彼等は立派な歴史をつくるために
白い紙の上に朱をもって乱暴に書きなぐる、
数千年後の物語りの中の
一人物として私は棺に押し込められる
私はしかしそこで眼をつぶることを拒む、
生きていても安眠ができない、
死んでも溶けることを欲しない、
人々は古い棺ではなく
新しい棺を選んで
はじめて安眠することができるだろう。
太陽と月は、煙にとりかこまれ
火が地平線で
赤い木の実のように跳ねた。
ああ、夢は去らない、
びっしょりと汗ばみながら
いらいらとした眼で
前方を凝視する。

小熊　秀雄（おぐま　ひでお）
1901〜1940年、北海道生まれ。『小熊秀雄詩集』『流民詩集（心の城）』。詩誌「詩精神」、プロレタリア詩人会所属。旧・樺太（サハリン）、北海道旭川、東京などに暮らした。

異郷なる中国の詩人たちに

槇村　浩（まきむら　こう）
1912年〜1938年、高知県生まれ。『間島パルチザンの歌―槇村浩詩集』。「人民戦線事件」で検挙され、重病のため釈放されたが高知市内の病院で死去。

わたしらはあなたの国では、正しい詩人は舌をひっこぬ
　かれると聞いた
わたしらはなお聞いた――資本をつなぐ軍部と軍閥の
　鉄道の上に
ひっこぬかれた詩人らの舌が
わたしらの故郷の海のさん〳〵たる珊瑚珠《さんごじゅ》のように、串
　刺しにしてさらされてあるのを

荒らされた珠《たま》は、海の青さの底で真紅に燃えていた
その一粒々々は揺れ合い折れ重なり、嵐の中で彼自身の
　地肌を完全に保存した
わたしらえの侵害をあなたらの禦《ふせ》いだのには及ばなかっ
　たが
根限りあなたらえの侵害を守ろうとし
そして囚われの中でわたしらはなお聞いた――大陸の
　都市と村々をどよもす風のさゞめきの陰で
さらされた舌が一様にひるがえり、紅旗の歌を奏でつゞ
　けるのを
どんな日と、寒さと、洪水が、あなたらの朽ちえぬ紅さ
　を、高く保全し、そしてかたみに押しひろげえなかっ
　たろうか

あなたらの国とわたしらの国ではどちらも一篇の詩が牢
　獄か牢獄に価する
そして書く隙《ひま》と、書く自由をもたぬ詩人たちが、どんな
　に多いことだろう！
あなたらとまた歌いぬこう――異郷に捧げられた
　詩誌の上に
あなたらの国のはてに築かれたあの偉大な黎明が、あな
　たの歌を明瞭にわたしらの耳に響かしめうる日まで

二章　「爆弾三勇士」を強制した歴史

十歳の夏まで戦争だった　8

若松　丈太郎（わかまつ　じょうたろう）
1935年、岩手県生まれ。詩集『いくつもの川があって』『わが大地よ、ああ』。
福島県南相馬市在住。

七・八歳のころ『爆弾三勇士』の絵本を読んだ
わたしが生まれるまえの戦争のさなか
鉄条網を破壊して敵陣への攻撃路を開くため
点火した爆薬筒を抱えた三人の兵士が自爆した実話だ

このときの爆薬筒は竹筒で作られたものという
子どものときに戦争があって
本土決戦のさいには竹槍で敵兵に立ち向かえと
わたしたちは教えこまれたものだった

爆弾三勇士
人間魚雷
神風特別攻撃隊
KAMIKAZE

近世から伝えられている相馬野馬追
その中心行事の祭場地を雲雀ヶ原と言う
雲雀ヶ原から南西にかけての太田川扇状地に
かつて陸軍の原町飛行場があった

一九三九（昭和十四）年農家六十九戸の土地を強制徴収
翌年熊谷陸軍飛行学校所管原町飛行場開設
日米開戦をはさんで一九四二年鉾田陸軍飛行学校移管
十五歳以上の若者たちが入校して訓練を受けた

開戦から二年が経過して戦局は悪化した
一九四三年十一月には挺身飛行団東部一一七部隊
別称第一滑空飛行隊を併設して
原町飛行場は特攻兵の錬成場に変質する

神国日本と言い　神州不滅と言い
信じこませることの罪ぶかさを思う
神風を吹かせるための人身御供《ひとみごくう》として
国家が若者たちを奉りあげた

一九四四年に鉾田教導飛行師団原町飛行場と改称
特別攻撃隊の勤皇隊・鉄心隊・皇魂隊を結成して
十二月五・七・十・十六・十八・二十九日・一月六・
　八・十日
フィリピンのレイテ島沖の米艦に向けて出撃した

一九四五年には本土決戦特別攻撃隊錬成基地として
陸軍航空特別攻撃隊第四五・六三・六四振武隊を編成
　して
五・六月に日本近海の米艦に向けて出撃した
さらに神州隊と国華隊を編成したものの敗戦となる

ひとを神格化し生贄として利用する
KAMIKAZE suicide attack
滅私奉公とも奉国とも言い殉死や殉教を強いる
自死を強制する権利がだれにあるというのか

一九七二年　テルアビブ空港乱射事件は
爆弾三勇士や KAMIKAZE を蘇生させた
なにがだれが若者たちをかりたてるのか
なにがだれが若者たちを追いこむのか

ひとはさまざまなものに違いを見いだして分類した
民族をつくり階級をつくり
差別して貧富をつくった
国境をつくって長城や壁を築き戦争をした

二〇〇一年九月十一日　NYとワシントンDC
前世紀が生みだした病が重篤となって
新世紀になって広く感染症パンデミックが発生した
二〇〇五年ロンドン　二〇一五年パリ

都市への絨毯爆撃や核爆弾の投下によって
市民を無差別に大量殺戮したように
自爆テロも政治家などの暗殺から変質して
市民を対象とする無差別大量殺戮に移った

ことし二〇一六年にはバグダード・カブール・
イスタンブール・ブリュッセル・ラホールほか
その中心街・市場・地下鉄・空港・サッカー場などで
さらには　自爆の場所がどうして遊園地なのか

十歳前後の少年や少女に
自爆ベストを着用させ
遠隔操作で爆発させる
そんな権利がだれにあるというのか

国家も宗教も思想もひとがつくりだしたもの
いのちを軽んずる国家や宗教や思想を
強制する権利がだれにあるというのか
そんな国家や宗教や思想を承認できるだろうか

多喜二碑　小樽遠望7

まもなくこのあたりに
小林多喜二の碑が
建てられるはずだ
港を見おろす
小高い丘の突端で
友人が僕に教えた。

僕の入ったおなじ寄宿舎に寝起きして
いくつかの伝説を
残していった多喜二。
築地警察署の調べ室で
ボロ切れのように
踏まれ蹴られて
死んでいった多喜二。

日本の夜明け前の
くらい時代がまだつづいていた。
僕はそれが
どうしてくらいのかもわからずに
ただじぶんの
正体不明の憂鬱のなかに
自慰の毎日をすごしていた。

蟹工船の出漁する季節が
またやってくる。
小樽港の濃い朝靄のなかに
それが幽霊船のように泛《うか》んでいたのを
ありありと僕はおもいだす。

三谷　晃一（みたに　こういち）

1922~2005年、福島県生まれ。詩集『会津の冬』『河口まで』。
詩誌「宇宙塵」、福島県現代詩人会初代会長。福島県郡山市に暮らした。

年月日

六二三　八六六八九八一五
五三に繋げ我ら今生く　　西野防人

新聞歌壇からにじみ出た　凄惨な
沖縄戦終結　ヒロシマ　ナガサキ　敗戦　の人の月日
月日はなんとつつましいのか
そして平和憲法で　日々をあくせく生きてきたが
国というヤツの仕出かしたその年も
浮き上がらさんとあかん
年はなんとゴーマンか

二九《にく》まれて四三《よさん》か明治
いざ昭和　六《ろく》な事せず一二一六

台湾　朝鮮の植民地化が　列強とダンスの維新の果て
大正　軍は世界にカッコ付け　地は震え
猛る昭和　満州国でっちあげ　惨たらしい
大陸　太平洋のドロ沼へ

いきむ戦争からぼくは　どん臭くある日生まれ

すばしこく死ねる兵隊にと学校の月日を殴りに殴られ
カラッポの空　もう戦争せぬ身一つと
ちまちま気ままに暮らしの年など捨て続けたが

津波にも耐える民よ
平成も二七《にな》え年号
五三《ゴーサイン》と目暗ますライトの下
純な新人たちで血まつり　粋な米軍と集団で
さっさと沖縄の海などえぐって差し出し
泣けるヤス国目ざし　また演れば　どうなるか
どう日々が　肉片となって吹っ飛ぶか

その朝　国道の端をつとつと歩くと
九一九　暴挙にま直ぐひがん花

麦　朝夫（むぎ　あさお）
1934年、大阪府生まれ。詩集『どないもこないも』。
詩誌「いのちの籠」会員。大阪府堺市在住。

夏　―昭和十九年勤労動員されて―

久宗　睦子（ひさむね　むつこ）
1929～2015年、東京都生まれ。詩集『風への伝言』『薔薇薔薇のフーガ』。詩誌「馬車」、日本現代詩人会会員。千葉県千葉市に暮らした。

（一）

あれが爆弾だなんて

たくさん入れろと命じられて
わたしたちは火薬をさらさらと流し入れ
薬莢を茶筒のように　とんとん振った
けんめいに振った

隣の工場の研磨機の横には
片足の監督の少尉どのが居眠っておられる

匙で山盛り火薬をすくうと
さるびあの種子のよう　ぱらぱらと
黒くいちめんに　こぼれ散る
暑い皮膚の　うえに

（二）

　豊子さんとわたしが担架で曳きずっているのが死だと　どうして思えただろう　今朝まで曹長は妻子の写真を見せてくれたし　金花糖が食べたいと　笑っていたのだ　マラリアと栄養失調で黄色くふくれあがった顔で（夜中におびただしい負傷兵と共に船で着いたのだ　ベッドが無くて担架のまま廊下に寝かされていたのだ）

　庭の霊安室まで運ぶには　僅か二十メートルばかりだったが　十五のわたしたちには　どうしても担ぎつづけられなかった　重さ　と　距離

　夏は陸軍病院の仏桑華の朱　わたしの肩に刺青の針を刺し刺し　浮かびあがる

ねんねんころりよ

佐藤　恵子（さとう　けいこ）
1935年、群馬県生まれ。詩集『川の非行』『母さんと二十世紀を買いに行った』。
詩誌「燎」、戦争と平和を考える詩の会。群馬県高崎市在住。

「ねんねんころりよ　おころりよ
　坊やはよい子だ
　歌いながら　隣の席の子の背中を
　叩いて眠らせましょう
　はい　始めっ」

男女七歳にして席を同じゅうせずの時代
国民学校一、二年生だけが
男女共学だった　一つ机に
女子と男子ふたり並んで

昭和十八年　二年生の教室
女先生の号令に
恥ずかしくて嬉しくて照れくさくて
どのカップルもオーバーに叩いて
オーバーに悲鳴あげて

「やめっ　やめっ　みんなやめっ」
教壇から女先生の金切り声
「そんなふうに赤ちゃんを殴って
　寝かしつけるのはアメリカのお母さんです」

アメリカの赤ん坊は
ぶたれても痛くても眠るのかなあ？
一瞬の疑問符は二年のちの敗戦まで
幼い胸の繭に休眠して

それからそれから教科書に墨を
先生のいう通りに一行一行
習字の筆で塗って消して
皇国史観も軍国主義も他民族蔑視も
日本列島みんなみんな
頭に墨を刷いて塗って

あれから七十年　今また聞こえる
ヘイトスピーチ
「鬼畜米英」だけは死語となっても

証言Ⅱ　ながい昼

戦争だ
いよいよ　戦争だ

この小さい学校にも
少年航空兵の割当てがきた

職員室では高等二年の担任がどなっていた

おまえ　　日本国が
どうなっても　いいのか

親が老いて少年航空兵に志願できない
あととり息子のあどけない頬に
担任の平手打ちが　とんだ

だから　少年たちはつぎつぎに
涙をためたまま　教室を去っていった

軽い飛行機に　軽い命を積んで
サヨナラ　　バンザイ

大村　孝子（おおむら　たかこ）
1925年、岩手県生まれ。詩集『大村孝子詩選集一二四篇』『ゆきあいの空』。
岩手県詩人クラブ、日本現代詩人会会員。岩手県花巻市在住。

サヨナラ　　バンザイ

やがて　重くうねる南の海へ
少年たちは
まっさかさまに
引きずりこまれていったのだ

彼らの小さい骨が帰るころ

私の町にも爆弾が投下された
開墾の原野に立って
焼けおちていく色を　ぼんやり見ていた
血の匂う八月の空のいずこともなく
煙はいくすじも　立っては消えた

太陽は　しんしん
遠くなるばかりであった
イモでもいい　カボチャでもいい
夢でもいい　腹いっぱいに食いたいな

飢餓線上すれすれに生唾をのみ
赤くはれた舌をひきずって
開墾は　いつ果てるともなかった
あつくて　ながい　飢えた昼

あの戦争の古銹びた弾痕は
もう　跡かたもないはずだったのに
三十余年を経たいま
どこからともなく　匂ってくる

ハギノさんをかくし
オシンさんをついに殺した匂いだ

むしろの中でくずれていった癩病の匂いだ
ざわめく沈黙の匂いだ
私が小学生だったころの
小刻みな寒さに立ちこめた　あの匂いだ

N兄さん

福田　万里子（ふくだ　まりこ）
1933〜2006年、東京都生まれ。『福田万里子全詩集』、エッセイ集『はなばなの譜』。詩誌「アルメ」「樂市」。佐賀県で育ち、大阪府枚方市に暮らした。

大学をでたばかりの若い叔父をわたしは
N兄さんと呼んでいた
母を早く亡くしたN兄さんは淋しかったのだろうか
幼いわたしたちにとても優しかった
N兄さんが遊びにくるとわたしも弟も
浮きたったようにはしゃぐのだった

真っ赤なホオズキの実の吹きかたも教わった
ホオズキのワタを抜くN兄さんの指は魔法のようで
わたしはうっとりと眺めた
父は重病で二階に臥していた
母はいつも忙しく　わたしはこのN兄さんから
折り紙や昆虫の標本作りも教わった
いまでもあの細長い指を大好きだと思う

戦局が日に日に暗さを増していくのは子供にもわかった
N兄さんもなにか慌ただしそうで滅多に来なくなり
収穫したホオズキは机のうえでひからびていった

すべての穏やかなものがざらついていく

そんな感じのするある夜
わたしは布団のなかでN兄さんの声を聞いた
〈マリちゃん　マリちゃん〉
声はいつものように静かだった
近づいてわたしのオカッパ頭を撫でると
〈なんだ　もう眠っちまったのか〉
N兄さんはそっとつぶやいて子供部屋から出ていった

ほんとうはわたしは半分目覚めていたのだった
ちゃんと知ってて眠った振りをしたのだった
夜は祖父のお酒の相手をしてかならず泊まっていくN兄
さん
明日は遊んでもらえるN兄さん
布団のなかで嬉しさをこらえにこらえた幼年のへそ曲が
りは
しかし翌朝　微塵に打ち砕かれたのだった

N兄さんは出征したのだった
別れのご挨拶に見えたのよ
周りのものも皆ことばすくなかった

子供のわたしにも礼儀正しく挨拶にきてくれたN兄さん
それが最後だった
小学校六年生の浅春　沖縄の海に消えたと伝わるだけの
N兄さん
こらえるほどの喜びと
こらえねばならぬ痛恨の枝のさきに
いらいわたしは　わたしだけの網ホオズキを一個
吊りさげたままである

危ない橋

むらの川にはいくつも橋が架かっていたが　他所《よそ》むらの
人たちも通る橋はともかく　むらの人だけが通る橋は
杉丸太か杉板を並べただけの幅が狭い粗末な橋で　なか
には川の中ほどにある岩を橋脚の代《かわ》りにした橋まであっ
て　ちょっと水嵩《かさ》が増えるとすぐ流されてしまうので
丸太や板の端《はし》を太い針金で岸の木に繋いだり　大水が出
そうになると急いで岸に引き上げたりしていた。
何歳だったかはっきりしないが　板橋を渡りかけて歩く
たんびに板が撓《たわ》んで川に落ちそうになって　橋の中ほど
で立往生してして泣きべそをかいていたら　どこかの知
らない大人の人が助けに来てくれてやっと渡りきったこ
とがあった　その夜家族が夕食の卓を囲んだ時にそのこ
とを話したら　父が独り言のように　人間は危ない橋と
分かっていても渡らないといけないこともある　と言っ
た　それがどういう意味か分からなかったが　もう二ど
と危ない橋は渡りたくないと思った

およそ一世紀近い歳月を経《へ》て　いまむらの橋はどれもこ
れも鉄筋コンクリートで手摺りが付いた永久橋になって、
幅員も広がって自動車でもなんでも通る安全な橋になっ

皆木　信昭（みなぎ　のぶあき）
1928年、岡山県生まれ。詩集『心眼』『むらに吹く風』。
詩誌「火片」、日本現代詩人会会員。岡山県勝田郡在住。

て　ときどき　ふと父が言った危ない橋とはなんのこと
だったかと思うようになった
あの頃　農村は不況のどん底に喘《あえ》いでいて　政府という
より軍部が企《たく》らんだ大陸進出と植民地政策で　大陸での
大規模農業への勧誘が行われ　むらからも満洲や朝鮮に
渡って行った家があった　ひょっとして父はそんなこと
を考えて　でもそれはとても危険な事のことのようにも
思えて迷っていたのかも知れない
時局は間もなく昭和の十五年戦争に繋がって　若い人は
もちろん国民の全てが戦争という危ない橋を渡らなくて
はならなくなった
戦争とは国と国との間に架けた橋が毀《こわ》れて　敗れた国は
もちろん勝った国も尊い人命の喪失と損傷と　孜孜営営
として築き上げてきた文明と文化を滅ぼすものだった

いま　むらに架かる橋の上に立ってむらの橋も街の橋も
島と島を結ぶ橋もなるほど立派な永久橋になったけれど
　地球上の国々の間に架かる橋も　戦争のない平和と幸
せを運ぶ橋でなくてはならない筈なのに　と考えずには
おれない

一台のミシン

江知　柿美（えち　かきみ）
1932年、東京都生まれ。詩集『天にも地にもいます神よ』『江知柿美詩集』。
詩誌「アル」、日本現代詩人会会員。東京都世田谷区在住。

彼女がどこで仕立てを学んだのか知らない
彼女がどうして座間に来たのか知らない
小さな家の玄関に「洋服仕立てます」と
木の札がかかっていた
一間きりの部屋にミシンが一台あった
彼女は東京の下町で生まれた　戦争中
田舎に疎開した　一人だけ疎開した
彼女の父母　兄妹　親戚一同全員
あの東京大空襲で死んだ
一九四五年三月十日　十万人が死んだという

私も山梨に疎開していた
あの日東京方面の空は真赤だった
東京の下町は地獄だったのだ
彼女は一人だけ残った
どんなに苦労しただろう　どんなに苦労して
このミシンを買ったのだろう
それから彼女に何度も仕立てを頼んだ
成城に移って間もなく私は病気になってしまった
彼女のことはわからなくなった

家主に追い立てられていると言っていた
あの家朽ちて倒れそうだった
彼女どうしているだろう

一つの魂

片桐　歩（かたぎり　あゆむ）
１９４７年、長野県生まれ。詩集『美ヶ原台地』。長野県詩人協会会員。
長野県松本市在住。

戦場は踏み潰された蟻の
死骸が散らばる墓場である
召集された者は塀の中で
殺し方を頭と体に叩き込まれ
嫌と言うほどの訓練を経て
咄嗟に反応する感覚を養う
もはや彼らは神の愛や思想の
教えを捨て去り
感情のない殺人鬼となった
これが内部に巣をかけた
阿修羅の正体である
戦争は殺すか殺されるかの
冥府の場面にいた

飼育される兵舎につながれ
虚しい空ろな日を送り
緊張の糸はいやおうなしに高まり
ゆれる動揺を抑えて
平然と見る死の淵
どうせ往くのなら
死を覚悟した日

出発するのが良い
死刑囚もはぐらかされると
死の恐怖に耐え切れなく
激しい抵抗を試みる
行き着く死の世界は　無の暗黒である
陸軍中野学校で鍛えた者は
一糸の乱れもなく
命令を遂行する

ついに出陣の日は下され
空や海の彼方に消え去った
いったい彼らはこの社会に
何を言いたかったのか
これを無謀な行為だと
誰が言えようか
戦争は一つの命を奪い
総計の死者として扱われ
靖国神社に祀られる
故人の氏名が台帳に記されたが
御霊は生花の香りに包まれ
安らかでいられようか

黒鳥アベラック

強烈ナル反日意識ヲ激成セシメシ原因ハ、各所ニオケル
日本軍人ノ強姦事件ニ在リ。軍人個人ノ行為ヲ厳重取リ
締マルトトモニ、速ニ性的慰安ノ設備ヲ整エ、禁ヲ侵ス
者無カラシムルヲ緊要トス[*1]
　〈業者が商売女を連れ回していただけ
　　カンケイナイ　カンケイナイ

支那事変地ニ於ケル慰安所設置ノ為、募集ニ任スル者ノ
人選適切ヲ欠キ、為ニ募集ノ方法、誘拐ニ類シ、警察当
局ニ検挙取調ヲ受クル等注意ヲ要スルモノ少ナカラズ。
将来是等ノ募集等ニ当リテハ派遣軍ニ於テ統制シ、之ニ
任ズル人物ノ選定ヲ周到適切ニシ、関係地方ノ憲兵及警
察当局トノ連繋ヲ密ニスベシ[*2]
　〈強制連行の　資料も　証拠もない
　　カンケイナイ　カンケイナイ

一、慰安所ノ監督指導ハ軍政監部之ヲ管掌ス
一、接客婦ノ検黴ハ毎週火曜日拾五時ヨリ行ウ
一、慰安所経管者ハ毎日営業状態ヲ軍政監部ニ報告スベ
シ
一、慰安婦ノ散歩ハ午前八時カラ十時マデトシ、散歩区
域ハ別図ノ範囲内トス
一、営業時間及ビ料金（軍票ニテ前払トス）
兵　　九、〇〇―一六、〇〇　三〇分　一、〇〇
下士官　一六、〇〇―一九、〇〇　三〇分　一、五〇
将校　一九、〇〇―二四、〇〇　一時間　三、〇〇[*3]
　〈謝罪なんて　補償なんて
　　ヒツヨウナイ　ヒツヨウナイ　アベラック[*4]

熊井　三郎（くまい　さぶろう）
1940年、大阪府生まれ。詩集『誰か いますか』（第42回壺井繁治賞）。詩誌「軸」、詩人会議会員。奈良県上牧町在住。

＊1　昭和十三年六月二十七日　軍人軍隊ノ対住民行為ニ関スル注意ノ件通牒　北支那方面軍参謀長岡部直三郎
＊2　昭和十三年三月四日　陸軍省兵務局兵務課起案　軍慰安所従業婦等募集ニ関スル件　副官ヨリ北支那方面軍及中支派遣軍参謀長宛通牒案
＊3　昭和十七年十一月二十二日　比島軍政監部ビサヤ支部イロイロ出張所「慰安所規定」
以上各抜粋とし、句読点を付すなど読みやすくした。
＊4　黒鳥の「カンケイナイ」「ヒツヨウナイ」はアフラックの人気テレビCM。

屍の子守唄

福司　満（ふくし　まん）
1935年、秋田県生まれ。詩集『泣ぐなぁ夕陽コぁ』『道《きゃど》こ』。
詩誌「密造者」、秋田県現代詩人協会会員。秋田県山本郡在住。

お前達《おめど》ぁ
ミンダナオ島のウマヤン地方って
覚《お》べでらがぁ

んだんだ
内地だの大陸《まんしゅう》だのがら
平壌《へいじょう》サ　んーんな集《あづ》めらえで
太平洋サ出で
秋田がらの兵《やづ》も
青森の兵《けやぐ》も
山形の兵《おんちゃ》も
島サ上陸《あが》たば
どかーん　どかーんテ
密林《やま》サ逃げでも
ばさばさど生《お》がてら大羊歯《おおしだ》の下サ隠れでも
ままんで火山サでも遭難《あ》ったえね
総員《でらっと》死んでしまってぇ
昭和二十年六月二十九日のはなしだぁ

あれがら
雨サ曝さえで
河サ流さえで
鳥ね突付《つづ》かえでぇ
七十年経ってぇ
なんも無《ね》ぐなったども
生温《なまぬり》い南風《かじえ》サ乗《ぬ》って

ねんねんころりん　ねんころりん　ッテしゃぁ
幼少《ちっちゃじぎ》ぃ聞いだ　兄《あな》の声ぁ
実家までも聞けでしゃぁ
現地《あっち》でも　戦友等《ど》サ聞《き》がひでらべぇ

んで
永田町辺《あだ》りで
目《まなぐ》ぁ開《あげ》だまま居眠《ね》てらぁ若《わげ》ぇ議員等《ひんひがだ》ぁ
それでも気障《ええふり》こえで
海外派兵だの　後方支援だのっテしゃぁ
んだ　んだ　って野次ったりしてしゃぁ

んだどもやぁ

そんだげ暇だば
ウマヤンさでも
テニアンさでも
レイテでさでも行《え》って
ねんねんころりん　ねんころりんっテ
今《えま》でも地鳴り様《み》ねんね響《ひび》でくる
あの屍の子守歌《こもりうだ》ぁ
若者等《わげえものど》の悲痛《ひづね》ぇ　叫《さが》び歌《うだ》ぁ
しっかりと聞《き》でこい

聞《き》だら
本当《ほんと》ねぇ
知らねぇふりしんなよ

瞳

谷崎　眞澄（たにざき　ますみ）
1934年、北海道生まれ。詩集『斧を投げ出したラスコーリニコフ』『谷崎眞澄詩選集一五〇篇』。詩誌「極光」、小樽詩話会会員。北海道札幌市在住。

真夜中　瞳を凝らす

若い海兵は　八千メートルの彼方の艦影を捉えた
針のように尖った潜望鏡も

視えたのは惨憺たる敗北であり
犠牲　血走った瞳　ぎらぎら光る瞳
男も女も
さまざまに瞳を凝らして
運命を共にさせられた

特攻の瞳はきよらかに澄んでいたという

命令を発した師団長は
軍刀を抜いて〝征ケ　征ケ〟と怒号した
彼は
〝オレモアトカラ征ク〟と訓示したが
彼は敵前から逃亡した
作戦を立てた参謀も逃れた
軍法会議は開かれなかった

若者をけしけた時の瞳と
高級将校が逃げた時の瞳は　どんなだった
兵士ならば即座に銃殺なのに――

（あの日　ヒロシマと長崎の市民に
瞳を凝らす時間はなかった）

（BC級戦犯として裁かれた
朝鮮民族の〝兵士たち〟は
目隠しをして銃殺をされた
彼らの瞳はどんなだったか）

玄界灘から『恨』の嵐が日本列島に吹きつける

戦史をいくら読んでも
『侵略』の文字はなく
植民地の人間が流した血　飢え　哀しみもない

彼らの瞳と

彼らが流した涙など何処にも書いてない
どんなに瞳を凝らしても
それは書いてない
一滴の涙も

満開の桜の花が瞳を凝らしている

アンネの薔薇

アンネの日記を読んだことがない者でも
アンネの名は知っている
ヨーロッパじゅうにあふれていたアンネ・フランク
数えきれないアンネ・フランクよ

すべての薔薇には名前があり

一株の薔薇につけられたのは
彼女の名前

京都に咲き出したアンネの薔薇は
この島の　あちらこちらに
咲いている

アンネの薔薇は
少女の羞恥と不安の証のように
つぼみから咲くまでに
かたちと色彩を変え
さりげなく咲いている

薔薇の種類は
おびただしいほどあるが
夜と霧のなかから現れたのは

アンネの薔薇

それは　戦争で虐殺された少女たちの薔薇

さらに言えば
南京の少女の薔薇
アジアの少女の薔薇

人間の薔薇

アンネの薔薇はふるえている
やさしさと狂気はぴたりと重なることがある
重なってきたように重なる

翁《オキナ》

—第二次大戦末期、輸送船ニテサイパン島ニ向カウ
途次、海ニ沈ミ給ウラントイウ師ノ君ニ捧グ

怒リハ
無限ダ
怨《ウラ》ミハ
全身ニヒソム

子供ヲ殺サレタ怒リ
トコトワノ

………
無念
不憫《フビン》
失ッタ愛

翁ノ腰ハ「く」ノ字ニ折レ
ツエヲツキ
骨ト皮トデ迎エテクダサッタ九十一歳
御子息ノ教エ子男女四人五十路《イソジ》ノ者共

小長谷　源治（こながや　げんじ）
1928年、静岡県生まれ。詩集『消えない映像』『取ッテオキノ話』。
日本現代詩人会、福田正夫詩の会会員。静岡県賀茂郡在住。

先生ヲ慕ッテ来タ
四十余年振リ

秋日
茶畑ノ丘ガ囲ムノドカナ商家
太イガンジョウナ桁《ケタ》ノ天井

(戦《イクサ》ニ殺サレタ
軍人ニ殺サレタ)

オ骨箱ニハ
紙切レダケ、
ト声ハ震ウ

先生没年
若キヨ……
二十六歳

何ノタメニ生マレタノカ

私ノ子モコノ年齢《トシ》ダガ
膚ノキレイナ若サ

一人ダケノ男子没後
空《ムナ》シク耐エテ生キラル

翁ハ
「ヨク来テクレタ」
ト繰リ返サレナガラ
一会百日ホド後
子ノ眠ル丘ヘ行カレタ、ト

一会ノミ
次ノオリハオラレズ

(ワレラノ思イモ向コウヘ
持ッテ行ッテクダサッタデアロウカ？)

戦没船

太平洋戦争の末期
テニアン・サイパンと日本本土を結ぶ
輸送船と引き揚げ船
すべて魚雷や爆撃に沈められた
民間の船

サイパン丸・鳴門丸・玉島丸・天城山丸・山霜丸・福山
丸・京丸・越前丸・新夕張丸・君島丸・木津川丸・亜米
利加丸・安房丸・美作丸・白山丸・いつくしま丸・あと
らんちっく丸・天竜川丸・竜田川丸・神島丸・睦洋丸・
門司丸・ばたびや丸・浜江丸　まだまだ続く

哀しくひびく船名
どれだけ多くの人が
海深く眠っていることだろうか

私の乗った射水丸《いみずまる》は　日本に辿り着いた
前の船　亜米利加丸は硫黄島の沖で沈む
後の船　安房丸は伊豆半島石廊崎《いろうざき》を目の前にして沈む

工藤　恵美子（くどう　えみこ）
1934年、テニアン島生まれ。詩集『テニアン島』『光る澪《みお》　テニアン島Ⅱ』。
詩誌「火曜日」、兵庫県現代詩協会会員。大阪府茨木市在住。

富士山が見えた

テニアン・サイパンから日本をめざす
引揚船は　太平洋をさまよい
何回　魚雷が船を掠めたことか
何度　救命具を身につけたことか

本土を目前にして小笠原に寄航する
病気の人には下船命令が出る
仲良しの　みどりちゃんは
熱を出した弟とお母さんの三人で
知らない島で下船した

富士山が見えたぞ！
どよめきが船内をかけめぐる
十歳の私は　妹の手をしっかりと握り
甲板へと急いだ
富士山がだんだん近づいて
私はバンザイを叫ぶ輪の中にいる

代用教員

山岡　和範（やまおか　かずのり）
1931〜2016年、広島県生まれ。詩集『どくだみ』『山岡和範詩選集一四〇篇』。詩人会議、戦争と平和を考える詩の会会員。東京都西東京市に暮らした。

（一）

「代用教員」を知っていますか
戦争中、学校の先生が戦場に召集され
先生が足りなくなって
中学校四年生か五年生の学生に
少しばかりの講習を受けさせて
教員の代用として先生にしたのです
正式の名ではありませんが
ぼくらは代用教員と言いました

国民学校四年生になったぼくら
担任の先生は代用教員でした
今の高校生くらいで若くてやさしく
とっても人気がありました
そのS先生は「大東亜戦争」が始まった
一九四一年十二月八日の朝
ぼくらを校庭の端に坐らせて
「日本は大変なことになった」と言いました
ぼくらは沖を行く船を見ていました
S先生は代用教員をやめて
あこがれの予科練に行きました

（二）

戦中戦後の代用教員は何をしたのか
召集を受けて出征した先生の代用でしたが
やさしく若い先生の仕事は新鮮で
子どもたちといっしょに育ったのでした
軍人になった先生たちが戦死して
戦後も子どもたちを育てたのは
代用教員の先生たちでした
代用教員と言われながら戦後の子どもたちを
愛情をもって育てたのです
戦争で傷ついた子どもたちを育てたのは
代用教員の先生たちだったのです

代用教員と言われながら
日本の戦後教育の大きな力となりました
男は戦争にとられ
代用教員は女の先生ばかりになりましたが
戦後女の先生も免許をとり
戦後教育は代用教員だった
女の先生たちが支えたのでした

三章　波間に消えた子供たちの夢

海底《うなぞこ》の墓標
―対馬丸鎮魂

南　邦和（みなみ　くにかず）
1933年、朝鮮・江原道生まれ。詩集『ゲルニカ』『神話』。詩誌「柵」「千年樹」。宮崎県宮崎市在住。

――一九四四年八月二十二日
沖縄から長崎への航路をとっていた対馬丸は
トカラ列島を航行中アメリカ潜水艦に追尾され
悪石島《あくせきじま》沖で魚雷により撃沈　死者千五百八名
その中の七百三十八人が国民学校児童であった
――一九九七年十二月十二日
海洋科学技術センターの深海探査機ドルフィン3Kは
鹿児島県悪石島沖の海底で対馬丸の船体を発見
高性能カメラに映し出された〈対馬丸〉の船名が
五十三年ぶりに地上に届いた。

作家大城立裕著「対馬丸」の巻末には
沖縄の学童たちを死の船旅へとかりたてた
沖縄県内政部長通達（昭和19年7月19日）がある
（学童集団疎開準備ニ関スル件）
……苟モ敗戦的ナル思想傾向ニ陥ラシムルコトナキ様
ニ留意シ疎開トハ単ナル避難若シクハ退散ニアラズ戦
争完遂ノ為ノ県内防衛体制ノ確立強化ヲ図ラムガタメ
ノ措置ニ外ナラズ……

この一片の紙切れが七百三十八人の学童たちを
一瞬にして海底へと葬りさった〝死の通達〟だ
那覇国民学校　甲辰国民学校　天妃国民学校……とつづ
く
児童・引率教師・世話人たちの名簿の中に
ぼくと同じ生年月日を持つひとり児童がいた
　阿波根朝夫10歳　昭和8年9月18日生
　　那覇市高崎町二―一四
そして　同じ住所地をもつその弟
　阿波根朝彦8歳　昭和10年10月26日生
共に泊国民学校の児童であった。

二つ違いの兄弟は　家を出るその日
母をふりかえってどんな表情をしたのか
波間に消えてゆく　その瞬間
たがいの名を呼び合っていたのだろうか
ふたりのいのちをひきずりこんだ
巨大な青いうねりを想像するだけで
ぼくの胸は　はり裂けそうになる
その最後を見届けたものは非情な時代の空

もし生きていれば　朝夫も朝彦も
ぼくのように孫を抱く年齢のはずだ。

阿嘉　赤嶺　安里　安座間　安次嶺　安仁屋
アイウエオ順の出欠名簿のように
国民学校ごとに延々と連なる学童名簿
海底ではいまも　気合いの入った訓導が
姿勢正しい児童たちの出欠をとっているのか
「ハイッ」という元気のいい返事が聴こえてくる
（ぼくも　その時代の国民学校児童だった）
渡嘉敷　当間　当銘　山里　与儀……名簿はつづく
波間にゆらめく一列の墓標のように。

いまも　沖縄では米軍基地の爆音が響き
ＧＩの犯罪は裁判所の記録倉庫を占領し
海上ヘリポートをめぐる近親憎悪は増幅され
海底からのあの児童たちの声は
もう　この国の人々には届かないのか
　――一九九八年三月七日
悪石島沖北西十キロの海上で
日本政府主催の初の洋上慰霊式が行われた
半世紀の時間の流れを
海底の学童たちの澄んだ眼が見つめている。

ああー　対馬丸

那覇港から対馬丸にのりこんだ疎開児童は
甲板にでてちぎれるように手を振った
　あんまー　あんまー
涙をこぶしで拭う子ども達
まもなく七七五名の幼い命が
海底に散った

一九四四年八月二二日二二時二三分
対馬丸は撃沈された
アメリカの潜水艦ボーフィン号の魚雷攻撃で
悪石島《あくせきしま》の沖あいで一四二五名の命が絶たれた

対馬丸記念館はひっそりしていた
あまりにも少ない遺品
鉛筆もノートも教科書も
命とともに海底に沈んだのだ
色あせたランドセルが一つあった
この子はもっと勉強したかったに違いない

夢や希望　これは生きている者のことばです

井上　庚（いのうえ　こう）
1930年、大阪府生まれ。『頑固な軍国少女が教師を経て反戦詩人になった理由』、詩画集『雲流れて』。関西詩人協会、詩人会議会員。大阪府堺市在住。

沖縄の海底をほってごらんなさい
幼ない子ども達の夢　願い　未来が
砂の中にいっぱいうごめいているのです
すべてをもぎとっていったもの
それが戦争です

会館の横の緋寒桜が満開です
濃い紅色の花が
下向きかげんでよりそって語りあっています
この花を見られなかった子ども達のことを
忘れてはいけないのです

時のゆりかごに
（ロシア西馬音内《にしもない》盆踊り公演）

藤原　祐子（ふじわら　ゆうこ）
1943年、秋田県生まれ。詩集『噴水』『編み笠をかぶれば』。
詩誌「密造者」、秋田県現代詩人協会会員。秋田県雄勝郡在住。

ほの暗い要塞博物館に展示されていた
日本兵の銃
シベリアに抑留される男たちが出発し
生きのびた人たちが帰ったところ
ロシア　ウラジオストク
引き算の地
そこで踊った西馬音内盆踊りは
友好のみならず鎮魂の踊りでもあったか

日本最大の客船飛鳥Ⅱが
ウラジオストク　金角湾《キンカクワン》を出て
目指すは秋田港
台風が朝鮮半島を通過中で
部屋のバルコニーには波しぶきがかかる
モンゴル公演の時
北朝鮮がテポドンを発射したことを思い出す
暗闇の海を白い船体が進む
ゆうら　ゆうら　進む
海に抱かれ　ゆうら

時のゆりかご　ゆうら
揺れるたびに
ゆうら　まるくなる　まるくなる　ゆうら
　さかのぼる
母の胎内は揺れていたか
羊水は　海の味がしたか
ゆうら　ゆうら　遠い原始に駆けていく
生物に感情が芽生えたのはいつか
火の前で踊り始めたのはだれか　ゆうら　ゆうら
戦いに泣いたのはだれか
胎児のようにまるまったまま　ゆうら

ちっぽけな　わたしの六十六年の人生
今　海に抱かれ　ゆうら
時のゆりかごに　ゆうら
ロシアの
あどけない子供たちや若者の笑顔を思い浮かべ
ゆうら

僕たちの戦争あるいは学校

松沢　清人（まつざわ　きよと）
１９３５年、長野県生まれ。詩集『家族たちの肖像』『土とふるさとの文学全集14』。東京都府中市在住。

僕たちの学校
国民学校初等科
校門の脇に歩き読書の金次郎
吉野桜の木よりも高く
鉄骨の国旗掲揚塔
教室の壁には世界地図
我が軍の占領した土地に
貼りつけられた日の丸
バンザーイ
なんとグローバル

校舎に流れるメロディは定番
毎度なじみの君が代と海ゆかば
海ゆかば水浸くかばね山ゆかば……
大君の辺にこそ死なめ……
僕たちの言葉では
河馬は河馬寝をして
大君は屁をこいていた
海には河馬が浮いていて
僕たちにとって
辺は屁であった

体育館を兵舎にした農耕隊
半島からやって来た男たちの部隊
地下足袋にゲートル
鍬とスコップで武装して進軍
松林を切り倒し掘り起して
目指すは松根油
僕たちは校庭を耕し
豆とか芋とか育てたので
グランドは見事な縞模様
農耕隊の戦場の跡
上場企業が立ち並ぶのだが
あの松根油で
特攻機は飛んだのか

一億総動員
国民精神総動員
人も物資も総動員
決戦だ今こそ活せ鉄と銅

校門の扉から金次郎
本立から火鉢
僕たちの弁当箱にまで動員令
弁当箱は荷車に山と積まれ
日の丸まとって出陣した
老若男女総動員
僕たちへの動員令は麦踏みだ
農業部長の親父が訓辞した
お国のためだ
米英撃滅の力を込めて
麦を踏んでくれ

空襲のサイレン
僕たちは教室から逃げる
空腹をかかえて
東京から逃げてきた子たちと逃げる
田んぼの土手の
繁った胡桃の枝の下
声をひそめ身をひそめると
谷間の空を
Ｂ29が一機きらりきらり

僕たちは勉強した
一年生

今日モ学校へ行ケルノハ
兵隊サンノオカゲデス
カタカタパンポン兵隊ゴッコ
などと歌っていたが
エリートたちの第一志望は
白いマフラーなびかせる
少年飛行兵
プロペラの構造を研究
教育勅語の全文書取り
九九の暗記
歴代大君の名前の暗誦
国民学校初等科に
詰め込まれた漢字の行列
時にはこぼれ落ち
チンとかコウソコウソとか
チュウとかコウとかコクタイとか
響いてくる

疎開―予備役―空襲警報

森　三紗（もり　みさ）
1943年、岩手県生まれ。詩集『私の目　今夜　龍の目』『カシオペアの雫』。詩誌「堅香子《かたかご》」、日本現代詩人会会員。岩手県盛岡市在住。

疎開というコトバ
何時　聞いたのか　二歳だったわたし
知らない　わからない　稚すぎた
（大空襲が始まっていた）
今は黄泉の国の父はそのとき四十二歳　母は三十八歳
心臓脚気を病んだ父は予備役だった
戦場へはいかず満州の新京へ　親戚を頼って
蛸井正義伝執筆のため渡満していた
七十一年たった六月十日　妹と整理した木の小さな戸棚
　から
おととい古臭い紙袋　なにが入っているのか　妹とその
　書付をはじめてみた
「予備役」の心得と予備役礼状が入っていた
わたしたち家族はいつも病弱な父の健康と無事を心配し
　た　紙質は粗末だ
六人兄弟姉妹だれも話題にしない　知らない
予備役というコトバが戦後　古臭い封筒から飛び出して
　きたのだ
賢治の使った戸棚には『春と修羅』『注文の多い料理
　店』が大切にしまわれていた
曼荼羅《まんだら》がおかれていた読経もしていた本棚　（今は宮沢
　記念館に里帰りしている）
路地裏の粗末なタンスに『岡山不衣《ふい》句集』への金子兜太
　からの父への礼状がはいっていた
鶏頭や　夕陽に染まり　地獄変　　不衣
（引き揚げてきた大村家六人　佐々木家五人
そして森家九人　二十人が暮らした 寺の下寺院群の実
　家）
賄《まかな》う母の苦労は測りしれなかった　漬物の桶《こが》もいまは
　留守
郊外に疎開したのは　家族を守る決断だった
空襲警報が発令された　ただただ怖いばかり
震えていた大人たちのそばにいた
空襲警報とはなにか
どうして発令されどんな音だったのか
発令されたのは　どんな危険を知らせるサイレンなのか
ただ　ただ　おびえていた　両親に愛され守られ
リヤカーのリンゴ箱に入れられて　疎開先の盛岡の郊外
　の黒川まで
リンゴのようにゆれて疎開した

頭をゴツンゴツン　りんご箱にぶつけながら
蚤《のみ》やシラミ、蚊にたかられ
二歳のこどもの血は美味しいらしく
喰われた後がグシャグシャの
かさぶたになっていたと　情け深い母は言った
兄の荘裕は八歳　疎開先の留守を守り　タマゲダ
六歳の弟と四歳の妹の私にご飯をたいて食べさせてい
た
無邪気な　ひとを憎むことも
戦争という恐ろしい事態も知らない
私は小さな二歳のこどもだった

子どもたちは　いま

日下　新介（くさか　しんすけ）
1929年、福井県生まれ。『日下新介全詩集』、詩集『核兵器廃絶の道』。
詩人会議、北海道詩人協会会員。北海道札幌市在住。

私の書斎の壁面に
二枚の写真が貼ってある
一枚は「目をそらしてはいけない」
と、書かれた
クラスター爆弾で殺された
血まみれの少女を抱きかかえた老爺のカラー写真
もう一枚は
「ナチ収容所に消えた子どもたち」
と、書かれた白抜きの題字の新聞の切り抜き
それは　チェコ　リディツェ村の
彫刻家の手になる
永遠の悲劇を刻んだまま
動かないいない　子どもたちの群像だ

これらの子どもたちの
命の叫びを　私は毎日聞いている

父よ　母よ
家族よ　友だちよ
草よ　木よ　野イチゴよ　アンズよ
雨よ　風よ
日の光よ　砂漠の砂よ
オアシスの黄色いシナッピスの花よ　蝶よ

今朝もテレビで誰かが話していた
ベトナム戦争の痕跡

学校へ行く道で
サッカーをして遊ぶ広場で
田や畑　森や川で

今も
子どもたちをねらって
地中にひそんでいるボール爆弾で
手をもがれ　足を失い
目を奪われる　子どもたち

アジアで　中東で
アフリカで
世界の　いたる所で

地球のうめきを！

60年前も
30年前も
今も　なお
つぶらな瞳をとじたまま　眠り続ける子どもたち
さっきまで跳ね回っていた
兎のような脚は
いましがたイランの街角で
アメリカや欧州　ロシアの空爆
テロの自爆で　吹っ飛び

大人になってのからの夢もかき消された
子どもたちよ
時には銃を持たされたあどけない顔の
子どもたちよ

戦争よ
戦争を続ける人々よ
核兵器を造り続ける国よ

きけ　子どもの
奪われた未来を
硬い像に刻んだままの
子どもの叫びを　願いを！

この土の下に

星　清彦（ほし　きよひこ）
1956年、山形県生まれ。詩集『幸せに一番近い場所』、『砂糖湯の想い出』。
詩誌「凪」、「覇気」。千葉県八千代市在住。

何十年もの昔から原っぱは観てきた
毎日のように
豆腐やしじみを売る声が傍らに響き
霜焼けの手で新聞を配る少年の姿があった
子ども達がチャンバラや
戦争ごっこにも飽きた頃
紙芝居屋のおじさんが
太鼓を叩きながらやってきた
どの子も真剣にそのお話の世界へと引き込まれ
そんな姿を観るのが
原っぱはとても好きだった
そろそろ隣の湯屋が混み始める時刻
幾つもの煙突からたなびく煙が
まるで優しい母さんの髪のよう
原っぱがそうであったように
皆も原っぱが好きだった

そのうちに
海の向こうの知らない所で戦争が始まり
原っぱはその戦争に行く

沢山の兵隊さん達の見送りの場になった
竹槍で本気で敵と渡り合うという
馬鹿げた訓練の場所にも使われた
子ども達の楽しい遊び場だった原っぱは
遊ぶよりも食べるために
芋や南瓜が作られた
もう誰も
遊ぶことの出来ない畑になった原っぱ

その夜暗闇のこの町に
沢山の飛行機が襲いかかってきた
豪雨のようにざんざんと火の塊が降り注ぎ
思い出の詰まった子ども達の家は
声を上げて焼け倒れていった
大切に大切に育てたこの畑の上を
悲鳴を上げて逃げ惑う半狂乱の人々
さて夜が明けるともうそこは
何処なのかすら解らない
辺りは樹々のみならず
雑草一本に至るまで

何もかもがすっかりと燃え尽きて
その強い臭いだけが至るところに立ち込めていた
煤けた顔の人達は
命が有るのか無いのかさえ解らず
ただぼんやりと力無く
何かを眺めているだけだった

それから十年が過ぎた
畑は再び原っぱに戻り
多くの子ども達の元気な姿も戻った
そこはまた賑やかで
楽しい遊び場となったのだ
紙芝居屋のおじさんも
物売りの声も戻ってきた
けれども
決して戻れない子ども達が沢山いたことも
原っぱは知っていた

さらに時間は流れ
原っぱは素敵な「公園」になった
どこもかしこも見違えて奇麗になったし
平和な時代に育った子ども達も
皆立派な大人に成長した
あの悲鳴もあの惨劇も
みんな奇麗に整地された
この土の下に眠っている
けれども今でも忘れない
昔原っぱだったあの頃のことを
戻れなかったたくさんのあの子達にも
明るい笑顔があったことを

ベガの瞬《また》き

この星の川を渡り
光の速さで駆けて行っても
あなたのところに辿り着くのに
十四年もの歳月が必要だという

十四光年のへだたりを噛みしめながら
わたしは瞬く
伝えるものは光
それより他にわたしは愛の証をもたない

あの蒼い星に棲む　異星人たちは知っているのか
月の舟人も
尾の長いカササギも
十四光年の隔たりをまたいで
わたしをあなたのもとに　ついに運べなかったというこ
とを

水を湛える惑星の
とりわけ小さな列島に住む人々
父を　夫を　子どもらを……
国防軍の兵士として召し上げようとする波が
膝まで浸しながら押し寄せているとき……

若者は恋人の腰に手を回し歩いている
あるいは独り耳にイヤホンをつけ　携帯電話を握り
しめ
ビラを撒く手を巧みに拒み通り過ぎる

《如何なる理由があろうと　わたしはこの手で人を
殺めることはできません》

あたりまえのことをあたりまえに述べることが難し
い国を
急場しのぎのトタン屋根を被せて作ろうとする人た
ちがいる

もっと強く握りしめなければならないものは何？
心の底から拒まねばならないものは何？

わたしは瞬く
瞬き続ける
伝えるものは光
それより他に　命を生みだした稀有《けう》な星に届けるものを
何も　持たない

望月　逸子（もちづき　いつこ）
1950年、大阪府生まれ。詩集『分かれ道』。
関西詩人協会、兵庫県現代詩協会会員。兵庫県西宮市在住。

号令

キヲツケ！！！気をつけないとあるくことさえままなりませぬ
マエヘナラエ！並んでみたらみんな高脂血症高血圧に心筋梗塞
ホチョウトレ！膝にたまった水のせいで上げ下げも不可能です
カシラミギ！！鞭うちで右も左もそっぽさえままになりません

如何なる号令にも一糸乱れず
即座に対応したときもありました
前後左右を見わたしても
一律にはどうにもならなくなりました
まねていいのかわるいのか
さりとて同じことにはなりたくない
なん度あの号令に煮え湯を呑まされたものか

国民とはよべない
市民ともいえないの叱咤ビンタの嵐の下で
命令に服従したあの人たち
号令者は今のリーダーのご先祖さま
今や亡霊になり果てて
南溟の中空にさまようている
祖父に兄弟に従兄弟にハト子達の
銃器を肩にした姿が
今も眼交いに　飛蚊のように奔《はし》ります

時も丁度の二〇一五・七・一六
台風11号は四国を目指してやってくる
ボロボロの軍服を纏ったご先祖様の一団が
巨大な目の中の渦巻きと一緒に
涙を落としにふるさとにやって来る
安保法案衆院通過を詰《なじ》るかのように

仲間はずれで十分だから
集団に入れてもらわなくて結構です
せめてひとつなりとも返してほしい
号令ひとつでそっくりそのまま持って行かれてしまった
あの小さな握り拳の中の
かためつづけていた少年の日の財宝《たからもの》
いまさら満願とまではいいません
ほんのひとさじ分でも返して欲しい

生き恥だけを曝しつづける百歳までは
もうほんの　まったくほんの僅かな期限しか
残っては無いのですから

山本　衛（やまもと　えい）
1933年、高知県生まれ。詩集『讃河』『黒潮の民』。
詩誌「ONL」、日本現代詩人会会員。高知県四万十市在住。

何処へ

子供たちが危ない
メゾの声では聞こえないらしい
結界を解く笛のように
真っ直ぐに張ったソプラノ
鼓膜の手前で
息切れした

腹筋が足りない
街はずれにあるジムへ行く
軽快なリズムで
伸びたり縮んだりしている
楽しげに不思議な空間
みんな何かに向かってカーブしている

私の足は暮れ方へカーブして
野アザミの咲く林の中へ分け入る
一面に咲いていた野アザミは
直立したまま枯れていた
野アザミと一緒にムシたちも
カサカサ枯れた

渡辺　恵美子（わたなべ　えみこ）
1943年、山梨県生まれ。詩集『万華鏡』『母の和音』。
詩誌「プリズム」、日本詩人クラブ会員。埼玉県狭山市在住。

それから

林が枯れる
街が枯れる
地球が半分枯れかけている

子供たちが駆けて来る
走り去る背中に
真っ直ぐ声を投げる
誰も立ち止まらない
助走しているのだろうか
新しい地球に向かって
どこにも見当たらないのだが
子供たちには見えるのだろうか

　野アザミが枯れたよ
子供たちの足が声を踏んで走りゆく
　ムシも枯れたよ
子供たちの手が声を振り払い
林の奥へ消えてゆく

砂の城

宮崎　直樹（みやざき　なおき）
１９５４年、福岡県生まれ。著書『賢治風五目ご飯』『名句と遊ぶ』。俳句集団「鬼」、「連衆」。東京都杉並区在住。

ぼくは波打ち際で作っていた、砂の城を。
何度目かの波ができたばかりの城を襲い、
しゃがんだぼくのパンツを濡らした。

もっと大きな波が来て、城を越えた。
ぼくは一歳の誕生日を過ぎたばかり。
世界は光に満ちて、目を開けているだけで精一杯だった。

そんなある日、あれは来た。
いつも母の押すベビーカーに乗って渡った、白い大きな橋。
その橋に引っかかった材木が、奇妙な城を作っていた。

城は成長しつづけた、倒れた家と樹木を積み上げて。
いくつか赤い窓のようなものが見えた。
ぼくの友だちは、そこから手を振ったりはしない。

夏の終わり。砂丘のコンクリートの池で出会ったメダカたち。
そっと伸ばした、ぼくの人指し指から泳ぎ去った。

ぼくが、はじめて世界と出会った日。

指が、クレーンのように伸びるのを見ていたのはダレか？
底にゆらめく太陽ときらめく水面の間で、踊るメダカたちを見ていたのはダレか？
指が水面にふれた瞬間、列をなして泳ぎ去ったのはナニモノだったのか？

世界と出会うとは、たとえばこんなこと。
でも世界には、この日を迎える前に死んでしまう大勢の子どもたちがいる。
この日を迎えても、喜びだけ残して死んでしまう大勢の子どもたちがいる。

父に抱かれて沖に向かったぼくに、水塊が押し寄せてきた。
おじかぁおじかぁ、と泣いたのはダレだったか？
その泣き声を聞いている余裕は、ぼくには無かった。

おなじものが

窪みのある向うに
下校帰りの子が見えた
あこがれの知子さんとそのともだちだ
御屋敷の垣根に隠れた
ふたりのはしゃぎ声が通りすぎていくのを
配達残りの新聞をかかえて　見送った

窪みのある向うの大地には市営住宅があり
その先に　小学校があった
窪みをおりる坂には　防空壕の洞穴が残っていた
その道はいつもじめじめし
へびをみかけたことがあった
その坂道の反対方向の一帯には
大きなコンクリートのマンホールが
幾重にも放置されていた
ぼくのいる高台側は御屋敷が数軒建っていた
窪みは畑になっていて
小川があり
窪みの先にある池から流れていた
この一帯は
登下校のこども心を騒がすところになっていた
女の子にとっても
好奇心をあおりたてられていた

身を隠していたぼくは
ふたりが通りすぎるのに
数分間　じっとしていた
悪いことでもしているかのように
身をひそめていた
そんな日が　ときどきあった
学校に夕暮れどきまでいたふたり
楽しそうに帰っていく
一緒にいれば　なかよくなれる
おなじところにいたい
そんなところで遊んでいたい
ぼくは　新聞を配達する時間にいる
四年生になった少年の心は
学校にいたい心と
新聞を配達しなければ家に帰れない心が
ひとつの時の中にあることでとまどい
はなすみ　まこと
１９４５年、大阪府生まれ。詩集『外からの風景』『階段のある部屋』。詩誌「漪」詩人会議会員。埼玉県上尾市在住。

遊べるときのなかにいるのが
本当のぼくなのに
新聞を配達するしかない
本心はおさえるしかない　と
幼い心に　ドスンと落ち
門構えの立派な家の垣根のなかで
親父のみすぼらしい身なりのせいだ
お金のない貧しい家のせいだ　と
戦災で焼きだされたことも知らなく
終戦ひと月まえに　輪転機で片腕を失くし
自己喪失から抜け出したばかりの父の風貌
そんなことも知らないで
ぼく自身を納得させていた

一軒　一軒　ポストに新聞をいれながら
階段をかけあがったり
坂道をかけおりたり
いつも小走りで　心を閉じていた
足腰の強いぼくになっていくことも
我慢強い心を育てていることも
その時は
ぼくには　わからなかった
おなじものが

どこにも　ない
そんな　なかで暮していた
それなのに
そのことに　気がつかないでいた
いつも　おなじでありたいと
おなじでないといけないのだと
思っていた

昭和五年生まれの教室から

大きくなったら兵隊さんになりたいです
父が答えた昭和五年生まれの教室で
ひとり
音楽家になりたいですと言った男児がいて
みんなで馬鹿にした
先生もそうやったぞ

おまえ達は焼夷弾を知らんだろうが
父が困ったような笑い顔で言った時
十四歳の私は
焼夷弾という言葉を覚えた
それがいわゆる弾丸でないことを知ったのは
さらに数年たってからだ

火はべっとりとして
払えば落ちるようなものじゃない
取りついてとめどもなく広がって
そこまでは教えなかった
平和な中年を迎えてもふと探り当ててしまうものを
一直線につながる者にさえ受け渡すことができなかった

にぎやかな食卓がふさわしくなかったか

田中　裕子（たなか　ひろこ）
1961年、福岡県生まれ。詩集『夢の先』、『カナリア屋』。
詩誌「タルタ」、「いのちの籠」。神奈川県鎌倉市在住。

手に触れたものが濁流の川みたいだったから
諦めたのだろうか
目の前の若いいのちがまぶしかった
ということはあるだろうか
十四歳の傲慢さは興味無げな眼をしていなかったか
昔話のように括らなかったか

音楽家の夢は
いつも空腹だった軍国少年の
歯の根を揺らした
遠すぎるものが遠いことで結ばれて
ここまで運ばれてきた
父がよく口ごもっていたのはそのせいだったかもしれない

おまえ達は焼夷弾ば知らんめえが
今そこから手がのびる
足がのびる
細い根が探りさぐり
つながる　出口を
探している

四章　無差別爆撃の傷跡

鎮魂曲

田中　清光（たなか　せいこう）
1931年、長野県生まれ。詩集『岸辺にて』『言葉から根源へ』。
千葉県市川市在住。

瀧口修造の実験工房*のことはきいていたが
そこに加わっていた一人
タケミツさん
まもなくあなたの書いた
「弦楽のためのレクイエム」をはじめて聴いたとき
ぼくの内にどす黒い層をなして蟠《わだかま》っていた火の記憶を
根から揺すぶられた
その重たい旋律と響きは
戦争でいわれなく死んでいった夥しい人人へのレクイエ
　ムに
ぼくには聴こえた

一九四五年三月十日の未明に目の前で次次に焼け死んで
　いった
ひとびと
そのなかからなんとか逃れ　生き残ったぼくの
悲嘆と　後ろめたさがどこまでも
追いかけてきていたなかで

武満徹のレクイエムの音を聴きながら
（彼の制作動機がどうあろうと）
日本の敗戦後にはじめて生まれた
死者の魂を鎮めるしらべと直感した

沈黙させられた幾万もの骨たちは
いまなにを激怒しているか

わたしが火に追われて逃げて回った焼野原には
いつのまにか
なまぬるい水たまりが
拡がって
（ドイツではシェーンベルクがホロコーストの惨劇に対
　し「ワルシャワの生き残り」を作曲している）
レクイエムの響きだけが
沈痛に深潭《しんたん》からひびいてくる

＊瀧口修造の実験工房（昭和二十六年に結成・造型作家・
　作曲家等を集め）

平和の楯
―ケロイドの顔

いまは二十一世紀の遊覧船のような
五階建高層マンション白鷺ハイム
昭和二十年の時はルーテル神学校があった
神学校には憲兵が駐屯していた
昭和二十年三月の東京大空襲で
杉並区天沼三丁目と中野区鷺宮二丁目の
神学校の周辺の住宅街が焼けて焼け野原になった
翌朝は晴れ、校門前には老婆の焼死体
トタン板が被せられ
下から老婆の木の棒のような焼けた脚が覗いていた
焼け跡で万年筆爆弾を拾った幼い男の子が
被爆し顔面がケロイドになった
大学理工学部を卒業したが就職できないで
三年前まで生きていた

戦後七十年の二〇一五年
いま生きていれば七十七才になる
彼は毎日、自宅近くの住宅街を徘徊していた
いつも黒いコーモリ傘を持って
帽子も被らないで街を歩いていた

目を瞑ると
彼の姿が浮かんでくる
彼はいつものように街を歩いている
黒いコーモリ傘を持って
こちらに向かって歩いてくる
ケロイドの顔を
平和の楯のようにして
正面を向き
ゆっくりゆっくり歩いてくる
平和への願いを
自分の顔をプラカードにして
歩いてくる

菊田　守（きくた　まもる）
1935年、東京都生まれ。詩集『かなかな』、『雀』。
詩誌「花」、日本現代詩人会会員。東京都中野区在住。

死んだふさ子のためのメーデー

鳴海　英吉（なるみ　えいきち）
1923〜2000年、東京都生まれ。詩集『ナホトカ集結地にて』『鳴海英吉全詩集』。詩誌「列島」「鮫」。千葉県酒々井町に暮らした。

メーデーの会場で
透きとおる肌の娘たちを見つめていた
けれど　ふさ子の肌のように美しくはない
歩道に　炭化したままで並べられ
誰か判らないまま　誰も引きとる者がなく
ひとつの焼死体になって放置されていた
五月の風が残酷に忘れる　横浜空襲
炭化したおまえの　ざらざらした肌が
風にふかれ　あわいひかりに　くずれつづけ
くの字に曲った足に白い骨が出てきた
黒く焼かれつづけた　おまえの肌は美しい
土に返してしまわないでくれ　風

沢山の娘たちの　あなたの瞳は美しい
けれど　ふさ子の細い眉は
くずれる火のなかで　まず燃える
今日　メーデー会場の娘たちの
きらきらひかる瞳を見つめていた
あの瞳は　ふさ子に似ているが　ちがう
燃える眉の下で　やけ　とけ　流れた瞳
あなたたちの瞳は美しい
けれど　白く流れた　ふさ子の瞳の方が
あなたたちよりも美しい
小さな乳くびの朱　のように
泣きはらした　まぶた　が見える
まぶたのなかで　黒い瞳が
凝視しつづけて動かなかった
小銃を担う　おれを映している

さわがしい五月の空か　芽ぶく
真直にやわらかく　芽立ちしている
たしかに　ふさ子
戦場に去ったおれは
その日から　今年の五月の季節まで
美しいものには　出会えなかった
今日　巻きほぐれる　若葉と乳房の朱
五月に　ふるふると咲く　花々たち
戦争反対　平和と民主主義を守ろう
おれは　いくどもよろめきそうになる

脣のなかの唾液を　ふくらませて叫んでいる
戦争反対　平和と民主主義を守ろう
おれは行進の仲間に腕を組まれているから
あふれる涙を　ぬぐえないでいる
誰かが両方から　おれを支えてくれるから
誰よりも大きな声で叫んだ筈である
戦争反対　平和と民主主義を守れ

ふさ子
この会場にいる沢山の娘たちは美しい
五月がふきよせる会場の中央に
炭化した焼丸太になって立ちすくむ
赤く透きとおるふさ子
会場で一瞬　歌声がとぎれるとき
おれの腹のなか　ふきあがり　あふれるもの
五月に　はげしく乾くおれの脣が
言い切ってしまう
ふさ子　おまえが一番美しい

サイレンが鳴る

門田　照子（かどた　てるこ）
1935年、福岡県生まれ。詩集『ロスタイム』、エッセイ集『ローランサンの橋』。
詩誌「花筏」、「東京四季」。福岡県福岡市在住。

遠くから近くへ
サイレンの悲鳴が聞こえる
来た　今夜もやって来た悪魔の翼
通りの向こうは空が真っ赤だ
人々が声の限り叫びながら走ってくる
わたしも地下壕を出なければ
外へ出てみんなと一緒に逃げよう
ここに蹲《うずくま》っていては焼け死んでしまう
さあ早く　早く

石になった足が重い　動かない
誰か助けて　すとんと何処かへ落ちる
ああ　夢でよかった
夢ではなかった　あの時代
B29の爆撃音に怯《おび》え身の竦《すく》む日があった
焼夷弾の炎に追われ逃げ惑う夜があった

防空演習をして　千人針を刺して
日の丸振って兵隊さんを見送り
名誉の戦死の遺骨を迎え
お国のために　ひもじい不自由を耐え忍び
何も悪いことをしなかったのに

なぜ　戦争をしているのか
なぜ　空襲を受けるのか
子供のわたしには解らなかった

悲しみの溢れる眼で
テレビカメラを凝視める少女
（あの日のわたしだ）
国と国の大人たちの歪みに
テロや戦争に　素足のまま曝される
戦禍の中の幼いいのち
水に渇き　食に飢え　人に脅え
小さな身体いっぱいに理不尽を背負わされ
空襲の恐怖を忘れられないまま
サイレンは内耳に棲みつき
未来永劫記憶の荒野を歩くのだろう

それでも　どうか負けないで
無垢な瞳のイラクの少女よ
未来を創るのは
（神ではなく）
弱く愚かであっても
わたしたち人間なのだから

赤い町

秋山　泰則（あきやま　やすのり）
１９３８年、東京都生まれ。詩集『民衆の記憶』『泣き坂』。美ヶ原高原詩人祭主催、日本現代詩人会会員。長野県松本市在住。

燃えさかる火の中を
炎の呼吸に合わせて
当ても知れづ群れて歩く人々と
絶えずすれ違う人々も
火の輪の中を大きく回っているだけで
火の粉のように弾き出ることはない
空になった防火水槽に寄りかかって
燃えている人は
声をかければ届くほどの所にいたが
私は見ているだけで
声はかけられなかった
逃げることを止めてしまった人に
まもなく
必ず死んでいく人に
何をどういえばいいのか分らなかった
目を逸らさないことが
死んでいく人への親切だと思った
どこの誰なのかも分らないけれど
生きていたことを
しっかりと憶えてやることが
その人にも私にも
大切なことだと思った

ジェノサイドの夜

――東京大空襲に――

原子　修（はらこ　おさむ）
1932年、北海道生まれ。詩集『受苦の木』、叙事詩『原郷創造』。詩誌「極光」。北海道小樽市在住。

鬼ごっこの夜から
逃げそこね

煙の綿飴に
つかまってしまった

焼夷弾とは
人食い花火だったのですね

大量虐殺とは
偉い人たちの大笑いのことですか

髪の毛が
リボンの蝶といっしょに燃えあがり

お目目の海から
お祖母《ばあ》ちゃんが蒸発して

わたしの幼い体からはぐれてしまったわたしは
どこでおとなになればいいの

無差別爆撃の
薔薇いろの口にむさぼり食べられたわたしが

もう一度抱きしめたい赤ちゃんの妹は
どこにいるの

街やお母《かあ》さんごと　焼きつくされ
一すくいの灰にもなれなかったわたしに

世界そのものがおまえのお墓だよ　と　言うのは
だれ

鹿島防空監視隊本部の経験（一）

田中　作子（たなか　さくこ）
1927年、茨城県生まれ。詩集『吉野夕景』『田中作子著作集』。詩誌「コールサック（石炭袋）」、日本現代詩人会会員。東京都江戸川区在住。

私は昭和十八年三月、千葉県立佐原高等女学校を卒業した。真面目に授業を受けていたが受験勉強はして居なかった。母が心配して叔母が入っていたという本郷の女子高等学園の規則書を取寄せて呉れた。園長先生は有名な心理学者高島平三郎先生。課目は沢山あり哲学、日本文化史、源氏物語、詩歌論、書道、料理。音楽論は田辺尚雄先生、短歌は宮崎白蓮先生、洋裁も和裁もあって当時の名のある先生方であった。無試験で入れ寄宿舎もあったので一も二もなく本科二年を希望して入園した。寄宿生活は厳しかったが楽しかった。北海道から鹿児島、台湾からの人も居た。

私は女学校四年から西條八十先生主宰の「蝋人形」へ詩友として投稿していた。編集は大島博光先生であった。誌上に作品が載ることもあったので毎号楽しみであったが戦争も日を追って激しくなり戦況も芳しくない。夏休みを家で過し帰園すると、紺の上っぱりを着ることになった。派手な和服（洋服）と袴の上に着ていたので源氏物語の先生は「なすび畠の中へ入ったようだネ」と仰言った。

日本軍の南方での苦戦も報じられ、食糧事情も悪くなり遂に山本五十六元帥が飛行機上で銃弾死されたことが報じられた。十二月に入り文科系大学生の学徒動員が始まった。花嫁学校のような学園は閉じることになり、私は実家へ帰った。父からのすすめで私は就職することになった。

昭和十九年十月私は鹿島防空監視隊本部の隊員になった。当時十八歳であった。

監視隊本部は軍隊と警察と民間との協力で防空監視を目的とし敵、味方の飛行情報を、東部軍司令部と水戸にある地区防空司令部へ送信する任務を負っていた。鹿島灘の沿岸沿いには陸軍の監視哨が幾つか設けられ内陸には民間の監視哨が配置され、それら監視哨からの情報を受信し伝票に記載し即座に直通になっている電話で東部軍司令部と地区防空司令部へ送信する。受信送信共に左のようなものであった。

何分・敵・（味方）南（方角）双発（発動機の数、単発とか四発）何機（数）何千・（高度）北・（進行方向）と報告する。近くには海軍の神《ごう》の池《いけ》航空隊と北浦航空隊があった。監視哨は全部で十ヶ所くらいあっただろうか。

受信はそれぞれの哨ごとに一人ずつが担当し東部軍司令部と地区防空司令部も一人ずつ担当し交代があったから一小隊は三十人くらいだったかと思う。ちなみに私達は四つの小隊で組織されていたから総員百二十名くらいだったのだろうか。上には中隊長が居られ民間の男性であった。私は潮来《いたこ》方面から四人で自転車通勤をした。約十二キロの道程である。勤務中の食事は特別に支給されたのでお弁当は要らなかった。勤務は一昼夜二十四時間、四交代であった。

当時日本は昭和十七年六月のミッドウェー沖海戦に敗れ、ガダルカナル島から撤退した。妹が学校で覚えて来たガダルカナル撤退の時の歌は哀詞のあるかなしい軍歌であった。わたくしたちは軍国少女であった。無念や見えぬ友軍機という歌詞があった。昭和十八年十二月には学徒動員があった。多くの文系大学生が出征して行った。東京では駅などで送別の学生が集まって輪を作り歌を唄って送別しているのを見た。間もなく学童疎開も始まった。

昭和十七年四月のドーリットル空襲以来で、二回目のＢ29による本格的な東京空襲が昭和十九年十一月下旬頃から始まった。日本はレイテ島の作戦にも大敗し制空権は無くなってしまっていた。米軍はハワイに上陸し硫黄島の玉砕、沖縄も占領された。あとは本土作戦のみとなった。北方のアッツ島の日本軍の玉砕も報じられた。ますます見通しのつかない沈鬱な状況であった。

私が入隊してから戦況は不利になるばかりで、最初は零戦も時には飛び月光とか紫雲とか水司艇という美しい名の飛行機を報告したことも覚えているが短期間のことであった。情報が国民に届くまで何分かかるかと休憩時間に計ったらラジオの警戒警報が発令されるまでに三分かかっていた。それでも割合早いと思い、私達はやり甲斐があると思った。

情報は敵艦載機が多くなった。空母が来ている。毎日上空に飛来し機銃掃射をして行くが笑顔まで見えた。バラバラバラという掃射音は逃げ場がない。

鹿島灘には敵空母も来ている。

妹は女学校で挺身隊として日立の軍需工場へ行っていたが艦砲射撃を受け着のみ着のまま何も食べず友達と一緒に潮来まで帰って来た。途中艦載機の機銃掃射を受けたがそれぞれに麦畠へかくれながら逃げ帰ってきた。

私たちは口には出さなかったが敗けると思った。米兵が上陸したらどこへ逃げようかと話し合った

昭和二十年三月十日のＢ29による東京大空襲はもの凄く東京の空は赤く染まり焼けている。親戚知人の安否が心配であった。主要都市への大空襲もしきりにあった。

焼夷弾による絨緞爆撃であった。そしてアメリカは八月六日広島へ原子爆弾を投下した。続いて八月九日には長崎へも原子爆弾を投下した。何という非道だろう。戦争は恐ろしい。言葉では表せない悲惨さは衝撃であった。今では犠牲となられた方々の御冥福と恐ろしい戦争を忘れないのが生き残った者の義務と思っている。

日本機の飛ばない空。しかし沖縄へは特攻機が月明の夜飛び立つとのこと当地で最後に飛行したのは双高練（双発高等練習機）だろうか。
八月十五日　天皇陛下の御詔勅がラジオで放送された。終戦のお言葉である

不思議に思うことがある。日本機の名前よりグラマンカーチス　リパブリック　ロッキードＰ38というあちらの戦闘機の名を覚えている。

そんなことが

谷口　典子（たにぐち　のりこ）
１９４３年、東京都生まれ。詩集『悼心の供え花』『あなたの声』。
詩誌「青い花」「いのちの籠」。東京都西東京市在住。

その夜
路上で死んだ　一塊の家族
ただ　黒い塊として
だれにも知られず
なにも残さず
葬られることもなく
生きた証もなく　塊のまま

父よ
母よ
兄よ
妹よ

ひとりひとりが　いたではないか
ひとりひとりに　名前があったではないか

そんなことが

誰かがその名前を聞いてあげなければ

火　火

地獄でさえ　これほどではないであろう

業火のなか
十万人もの人が

三月十日
Ｂ29　三四四機による焼夷弾爆撃

戦後七十一年　　そんなことが

まんなか

まんなかは　むずかしい
まんなかは　なかなかきまらない

いつも
どちらかが　おおきいと

ほんとうは　まんなかでも

そして
すこしずつ　まんなかにしようと
なおしていくと

しまいには
なにも　なくなってしまう

みんな　まんなかをほしいとおもっても

いつも　たいせつなものを
うしなっていく

そうして　あらそいがおこる

いちばんたいせつな
いのちがうしなわれていく

あの日の特攻隊員

佐藤　勝太（さとう　かつた）
1932年、岡山県生まれ。詩集『ことばの影』『果てない途』。
詩誌「現代詩神戸」、日本詩人クラブ会員。大阪府箕面市在住。

空港を飛び立った
愛機のエンジンは快調に
開聞岳《かいもんだけ》の頂上に差しかかっていた
間もなく東支那海へ出ると
敵の支配圏に入っていく

特別攻撃隊として出撃
頂上を越えようとした瞬間
機はなぜか急に馬力を落して
行先に戸惑っているように思えた
慌ててエンジンを吹かせて
機はようやく頂上すれすれに
海域へ出た

生きなければ何も出来ないと
常々心奥で決し　反面
命を惜しんでは勝てないと
葛藤するものが交錯していた
機上から索敵《さくてき》しながら
つと両親と恋人の顔が浮かんで
涙声でさようならと言っていた

やがて機は敵艦を発見
機首を下げて突込むと
機関砲の掃射の雨
避ける隙もなく
いつか愛機と共に燃えながら
海波に没していった

不戦の要塞

私はかつて、和歌山沖の無人島「友ヶ島」の要塞跡を訪ねたことがあった。今は訪ねる人も少ない荒れるにまかせたような砲台跡には草木が茂っていた。

赤土の上に残る要塞跡を巡って、当時を偲び戦さの虚しさを感じていた。

昔の日露戦争時、瀬戸内海へ敵の侵入を防ぐために造られた防御拠点として、関西防御の要塞だった友ヶ島。

当時、フランス製の大砲三十二門、水中音波探知機（ソナー）等の最新兵器を配備して備えたが、ロシア・バルチック艦隊は、日本海海戦で東郷平八郎元帥の日本海軍に殲滅させられた。

ために、友ヶ島は無傷のまま、太平洋戦争終了まで無事だったが、日本の無条件降伏で連合軍によって、それら基地は今日に至って、荒れたままである。

私が島を訪れた数年前は、林の中に赤レンガ造りの地下壕とか、小山の砲台跡が残っていたが、他に往事を偲ぶものは無く、小鳥の囀る平和な島であった。

今日、それら戦争遺跡を含めて、国内に残存するものは「戦争遺跡保存ネットワーク」によれば約三万ヵ所あって、毎年数十ヵ所が消されているという。

戦争遺跡を保存するのが良いか否かの議論はあるが、歴史の一端として不戦を誓う我が国としては、一部を遺して歴史の教訓とすべきでもあろう。

戦後七十余年、知覧（陸軍）鹿屋（海軍）の他、九州には何十ヵ所かの特攻基地があったという。そうした基地から何百人の若者が東支那海から太平洋に飛び立って帰らず、藻屑となったことを思うと、戦争という事変を忘れた現代人にも、身に沁む今日でもあろう。

他に、戦争を悔いる遺跡はまだ国内に戦争遺跡として、文化財指定・登録がわずかに二百十五件「戦争遺跡保存全国ネットワーク」によってあるが、老朽化や開発によって消えていくことを考えると、過去を直視し、実物を保存していくことこそ、歴史認識のためにも重要であろう。

夜半の目覚め

安田　羅南（やすだ　らな）
1927年、福井県生まれ、咸鏡北道育ち。
福井県詩人懇話会会員。福井県あわら市在住。

カンカンと金盥《かなだらい》を叩く音に目覚めた　飛び起きて押入の
天井板をずらし天井裏に這い上がる　鴨居を伝って黴臭
い中に息をひそめる　上級生の多恵さんの気配がして鴨
居に並ぶと震えが少し治まった
ガタガタと靴音が部屋の中を歩き廻り　銃剣が天井を押
し上げて来た　ロシア語で女を探す二人連れは喚《わめ》きなが
ら隣の部屋に移った
多恵さんは「ソ連兵に捕ったら舌を噛み切るのよ」と耳
許に囁いた　舌を噛んだら痛いだろうと思った時　あっ
と目が覚めた

半世紀以上も前の北朝鮮抑留所の記憶が甦る　忘れかけ
た私の暦日の一夜　この様な日が何時まで続くのか敗戦
の棄民としての十ヶ月　この儘では死を待つばかりと
三十八度線を脱走　命からがら引揚げた故国も困窮の歳
月が続いた

光蔭は流れ　遠からず戰爭を知らない人ばかりの日本
で今私は安穏に慣れ過酷な想い出さえ忌避してゐる
「知ってゐた人は知らない人に語らなければと」続く詩
の記憶があるがこれでよいのかとふと気付く
窓に目を移すと山の端《は》はしののめ色に染まり今日も平和
な暁が近い　惨状の中で落命した父や多恵さんをはじめ
多くの方々の鎮魂の祷《いの》りを心に起き上がる
男三人の孫に戰爭の悲愴さと平和の有難さを話さなけれ
ばと明けそむ空を仰いだ

機銃掃射

日本がいよいよ追い詰められた頃
この片田舎の小さな駅めがけて
何機も何機も　低空飛行で
敵戦闘機の機銃掃射があった

駅に一番近い
食堂の中の柱にも
弾の傷跡がいくつもあった
そこは母の従妹の家

私が子供の頃
母と一緒に遊びに行った時
――ここにも　あるのよ
　ほら　あそこにも

母は遺体に手を当てるように
傷跡をなでていた
そこに母は戦死した
長男の姿をみていたのだろうか

何で家の中の柱に生々しい傷跡があるのか
ガラス窓を　屋根を打ち貫《ぬ》いたに違いない
家の人たちは
どんなに怖い思いをしたことだろうか

敗戦後七十年経って
私は同じ屋敷の前にいる
昔の木造の食堂は
何の跡形もなく

今は
しゃれた鉄筋コンクリートの
家が
建っている

鈴木　昌子（すずき　まさこ）
1936年、栃木県生まれ。詩集『白い骨』『庭舞台』。
詩誌「晨」「山脈」。埼玉県さいたま市在住。

歳月

中村　藤一郎（なかむら　とういちろう）
1924年、埼玉県生まれ。詩集『神の留守』『新定型詩アンソロジー』。詩誌「炎樹」「野田文学」。千葉県野田市在住。

亡くなった人は歳をとらない
このお守り袋もあの時のまま

深川　高橋　電車通りからちょっと入った所に
下総屋という旅館があって
そこの子がガラス工場工芸部の事務室にいた栗原美代子

東京駅のホールで「これ！」って渡された
焦茶色の毛糸で編んだお守り袋
「これしか毛糸が無かったので」
　戦争が終って七〇年
　何のための戦争だったのだろうか
　子供の頃は遊びの戦争ごっこ
　物心ついて大東亜共栄圏
　終りの半年　敗戦の転進　沿岸警備
　連日連夜の空襲　真暗な灯火管制
　あげくの原爆

残りものゝ　毛糸で編んだ小さなお守袋
明治神宮　香取神宮
一言主神宮　成田山　の
武運長久のお守り
「死なないでね　生きて還ってきてね」
握り締めた掌の温もりが　未だ残っていて
三月十日の　じゅうたん爆撃で
猛火の中を逃げ迷い
路上か　公園の中か
橋の上か　川の中か
学校のプールの中か
胸に付けた名札がたよりの
小さな墓標

殺し合いの戦場に出
死ぬ筈の者が生き残り
その生還を　祈って待った者が
殺されてしまう

お守り袋も　彼女も
あの時のまゝ

そして　再び？

長柄橋

川が流れている
琵琶湖から　丹波の山奥から　伊賀の峡谷から
たっぷりと水を集めて
淀川と名前を変えて流れている

長柄橋《ながらばし》
南のたもとに仏が立っている
聖観音菩薩立像の慈悲の顔
傍らにコンクリートの塊
破壊された橋脚の一部だ
抉られ　削られて　砂利や小石が露出している
機銃掃射の跡だ
油蝉が止まって動かぬ

昭和二十年六月七日白昼　十一時九分から十二時二十八
　分
北大阪をB29爆撃機四〇九機　P5—戦闘機一三八機が
　襲撃
焼夷弾二五九四t投下　そして　機銃掃射だ
地上を逃げまどう人間を狙う

森　清（もり　きよし）
1936年、北朝鮮生まれ。
詩誌「竜骨」、「セコイア」。兵庫県宝塚市在住。

約八〇〇mの橋を渡り北岸に逃げる人　人　人
川原を橋の下へ　命をぶら下げて逃げる人　人　人
爆弾は橋を貫通して命を吹っ飛ばす
首を飛ばされた赤子を背負った母親が走る
頭を射抜かれ腕を吹き飛ばされ内蔵を抉られ
無辜《むこ》の民が
転がる　転がる　転がっている
この日の戦果
殺害二七五九個　傷害六六八二個
個体である「個」である

淀川は流れている　ゆうゆうと
カワセミが水面をかすめて飛ぶ
わたしは川原に下りた
草むらから
コオロギが飛びだした
わたしは立ち止まって
そこから先には進めなかった

眼帯の奥の戦争

浅見　洋子（あさみ　ようこ）
1949年、東京都生まれ。詩集『水俣のこころ』、『独りぼっちの人生《せいかつ》』。詩誌「焔」。東京都大田区在住。

第二衆議院会館前　冷たい風吹く中
終戦七十一年目にして　なお
戦後が来ていないと　訴える女性がいた
私たちを　おみすてになるのですか　と
私を日本人として　死なせてください　と

杉山千佐子　その人は　二十九歳のとき
一九四五年三月二十四日の　名古屋空襲で
防空壕に飛び込み　生き埋めに…
九死に一生をえた彼女は　爆風を受け
鼻の上部がわれ　左の目がつぶれた

――幾百幾千の敵機が　焼夷弾を投下した
一発の焼夷弾は　七十二発の焼夷弾筒に分裂し
光箭となり　地上にたたきこまれた
そこは戦場ではなかった
すさまじい焼夷弾攻撃にさらされている瞬間も
戦場だとは思はない　焼夷弾はたたけば消える
必ず消せと教えられ　みんなその通りにして
気がついたら　火の海　逃げ場もはく
戦場とは知らずに　焼け死んでいった
戦場でない風景は単なる焼跡
ここで死んだ人たちは
戦死者とは呼ばない　単に羅災者
戦傷者とは呼ばない　ただ戦災者

国家補償とは　その時　もらった　一袋の乾パン

杉山千佐子　長編詩「生き証人」から
言葉を拾い紡ぎだすと　怒りの本質が伝わる

杉山千佐子　その人は　被災者と連帯し
眼帯の奥の戦争から七十一年　いまも
国の戦争責任を問い続けている

終わらない戦争

二〇〇七年三月九日　一一二名の原告団は
人権の回復と　追悼碑の建立を願い
戦争の参事を繰り返さない　証と祈りで
戦後はじめて　東京大空襲の集団提訴をした

二〇一三年五月八日　最高裁判所は上告棄却を決定した
当時平均年齢八十歳の原告団は　次への行動を開始
司法が切り捨てた空襲被害を　知ってもらおうと
国会議員の各部屋を訪ねた
超党派での援護法成立を求めるため
立法への働きかけをはじめた

原告団　弁護団　支援者が　一団となって
実態を知らせる　東京大空襲訴訟原告団報告集を作成
援護法の制定をめざす　新たな行動にと　打って出た
一審の提訴から六年　原告は十人が亡くなっていた

――空襲で　家も家族も焼かれた　六歳のおれが
生きていくために　やくざの使い端になって
必死にいやってきたのさ　空襲裁判に加わって
弁護士《せんせい》が真剣におれの話を聞いてくれた
それだけで　おれ生きていて良かったと思うよ

――六歳のとき　焼夷弾の破片で片足を無くしたわたし
足は、何時か生えてくると思っていました
無くした足が　戻らないことを知ったときから
私の戦争が　いまも、続いています

――私は三月が近づくと　今でも
言いしれない　不安に襲われています

――戦争に行った父は　家族に何も語りません
年を取った父は　最近　道路工事の
ガタガタいう掘削機の音に　怯えます
アッ！　これがフラッシュバックなのかと…

私たちに　戦後は来ていません　と言わしめる
数知れない　戦争被害者　空襲被害者　被爆者
数知れない　もの言えず散った命　魂の存在
戦争は　その被害を背負った　その後の人生なのだと…

合掌

四歳の夏

宇津木　愛子（うつぎ　あいこ）
１９４０年、埼玉県生まれ。詩集『私の絵地図』、『春耕』。
詩誌「マロニエ」。埼玉県川越市在住。

空襲警報のサイレンが鳴った

台所仕事をしていた母が
大事な物が入っているという布袋を
わたしに持たせると
先に防空壕に入れ　という

泣きたい思いをこらえて　ひとり
庭の　大きな栗の木の下にある防空壕へ急いだ
筵を広げ　薄暗い穴の中でうずくまる
湿った土の匂い
すぐあとから行く　という
母の言葉だけを信じて

足の不自由な祖父が　奥の部屋で寝ている

母が赤ん坊の弟をおんぶして
壕の入り口に走ってきた
けれど　祖父をつれていなかった
〈もう　自分は死んでもいい〉

〈早く　行け〉と言って
動こうとしない祖父
しかたなく障子を閉め　枕元に屏風をたててきた
母はそう言うと
大きな溜息をついて　筵の上に座った

わたしは
壕の中で　ずっと祖父のことを考えていた

木箱の骨

和田　文雄（わだ　ふみお）
1928年、東京都生まれ。詩集『昭和八十八』、詩論集『宮沢賢治のヒドリ本当の百姓になる』。詩誌「ケヤキ自由詩の会」。東京都府中市在住。

部屋は坂を下り谷底の貸し間住宅にあった

すべて焼かれ滅ぼしつくされた都会のなかに
社会科学の本　数冊が書架に並べられ
生きているだけの焼け跡を哀れに飾り
諳《そら》じている教条が主義を昂《たかぶ》らせる

谷をめぐる坂に土留めのように横たえられ
父と母は屍の呼び名に耐えていた
無差別に焼かれてもそれは父であり母であり
はらからである

骨は白くくすんでいた
区役所と町内の世話する人に拾われて戻った
骨壺はなかった　一面が空襲という劫火に耐え
小さな木箱に容れられ貸し間の棚板におかれた

昼時の暑気と詔勅の玉音が頭の上を流れていった

木の箱の蓋をあけて白い骨を見る

右の眼から一つ　左の眼から一つ
白い骨に　わたしが沁み幽かな音を伝えた
それが　それだけがわたしへの言葉として
わが生国《しょうごく》に埋めてくれと父の声
いっしょになと母の声

置き去りにした邦に祖国に
骨は白さをなお白々として動かない

骨は故郷という埋《うず》みの場を選んだ
暑気に惑わされても思考を混淆《こんこう》させない
抵抗のある者の確かさがきめたのだ
誰にも壊されることの無い住み処として

透かして見えるものが正であり誠であっても
わが生命はわがものとして生きる
うずみに恨みはないと自分を恕《ゆる》したのだ
いずれ骨が透けてくるように

一言聞かせて下さい
耐えることは美しいことでしたか

戦争

朝倉　宏哉（あさくら　こうや）
1938年、岩手県生まれ。詩集『鬼首《おにこうべ》行き』、『朝倉宏哉詩選集一四〇篇』。
詩誌「ヒーメロス」、「幻竜」。千葉県千葉市在住。

中央アジア・ウルムチのホテルのロビーで
黙々と戦争の準備をしている集団がいる

映画のロケだろうか
彼等は完全に戦争モードに入っている
殺さなければ殺される
古代の甲冑で身をかため
剣を持つ者　槍を持つ者
身も心もぎらつく兵士になりきって
薄明のゴビ砂漠へ飛び出して行く

ウルムチからトルファンへ移動するとき
わたしはバスの最前列に座り
荒涼たるゴビ砂漠を百八十度視野に入れた

この青空の下のどこかで戦争が行われている
漢の大軍を匈奴の軍が迎え撃つ
人馬入り乱れて
雄叫びと叫喚が渦巻いて
殺し合いの血がながれている

真っ正面に蜃気楼が現れて
戦闘シーンのようにゆらめいている

太古から繰り返されてきた戦争
ひとつの戦争がおわると
ふたつの戦争がはじまり
ふたつの戦争がおわると
みっつの戦争がはじまり
いつの時代にも絶えなかった
そして　二十一世紀のきょうもなお

蜃気楼はだんだん膨らんでくる
あのなかで行われているのは
古代の映画や演劇ではなく
まぎれもない現代のほんものの戦争
ではないのか
ないのか

蜃気楼よ　消えろ
消えろ　消えろ　消えろ

旋回飛行の報告

中村　花木（なかむら　かぼく）
1949年、群馬県生まれ。詩集『奇跡』『ぶらんこ』。詩誌「夜明け」、詩人会議会員。群馬県前橋市在住。

そもそも　最初は
右へ旋回するつもりだった
なぜなら　そっちが
ユーラシア大陸の方角だったから

けれど
まもなく
ソラは
漆黒の闇におおわれ
有視界飛行は
操縦不能の状態に

それでも
空軍パイロットのわたしは
両翼を扇ぐように広げながら
大気らしい圧力をたしかに感じ取っていた
けれど　コントロールの自覚がない

流されて行く気分のまま
左旋回している不安に慄きはじめる
紫立ちたる　夜明けのリングを
はるか東のソラに認めたからだ

眼下には
かすめる陽光に映える山肌
シルクロードの険しい
山峡の深みにある　村落
そこに攻撃目標の核施設らしきものがある

わたしの親指が　操縦不能のままに
爆撃機のミサイル発射ボタンを押した
耳元で司令官の合図が聞こえたからだ
その閃光に
ラクダのいななく影が映るのを認めた

＊

謹んで報告します
先制攻撃の任務は完遂されました
ただ　別途申告しますが
この飛行機が無人自動操縦機だったとは
上官からも知らされていません
わたしのミッションは成功したのですが
そもそも
右旋回は　正しい選択だったのですか

泣く女

チェルノブイリの事故の後だったろうか
四十二年を耐えてようやく
スペインに戻った〈ゲルニカ〉を
どうしても見たくなったのだ

レイナ・ソフィア芸術センターの壁に
静謐に、それは佇んでいた
闘うべき相手は、戦争、暴力、憎悪
罪なき犠牲者を悼むピカソの心を見つめた

きゅう・てん・いち・いち
さん・てん・いち・いち
きわめて大きな傷を負ったことに気づいたとき
立ち竦《すく》むほかは無いのだろうか
愚かな過ちを自省できるのだろうか

〈ゲルニカ〉のなかの
児を抱えた女は天を見上げて慟哭《どうこく》している
児を孕《はら》めなかった女が口をあけて慟哭している
狂ったように取り乱しているようで

高橋　静恵（たかはし　しずえ）
1954年、北海道生まれ。詩集『梅の切り株』、研究書『子どもの言葉が詩になるとき』。「詩の会こおりやま」「福島県現代詩人会」会員。福島県郡山市在住。

女の
運命とも
存在の混沌とも
哀しみの底の慟哭なのかと

この街で
私の切り株の年輪を擦《なす》りながら
〈ゲルニカ〉にあらためて想いを馳せる
児を抱えた女も
児を孕めなかった女も
見えないものを仰いでいる
祈り
自らの生
生き切ろうとする
頑なな意志

少年の旗

丸山　由美子（まるやま　ゆみこ）
1943年、熊本県生まれ。詩集『歩く女』『思い出せない犬』。
詩誌「潮流詩派」、日本現代詩人会会員。熊本県玉名市在住。

疎開先の村々から少年たちが持ち帰った旗を　私は知る
私の知り合いに
加賀谷という人も
春雄という人もいなかった
けれども加賀谷春雄さんは知り合い以上の知り合いとし
て
「潮流詩派」に発表される詩篇は　旗を振るように
私にはしっかりと伝わった
村田正夫さんと同世代の純粋な生命を
ひしひしと詩に編まれた大きな旗を
反戦の意思を　詩で示した
加賀谷春雄さんの「八月十五日に棄てられて」という
米軍が終戦直後に行った熊谷市などへの焼夷弾や爆弾の
無差別投棄を記した詩は忘れられない
村田さんは一九九七年刊『現代平和詩集』のあとがきに
〈戦争を体験した世代が（中略）この国では戦争に対す
る大きなブレーキになっていることは確かだ〉〈このブ
レーキは二一世紀に入ると素早く消えていく。そのあと
で、戦争と平和についてふたたび真剣に考えざるを得な
いときがくるだろう。そのときふたたび過った結論をだ
さないことを今はただ祈るのみだ〉と書いている

五章　地球を抱いて生きる沖縄

雲の上

たった一つの地球なのに
いろんな文明がひしめき合い
寄ってたかって血染めにしては
つまらぬ灰などをふりまいているのだが
自然の意志に逆ってまでも
自滅を企てるのが文明なのか

なにしろ数ある国なので
もしも一つの地球に異議があるならば
国の数でもなくする仕組みの
はだかみたいな普遍の思想を発明し
あめりかでもなければ
それんでもない
にっぽんでもなければどこでもなくて
どこの国もが互に肌をすり寄せて
地球を抱いて生きるのだ
なにしろ地球がたった一つなのだ
もしも生きるには邪魔なほど
数ある国に異議があるならば
生きる道を拓くのが文明で
地球に替るそれぞれの自然を発明し
夜ともなれば月や星みたいに
あれがにっぽん
それがそれん
こっちがあめりかという風にだ

宇宙のどこからでも指さされては
まばたきしたり
照ったりするのだ
いかにも宇宙の主みたいなことを云い
かれはそこで腰をあげたのだが
もういちど下をのぞいてから
かぶった灰をはたきながら
雲を踏んで行ったのだ

山之口　貘（やまのくち　ばく）
1903〜1964年、沖縄県生まれ。『定本山之口貘詩集』。詩誌「歴程」同人。東京都練馬区に暮らした。

混迷の耳

星　雅彦（ほし　まさひこ）
1932年、沖縄県生まれ。詩集『誘発の時代』『星雅彦詩集』。
「うらそえ文芸」、沖縄県文化協会会員。沖縄県浦添市在住。

耳　みみの耳
子守り歌は　耳切り《ミミチ》坊主《ボウジャー》
岩の中の芯から
聴こえてくる物悲しさ
それはウチナーグチ
しまくとぅばの嘆き
言葉　もだえて
廃墟に広がる
微かな記憶から
耳がよみがえる
絶え間ない射撃音
この響き　つんぼ桟敷に
ドラムの連打のごとく
未知の　疎外感から
おどけた歌のようでも
ぽたりぽたり落ちる
水滴　言霊《ことだま》を招く
古代から受け継いできた
ミセセル　オカタベ　フサ
霊力は動じない

言葉の食べ残しが
自虐の　ため息か
艦砲《カンポー》ヌ《ヌ》喰残《クエヌク》サー《サー》
泣いて　たまるか
笑って　ただ戦場の
音を耳の中に仕舞いこみ
その名残り　無期限に
岩盤の底　微かに響く
時代を越えてウチナー

後生《ぐそう》三線《さんしん》

記憶の闇の底から響いてくる
青年たちは車座になって
星々のうすあかりの中で
環になっていた

製唐小屋の広場に
小さな自分たちの空間を創った
労働の残滓をなめながら
奔放な踊りにくねっていた
甘蔗の甘い匂いにくるまれて

泡盛に流れる哀感に
三線の淡い旋律が
月光のように降り注いでいた

弾の落ちた穴を囲み
白骨のように青白い光を放って
還らぬ兵士たちへの踊りを
狂乱したように
踊って踊って踊っていた

宮城　松隆（みやぎ　まつたか）
1943〜2012年、沖縄県生まれ。詩集『逢魔が時』『しずく』。
詩誌「潮流詩派」、個人詩誌「キジムナー通信」。沖縄県那覇市に暮らした。

脳裡に炸裂する弾の
すさまじい光がよぎっていた
猫皮製の三線の音色は
後生までも届くという伝説がある
還らぬ兵士たちへの踊りは

青く光る
長い尾を引いて
夜空の星と踊っていた

この夜の三線の音色は後生の色
猫の音色が死者を招き寄せる
放埒な遊びの中に現われる

百万人の哄笑

神谷　毅（かみや　つよし）
1939年、沖縄県生まれ。詩集『芥火』『眼の数』。詩誌「潮流詩派」。沖縄県中頭郡在住。

〈強さとは権力によってもたらされるものではない
　不屈の精神力によってもたらされるものだ〉ガンジー

百万人の涙痕は億の哄笑になるのか
辺野古の村は悲哀の鎖で引きずられて日は明ける

幾度となく嘔吐を繰り返しながら海を渡った。
差別の眼球を意識しながら
怨讐を咀嚼しながら
遠くの友に語り無益と知りながら
囚役の体を太陽に晒すように
幾度となく海を渡った。
そこには常に苦痛と枷が身に纏わり続いた
ただ一つの言葉に出会えないまま
年月は過ぎ去ってしまい
気付かぬまま差別の渦に巻き込まれている

一つの言葉それは平等
通り過ぎた道筋には
平和の歌が聞こえぬから
一人また一人駆け寄って声を出しあって
歌い出すのだ

顔を打つ雨粒を拭き両手をあげて
一人ひと力命を曝して
一つの言葉を拾うために声を出す

基地の中で警備に立つ姿
恐喝で整列された覆面の群れ
明日に架ける姿が見えてくる
杖を突く人が増えている
腰に手を当てる人が増えている
素顔が止まるゲート前
基地の中から笑って出てくる兵士
基地の外から笑って入って行く兵士と
基地建設の人々の群れ
プラカードを掲げて抗議する素手の民衆
それを阻止する大和の警備の群れ

一億の哄笑は無意識に百万の悲鳴となり
やがて億の悲鳴に変わり人間破砕の呪詛となり
鬼哭の声に頼る　キャンプ・シュワーブのゲート前
素顔を出して光の前に立ち　一つの歌を歌い出す

ガマ（洞窟）

隆起珊瑚礁から生まれた島々を
数万年もの間　雨水や炭酸ガスが溶かし
地底の奥深くまで　鍾乳洞が拡がっている
恥毛のような草むらの中に
紡錘形の口を開き
島の腹部は　ガマ（洞窟）だらけだ
ああ　聖なるかな　島の子宮よ

ロウソクの灯りを頼りに
ガマの迷路を降りていく
頭上からは　大きな白い乳房が垂れ
しきりに雫が落ちてくる
足下はぬかるみ　川が流れる
底なし沼を湛えながら

クラガー（暗河）は地底から
海まで流れているのか

数軒の家が建つであろう
大空洞の彼方　に拡がる闇
ホッ　ホーイッ　と呼びかけても

こだまは返ってこない
その闇の中　数えきれぬ人間たちが
うごめいている　わめいている
艦砲射撃で左肩をやられ
目と耳を失った　父がうなっている
看病しているのは戦友か　母か

もう　ガマの中の陸軍病院は撤退し
地上からは　米軍の手榴弾や
ガソリン爆弾が　投げ込まれてくる
ガマの奥深く　逃げていく
「従軍慰安婦」たち　戦争は何年続いたか
地中の暗闇から　真夏の青空へ
やがて父や母たちが　捕虜となって
はい上がってくる　ノミやシラミ
ウジ虫に喰われた　身体を引きずって

その母の子宮の中　小さな
私の命が宿っている
ガマから生まれた　戦後の命が

（詩集『ガマ』思潮社より）

高良　勉（たから　べん）
１９４９年、沖縄県生まれ。詩集『ガマ』『高良勉詩集』。「琉球民族独立総合研究学会」沖縄県島尻郡在住。

五十年目の夏

「命《ぬち》どぅ宝」そんな諺がある。
だから　戦後五十年目の夏、
ことのほか「命《ぬち》どぅ宝」
「命《ぬち》どぅ宝」の、
声々がかまびすしい。
政治家も　主婦も
学者や学生も
みんな　堂々と主張する。
「命《ぬち》どぅ宝」
昂然と「正義」の顔つきで。
たしかにあの日、虚脱した山河があり
それでも　空は青く澄みわたっていた。
あふれるばかりの光に刺されて
ああ　おののくように
不意にめざめた
ひとひらの　いのち
そよかぜの　いたく　哀しい重み。
「命《ぬち》どぅ宝」
そのとき　たしかに　虚脱の底から
つぶやく声は　こころの深みをとらえ

新城　兵一（しんじょう　たけかず）
１９４３年、沖縄県生まれ。詩集『いんまぬえる』、『二人三脚』。
詩誌「宮古島文学」、「ＥＲＡ」。沖縄県那覇市在住。

廃墟の空の　まどかな道しるべとなった。
だが　あれから半世紀　生き抜き
「平和」の五十年を食い尽くしたのは、
しかし　戦争の死者たちや
さらに彼方をめざして「平和」に傷つき
倒れていった　たくさんの
青年たちでは決してない。
僕たち　まぎれもなく僕たちである。
「命《ぬち》どぅ宝」　こうして危うく
肯定された「生」は死者たちの光をうしない
薄く　魂の深みを奪われ　横へ
ひたすら移動し　漂流する。いまやそれは
口あたりのよいひとつの符牒？
忘れるな！
「生命とは　ほとんど　罪だ」*
そう断言したひとがいる。

＊　吉原幸子「食事」より。

友への手紙

君は　静かで思慮深い
温厚で優しい性格
愛嬌もあり　好奇心旺盛
思いやりがあり
乳児を抱えた母や
傷付いた　仲間を見ると
助けに行く

君は　音に敏感
静かな環境を好む
沖縄が第二次大戦で
激戦地になった時
君は　消えてしまったね
今は戻ってくれた

君は　他を裏切らない
他を攻撃しない
武器を持たない
君は　平和の使者だよ
宇宙は君のことを　気に掛けている
ひとつの生命を　滅ぼすことは

全世界を滅ぼすこと

君はジュゴン
君がいなくなるのは
悲しい　悲しいよ

君は　身長三メートル
体重四五〇キロ
身体は灰色
腹面は淡色だ
君は　とても耳がいい
鼻は円盤状　その小さな目で
遠くまで見ることができる

君は　海で生まれ
海で育ち
海で死んで
海に溶ける

君は海水
命の源

久貝　清次（くがい　せいじ）
1936年、沖縄県宮古島市生まれ。詩画集『おかあさん』。詩誌「あすら」。沖縄県那覇市在住。

人魚譚

海に人魚はいないのです
海にいるのは波ばかり（中原中也）

夕べ、辺野古の浜にたどりつき
ふと月の匂いがして
思わずふり返った上げ潮の海
波は刃物のように尖って光り
あっという間に足が消えた
陸に這い上がろうとして鱗は剥がれ肉がむき出し
出血多量のあげく岩から転げ落ちた
—タレカ義足《あし》ヲ買ッテクダサイ—
叫びたいのに声が出ない

日が昇り日が沈み、また日が昇る
灼けつく浜に置き去りにされ
あたしは干乾びた朽ち縄
最後の力をふりしぼり
大股ひろげて浜に寝そべる男ににじり寄った
—ネエ、アンタ、足ヲ一本ユズッテクダサイヨ
—エッ、ナニカ売ルモノハアルカッテ？
あたしに残っているのは……ヘッ？　ココロ？

佐々木　薫（ささき　かおる）
1936年、東京都生まれ。詩集『潮風の吹く街で』、『ディープサマー』。季刊誌「あすら」。沖縄県那覇市在住。

こころ買ってよ、チムコウミソーレ[*1]　くくる買いな
心《くくる》よ　くくる　心《くくる》くるくる百年滑って転がって
キャンプ・シュワブの金網にひっかかり
ドラキュラ・フィンチにつつかれて

そうよ、とっくのとうにココロは失せた
百年たっても戻らないあたしのココロ
頭は古代魚、耳はアンモナイト
髪の毛は絶滅寸前のアオ血スジノリとなりました
こうして異風な貌となった人魚の末裔
「美《ちゅ》ら海水族館」に陳列されて
観光客の好奇の目にさらされる
あたしの学名は哺乳類ジュゴン科タナゲームン[*2]
餌を拒み、飼育人の胸に喰いつき、心臓パクリ！
アマモを食む草食動物は「ドド怒ッ」と叫ぶ猛獣となり
なんでもかんでも強かに
あしたの地球を生き延びるのだ
～命《ぬち》どぅ宝！　ヒヤサッサア～
～舞うれや舞うれ　ヒヤヒヤヒヤッ！

＊1　チムコウミソーレ＝（沖縄語）肝（心）買うみ候うれ
＊2　タナゲームン＝変わり者　突然変異

ガジュマルの樹に守られて

―一九四五年五月七日山原石川市ではすでに学校が始まっていた

呉屋　比呂志（ごや　ひろし）
1946年、福岡県生まれ。詩集『ゴヤ交叉点』『ミルク給食の時間に』。
詩人会議、関西詩人協会会員。京都府京都市在住。

ガジュマルの樹の下に集まり子どもたちは先生を見上げ
た
先生は拾ってきた枯れ枝をタクトに精一杯腕をふった
歌声が流れた　歌声はだんだん大きくなり森の中へ広
がっていった
もっと大きく強く！　先生は名指揮者のようにタクトに
　預けるように全身ゆすってふりつづけた
裸同然のよちよち歩きの子どもたち　血の付いたぼろを
まとった子どもたち
それでも元気いっぱいの子どもたち　すこし大きなお兄
　さんたちやお姉さんたち
子どもたちの歌声は森をゆるがし山原《やんばる》の野にひろがった
その時カタカタと軽機関銃の音が鳴り渡った
…近くでアメリカ兵が日本兵を追っているらしい
先生は枯れ枝のタクトを止めて
子どもたちをみまわして　おちつくようにと
目で合図をした

再びタクトがふられる　歌声がわきあがる
すると今度は遠くかなたからドロッドロッとにぶく重い
　音がとどろいてきた
南部の戦線で海上からうち出されるアメリカ軍艦艇の艦
　砲弾の音だった

再び止んでいた歌声
先生は三度タクトをふりはじめた　こんどはもっと強く
　子どもたちもありったけの声を張り上げて
明日への　のぞみをうたいつづけた
捕虜収容所のなかのぼろをまとった子どもたち

ガジュマルの樹はおおきな手を広げ
子どもたちとともに歌い始めた
ここにはもう弾丸《たま》は飛んでこなかった

襲来

八重　洋一郎（やえ　よういちろう）
１９４２年、沖縄県生まれ。詩集『木洩陽日蝕』、『太陽帆走』。
詩誌「イリプスⅡ」。沖縄県石垣市在住。

この南国に　時ならぬ
寒気　夜明けが凍り
天井から落ちたヤモリは動けない　ハブさえも
その冬眠の中で　死の
夢に抉《えぐ》られる　罅割れる大地《ウフヂィー》
海では急激に狂った気圧のせいで　小魚大魚が内臓が
破裂して
荒浜へ打ち上げられる

たった五十年前
キューバ危機
もうみんな忘れてしまったかも知れないが
世界は二つに割れて震撼していた　在京貧窮学生　私の
心も罅割れて　一日一日　私は何かの寸前であった
「あの島はもう一欠片《ひとかけら》も残さず砕かれ焙られ蒸発してい
　るのでは…」「もう無くなっているのでは…」
小さなラジオに齧りつき　「基地満載のわが故郷」
周囲には杞憂とひやかす冷い笑いが漂っていたが
かの時の島の駐留米兵は今になって語り出す
「自分たちは毎日毎日　核弾頭付きミサイルの発射準備
をしていた　発射するには数々の暗号があるが　ある
時それが皆一致し発射寸前　標的地が違うと気付いた
司令部から緊急命令が届き　発射は中止　自分たちは
　『世界の終り』だと思っていた」

七十年前　二千万のアジア人をなぶり殺し三百万の
国民を死なしめ
原爆を二度あび　やっと終った筈ではないか
神話は恐ろしい　たった七十年経って　一切忘却
ひと稼ぎ稼ごうとよみがえる
神々のあの暗い底なし穴にわれもわれもとなだれ込む
剝き出しの徒党

急激に狂った気圧　類い稀なる神の国の
まっ黒い寒気が轟々と鳴り響き噴きあがり
「楯となれ」「防壁となれ」
「生餌《エサ》となれ」「捨て石となれ」
きんきん凍った金属声《ごえ》がぎっしり重なり固まって
この南海の島々を襲う

眼が…

うえじょう　晶（うえじょう　あきら）
1951年、沖縄県生まれ。詩集『我が青春のドン・キホーテ様』、『日常』。
詩誌「あすら」、「縄」。沖縄県中頭郡在住。

眼　眼　眼…
たくさんの眼が視ている
あなたの踏み出す一歩を

ジュゴンが見ている
あなたの踏み出す一歩を
カメラでは捉えきれない
波間の岩陰から

凌辱され震え続ける沖縄の
少女の視点の定まらない
見開かれた眼が

沖縄国際大学の黒焦げの壁が
爛《ただ》れた乾いた眼で
磁場の呪縛を逃れ
ジャイロコンパスの指し示す先を

眼　眼　眼…
たくさんの眼が視ている
あなたの踏み出す一歩を

流れ弾を受け地に倒れた
十六歳の勤皇隊の兄の
刹那にかっと見開かれた眼が

互いの手を握りあって
郷里の空を目に焼き付け
玉砕した乙女たちの眩しい眼が

摩文仁《まぶに》の石碑に刻まれた
大城　比嘉　仲宗根　山城
ウシ　光政　靖　鎌吉
たくさんの眼　眼　眼の
黒い喪服が固唾《かたず》を呑んで

眼　眼　眼…
たくさんの眼が視ている
あなたの踏み出す一歩を

カメジローが視ている
阿《あ》波《は》根《ごん》昌《しょう》鴻《こう》翁が視ている
瞬きもせずに
未来の子どもたちが
柔らかい心の眼差しで
明るい澄んだ瞳で

今、この時
あなたが踏み出す一歩を
わたしが踏み出す一歩を
息を凝らして　じっと視ている

敵を殺し　味方を殺し
人を殺し　自分を殺す
基地はいらない。

ジュゴンを殺し　ヤンバルを殺し
自然を殺し　沖縄を殺す
基地はいらない。

歴史を殺し　生活を殺し
思い出を殺し　未来を殺す
基地はいらない。

燃える島

速水　晃（はやみ　あきら）

1945年、京都府生まれ。詩集『島のいろ―ここは戦場だった』『凧は飛ばない』。「コールサック（石炭袋）」会員。兵庫県三田市在住。

三月にはいり、にぃにぃは鉄血勤皇隊に動員された。灯がもれていると、見回りの人に荒々しく注意される。哀しく、嫌な、戦時下の夜だ。いつの頃からか、学校へは行かなくなった。おとぅとにぃにぃにかわって、ぼくが家を守る。

米軍が慶良間《けらま》諸島に上陸したことを聞いた。グラマン（艦載機）やB24、B29（爆撃機）などの機体とエンジン音を確実におぼえた。のしかかってくる大きな影は南西、南東の方向からきて、於茂登岳《おもとだけ》上空で機首をさげる。滑走路めがけ爆弾を落とし、機銃を発射する。上昇し、翼をかたむけて旋回すると再び攻撃。赤ら顔の操縦士が上半身をのりだしている。

黄色く土煙がたち、舞いあがった破片や石にまじり、ずたずたになった人の肉が散る。熱をもった爆弾の破片が樹や草を焼き、砂地を焦がす。日本軍の高射砲や機関砲がおくれて応戦する。

グラマンがひっきりなしに飛んでくるということは、島の近くに航空母艦がいるということだ。空襲は一日中、繰り返す波のように攻撃をしかけてくる。地響きにゆれ、島は裂け目に沈んでいくのではないかと思われた。道といわず畑といわず、あらゆるところに大きな穴が口をあけている。落ちれば、ひとりでは這いあがれない。雨水がたまって池になったところもある。そんな穴が、飛行場へ向かって走っている。

夜は艦砲射撃の火の玉が飛ぶ。そのたびに家々は咳きこむようにゆれ動く。照明弾がゆるやかな軌跡を描き、まぶしく照らされた景色のなかを焼夷弾が落ちてくる。カヤ葺きの家は火勢をつけ、風を呼んで燃えあがる。充分に熱をためこんだ瓦屋根は、一気に炎を放ち、龍となって立ち昇る。

うろこのように光る火の粉にまかれて
ただれた月が浮かびあがる

濁った天《そら》に
測候所のポールは刺さり
赤々と溶け
くずれ落ちていく

父の空き瓶

かわかみ　まさと

1952年、沖縄県生まれ。詩集『与那覇湾―ふたたびの海よ―』『水のチャンプルー』。詩誌「あすら」。東京都中野区在住。

明治生まれの父は
日中戦争で片目を失くしたが
魂のセンサーは毀れず
敵に襲われた亀のように
頭を引っこめ声を呑んで
つるつるの平和へリセットされた戦後を
傷痍軍人としてまっすぐ生き延びた

父は
昼間は義眼の分かれ目に錆び色の涙を匿《かく》し
何くれと無く家族の世話を焼いた
日が沈むと
義眼をむしり取り
よれよれのタオルを頭に巻きつけて
古傷の疼きをおさえ
戦場の亡霊と語り合った
けれど、日増しに飽き足りない生活を厭い
ヨダレも拭けない駄々っ子に成り済まして
一回り若い母に酒を所望した

母は泡盛の四合瓶に少しずつ水を足し足し
限りなく薄い水割りをけなげにふるまった
阿吽の呼吸と言うより
赦《ゆる》し合う愛の
ボケとツッコミであろうか
ボラの煮付けと生の島ラッキョウを肴に
お座なりの夫婦漫才は夜通し続いた

父は酔いしれると知ってか知らずか
オレの人生は水っぽい酒だ
お前らの世話にはならんと毒づき
すぐさま、真顔になって
母を頼むとボクの手をがっちり握りしめた

父は昭和の幕切れをいとおしみ
渚を清める波の音に包まれて
洋々と息を引きとった
野辺送りの朝
父をこよなく慰めた泡盛の空き瓶は
薄暗い二番座の隅っこで
兜を脱いだ敗残兵の如く
しょんぼり転がっていた

シマウタ

下地ヒロユキ（しもじ　ひろゆき）

1957年、沖縄県生まれ。詩集『それについて』『とくとさんちまて』。
宮古島文学同人、日本現代詩人会会員。沖縄県宮古島市在住。
（今日は墓なんだね）
（今日も墓なんだよ）
（この島は出るらしい）
天空の
はりさけはみだしたれさがり
その触手が
スーッと降りてきて
水の底や
ぼんやりした場所で
まどろんでいるものを
陽のもとに舞い散らす
さらけ出す
すると
星々の記憶とともに
咽喉や眼に入りこむ
（島中が墓なんだね）
みんな背中に墓石を背負って歩いている
蟻の群れも背負ってせわしい
誰もが黙っているけれど
黙り続けるあの海も
やがて膨張して逆巻き泡立ち
見たことのない青がおしよせる
こんな日だったらしい
互いに互いを殺し合ったのは
（さけられなかったのですか）
（洗脳されたんです）
（ああ、洗脳ですか）
今でも丸洗いはおそろしい
あらゆる汚泥や悪臭をひきつれて
波は島中を
ありとあらゆる場所を
毛穴の一つ一つまで
脳髄の底まで
おそろしい渦を巻きながら
洗い出す
洗浄する
静脈は膨れあがり破裂する
そんな自画像が
いくつも並んだ展覧会が
夢の底では

ひっそりとひらかれている
そんな顔して
そのまま黄昏の中に入っていったら
草木のころからのご先祖様たちが
みんな同じ顔して
同じ方向むいて
こわれた心で
お空に静止したまま
燃える髪の毛
ふりまわして
紅い原初を
うらがわから
しっかりと
ささえあっていた
ああ　無限無数のご先祖様たち
その触手がフッと消えた時
そんな青の底の方
耳を澄ませば聞こえてくるのが
シマのウタだ

決意

先輩が語った
復帰運動盛んなりし頃
賑わう大阪で　デモをした
「日本に　帰りたい！！」
罵声が　飛んだ
「沖縄は　沖縄に帰れ！！」
心が冷えた
「その時　思ったね
こんな所に　我々は帰りたいと願っているのか…」と

あれから　40年余
新聞は　伝える
沖縄の各市町村長がデモをした
東京を練り歩いて　叫んだ
「オスプレイ配備反対！！」
美しい街　銀座で罵声を浴びる
「売国奴！！」

そのとき　彼らは何を思っただろう

与那覇　けい子（よなは　けいこ）
1953年、沖縄県生まれ。詩誌「非世界」。
沖縄女性詩人アンソロジー「あやはべる」会員。沖縄県那覇市在住。

全国区の立候補者が演説をする
高江や辺野古で日々闘った　まっ黒に日焼けした顔で
　訴える
「新基地反対！！」
出かけた街角で　罵声が突き刺さる
「ドブネズミ！！」

そのとき　彼は何を思っただろう

この島に帰るしかない人々は　思う
沖縄は　沖縄に帰るしかない
この国で　沖縄に帰るしかない

この島で生きるしかない人々は　思う
この島を　生きるしかない
この国で　この島を生きるしかない

この島で闘い続ける人々は　思う
この国は　この島を変えることはできない
この島が　この国を変えるしかない…と

六章　沖縄の心と共に

一枚の写真

珊瑚礁石灰岩の
浅い凹みに

戦場から救出された小さな男の子が　ねむっている。
両側から　若いアメリカの兵士が
抱きかかえるようにして
三人は川の字になって　ねむっている。
少年の顔と　鉄帽をつけた兵士に日は斜めから差し
向う側、短い髪を少年にすり寄せている兵士は日翳って
　いる

迷彩の軍用シーツが三人の下半身に波うち
その小さな肩から胸を
二人の大きな掌《てのひら》が母の仕種でつつんでいる
激しい戦火のあいまだ。

めくれた石灰土のヘリに
小さな双葉が一本うつっている
ふるえるような　その双葉は
少年がみる　不安な夢の像《かたち》に似ていないか？

だが………
十分後、そこに直撃弾が落ち
三人は　あとかたもなく消えてしまった
と、付記されている。

去年の夏、そこに行った
あたりいちめん　アダンが生いしげり
強い海風に葉裏を返して鳴りながら
果てしなく沖縄の原野をおおいつくしていく錯覚にとら
　われた
私もまた少年の、不安にふるえる双葉の夢の
つづきをみているのであった。

双葉は夢から醒めて、大きくなって
何の木になる筈だったろうか？
少年は？
二人のアメリカ兵は故郷でしずかに老いはじめようとし
　ていたか………

あれから、四十余年たつ
三人は　いまでも川の字になったまま
一枚のモノクロームの世界に
ぐっすりねむりこんだままだ。

大崎　二郎（おおさき　じろう）
1928年、高知県生まれ。詩集『幻日記』『大崎二郎全詩集』。
詩誌「二人」。高知県高知市在住。

辺戸岬

村田　正夫（むらた　まさお）
1932〜2011年、東京都生まれ。詩集『時代の船』『旅ゆけば沖縄島』。
詩誌「潮流詩派」編集発行人。東京都中野区に暮らした。

暑くなく寒くなく
人もいない
辺戸《へど》岬《みさき》

それでも
東支那海に太陽が沈みかけると
波は狂うように白く叫ぶ
復帰前には
はるか与論島《よろんじま》と　この岬で火をたき
復帰の願いを炎にしたという

復帰とはアメリカから日本へ戻ることだ
アメリカにしろ日本にしろ
所詮は国家だ
平坦なおだやかなこの島に
ほんとうは

国家なんていうものは似合わない
国家なるがゆえの
基地も戦争も似合わない

国家より島そのもののほうがずっといい
とはいえ
島は
いつでもどこでも
国家に押しまくられてしまうのだ
だから　いまでは
島は国家のかけらにすぎない

島が
国家から〈島〉に復帰するのは
いつの日か？

三保岬の風

黛　元男（まゆずみ　もとお）
1929年、三重県生まれ。詩集『ぼくらの地方』『地鳴り』。
詩誌「三重詩人」。三重県津市在住。

北西はるかな雲の上に
富士の山頂がのぞいている

清水港から延びる三保岬の沿岸
浜辺の丘に
特殊攻撃艇「震洋」の基地が造られていた
ふたり一組で畚《もっこ》を担ぎ　何万杯かの砂土を
半地下壕の格納庫の屋根に盛り上げる

ふいに練習生の背中に
宮里兵曹の叱咤が飛びかかる
きさまらあ　そのスコップの扱いは世間《しゃば》の土方のもの
　じゃ
海軍のスコップはこうなんじゃ
彼のくりだすスコップの運びは
ゆとりもやすみもないきびしい動きの連続であった

一九四一年十二月　ハワイ真珠湾攻撃に参戦
一九四二年六月　ミッドウェイ海戦にて敗退
彼の潜《くぐ》ってきた生死の波浪について何も語らなかったが
練習生の頬を打つびんたに　手加減はなかった

六月のある朝
朝食を始めようとした練習生たちを前に彼は立ち上った
みんな聞け　沖縄の俺の村の役場は消滅した
俺の戸籍も原籍も何もかももう無くなったんじゃ
彼の声には怒りでもない自暴でもない悲痛なひびきがこ
　められていた

数日のあと
藤枝海軍航空基地に転隊することになった私は
宮里兵曹には挨拶もしないまま　別れとなった
彼は沖縄島の自分の村落《むら》に帰りつけたであろうか
彼はすべての親兄弟《はらから》とめぐり会えたであろうか

六十年を経ても
沖縄の宮里という人の名前にときどき出会うことがある
そのたびに
肌の色黒く、瞳の光る、唇の厚い宮里兵曹が
私の目の前に現われる
彼の背中のあたりから
潮風のかおりをただよわせて。

オキナワ　２００５年１月

金子　秀夫（かねこ　ひでお）
1933年、神奈川県生まれ。詩集『人間の塔』、詩論集『福田正夫・ペンの農夫』。詩誌「焔」。神奈川県横浜市在住。

名護湾の夕陽を見ている
海があってのオキナワとガイド嬢が説明する指先に
平和非核宣言都市の看板がある
防波堤のはずれに赤灯台　烈風にさからって家族と歩く
さんぴん茶を飲み黒糖をなめたあと
太平洋と東シナ海にオリオンビールで乾杯だ
辺戸《へど》岬《みさき》に立って　ぼくたちは思い切り叫んだ
オキナワから草色の男たちは出ていけ
海がおどっている
パイナップル林で風が舞いおりる
へごの原生林で娘とはぐれる
妻がさがすディゴの花咲く町はどこだ

倒れ伏したアダンの枝の痛みに海原は激しく白波をたてる
外人住宅の並ぶ七〇〇万坪の墓地の町を通りぬける
恥知らずのぼくは日本人をやめたい
アメリカ独立記念日ではないぞ
一月の潮風は
Ｂ52発進基地を洗う

日本国政府が基地に高層ビルを建て
映画館　劇場もある
海兵隊員が戦争博物館から出て日本娘を誘い出して殺害
ヘリコプターが大学の壁に激突した事故現場を見る
ここには刑務所と税務署以外なんでもあるとガイド嬢
ここはリトルアメリカだと
金網の外からのぞくと　金網の内からものぞかれる
レーザー光線の火ばな
日本人が二千人働いているオキナワカデナ基地
戦死者たちが立ちあがってくる幻視の姿をぼくはなぞる
首里城公園の石だたみの坂道で一人はぐれて国際通りの
　スーパーに行き
マングースの逃げ道はないかと考える

神《サン》の花々

フェンスにからむ花はない
初めて訪れた者に金網は
時空の思わぬ断層として立ちはだかる
〝基地はいらない〟〝イラナイ〟〝NO!〟
電流が走っているはずもない
だが結界のように触れられない
多くの人々のまなざしをねじ伏せ
ワイヤーをかたく編み込んだ力に立ちすくむ
力は金網越しに曇天の海に及び
柔らかな水の背を冷酷に切り刻んでいく
覗きみえる鈍色の輝きが心に響く
あれこそが今私の深くを染める色
金網に触れれば夢は終わり
内側に目覚めたまま閉じこめられるだろう

隣接するキャンプシュワブから
実弾演習の銃声が聞こえている
雨宿りのようにひっそりとした片隅で
海のいのちの秘密に耳を傾けた
説明役の女性が拡げた大浦湾の俯瞰図が湛える
深い瑠璃色は神《サン》の棲みかだ
夜ともなればそこを出て浅瀬の藻場で食むという
〝ジュゴントレンチが確認されています〟
心深くでそれはもう花の野だ
暗い水のまにまに揺れる薔薇や百合
大きな影がよぎると花は消え白い道が残される
瑠璃色の消化器官をくだり
花々が鮮やかに舞い散る幻想……

膝より低くめくれる水の花弁に触れると
心よりも柔らかでいとおしい
指先にふるえる鈍色の響き
瞳の奥から瑠璃色が湧いているのか
曇天の水の輝きは
私と私の背後へ差し出された神《サン》の花々

河津　聖恵（かわづ　きよえ）
1961年、東京都生まれ。詩論集『闇より黒い光のうたを』、詩集『アリア、この夜の裸体のために』。京都府京都市在住。

ぼくの名前

佐々木　淑子（ささき　としこ）
１９４７年、岡山県生まれ。詩集『母の腕物語─増補新版』『未生Ｍ─ｕ』。
日本現代詩人会、鎌倉ペンクラブ会員。神奈川県鎌倉市在住。

人は我が子に　ねがいを込めて名を付ける
その子を胸に抱き　健やかに育てと名を付ける

ぼくの父はぼくに　大地《タイチ》と名を付けた
はるばる広がる沖縄《ウチナ》の大地と
海原駆けめぐる風のような英雄　泰期《タイキ》＊1の
二つの願いを込めて　大地《タイチ》と名付けた

父の母は　戦争で炎に焼かれた
声を立てることもなく
父の前で　真っ赤に燃えて
灰となって　大地に溶けた

それでも　父は沖縄の大地を愛していた
悲しみの地に　父の植えたさとうきびが揺れた
そして　息子にタイチと名付けた

ぼくもこの地に生きて行く
この土地の土で焼物《ヤケムン》＊2を創りたい
魚笑う　あたたかな文様

両手に重い　ぬくもり
どこまでも　ぼくは焼物が好きだ

父よ　ぼくは　炎で土に生命《いのち》を吹き込む
あなたがつけてくれた名に生きて行く

土と空と　海と山と
花と木々と　鳥と魚
故郷の生命は
どこまでも　ぼくの心を離れない

父よ　ぼくはあなたが付けた名に生きて行く

──オペラ『鳳の花蔓』より、第二幕　大地《タイチ》の独唱──

＊1　泰期《タイキ》　十四世紀、進貢船で海に繰り出し、中国と活発に交易していた青年。
＊2　焼物《ヤケムン》　焼き物のこと。作風は素朴で生命感にあふれ温かい。

ケンモン話

何しろ見えないはずの
ケンモンをじかに見たというのである
さりとて　見た人に出あったことはない

ガジュマルやアコウの木が生い茂る
一山に九千九百九十九匹　七枝七股の
ケンモン原は妖怪の棲家にして
斧入らずの森

機嫌を損なえば石を投げる
崖から突き落とす　尻子玉を抜く
目玉を突く　銃身をへし折る
呪い呪われ祟り祟られ　ついには気が触れる
なべてケンモンの仕業なり

ついては根瀬部に六百人収容の刑務所を造れとの
軍政府保安官シーハン中尉のたっての御達しに
さすがの荒くれの受刑者も
尻込みし誰一人斧を握ろうとはしない

金田　久璋（かねだ　ひさあき）
1943年、福井県生まれ。詩集『言問いとことほぎ』、評論集『リアリテの磁場』。日本詩人クラブ、「角」の会会員。福井県三方郡在住。

「ガジュマルを切るときは
畏れ多くも西南太平洋連合国軍総司令官
ダグラス・マッカーサーの命令ぞ
軍政官の命令ぞと称えよ
伐るものに祟りは来ない　来るとすれば
ひとえに命令者に取りつく」　山法《やまほ》を逆手どり
業を煮やした役人が密かに悪知恵をつける

唾に呪いをこめて斧を握りしめ
ほどなくしてあっけらかんと密林は切り払われた
がらんどうのからんどりえ*
時に昭和二十二年三月
所は奄美群島三方村根瀬部小田院
棲家を追われたケンモンはその後行方知らず

昭和二十九年マッカーサー死去の方が伝わると
誰となく納得する
「やはり　ケンモンはアメリカに行っていた
マッカーサーはケンモンに取り殺されたのさ」
所謂　精神年齢十二歳程度の

妖怪の少年にしてやられたのだと
ひそひそ話の顰《ひそ》みに倣い
そのころからふたたびしきりと噂し合ったが
縦横に道が走り　新興住宅地が出来て以後
やたら原因不明の災難は増えたものの

とんと見たものがいない
見えないものは見えないままに
時は過ぎ行く
桜は咲いても　がらんどうのからんどりえ

参考文献　恵原義盛『奄美のケンモン』海風社　1984
＊からんどりえ　カレンダー、暦を意味するオランダ語

沖縄の海

海はいつも背伸びしていた
空と交わることはできないことかと
奥深いところから突き上げてくるものに耐えきれず
真白の泡となって消えるまで
何度も何度も伸び上がった
けれど　頑なな水平線
追い詰められた獣のような海鳴りが
澄み切った海の底から響いてくる

福岡から空路一時間あまりの沖縄が
なぜこんなに遠いのか
繁華街で精一杯の笑顔で差し出すビラを
受け取る手の少なさ
珊瑚の海も砂浜もフェンスで仕切られ
米軍が守られて
二百年も使用可能な基地を造るというのに——
海も土地も奪われ続けて七十年
もう許せないと座り続ける人々

私たちが米軍を養っている

坂田　トヨ子（さかだ　とよこ）
1948年、福岡県生まれ。詩集『あいに行く』『耳を澄ませば』。
詩誌「筑紫野」、詩人会議会員。福岡県福岡市在住。

アメリカの貧しい青年や母親を
戦争に駆り出すために基地は在る
歴史の狭間で立ち上がり
無念を抱いて逝った人たちもいたが
それでも黙って立ち続けるガジュマルだった
けれど伸ばし続ける気根は絡み合い
今では森のようだ
その森が動き始めたのだから
私たちもと

夕陽に輝く玄界灘も
沖縄の海と繋がって
世界の海と繋がって

君よ

目を空に据え
後ろ手に直立したまま
時をやり過ごすしかないのか
君よ

怒りをぶつける人たちを前に
何を言われても表情を変えることもなく
ただ立ち続ける君たちよ
制服も制帽もまだ馴染まないほどの
若い君たちよ

キャンプ・シュワブのゲート前で
辺野古の海に基地は造らせないと
集まった老若男女と対峙する君たちよ
私は何故か涙が止まらない

警察官になったのは正義感からか
やっとありつけた仕事だったのか
何を思いながら立っていたのか
罵られていた君に私は堪らず語りかけた

——辛いよね　葛藤しているよね
表情も変えなかった孫ほどの若い人たち
けれど瞬きの奥に必死に耐えている心を見た

君たちのずっと後ろで
マスクとサングラスで顔を隠した男たちが
四方八方からカメラを据えて私たちを狙っていた
彼らはもう変わらないのだろうか
私たちと腕を組むことはないのだろうか
仕事を離れれば一般市民
子や孫に基地を残したいと思うのか

集いは歌ったリギャグで笑わせたり
賑やかに今日を終えようとするけれど
終われない闘い
座り込みのテント村は既に二百日を超えて
奪われる日常の暮らし
明日もまた君たちはここに立ち続けるのか

上空から

田上　悦子（たがみ　えつこ）
1935年、東京都生まれ。詩集『とうがなし立神』『女性力』。
日本現代詩人会、詩人会議会員。東京都調布市在住。

南島に向かう飛行機の窓から
下界を見はるかす
大きな島の上には大きな雲がかかり
小さな島の上には小さな雲が浮かんでいる
島　しま　シマ　と声に出すと
　水の匂いがする

海に囲まれ　湧き出る水の　南島を想う
潮の声風の声を聴きながら
海路を行き通う大昔の島人は　とても元気で
子孫を絶やすこともなかったろう
台風や津波で壊れた家も
村中総出で　一日のうちに建て直した

いま日本列島は　人が減るばかり
母の故郷　奄美大島西古見村《にしこみそん》の人口も
戦前の一時期一四〇〇人余り
現在は高齢者ばかり三五人ときく
やがて無人の里になってしまいそう

近頃　制服姿の自衛官が
一軒だけ村にある店へ　買物に来るそうだ
この僻村にまで駐留するのが　なぜか怖い
それでも　人の姿が見えるのは嬉しい
と　店主は言う

悪政に堪えかねて
沖縄人は最近　結集して両開きの扉を押し開けた
奄美人も昔から　幾度も開かずの門を開いている

清らな水の記憶よ甦れ
列島人の誇る　〝結い〟の文化よ甦れ
滾《たぎ》り立つことばの　結束の力を信じよう
機内の座席に身を沈め
もう一度祈りを込めて
シマ　とつぶやく

沖縄の感触

山本　聖子（やまもと　せいこ）
1953年、長野県生まれ。詩集『透明体』、『宇宙の舌』。
詩誌「潮流詩派」、「流」。神奈川県川崎市在住。

新婚旅行の行先を
返還5年目ほどだった沖縄にしたのは
義姉の父親がそこで戦死したから
わたしたちがかわりに碑をお参りに
という理由も入っていた

旅の中日に朝から張り切って
せめてもの白シャツと黒スカート
知ったつもりの〈摩文仁《まぶに》の丘〉までと告げれば
なぜ？　と理由を聞くタクシーの運転手
東京都の慰霊碑はそこにはないよと
ガイド本では探せなかった〈米須《こめす》霊域〉へ

刻まれた名を指でなぞるような
イメージだけを携えていたわたしたちは
南方域の戦没者までを合わせた十万有余名を祭る
「東京之塔」のそびえ方に圧倒され
ほかに参るひともないその場所に
八月の陽に炙《あぶ》られながら立ちつくした
汗ばむ指先をしばし合わせると　そうそうに
冷房のきいた車内に逃げこんだのだ

終戦七十年目の今年
息子が沖縄へ　遊びに　と
触れられなかった夏の感触を思いだし
のちに摩文仁の丘に建った「平和の礎」を検索した
沖縄の全戦没者二十万人余の名の刻まれた碑は
出身地ごとに整理された放射状の幾何学模様
東京はここ　とクリックするが
指先には何の引っかかりもなくて
画面はするり逃げていく

耐え切れず冷房のスイッチを押す指の
南をさしてきただけの歳月
義姉を受けいれてくれる施設を探す夏となった
父親のことを聞いても答えはかえらない
指の届かないまま摩耗している
沖縄に刻まれた遠い名

沖縄・夢追い旅

岸本　嘉名男（きしもと　かなお）
1937年、大阪府生まれ。詩集『早春の詩風』『わが魂は天地を駈けて』。関西詩人協会会員。大阪府摂津市在住。

沖縄へ初めて行った二十年前に
空の青さや星砂に魅せられ
記念にと投稿した作詞
『沖縄の女《ひと》』が作曲者の目にとまり
それがご縁でCDまで制作・公表されたが
今年漸《ようや》く現地主催の日本現代詩人会に参加した際
歌手を交えた三人が出会うチャンスに恵まれた

同じ年頃同士のせいか
初めて会ったにもかかわらず
旧知のように語り合う事ができ
その上　投稿紙・琉球新報の若い
女性記者のインタビューまで受けて
超幸運に感謝感激　大きなおみやげを
天から授かった喜びで　胸が熱くなった

翌日、翌々日と
沖縄バス定期観光でのひとり旅
わざと仕組んだ創造への充電タイムだ
初日はBコース「中北部観光と海洋博公園」
所要時間九時間半で、守礼門↓万座毛《まんざもう》↓やんばる
亜熱帯園↓海洋博公園↓東南植物楽園など
二日目は帰りの飛行機予約時間もあり
「南部戦跡巡りと玉泉洞」六時間Aコース
旧海軍司令部壕↓ひめゆりの塔↓沖縄
平和祈念堂（摩文仁丘）↓玉泉洞《ぎょくせんどう》

特に印象深かったのが
Aコース平和祈念堂巡りである
バスガイドさんに平和の礎《いしじ》までの
近道を尋ね自由時間内を歩き回ったが
摩文仁《まぶに》の丘は二十年前とはすっかり変わり
聳《そび》え立つ正七面体角錐型の「美と平和の殿堂」で
賽銭あげて祈念像に合掌　再訪の無事を願い
壁面の連作絵画や美術館の大作に目を奪われたが
近道の坂を急ぎ下って　資料館らしき裏手より
海岸の見える　忘れ得ないエリアに出た

海からの風は以前と全く同じひんやり強めで
平和の礎も　どっしりと威厳のある品位を保ち

堂と礎の中腹辺りには　素晴らしい資料館が建ち
かつて竹富島《たけとみじま》で見たシーサーと同じ淡い柿色瓦の
各部毎に向きや高さを変えた屋根に目を見張った
それらは一斉に海の彼方へ波が寄せて行くように
平和を沖縄より全世界へ発信せんと群象徴として
モダンで美しい出来ばえで　沖縄の新しい息吹を
ひしひしと感じさせ　嬉しくも頼もしい気がした

ガジュマルの樹やハイビスカス
ブーゲンビレアの花は見慣れていたが
珍しい植物が身近に見れたのも今回の収穫である
蛸足のようなアダンを万座毛石灰岩植物群落で
東南植物楽園では火焔カズラ（Flame Flower）を
ビョウタコノキ（実付きが雌）やローソクの木を
トックリ、ダイオウ、ココとヤシ種のいろいろ
ディゴとも名護市付近で次々に遭遇した

また「風楽風遊の森」（Enchanted Forest）が
植物楽園向かいに在りヤシ林を主とした独特の趣
小雨そぼふる中を　一人さまよい始めたが
バス乗車時間に間に合わさんがため
さっと駆け抜けた私であった

絵日記

柴田　三吉（しばた　さんきち）
1952年、東京都生まれ。詩集『わたしを調律する』、『角度』。詩誌「ジャンクション」。東京都葛飾区在住。

朝、台風が二つ釣れたので
目玉焼きにしてたべました。

下界はたちまち青空がひろがって
サンゴの海がかがやきはじめました。

昆虫採集でもしようかな。足もとには、ねずみ色のトンボがたくさん飛んでいます。さっと網ですくうと、いくらでもとれるのですが、そいつらはものすごい勢いで網を突きやぶってしまうのでした。

網をすて、海水浴をしようとビーチに足を下ろしたら、いたたたたっ、鉄のトゲが、かかとにいっぱい刺さりました。おかしいなあ。千年前はくり舟しかない島だったのに。

神さまも先生も、なにも教えてくれませんでした。みんな忙しすぎて、人間界のことにうといのかもしれません。

夏休みもあと少しなのに、絵日記は、お尻から火をふくトンボの群れ、ぎざぎざの塀ばかり。一本しかない青鉛筆をなくしてしまったので、海も茶色くにごってしまいました。

でも虫眼鏡を取り出すと、渚や森の片隅で、ぼくを見上げるものがいます。ほんとのトンボ、ほんとの鳥、ほんとの人間もいます。

最後のページに、渦巻きみたいな目玉をいくつも描きました。

沖縄

老婆の影のなかに
死者がひしめいている

影から這い出そうとする
濡れた手や足
そのたび　鎌のような日差しが
カッと照りつけては　はみ出たものを
刈り取っていく

死者たちはしかたなく
老婆の暗いホト
しおれた乳房のなかに戻り
なくした膝をかかえて眠る

しかたなく
いつだって　しかたなく
デイゴの道をとぼとぼ歩く老婆
ひどく痩せたかかとに
重い影が結ばれて

白くまばゆいサンゴの浜にも
死者はひしめいているが
日差しはなお激しく
だれも　地上に
這い出すことができない

日が落ちて
吐息をつくものたちよ
千年の闇につつまれ
老婆の腹は蛭《ひる》のようにふくらみ
あかく火照っている

股のあいだから
のろのろ這い出してくるのは
胞衣《えな》を引きずった島
沖縄だ

ひめゆりの塔に寄せて

ああ　ひめゆり

野に足を　投げ出し
友に縋《すが》る　黄昏よ
昨日は　通り過ぎた日
明日は　やがて来る日

いま時の　狭間に
揺れる花は　ひめゆりか
触れあう胸と胸に
乙女の夢は　疼く

吾が友に問ふ　汝が青春に
歓びは　ありやと
友は何も答えず
友は何も語らず
その唇を　吾が頬に重ねん

時は逝く　哀しみ残して
時は逝く　立ち止まることなく
吾が友に問ふ　汝が青春に
歓びは　ありやと

志田　昌教（しだ　まさのり）
1953年、長崎県生まれ。
詩人会議会員、福岡詩人会議会員。長崎県佐世保市在住。

生まれた日の遺影

わたしに見取られ旅立つ妹
これも幸せと思ってください
おそらくわたしは骨も拾われず
ひとりで密かにこの世を去るから
人生なんて思えば幻想《うつしえ》
身を置くところは所詮仮の宿
その死を留《とど》める者があっただけ
そのことだけでも恵まれていたと

あなたが最後に呼んだひとの名が
わたしの名ではなかったにしても
あなたを羨《うらや》むだけのことです
血でしか繋がらぬ儚《はかな》い縁なら
御覧なさいあなたの生まれた日の写真で
あなたの遺影を飾るつもりです
誰もが驚く顔が見えるわ
あなたが一番輝いていたとき

あなたが一番
輝いていたとき

平和の礎《いしじ》

貝塚　津音魚（かいづか　つねお）
１９４８年、栃木県生まれ。詩集『若き日の残照』、『魂の緒』。
日本詩人クラブ、日本現代詩人会会員。栃木県大田原市在住。

人類史上初めて広島に原子爆弾が投下された
爆心地周辺の地表面の温度は三千～四千度に達した
全てが一瞬のうちに黒こげになり焼けただれ水を求めて
もがき苦しみながら人々が街諸共焼き尽くされた
広島原爆（リトルボーイ）死者十四万人「人間を返せ」
長崎原爆（ファットマン）死者七万四千人「長崎の鐘」
被爆後五年間に広島二十万人・長崎十四万人が落命した
世界に向けて「怒りのヒロシマ・祈りのナガサキ」と
原爆の恐ろしさは　被爆から十年後一人の少女が
突如白血病を発症し生きる望みを折りツルに託し
千羽鶴とともに　十二歳の平和の使者として旅立った
七一年後　今尚核爆弾の悲しみの連鎖反応が続いている
核兵器を使うことは非人道的極まりない結果をもたらす
「安らかに眠って下さい　過ちは繰返しませぬから」と
慰霊碑には深く刻まれている　核兵器は永遠に廃絶！
核兵器があれば安全が守られる人間の愚論に過ぎません
広島・長崎が示した核兵器使用の結末　遺る瀬無い現実
今年　やっとアメリカ　オバマ大統領の折り鶴が
広島平和記念資料館に舞い降りた
沖縄県営平和祈念公園摩文仁の丘　沖縄戦終焉の地
「平和の波永遠なれ(EVER LASTING WAVES OF PEACE)」
「鉄の暴風の波濤が平和の波となってわだつみに折り
返す」　二十四万の遺霊が平和を愛おしく見つめている
平和の願いの炎が打ち寄せる波に向って投げ掛けられる
戦争の傷跡沖縄　唯一地上戦が行われた象徴の地である
なんの謂れもない日本人同士が殺しあった戦争でもある
防空壕に数十人の日本兵と民間人が身をひそめ
赤子を抱いた若やかなお母さんが外から聞こえる爆弾に
息詰まる恐怖の中で怯え泣きだす子供の口をおさえた
敵兵に気付かれれば壕内の全員が殺される
母親は鳴き声が漏れない様我が子の口を強く押え続けた
暫くして…グッタリと項垂れた我が子…
あァ　あァ息をしてない…窒息死したのだ
それでもなお母親は泣くことすら許さず…
やがて母親は自ら近くにあった小刀で喉を突き刺した
地上は砲弾の嵐に染まり　矢玉が耳をかすめる
防空壕は暗澹　息さえも詰まる獄窓のような世界
一歩政治の舵取りを誤れば再びの沖縄や広島・長崎が
一人ひとりが　明日を世界の平和を見澄まさなければ

ウージの下で千代にさよなら

上手　宰（かみて　おさむ）
1948年、東京都生まれ。『星の火事』、『香る日』。
詩誌「冊」編集人、詩人会議会員。千葉県千葉市在住。

沖縄は遠い
どんなことがあっても遠い
みんなで見捨てたから遠い

遠いのはそこで本土決戦があったからか
遠いのはそこが外国だったからか
遠いのは洞窟（ガマ）の奥で爆音がしたからか
遠いのは照準の中に浮かび上がる白旗の少女か
遠いのは「琉球処分」で皇民化されたからか
遠いのは人種の博覧会に出品されたからか
遠いのは貼り紙「朝鮮人と沖縄人お断り」ゆえか
遠いのは山之口貘が寂しい座布団に座ったからか
遠いのはさとうきび畑をざわわの風が渡るからか
遠いのはちゅらさんの姿がまぶしすぎるからか

少女がそこからやってきて
またそのどこかの島に帰って行ったように遠い
どこからともなく「芭蕉布」が歌いだされ
デイゴが咲き乱れる中を
踊り続ける人々のように遠い

カチャーシーが熱を帯びればおびるほど遠い

この遠さを渡れ
と誰かが言う
やまとんちゅーよ　渡れと
ここの空はお嫁に行きたがっているのに
貰い手がどこにもない
だから婿をとるのだ
さあ　おいで　わしらの島へ
火の手のあがった空を抱きしめに

＊タイトルは、宮沢和史作詩作曲「島唄」の歌詞「ウージ（ぬ）森で　あなたと出会い／ウージぬ（の）下で　千代にさよなら」から。ウージは砂糖きび。

摩文仁の丘から

山口　修（やまぐち　おさむ）
1965年、東京都生まれ。詩集『地平線の星を見た少年』（共著）。『他愛のない孤独に』。東京都国立市在住。

目を閉じ　目を開き　知るよりほかにない
焼きついた閃光の前で
或いは　ひそめた息が焼きつくされた闇の前で

一瞬にして命を絶たれた家族は
今もその時のまま
壁にかけられた一枚のパネルの中に
折り重なって眠り
頬は温もり　まるで暖かい息があるように
全身にまみれた土だけが冷たいのだ

断崖に誓いを立てる
喪われたもの　亡くなったものへ
小さくともその場をけっして譲ることのない
静かな炎を絶やさず供えた墓標のような
手で紡いだ糸をていねいに織ってゆくような
祈りとともに

済州島《チェジュド》の秋風

若宮　明彦（わかみや　あきひこ）
1959年、岐阜県生まれ。詩集『貝殻幻想』『海のエスキス』。詩誌「極光」「かおす」。北海道札幌市在住。

日本より澄んだ青空に巻層雲が連なり
交差する雲は×
日本海を否定する印《しるし》だ

切り立った崖また崖　玄武岩の石垣また石垣
海からの侵入者を妨げ　島からの脱出者を防げ

島の人々は皆優しいが
我々の後ろ姿に対する眼は厳しい
というよりも憐憫に満ちた眼だ
微笑の奥に張り付いた怒り
その憤怒は漢拏山《ハンラサン》の噴煙
焼けつくように熱いアワビ粥
咽を焼ききるのかキムチ盛り

日本語タクシーの運転手洪《ホン》さんは言う
これは旧日本軍の見張り洞窟
これは旧日本軍のゼロ戦格納庫
これは旧日本軍の隠れ洞窟
（あなたは旧日本軍の末裔ですか？）
リゾート海岸にそびえる
白亜の国際コンベンションセンター
銀に輝くワールドカップサッカー場
高台に林立する外資系ホテル
西帰浦《セギポ》海岸の見事な柱状節理も
いつの間にか崩れ落ちています
天然記念物ですので改変しないで下さい
すべての自然物を持ち帰らないで下さい
（さらに島人の心を踏みにじらないこと）

海岸には縄文時代の足跡化石
ゾウ・シカ・ヒトの見事な痕跡
五千年前に足跡をつけたヒトは
海幸を好んだ穏やかな人々だった

平和博物館で見たあふれる汚点
島人を駆り立て掘らせた防空壕
ノミの掘跡の真下の確かな足跡
赤くにじむのは酸化鉄あるいは血………

日本海いや東海にゆっくり沈む夕陽
済州島《チェジュド》で見る夕陽はやはり重い
海岸で拾った珊瑚あるいは骨………
ポリ袋のラベルが赤く染まっている

島の墓標

草倉　哲夫（くさくら　てつお）
１９４８年、福岡県生まれ。詩集『夕日がぼくの手をにぎる』、評伝『幻の詩集　西原正春の青春と詩』。詩人会議、日本現代詩人会会員。福岡県朝倉市在住。

島の野原に　村人が
私の墓標を立ててくれました
「妻エイコ　ここに眠る」　と

でも　私は妻ではありません
ただモリカワさんと壕でいっしょに自決した
エイコなのです
いいえ　エイコですらありません
私は朝鮮からだまされて連れてこられた
「イ・ジュオン」という十七歳の娘
私の小さな胸をわしづかみにしていた男たちが
「エイコ　エイコ」と呼んでいただけ

ふるさとを遠く離れた南の小島で
命を落とさなければならないなど
家族のだれも思いやしなかった
貧しい父母　泣きじゃくる弟のために
はたらきにでてきたはずの私の命

「妻エイコ　……」
島人も私達のすがたを垣間見ていたのでしょうか
愛してみたかった
モリカワさん
あの男たちの仲間であっても
自分の人生がどうにもならないのは私と同じ
アメリカ軍の座間味島空爆の嵐の中
おきざりにされた病院壕のなかで
たがいに重傷をおったモリカワ少尉の
あきらめの眼に　自分を見たの
手榴弾をにぎらされ　ふるえていた
かわいそうなあなたの命
だから　愛してみたかった
だから　愛されてみたかった――

嵐が去った島の野原に　村人が
不運な娘を少尉とならべ
墓標を立ててあげました
「妻エイコ　ここに眠る」　と

＊慶良間《けらま》諸島座間味《ざまみ》島での聞き取り調査による。座間味島にも七人の朝鮮人慰安婦がおかれ、そのうち三人が亡くなった。二人の墓標はすでになく、正確な所在地も不明。川田文子『赤瓦の家』（筑摩書房）参照。

動物園

伊藤　眞司（いとう　しんじ）
1940年、中国北京市生まれ。詩集『骨の上を歩く』『切断荷重』。詩誌「三重詩人」、日本現代詩人会会員。三重県松阪市在住。

狭い檻にゾウ
狭い檻にライオン
狭い檻にキリン
狭い檻にヒグマ
狭い檻にホッキョクグマ
狭い檻にオオカミ
狭い檻にエゾシカ
狭い檻にチンパンジー
狭い檻にオランウータン
狭い檻にトラ
狭い檻にダチョウ
狭い檻にカバ
狭い檻にアザラシ
狭い檻にペリカン
狭い檻にワシ・タカ
狭い檻にペンギン
鳥たちは羽根を切られている
獣は運動不足で足が弱っている
目は千里の遠くまで見ることができぬ
動物たちはみんなストレスいっぱい

なあ　おまえよ
おまえの心には何がいるのだい
おまえの心はストレスになったトラか
おまえはストレスのライオンそのものか
　いやいやそんなんじゃあない
　一日じゅう耳がつんざかれて痛いのだ
不連続で耳も思考回路も破壊されている
タッチアンドゴーの爆音で
イカレテしまっているのだ
二百五十以上もの米軍基地という檻に
日本が閉じ込められている
沖縄が閉じ込められている
日本国民が閉じ込められている
（閉じ込められていて気づかない多くの者等も）

骨の上を歩く

島ぜんたい戦場となった沖縄
戦い終わり散乱する彼我の死体　首がない　手がない
両足がない　目の当たり四散した死体

米軍の戦死体は長さ二メートル深さ二メートルの穴掘り
一体ずつ埋め十字架を立てずらっと美しく線をそろえた
日本軍や住民の死体は壊れた大砲や銃、
廃棄物といっしょにブルドーザーで谷に落とされた

戦場処理に使役される捕虜代表が
　せめて大きな穴を掘って
　日本側の屍《しかばね》を合葬させてください
と、訴えたら忽《たちま》ち銃殺され
ブルドーザーで谷に押し落とされ
廃棄物にまみれて転がった

丘を崩した土で埋めアスファルト敷き詰めた
広大な米軍基地の地中には
今なお安らがぬ　無数の骨が呻く声がするのだ

戦争の悲惨を低い声で語る片目の老婆
砲弾の破片でつぶされた面貌

老婆は語り続ける
火炎放射機で焼かれた洞窟の中の人々
ひめゆり学徒の胸ポケットに残っていた
父母兄弟姉妹の写真
死んだ赤児を抱いて蹲《うずくま》る血だらけ泥だらけの母親

不発弾の処理にはまだ百年もかかるという
曾《かつ》て日本軍も勝ち進んだ中国や南方で
どのような残虐を働いたか

人間はみな骨の上を歩いている
こおろぎの音色と耳鳴りとごっちゃになり
喜屋武岬の怒濤が響く真夜中である

怒濤をつらぬいて女や男の悲鳴がつぎつぎ落下する
六五年前の悲鳴が今も聞こえる

脱出

玉川　侑香（たまがわ　ゆか）
１９４７年、兵庫県生まれ。詩集『かなしみ祭り』『れんが小路の足音』。
詩誌「プラタナス」、「文芸日女道」。兵庫県神戸市在住。

工作部からの命令である

ここアンボン造船所の者半分は
今夜十二時　水雷艇でジャワに向かう

配転とは　体の良い言い方で
要は　脱出である

誰が行き
誰が残る　のか

水雷艇で二千キロを行けるわけがない
漂流が待っているだけだ

残れば
数日後には全員玉砕だ

沖縄を片付けた米豪軍は
南の島を一つ一つ掃除にかかっている

フカミ　おまえは残れ
一緒に残る人間を選べ

大尉は　命令した

死に方を　選べ　と

誰も　文句は言わなかった
もう　覚悟は決まっている

じゃぁ　な　とだけ言って
選ばれた八名は　水雷艇に乗り込み
深夜の海へ出て行った

喧嘩をしたヤツ　一緒に酒を飲んだヤツ
ワエアミを離れるのか
造船所を去るのか

やがて　数千発の砲爆弾が
海岸を地ならししながらやって来る

文法

いつでも　おもいつめて　いるのです。そう語ったひとの　ことばに含まれる　微かな違和を　一瞬　方言だろうと思ってしまった。

（いつでも）そのことばは　茫洋とした広がりを持って　私を包む。いつも　と　限定されないから　ひとの感情は　いつのまにか　ろ過されて果てのない　無償のものになる。霧雨であれ　木洩れ日であれ　百年でも全身に受けていられる。だから　このことばの下に（おもいつめる）は　違和だ　と思ってしまった。　深く　一途に思い込む。悩む。決心する。痛くてたまらない。まして（おもいつめて　いた）という　過去形ですらない。

島の北側に　澄んだ水が流れる谷がある。その水のきらめきが　激しく　映像のこちら側の私を射る。かつてそこで集団自決があった。アメリカが上がってきて土砂降りの中　逃避行の住民が行き着ついた谷だ。不発の手榴弾を棄てて　ナタや包丁　石や木切れで　家族が互いに殺しあった。死ぬのはいやだと　にげまわる　幼い弟と妹　そして両親を　そのひとは殺した。

てきがあがってきたら　しなんといかんの。ひとにはたのまれんもの。じぶんのかぞくは　せきにんをもってころさんといかんの。かわいいのから　やろうな。だれもいきるということはかんがえなかった。

かぞく　くびしめて　ころしたって　いうんでしょ。これだけの　にんげんを　ころしてしまって　いつでもこころのなかでは　おもいつめて　いるのです。

（じゅうだんでしぬのはまだいい。いつでも　おもいつめているのです。なぜ　かぞくのいのちをうばわなければならなかったのか　そのいってんを　いつでもおもいつめて　いるのです。）けっして　渡嘉敷島の方言ではない。ましてや文法の誤りでもない。自決の谷に水がきらめき　戦車が上陸した海辺も　明るい歓声に満ちているのに。ひとは傷みやすい。だから強靭に　忘れないで　いつでも　おもいつめていることで立ち向かってきた。その一点の深い　さらに深い問いへ。

幼い歩みで　やってきた子が　差し出した　小さなトマト。祖父であるそのひとは　片手で　慈しむように受け取った。陽の下で小さく輝くトマト。その手と　手の平に包まれた幾つかの　願いのようなものを　カメラは少し長く写した。（ＮＨＫ「沖縄、渡嘉敷島の集団自決」より）

中村　明美（なかむら　あけみ）
１９５０年、青森県生まれ。詩集『ねこごはん』、『ひかりの方へ』。詩誌「冊」、「shinado」。埼玉県坂戸市在住。

かげ絵——女たちへ

中村　純（なかむら　じゅん）
1970年、東京都生まれ。詩集『はだかんぼ』、エッセイ集『いのちの源流～愛し続ける者たちへ～』。日本現代詩人会、詩人会議会員。京都府京都市在住。

一　仄《ほの》暗い森の中

幻燈のように映し出される暗喩《メタファー》
あの日流された若い女性の鮮血
あの日蒼ざめたあなたの唇と若い額
つめたく冷えていった、あなたのいのち
華やぐいのちの時間が閉ざされた

口の中に土があふれ
切れた唇から血が流れ
あなたの体が貫かれても

素手で私はあなたを掘り起こし
まだぬくもりのあるあなたの体をあたためて
死なせたくない
ともに生きるために
私の生徒のような
娘のような若い人よ

深い屈辱と痛みで
土の底にあなたが傷深く沈む日は
爪を泥だらけにして
あなたを掘り起こしたい
姉か母のように

つめたい白い足をさすりながら
再びぬくもる日を願いながら
寄り添う女たち
いつか、いつも見てきた風景が
既視感《デジャヴ》のように

二　あなたをひとりにはしない

嗚咽は声にならない
涙は誰にも見えない
女たちのいる暗闇
女の子宮の流した血液
女の心臓を切り裂いた悲鳴
声に出すことすら許されなかった痛みが
出口を求めて彷徨《さまよ》っている

女たちの痛みを聴く耳はない
悲鳴すら許されなかった女たちの沈黙の果て
かくも孤独な彷徨《ほうこう》の、私たちの彷徨の果て

尊厳を踏みにじられた女たちの哀しみと怒り
女の心の中では
無数のこぶしが振り上げられ
その怒りに自ら傷ついている

生き残れなかった女たち
生き残って語れず
つめたい土の中に
魂を沈めてきた女たち
あなたはかけがえのない
あなたをひとりにはしない、私の友よ

三　「無名」の女たちの痛みに

女たちへ繰り返されてきた性暴力
「無名」のひとりひとりの死
「無名」のひとりひとりの生き残った女たち
あなたをこんなことで
「有名」になどしたくなかった

米軍基地のある街で
性暴力裁判の法廷で
女たちが集まった集会で
吐息のように重い口をひらいた女たち

いのちを閉ざされ
言葉を喪った女たちが
私をして言わしめる

あなたの痛みに　あなたの苦しみに
言葉を与えよ
女たちよ　生きて
生きて　つながり　立ち上がれ

ジュゴンの友に加えて欲しい
――薄鏡貝の辺野古にて

鈴木　比佐雄（すずき　ひさお）
1954年、東京都生まれ。詩集『鈴木比佐雄詩選集一三三篇』、詩論集『福島・東北の詩的想像力』。詩誌「コールサック（石炭袋）」、日本現代詩人会所属。千葉県柏市在住。

1

辺野古の海の色を見たい
辺野古の波音を聞きたい
辺野古の岸辺の生き物に触れたいと願った
辺野古の海草藻場に暮らすジュゴンの食跡を見たかった
ホソウミヒルモやトゲウミヒルモを見たかった
ハマサンゴやアカサンゴやアオサンゴから
まだ見ぬ辺野古の海の主から呼ばれていた

2

辺野古・大浦湾のハーリーの浜で
淡い金色の浜辺から乳白色のウスカガミガイ（薄鏡貝）
　を拾った
また洗ったばかりの爪のようなウスカガミガイを拾った
またまた丸顔の美女のようなウスカガミガイを拾った
またまたまた白金色電燈のようなウスカガミガイを拾っ
　た
またたくまに左手はウスカガミガイでいっぱいになった
波打際でもう一つ拾おうとすると
ウスカガミガイが動いているではないか
ひっくり返すと宿主が首をすくめている
「ごめんなさい」と言ってそっと砂に戻した
この淡い黄金色の浜自体が深く呼吸をしている
ウスカガミガイを朝日に当てると
光を集めて白黄色に発光するのだ
眺めていると聖なる鏡のように輝きだすので
小さなカガミガイと名付けられたのだろうか
海辺は森から運ばれる土と貝殻やサンゴが混じり
いつしか白く灰みの混じった淡い金色の浜辺になったの
　だろう
淡い金色の浜辺から白い波の向こうは水藍から浅葱色と
　なり
さらに縹《はなだ》色、藍、藍錆のプルシャンブルーとなり
水平線上の空色へと続いていく
空には水藍色のジュゴンの群れのような雲が泳いでいて
雲間から朝の陽射しが漏れて海面で踊っている
もし私がダイバーならばこの海に潜って
ジュゴンの餌場の海草藻場を散策するだろう
きっとそこは私の暮らす関東平野の筑波山の岩場の
「母の胎内めぐり」のような聖なる場所に違いない
沖縄人が命を新たにし生まれ変わる聖地は後世に引き渡
　すべきだ

3

大浦湾の付け根のハーリー浜の左手は
コンクリートで固められた頑強な金網フェンスで断ち切られている
金網越しの彼方に数十人米兵たちが隊列を組んで歩いている
この先は七十年以上も米軍基地のキャンプ・シュワブなのか
今も未来なぜ辺野古の浜は占領が続いていかなくてはならないのか
さらに「歩くサンゴ」のキクメイシモドキの棲む海中林を埋め立て
米軍のために日本人の税金で永久基地を創ろうとしている
金網には英語と日本語の「警告」版がビスで留められていた

WARNING　警告
These act prohibited and punishable under Japanese law;—Attaching any object to the fence, posts, or related structures/Defacing, vandalizing, or removing any portion of the fence, posts, /related structures or this sign./Violations will be reported to the Japanese Police.

このフェンス等に以下の行為を行うことは禁止されており、
日本国の法令による処罰の対象となりうる。
―物を取り付けたり貼り付ける行為
―汚す行為、破損する行為、取り除く行為
違反者は日本国警察に通報する。
MARINE CORPS INSTALLATIONS PACIFIC　海兵隊太平洋基地

ここから先は日本ではない、米軍の海兵隊太平洋基地だった
その脇に五枚の横断幕が「警告」を無視して張られている

辺野古基地はいらない
辺野古新基地 反対
戦争と同義「安全保障」「基地抑止力」辺野古に基地は作らせない！
ＳＴＯＰ戦争への道
地球 壊すな

横断幕が米軍基地からの海風によってふくらみ
金網越しの圧力にしなやかに抵抗している
横断幕に書かれ言葉は、剥がされても新たに張られ続けるだろう

「美《ちゅ》ら海」を埋め立てて新基地を創ることは
日米政府が沖縄人の「母の胎内」を永遠に犯すことに違
いない

4

道案内をしてくれた画家で詩人の久貝清次さんが
浜で選りすぐった美しい貝を手渡してくれた

アカガイ／アンボイナガイ／イモガイ
ウスカガミガイ／ヒメゴホウラ／タカラガイ
ハマグリ／マツバガイ／ベニオキナエビス…

真っ白な地に朱色の朝日の帯が十五本も走っている貝
赤と墨のレンガで取り囲まれた仏塔のように神々しい貝
赤茶と緑の虹が何段も積み重なったような色濃い貝
真っ白な地に茶色の象のような模様が描かれている宝貝
かつて沖縄に宝貝を探しに来た人のように私の宝物に
なった
早朝七時に久貝さんが現れてからまだ数時間しか経って
いない
前日から借りていたレンタカーで那覇市内のホテルを出
発した
道案内の久貝さんとは十数年間振りの交流だった
久貝さんから東京に暮らしていた頃に一冊の詩集をも
らった
沖縄で死にゆく母への感謝と喪失感を綴った連作詩篇
だった
その詩集に惹かれて私信や電話のやりとりをした
その後、沖縄に戻ったことを知らされていた
昨夜は再会を喜び、酒を酌み交わした
久貝さんは葛飾北斎が想像で描いた『琉球八景』と対比
させて
現代版の新『琉球八景』を数年前に描き個展を開いた
一八〇年後の沖縄の海辺や市街の光景を緻密に描いてい
た
その絵の中に描かれている海の色をこの眼で見たいと
願った
西原ＩＣから高速に乗り、左手にある広大な普天間基地
が気になり
その後の嘉手納基地、キャンプ・シールズ、キャンプ・
ハンセンを見ると
沖縄は米軍基地や演習区域の中に存在していることが分
かる
キャンプ・ハンセンでは今年一四回目の山火事が起きた
と報じていた
実弾射撃場からの流弾・被弾や騒音被害や山火事によっ
て
隣接する住宅に暮らす沖縄人はどれほど命を削がれるだ

ろうか
なぜこれほど広大の土地を演習区域として与える必要があるだろうか
最近の大きな山火事は米軍が翌朝になってようやく鎮火したらしい
名護湾を左手に許田ＩＣで降り米軍施設キャンプ・シュワブに向う
ゲート前では座り込みテントが道に並び
新基地反対の人びとが座り込んで集会をしている
多くの人がやって来て励ましている
私も手渡されたマイクで共感の意志を伝える
一瞬でも目を離したらジュゴンの棲む「美《ちゅ》ら海」が汚されていく
そんな危機意識がみなぎっていた。
道端の小さな黄色地の横断幕には青と緑の文字で
「勝つ方法はあきらめないこと　知事とともにカンバロウ」
と赤い魚のイラスト付きで書かれてあった

5
浜を見た後もキャンプ・シュワブの入口の前では座り込みは続いている
辺野古漁港では十数年も海の異変を監視している人たちが
日焼けした穏やかな顔で淡々と海での攻防を語ってくれた
そんな人たちと別れを告げて久貝さんと私は那覇市内に向かった
私は昨夜読んだ久貝さんの詩「友への手紙」を思い起こしていた

君は／他を裏切らない／他を攻撃しない／武器を持たない／君は／平和の使者だよ／宇宙は君のことを／気に掛けている／ひとつの生命を／滅ぼすことは／全世界を滅ぼすこと／／君はジュゴン／君がいなくなるのは／悲しい／悲しいよ／／君は／身長三メートル／体重四五〇キロ／身体は灰色／腹面は淡色だ／君は／とても耳がいい／鼻は円盤状／その小さな目で／遠くまで見ることができる／／君は／海で生まれ／海で育ち／海で死んで／海に溶ける／／君は海水／命の源

（久貝清次「友への手紙」の後半部分）

そんな詩を書いたジュゴンの友と一緒に辺野古の海辺を巡った
帰りの車から世界一危険な普天間基地を痛みの根のように感じた
私もジュゴンを守る友の一人にどうか加えて欲しいと
「命の源」を見詰めている久貝さんにお願いをした

ジュゴンの涙

海の窟《いわや》の
昼寝から覚めたジュゴンが
波間から顔を出すと
孔だらけの昼の月が出ており
遠い陸のほうはひっそりと静かでした
――ああ　また終わってしまったな
まるい泡とともに　ジュゴンは呟きました
夢のつづきのようでした
また　人の世は終わったのです
戦《いくさ》の末に終わったのです
きれいさっぱり終わったのです
遠い昔にも終わったのです
それなのに
どうしてこうも忘れっぽいのでしょう
ジュゴンには　わかりません

また　一からやり直すのかな
また　一からやり直せるのかな
今度こそ
もう二度と
戦をする者たちのことを憶い出すことは
ありますまい
久方ぶりに
海に平和が戻るので　もう
塒《ねぐら》を追われることもない
ジュゴンは悲しいはずはないのです
それなのに
涙を目から　ひとしずく
未来のために
流すのです
たくさんの陸のいのちを愛しんで。

浅山　泰美（あさやま　ひろみ）
１９５４年、京都府生まれ。エッセイ集『京都　銀月アパートの桜』、詩集『ミセスエリザベスグリーンの庭に』。日本文芸家協会、日本現代詩人会会員。京都府京都市在住。

七章　広島・長崎

微笑

あの時　あなたは　微笑した
あの朝以来　敵も味方も　空襲も火も
かかわりを失い
あれほど欲した　砂糖も米も
もう用がなく
人々の　ひしめく群の　戦争の囲みの中から爆《は》じけ出さ
　れた　あなた

終戦のしらせを
のこされた唯一の薬のように　かけつけて囁いた
わたしにむかい
あなたは　確かに　微笑した
呻《うめ》くこともやめた　蛆《うじ》まみれの体の
睫毛《まつげ》もない　瞼《まぶた》のすきに
人間のわたしを　遠く置き
いとしむように湛《たた》えた
ほほえみの　かげ

むせぶようにたちこめた膿《うみ》のにおいのなかで
憎むこと　怒ることを奪われはてた　あなたの
にんげんにおくった　最後の微笑

そのしずかな微笑は
わたしの内部に切なく装填《そうてん》され
三年　五年　圧力を増し
再びおし返してきた戦争への力と
抵抗を失ってゆく人々にむかい
いま　爆発しそうだ
あなたのくれた
その微笑をまで憎悪しそうな　烈しさで
おお　いま
爆発しそうだ！

峠　三吉（とうげ　さんきち）
1917~1953年、大阪府生まれ。『原爆詩集』。
詩誌「われらの詩」代表者。広島で被爆。六歳から広島市に暮らした。

核と非暴力

原子爆弾がもたらした最大の悲劇から正しく引き出された教訓は、
ちょうど暴力が対抗的な暴力によって一掃されないように、
原子爆弾も原子爆弾の対抗をもってしては
滅ぼすことはできないということである。
人類は、非暴力によってのみ暴力から脱出しなければならない。
憎悪は愛によってのみ克服される。
憎悪に対する憎しみをもってすることは、
ただ憎悪を深め、その範囲をひろげるだけである。

（出典「ハリジャン」一九四六年七月七日号
森本達雄訳『非暴力の精神と対話』）

マハトマ・ガンディー

1869〜1948年、インド生まれ。イギリスからの独立運動を指導し、「非暴力・不服従」を提唱したインド独立の父。

あなたの旅に三つのお土産をもっていってください

デイヴィッド・クリーガー

1942年、アメリカ生まれ。詩集『平和詩集』『神の涙 ―広島・長崎 国境を越えて』。アメリカ、カリフォルニア州サンタバーバラを本拠とする「核時代平和財団」会長。詩、講演等を通して平和を訴える。来日経験多数。

大統領
言葉は尽きている

貴方は五月にヒロシマを訪問する
ヒロシマでは核兵器は現実のものである
文明を破壊する可能性は
明白である
ヒロシマを訪問することは崖縁からの道を
戻る一つの機会だ

あなたの旅に世界に対する三つのお土産をもっていって
　ください
　即ちあなたの勇気
あなたの人間性　そして狂気を終わらせるための提案で
　ある

核保有九カ国に核兵器廃絶の協定を取り決める
会議を召集してください

世界を常道にもどしてください
それを原爆生存者たちのためにしてください
そしてそれを世界中の子供たちのためにしてください

核兵器と戦争のない世界を

郡山　直（こおりやま　なおし）
1926年、鹿児島県生まれ。詩集『輝く奄美の島唄』『詩人の引力』。
ポエムズ オブ ザ ワールド、短歌ジャーナル会員。神奈川県相模原市在住。

平和ほど貴重なものはない
戦争ほど罪悪なものはない
第一次世界大戦で
第二次世界大戦で
ベトナム戦争で
アフガン戦争で
イラク戦争で
どれだけ多くの人が命を失ったか

日本軍は一九三八年から五年半重慶を無差別爆撃
米軍は一九四四年から日本を激しく無差別爆撃
どれだけ多くの一般市民が命を失ったか
中国では日中戦争で二千万人もの一般市民が
命を失ったと言われている

第二次世界大戦は
広島と長崎への原爆投下によって
終わりを迎えたが
核保有国は米、英、ロシア、フランス、中国、
インド、パキスタン、イスラエル、北朝鮮、などなど
ますます増える一方だ
核戦争においては、先制攻撃で敵を一気に潰すことが
勝利を得る一番効果的な戦術だ、言われている
こう考えてくると
人類の生き残る道はただ一つ、核兵器と戦争の廃絶だ
今こそ、唯一の原爆被害国日本が先頭に立って
核兵器と戦争の廃絶に向かって全力を挙げるべき時だ

人類には核兵器を考案した当事者として
核兵器を廃絶する厳粛な義務があるのだ
核兵器は
人類を、すべての動植物を、
そう、神が創造したすべての創造物を、
そして、人間が築いてきたすべての都市、文化、芸術
これらを一瞬のうちに破壊する危険性を持っているのだ
我々人間は、今こそ戦争の愚かさと平和の尊さを悟り
地球を、我々自身を、地球上の全生命を、守るために
核兵器と戦争のない世界を構築しよう

Sを見付けた

山下　静男（やました　しずお）
1929年、岡山県生まれ。詩集『梅漬け』『クジラの独り言』。詩誌「火片」。岡山県岡山市在住。

商店街ですれ違いに
Sを見付けた
中学校の同級生だ
カラータイルの道を後戻りして
声を掛けた
引きつった顔を街灯が照らす
「人違いです」
大きな紙の包みを抱えて
足速に去った

頬にうすい痣《あざ》があり
のぞき込むような目つきだった
席が近かったので
苦手の英語を教わったのだ
二年のとき広島に転校した
徒然草の参考書は借りっぱなし
　——小心者のぼくは知らん振りをよくした
　——あのとまどった顔

また彼を見付けた
キノコ雲を思わす鉄床雲《かなとこぐも》の下
遊園地のローラー滑り台で
女の人と背を押し合ってはしゃいでいた
夫婦のような二人は
足を止めた
幼い児《こ》の遊びに釘付けになった
　——草のような蒼い頬
　——子供を失ったのか

同窓会の会報が届く
Sは十年前に亡くなっていた
ヒロシマの後遺症とある
言語の装置がもつれて
言葉を結ばない
活字を一つずつ押えて確かめた

いつまでも机の上に
投げ置いた会報
　——一件落着か

あ・鳩が

――長崎報告――

徳沢　愛子（とくざわ　あいこ）
1939年、石川県生まれ。詩集『みんみん日日』『加賀友禅流し』。詩誌「笛」、童詩誌「こだま」。石川県金沢市在住。
平和像の上空に　秋は来ていた
献花の山に降りてきた秋が
風を起こすと
あの日のにおいがした
においを嗅ぐたびに
傷は赤い口を開けた
8月9日午前11時2分は
毎年新しくやってきて
人を老いさせる

あ・鳩が
鋭く天を突き上げた人さし指に

〝和代〟と気合を入れて
名付け　待っていた赤子には
両眼がなかった
眼窩は蒼い影をつくっていた
透きとおる白い肌の子だった
深い沈黙の色であった
蠟をひいたような艶やかな肌は
一層　沈黙を引き立てた
彼女はこの世で暫くの間
やさしく　泣いた
やがて　糸を引くように
細く泣き止んだ

泣くことしかなかった
人はその淋しい声を
聴くことしかできなかった
泣くことと
聴くことの間には
毛すじ一本も隙間はなかった
泣くことと　聴くことは
組んず念ずして
絡まり　抱き　ひとつであった
息さえかかるひとつというのは
毎年激しく人を生き返らせる

冥黙する平和像の指先で
鳩は彫像のように動かない
深い蒼穹は
明るい瞳のように見開いている

長崎に燈る灯

志田　静枝（しだ　しずえ）
1936年、長崎県生まれ。詩集『菜園に吹く風』、『踊り子の花たち』。小説誌「ぱさーじゅ」、「秋桜 コスモス文芸」。大阪府交野市在住。

終戦後七十年を経た長崎の街はみごとに復興を遂げ
明るくしなやかに風もこの街を包んでいる
世界に類のない原子爆弾がこの地を襲い街中全てが
倒壊した事は時が過ぎても忘れる事は出来ない
この街で被爆した少年が私の小学校に転校してきた
五年生の秋に出会ったコゾネツヨシ君
頭には幾多の傷を乗せていた彼は高校入学して
間もない初夏に原子病でこの世を去った

中学校の中村先生は涙に曇る目をハンカチで
何度も押さえ　ツヨシ君からの手紙を読んでくれた
私たち中学同年生の仲間も泣きながら聞いた夏の日
　死にたくない！　先生、皆さん助けて！
　悲痛な君の声は今も私の胸に刻まれたまま残る
　ツヨシ君の分まで長生きするわ　また会おうね
　学校帰りの道を一緒に歩いた別れ道で会おうね
遠いあの日を思い出すたび涙が浮かんで来る
あんなに辛い悲しみは二度と再びあってはならない
小さな粒の雨が時おり顔を濡らしていく

にわか雨の強い雨脚は旅人の私を引き止めるのか
咄嗟に市電の停車する場へ駆け込むと　この地特有の
　ぬれなさったと　はよここに　はいりなっせ
ほっこりした人々の眼差しが心地よく私に笑顔で言う
痛みを知っている街だから人々は優しい
異国の人の往来も尋常ではない　長崎港には続々と
中国からの旅行者が船でやって来る　観光バスは港から
旅行者をグラバー邸園前へ連続で運び込む

グラバー園の観光を終えた中国の観光者の人数の多さ
来る人去る人が交差する駐車場は一見数百単位ではない
あれは千人単位ではと　初めて出会ったこの光景に私は
故郷は他国の人に乗っ取られたかと恐れさえ感じた
大きな荷物と共に怒涛は押し寄せ　その人の川の流れの
中に　私も一緒に中国人になって流れていた
多くの人の購買力は大企業の無いこの街に助けとなり
潤いは街に活力をくれる喜びもある　長崎には中国系の
赤い目印の大きな飯店が多くあり味を競っている
持ちつ持たれつの心情　世界から戦争の火種を消さなけ
れば　永久に平和の灯りを燈せるよう祈りの鐘が鳴る

半生の記

杉谷　昭人（すぎたに　あきと）
1935年、朝鮮鎮南浦府生まれ。詩集『宮崎の地名』『農場』。
日本現代詩人会、日本詩人クラブ会員。宮崎県宮崎市在住。

ナガサキは書けない
一九四五年八月九日　十一歳
わたしはとおい朝鮮半島の植民地にいたので
その日のことは何も知らない

ただその次の日の夕暮れに
わたしたちの街を守っていたはずの兵士たちが
部隊ごとどこかへ逃げていってしまった
その駅頭での風景だけは覚えている

兵士たちが無蓋の貨車で陽気に去っていったあと
兵営には軍馬と軍用犬だけがたくさん残されていて
「兵隊さんだけ先に日本に帰ったのさ」と
街の人びとは単調な口ぶりで噂しあった

ふるさとに引き揚げてきて十数年たって
わたしもセンセイという仕事についていて
はじめて赴任した土地の小さな駅で
三十代なかばの駅員さんと知り合いになった

その駅員さんには右腕の外側一面にケロイドがあって
彼は家もビルも何も見えない街の写真を一枚
出札口のガラスの向こうにいつも立てていた
「ナガサキにいたんだ」と一度だけ話してくれたことがある

わたしはその駅員さんといっしょにデモに行った
メーデーの日にはスクラムを組んだ
台風で流れてしまった農道修復の作業もした
働くとはそういうものだと信じていた

その駅員さんのいた駅も廃線になってしまった
洪水で鉄橋が二本も流失してしまって
それにムラの人口も半分になってしまったのだ
それでムラの生活が何もかも変わってしまったわけではないが

緑の山肌には砂溜まりがいくつも現れていて
ナガサキはきょうも書けない
イラク　アフガン　スーダン……
わたしはきょうも多くの死者にかこまれていて

光と水と緑のなかに

酒井　力（さかい　つとむ）
１９４６年、長野県生まれ。詩集『虚無の空域』『白い記憶』。日本現代詩人会、日本詩人クラブ会員。長野県佐久市在住。

地上六百メートルでさく裂した熱火球
一瞬に焼野原となったヒロシマ
失われた街と多くのいのち
——原爆ドームの前に佇み

六十八年前に台湾から引き揚げ
大竹港から上陸した
家族の軌跡をたどる

焼け跡に棲む人から鍋を借り
台湾から持ってきた白米を炊き
おにぎりにして
みんなに食べさせたという母

原爆投下後七カ月
核爆発の被害に苦しむ人々の傍らを
母の胎内に宿っていたわたしは
家族六人と
郷里へはこばれていったが

生まれたときは
手足ばかりが長く
ギロギロに痩せていたと聞く

食べるものが不足し
山野草はもちろん
草の根まで採取した日々の生活が
わたしをはぐくんだのだ

いま　敗戦という重みと
貧しい日々の記憶を

わたしは確かめ
わたしは見ている

光と水と緑のなかに
生まれでる
さまざまないのちのつながり
そのどれもが大切で
決して欠けてはならないことを

小野　恵美子（おの　えみこ）
1949年、栃木県生まれ。詩集『路地』、評伝『花の幻――評伝・原民喜』。
日本詩人クラブ会員。埼玉県熊谷市在住。

夜

人の尊厳、表現行為そのものを失墜させた
おろおろと手をこまねくばかりだ
呻き声は深い嘆きに変わり
あちらで　まもなくこちらでも
かろうじて持ちこたえていた
生命の灯が消えていった

一日の火照りを和らげるかのように
川風が立った
月があがる
非情の光があますところなく　地を照らす
死屍累々
容赦のない
長い長い夜がつづく
くすぶっていた火が揺らめき出した
果てしない虚無は　どこまで広がっていくのだろう
闇が苦しみに溢れ
もう朝の訪れはないものと思われた
地球のしわざでも
太陽のしわざでもない
この人間の手で

痛みはきまって
三時間ごとにやって来る
覚悟を決め
いくたびかのうねりが
通り抜けるのを待つ
私の夜を
ゆっくりといたぶりながら貫くもの
眠れぬのなら起きよ
奇しくも病を負ったのは
苦しみを解するための　おみちびきであるか

一九四五年八月六日午前八時一五分
人類の良心が吹き飛んだ
制御不能の怪物は
図面通り　悪魔の実験をやってのけた
正体を暴ける者はいず
生半可な療法が症状を悪化させ
長引く行政まひに　多くが無念の最期を遂げていった
私の隣に在った人
生死の明暗を分けたものは
その破壊力は想像を超え

古い屍体

こたき　こなみ
1936年、北海道生まれ。詩集『キッチン・スキャンダル』、『第四間氷期』。詩誌「火牛」、「幻竜」。東京都東村山市在住。

幸運にも私は遭わなかった
空襲や原爆など見なかった

私が見たのは
背中から上腕一面のケロイドの従姉　治療薬もない酷
　暑のなかを耐えた
闇市で野菜売る小母さんの握り拳状に固まった奇妙な
片手
軍需工場爆撃で級友を失った半世紀前の記憶に鬱病を
発した義姉
小学校の児童劇団公演では空襲で片腕をなくした少女
の日本舞踊
街角でアコーデオンを奏で切断面をさらして喜捨を乞
う隻脚の元兵士

痛ましい視界がやっと過ぎ去って
おかっぱ頭が白髪に変わったこの頃
肺のあたりに雲がかかる
異界のピンホールから漏れ出た気配
血管にひそんだ微粒が皮下へと滲み出たか

危うい死を逃れ　こちら側にとどまった者の悲惨は語ら
　れたが
死の手で　たましいが抜けた苦の極みは密閉され
孤絶の崖下をだれも覗けない

簡単に一体　いや分断されて複数個になっても
死体の数からもはぐれ　何も知らぬ土と潮底に沈み
臨死の　お花畑や浄光の幻も香煙もなく
幽霊にもならぬ内気な霊たちよ

老い逃げの私は曖昧な後ろめたさを
時々の小さな不幸を言い訳に嵌め込み
肺のあたりの雲に足りない息を隠す

押さえても現れたがる潜伏ウイルスは幾十年もの　のち
　再発する
戦争という古来のＤＮＡも

理由なく人殺しをしたい奴を養い

何か何でも破壊をしたい奴を集め
明日の成長産業　戦争株式会社
兵器は夜泣きしている　寄る辺ない人体は余っている
物量と人体の惜し氣ない蕩尽の大スペクタルを
爆撃音と絶叫を実行したい奴等に
毎日どこかで起きている戦争場面に躍り込みたがってい
　る奴等に

死の苦痛は誰もが未知だから
死んでしまえばそれで済む
そう考えて秘策をたくらむ奴等に
古い屍体よ
崇《たた》ってくれ　骨が石になる前に　取り憑いて出よ

焼ける声

みもと　けいこ
1953年、広島県生まれ。詩集『リカちゃん遊び』『〈明日〉の空』。詩誌「飛揚」。愛媛県東温市在住。

八月六日の朝　広島はその日快晴で　朝から激しい蝉しぐれ　絶え間なくさえずる小鳥の声　荷車の音　馬のいななき　駆け回る犬やあくびをする猫　出かける家族たちが交わした最後の挨拶

生き物たちの賑わいが　一瞬の炸裂音でかき消されてしばらくは無音の暗闇だったという　それからどのくらい経ってからだろう　すべての奪われた音が　焼け焦げて黒い雨になり　地表に戻ってきたのは

広島が〈ヒロシマ〉になった朝
母は職場だった山奥の小学校にいて
「黒い雨をみた」と
言ったのは
人生のごく終わりに近い　時期だった

どうして　こんな時に
そんな話をするの　封印していたものが
なにかのはずみでほどけてしまったように
そのとき私はまだ誕生していなかったが

カタカナになってしまった〈ヒロシマ〉に
黒い雨が降る記憶が私にもあって

確かに　覚えていますよ
声は焼けてしまうんですね

お母さん　私も黒い雨を見ました
お母さんと一緒に山奥の小学校で
生き物たちの声が　焼け焦げて灰になったあの日

黒い雨は〈ヒロシマ〉の大地に抱き取られて
静かに地中へと沈んで行った　が
母の熱い喉の奥に張り付いた声を
あの日たしかに聞いた

大浦天主堂

柳内　やすこ（やなぎうち　やすこ）
1957年、大阪府生まれ。詩集『夢宇宙論』、『柳内やすこ詩集』。
詩誌「アリゼ」、日本現代詩人会会員。奈良県橿原市在住。

ステンドグラスの窓を通過した光が
礼拝堂の床に色鮮やかな模様を映す
天井から吊り下げられた燭台の細いチェーンまで
黄、紫、青、緑、赤と彩られていて

いつからだろう
長崎をこの天主堂を訪れたいと願っていた
現存する日本最古の教会は
洋風ながら少し素朴な佇まいで
何年も何十年も私を待っていてくれた
土産物店の並ぶ長い石畳の坂の後
急な石段を登り詰めると
入口で白いマリア像が出迎えてくれた

至福のひと時を過ごして堂内を出ると
高台から望む澄み渡る青空と海が
時の流れを忘れさせた

たとえ瞬く間に
平穏に十年の月日が過ぎても
あるいは数十年の間に
かつて戦争による被害から修復されたように
激動の日々を経ることがあったとしても
いつか再び来る日も大浦天主堂の内部には
美しい光の絵が描かれていますように

あの日、当日死

こまつ　かん
1952年、長野県生まれ。詩集『見上げない人々』、『龍』。詩誌「乾季」、「詩人会議」。山梨県南アルプス市在住。

今をこの手ですくい上げ
この瞬間を大切に積み重ねれば
やがて大地に
立派な塔がそびえたち
天にむかって胸をはる。
時が流れ
塔もいつかは揺れはじめ
軋み
壊れ
崩れ落ちる日をむかえる……。
と
これは
この世に生まれたものは
やがて
生きる機能を失うという
自然な姿に似ている……。

……私は
「当日死」ということばを知ったとき
そんなことを考えたのだ。

さて　ところで
それは　一九四五年八月のこと
空から人が
地上の人にむけて
六日の月曜日
広島にウラン２３５を原料とし
九日の木曜日
長崎にプルトニウム２３９を原料とした
原子爆弾を投下した。

あの日　殺戮《さつりく》され
時の刻みを奪われ
細胞という細胞は熱風とともに消え
体液という体液は土にしみ
黒くただれた塊が地表にへばりついた。
重なりあう
それが　瘡蓋《かさぶた》なら
傷が癒えるにしたがって形成され
やがて　はがれていくのだが……。

それから
あの日　生き残った被爆者は
一生苦しむことになった。

ヒロシマとナガサキの
原爆被害者調査結果のなかに
被爆の当日の死者
看取られなかった人たちのデータがある。

「当日死」はモノとしての死。
無味乾燥のことば。
無味無臭のことば。
重さも軽さも伝わってこないことば。
色彩も感じられないことば。
無音と浮揚が同時に存在することば。
有機化学と無機化学。

あの日　消滅させられたＤＮＡ。

平凡に暮らす
市井《しせい》の人々が
この世を生きて生きて生きぬいて
天寿を全うし
人として
普通に死を迎えること
それを
根こそぎ奪うことは
あってはならない。

「当日死」は
この世にはいらない
地獄のことば。

＊参考文献
『原爆被害者調査　ヒロシマ・ナガサキ　死と生の証言』日本原水爆被害者団体協議会編／新日本出版社／一九九四年六月二十五日

秋海棠《しゅうかいどう》

長崎市本尾町《もとおまち》の浦上《うらかみ》天主堂では鐘の音とともに追悼ミサがはじまる　八月九日　午前六時　ステンドグラスに朝のひかりが射す（原爆で一瞬にして消された人たちの魂が集う　ガラスの赤や青や黄色に染まってかがやきながら　こぼれてくる）信徒三五〇人の聖歌の響き　原爆死没者のために手を合わせ　冥福を祈る

「戦争がいかに愚かなことかと、世界に向けて叫び続ける勇気を持っていただきたい。それが犠牲者への弔いになるからです」ミサでの小島栄主任司祭の呼びかけが堂内に静かに放たれる　信心のないわたしも　その言葉の片鱗に触れ　十字架の上の死と結ばれる　人間の過ちのその救いのために

祈りの朝におなじく咲き出した花たち　恥じらいで茎まで淡紅色に染まりつつ　黄色いともしびを捧げ持ち　ふたつ　みつ　と灯りながら　歌うように咲く　勇気が満ちるときも　薄れるときも　この花を死者たちへの祀りのささやかなよそおいとして

高田　真（たかだ　まこと）

1952年、熊本県生まれ。詩集『連絡通路』『長い引用のある悲歌《エレジー》』。詩誌「冊」、詩人会議会員。埼玉県所沢市在住。

ベランダの簾《すだれ》を張ったその陰の鉢植えの　ひと株　ふた株に　あたりの空気が引き締まるようにも　ひっそりとあたたかくこころ潤すようにも　いまだ戦争は止まない世界の　不揃いのハート型の葉のうえに　花となり　咲き出す

罅

田中　眞由美（たなか　まゆみ）
１９４９年、長野県生まれ。詩集『降りしきる常識たち』、『指を背にあてて』。
詩誌「ＥＲＡ」、「しずく」。埼玉県新座市在住。

罅われたものは
罅われたまま
そこにあり
忘れられた痛みは
少しづつ確かに広がっていく

〈あの日〉は
日常のなかに溶け込んで
薄められていったから
罅われたものを
幾度となく踏みつけても
その危うさを
見開いたはずの眼は見なかった

あれからも震え続ける大地が
間違いなく闇をひろげる　明日

罅は
深く広く連帯し
神話を喰いつくす

列島に点在する施設が
領空を繋げ
列島の退路を断つが
それでも止められない意志が
推し進めるこの国の未来は
黒い雨に
降り込められていく

あの街の夏

墓地は灯籠《とうろう》だらけだった
お盆だったのかな
お寺の境内で　ひとり
ビー玉遊びをしながら
何気なく目を上げると
近くで灯籠がひとつ、すっと
一メートルぐらい動いた
誰もいなかった　はっきり見た
すっと　動いた――
夏になると
昔の少年は　繰り返し語る
そのたびに　わたしは黙ってうなずく
少年は　長じて科学を愛した
現象を表す数式は
どれもシンプルで厳格、そして美しいと
幻想から遠い世界で　長い年月を歩いた
それなのに、と言おうか
それだから、と言おうか
確信してやまない記憶の
ヒロシマ――

江口　節（えぐち　せつ）
1950年、広島県生まれ。詩集『果樹園まで』『オルガン』。
詩誌「多島海」、日本詩人クラブ会員。兵庫県神戸市在住。

あれは子どもの墓だったのかな
ぼくと一緒に遊びたかったのかな

往来

こどもは
あの世とこの世をかるがると往来する
見たままを言う

和尚さんは　やけどだろうな
顔が半分くずれていた
鬼だぁ、口々に言って逃げたと
目を伏せて告白する

髪のない人　足のない人
そんな人がよくいた、あの頃の街も
あの世とこの世をかるがると往来した

炻器《せっき》　モノローグ

原　かずみ（はら　かずみ）
1955年、石川県生まれ。詩集『光曝』、『オブリガート』。詩誌「まひる」。東京都あきる野市在住。

標的はT字型の相生橋　一九四五年八月六日午前八時一五分　高度九八六二メートルから投下された原子爆弾は　広島市細工町島医院の上空約六〇〇メートルにおいて核分裂を開始　一億分の一秒後には　八百グラムのウラン二三五のすべての分子が核分裂連鎖反応を起こし　膨大なエネルギーが放出された　セ氏一千万度の高温にまで熱せられた大気は　膨れ上がり　強大な衝撃波となった

まわれまわれ　帯になって　夏の繁った川を光って　萎んだ肺胞に甘い空気を入れ　一つながりの真珠みたいに笑いあって（葉脈のドキドキ）

空が落ちた日　爆風と烈火に円屋根は飛びわたしの内を焔が駆け上がった　気がつけば　円屋根の鉄骨と生き残った外壁で　かろうじて立っていたわたし　ひりひりと肌むけた地にまるで亡骸のように
目の前の元安川には　懐かしい日々がコールタールより黒く流れ　おびただしい水声が響いていた　あのとき　わたしも　ひと思いに崩れてしまいたかった　たぎる思いを叫びに変えて

いくつもの夏　いくつもの冬　降り注ぐ雨と陽光（そして放射線も）　いつしか猛々しかった傷が　思いがけず炻器の肌合になったとき（埴輪のイノセンス）　気がつくと　あの子たちが来るようになっていた　決まって素通しの円屋根から　遠慮がちに　そして眼のように開いた窓を抜け　一面の葉擦れとなってさざめいて（母の融けた耳にも　あの子たちの声が届くでしょうか）

ほら　ごらんなさい　ゆるりと元安川が曲がるあたり　麦色に染まった男の子たちが　昨日のように　水しぶきをあげて　下界の光を揺らして　風になって

空の見えない日

叔父さんの声が聞こえてきます。夏、耐え切れない暑さではありません。空は厚い雲に覆われています。平和公園を歩いた後で、不意に爆心地まで歩いて来ました。空が見えない日だったなら、原子爆弾が落とされることはなかったと思いました。熱線に爆風、そして最後には放射線まで浴び何度も殺された死者たち。叔父さんの声が死者たちにも話しかけているようです。時計は投下時刻の十一時二分を過ぎました。

まだ、叔父さんの声が聞こえています。三菱造船所で被爆し、その後で、橋口町の家まで歩いて帰った一日の出来事を、何度も何度も、まだ幼かった私は聞かされました。その話を私も、何度も何度も、子供たちに話しました。歴史をそうして繰り返し語り継いでいくことに、私はいつも迷っていました。なぜなら私は、いつも叔父さんの話を正しく伝えていない気がしたのです。語りながら私は叔父さんに謝っていたのです。

あの日、叔父さんはこの悲惨な戦場跡の町を歩いていたのです。瓦礫の間に無数の死体。顔や手足の皮膚は黒く膨れ、果物のように剥がされ、川の中にも死体。そんな惨劇を私が言葉で描写して許されたのでしょうか。叔父さんの話ではなく、私は今、資料館であの日の写真を真っ直ぐに見て確認してきたのです。叔父さんの痛みを、次の世代の子供たちに少しは感じとってもらいたかったのです。

叔父さんの声は益々、鮮明になってきました。あの日、この町で生きていたという理由だけで、三十七歳になった頃から、肝臓や腎臓の機能が弱くなったのです。長崎原爆病院に何度も入院し、その病院での話も何度も何度も、聞かされました。生きるための治療だったか、死ぬための治療だったかは分からなかったと言っていましたが、あの時、叔父さんは笑っていました。

そうです。手術は苦しかったようですが、心の手術はできなかったのです。叔父さんは自分で、自分を治療する方法さえ見つけられなかったのです。まだ叔父さんの声が聞こえていました。ここは爆心地ですから、歴史を背中に感じなければなりません。でも、私には殺風景な場

吉田　義昭（よしだ　よしあき）
1950年、長崎県生まれ。詩集『ガリレオが笑った』『海の透視図』。詩誌「へにあすま」。東京都板橋区在住。

所でした。ここはどこなのでしょう。その時、私たちは歴史に試されていたと、また叔父さんの声が聞こえてきました。

憎むだけで歴史を語り終えてはいけないと叔父さんは言いました。私はそんな叔父さんが好きでした。一度だけ、病室を尋ね、手を握りしめて貰いました。ただそれだけの愛情でした。爆心地からあまり離れていない場所で被爆したのです。それでも叔父さんは歴史を憎んではいけないと言ったのです。急に私も、三菱造船所から叔父さんの家まで歩いてみたいと思いました。最後に緩和ケアを尋ねたのはいつだったかは忘れましたが。

＊緩和ケアは患者の苦痛を和らげる目的の病院。主に末期癌患者、エイズ患者などが入院している。

八章　家族・友人への鎮魂

志半ばで散った二人の兄

鳥巣　郁美（とす　いくみ）
1930年、広島県生まれ。詩集『浅春の途』、詩論・エッセイ集『思索の小径』。詩誌「コールサック（石炭袋）」、「西宮文芸」。兵庫県西宮市在住。

昭和17年長兄は中支の戦線で果てる
その地で切迫した対線をどれ程潜ったろうか
中国との戦いの意味は奈辺にあったか
戦場の是非もない個の足許を辿る
狭めた気概だけが行き交う日の
掟を背負った前線の人々の姿が浮かぶ
中野の戦車学校教官の内示に心備えた矢先の
帰還を前にして逝った33歳の無念を手繰る
遺骨の箱を囲んだ夏の日の妻　母　弟妹

二・二六事件後の移動で赴任した北鮮の官舎に
母と末の弟妹が身を寄せた二年の間
朝食に好んでいた豆腐の味噌汁
手まわし蓄音機で時に耳傾けた東海林太郎
汗して尺八を習していた姿もまた
律する軍務の四角い暮しの底に流した
誰しもの共連れる柔い心の行方
安らかな眠りはそこに訪れているか
深傷を凝視《みつ》める眼だけがいまも漂っているか

終戦二日後が次兄の最期であった
集結の途次暴徒に遭遇しての
ピストルを顳顬《こめかみ》に当てての自決であったと
かなり日を経て当時を語り伝える
命拾いして戻った友に抱かれ届いた
戦闘帽ひとつの帰還であった
眼鏡の視力故に経理に進んで赴任した
満州南方の地での窓辺の写真一枚を残して
23歳で果てた余りにも短いその一生を想う

父亡き貧しさを勤めにつく二人の姉に頼った
細々とした営みのなかハーモニカを楽しみ吹き
手すさびに洒脱なペンの人物画を描き残した
器用で物静かだった旧制中学時代の
弟妹と机を寄せた電燈の下の姿
朝毎にゲートル*を巻く玄関の仕草も
言葉少なかった温もりと共にその面影が在る
最期の地で骨はいまも野晒しだろうか
荒涼の中でその骨の語る言葉は何か

＊ズボンの膝下を締める細帯。

戦死せる画家の友へ

友よ君は戦線へ発つた
描きかけたままの画布《トアル》を残して
君は戦線に立つた
画筆のかはりに銃剣を執つて

君は描きつづけた　大地のうへに
君の血と銃剣とをもつて
描きかけたままの画布《トアル》のつづきを
眼に見えない君の画布《タブロオ》を

友よ　そして君はもう還つて来ない
描きかけたままの画布を残して
そして君はもう握ることはない
銃剣をも画筆をも

おお残された白い画布よ
しかし君は描きあげたのだ
眼に見えない線と色とで
歴史のドラマを君のドラマを

おお君の不在によつて充《みた》された画布よ
君はそこに生きてゐる
兵士にして画家
君はそこに生きてゐる

大島　博光（おおしま　はっこう）
1910〜2006年、長野県生まれ。詩集『冬の歌』『大島博光全詩集』。翻訳書『アラゴン詩集』『ネルーダ詩集』。東京都三鷹市に暮らした。

記憶

その秋のことであった
戦闘帽を被り　防空頭巾を肩にかけ
午後はみんな明るいうちにと急いでいた
内臓にひびく鈍い爆音が
味方のものでないことに人々は気付いていたが
警報のないそれにひどく慌ててはいなかった

どこの都市の爆撃の帰りであったか
機は不発弾を落とした
楠を削いで土を鋭角に抉り
若いモンペの女の頭と胸のあたりをどこかへ散らした
いちはやく兵隊が集まり　憲兵は大声で
婦人会と警防団を待避させたが
追われても小学生は近くの壕に入って来てうかがった

「かっちゃんのお母さん」
少女が言って蚊帳吊草《かやつりぐさ》を無意識にむしって重ねた
（少女は泣くことを教えられていなかったのだ）
すばやく毛布にくるまれた死体はどこかへ運び去られ
銃を保持した憲兵があちこちの辻の守りについた

この報道は町に流されず
ひとつの明りもない秋の日暮れは
死をすばやく縫い閉じて暮れた

井奥　行彦（いおく　ゆきひこ）
１９３０年、福岡県生まれ。詩集『しずかな日々を』『紫あげは』。
詩誌「火片」「総社文学」。岡山県総社市在住。

渦巻くものに

結城　文（ゆうき　あや）
１９３４年、東京都生まれ。詩集『花鎮め歌』『夢の鎌』。
詩誌「竜骨」「漪」。東京都港区在住。

シンガポール国立植物園の
五、六階建てのビルより高い
緑の木々にそって歩く
ここ　シンガポールは父の最後の任地
父とこうして歩きたかった
思えば　そうした時間は少なかった
なぜ？
十歳前後で父と別れてしまったから
戦争があったから
親子で一緒に木蔭の道を歩いた
――そうした記憶はない
何か無性に腹がたってくる
青々と繁った木蔭の道を
父とこうして歩きたかった
梢をわたる風を一緒に聞きたかった
父もきっとそうしたかったろう
何か無性に悲しい
体のなかを渦巻くものにあらがいながら歩いた

ハガキ

郵便受を開けると
私にあてた
黄ばんだ小皺《こじわ》だらけの
ハガキが一枚入っている
日附印のない
軍事郵便だ

カツミゲンキカ
トウチャンハソノゴゲンキデリッパナ
ヘイタイサンニナロウトシテヰル
オマイモイッショウケンメイニナッテ
センセイノオシイヤカアチャンノユウ
コトヲキイテリッパナヒトニナラナ
ケレバナラナイゾ
ケッシテワガママナコトハキンモツダ
ガイセンノトキハオミヤゲタクサンヤル
デハマタヒマヲミテハガキヲヤルヨオワリ

付箋は一枚も貼ってなく
持ち戻った形跡もないのだが
二十六年を過ぎたいま
やっと受取人を見つけたらしい
父からもらった
初めてで最後のハガキだが
リッパナヘイタイサンの
文字のインクが薄くかすれ
検印済のスタンプが
やけに鮮明だ
安部　一美（あべ　かずみ）
1937年、福島県生まれ。詩集『父の記憶』『夕暮れ時になると』。
詩誌「熱気球（詩の会こおりやま）」、福島県現代詩人会会員。福島県郡山市在住。

こっくりさん

お前の父ちゃんのことを　占うからと言われ
八歳のわたしは　玄関の引戸を少し開ける
ちゃぶ台の上に　三本の束ねた割り箸を立てかけ
大人たちが三人　指を触れ　呪文を唱える
　こっくりさんこっくりさん　どうぞおいでくだっしょ
この子の父親は　おととしの夏　赤紙一枚で召集され
なんでも南方に行ったという噂
戦が終わって一年余り　隣近所で出征した者は
復員或いは戦死の公報が届いたというに　音信不通
こっくりさんこっくりさん　どうぞ教えてくだっしょ
この子の父親は生きているんでしょうか
それとも死んじまったんでしょうか
　死んでる？　死んでる？
　　やっ　やっぱり…

こっくりさんは　人を見て答えを出すのだから
と他のおじやおばが入れ替わり　呪文を唱える
こっくりさんこっくりさん　教えてくんっぁんしょ
五人兄弟のうち三人が戦地へ　二人は無事帰還
この子の父親だけが　音沙汰無しの行方知らず

　生きてんだべが　死んでんだべが　どっちだべない
　　生きてる？　生きてる？
　　　ほうら　やっぱり…

そのとき　側で見ていた祖母が口を開く
この子の父親は　戦争に負ければ
どのみち生きて還ることはないよ
そういう気性さ　お前の父ちゃんという奴は
父親のいないこの子だけが不憫さ
もういいから
こっくりさんに帰ってもらってくだされ

このことがあってから　親戚筋の者が集まっても
玄関の戸を開けよとは　誰も言わなくなった
私は後々まで　父親なしの定めを
負うことになるのだが

兄弟

三兄《オンジ》が死んだ
中学を出て魚屋に奉公し
弟子上がりして行商を始めた
荷物運搬用の自転車こいで
夜明け前に市場に仕入れにゆき
村々を売り歩いた
自動車にはねられて行商をやめ
郵便配達夫になった
定年退職すると体のだるい病気になり
原因不明　やがて中《あた》る
五月十五日朝であった
息子はとうの昔に亡くなり
嫁いだ娘は東京
妻が認知症で施設
前日末弟が夜遅くまでそばにいたが
担当医師の
「保証はないが五日くらいは…」
という言葉に縋るように
酸素が送り込まれ荒い息を吐く三兄を
病室に残して帰宅した

あゆかわ　のぼる
1938年、秋田県生まれ。詩集『荒野にて』、エッセイ集『一酔の夢』。
詩誌「日本海詩人」。秋田県秋田市在住。

翌朝早く三兄は一人で旅立ったという

母《アバ》を背負う
母の背中をさすりながら背負う
母のあばら骨が背中に食い込む
骨のまわりにへばりついているだけの皮

次兄《オンチャ》は十年ばかり前に死んだ
糖尿病と合併症
四十年余り前に死んだ母と同じだった
北海道に徴用にとられ炭鉱に入り
帰ってきて製材工の見習い
一人前になって村の工場に勤め
やがて移動製材業を始める
小型トラックに機材を積んで走り回った

ボロを纏《まと》った慈母は
いつもはにかむように微笑《ほほえ》んでいた
背中をさするとキシキシと音がした
背骨がこすれ合うのだろうか

慈母は微笑んでわが子たちを見つめていた
長兄《アンニャ》は昭和二十年八月
南の島で殺された　独身だった
「満鉄社員」が母の生きがいだったが…

学校帰りにアカガネ拾いをした
収穫の多いのが電柱の下だった
高圧線の鉄塔の下がさらによかった
変電所の中はもっといっぱいあった
ジュージューと電気が通る音がした
拾ったアカガネを
川べりの鉄屑屋に持って行って
受け取ったお金でサイダーを一本買って
仲間と回しで飲んだ
ゲップをすると誇らしかった
誰かが糸鋸を持ってきて
閉山した石油の櫓の山に入り
鉄管を繋いでいるホーキンを切り落とし
それも売った
ホーキンが何だか知らなかったが
高値で売れた

気弱な大工の父《テデ》は

戦争に負けた後気が触れて死んだ
みんな死んだ
三人の姉もいたが
もの心つく前に栄養失調や病気で死んだ
みんな死んだみんな死んだ

末弟《バッチ》が一人残って
棒立ちとなり
長兄が見た地獄の猿芝居の
再びの幕開け前夜　酒に浸る

叔父の死

皮膚の色ばかりこげてやせ細った叔父が
背嚢を背負って戦地から帰ってきたが
住んでいた家は横浜大空襲であとかたもなく
焼け野原になっていた
叔父は私たちの疎開先の富津まで
訪ねて来たが
無事を喜びあったのも束の間
末の弟はフィリピンで戦病死
実はそれは餓死であった

それから叔父は職を求めて
東京へ行ったがそのまま音沙汰なし

叔父はどうしているかと
ときには思い出すことがあったが
病床の亡き母は言った
音沙汰なしは無事の証拠
音沙汰ありはお前に負担がかかるやも知れず
捜すでないと

母が亡くなり戸籍謄本を取り寄せると
叔父はすでにこの世の人ではなかった
生涯独り身で享年七十九とあった
届け人は東京都武蔵野市長とあった

埼玉新聞二〇一五・十二・一掲載

北村　愛子（きたむら　あいこ）
1936年、東京都生まれ。詩集『見知らぬ少女』『神様高齢者をあまりいじめないで下さいまし』。詩誌「いのちの籠」、詩人会議会員。埼玉県川越市在住。

わが禁猟区

岡　三沙子（おか　みさこ）
1933年、秋田県生まれ。詩集『屍』『わが禁猟区』。日本現代詩人会、日本詩人クラブ会員。東京都町田市在住。

母方の祖父は日露戦争の傷い軍人だった
ハンサムなガン・マニアは
どこかに疼く　古傷があるらしく
秘密の基地を不器用に隠しては
少年時代チャンバラごっこで
荒らし回った草原を
酒臭い息吐きながら　追っかける

庭先に栗毛色の愛馬　二頭
瞼を開け閉じの午睡を　むさぼる
暗い奥手は　気ままな秘密の仕事場
衝撃の風景が展開中だった
天井から逆さづりの野うさぎが
瞬きを忘れた眼球から一滴…
中開きの口元には呻き声を残し
抗議の姿勢で固まる
ほかにきつね　狸　キジ　山バト…
物語の主人公たちが
一まとめに括られて　びくともしない
わたしは身震いを耐え「さよならとごめんね」
を交互に捧げた
…出来る反撃は殺人者を
鼻であしらうことくらいだった

「よう…　今夜のご馳走なにかなあ？」
獲物の皮を剥ぎはぎ　問いかけるじいちゃん
戦場で　弾丸がすねをかすめて
勲章を授かった幸運な復員軍人さん
母の　誇りの実父でも　わたしは
口もきかずに　さよならしたが
わかったことが幾つかあった
祖父の傷は足でなく「殺しに慣れた心…」
別離のあくる日
なめした白銀のウサギの毛皮と
怪しげに眩しい銀狐の襟巻が届いた
「温《ぬ》くいよ　本物だからさ」
もう一つの銃弾をくぐった孫へ
ちょっぴり　風変りな贈物だった

＊　平成十年刊行の同タイトルの詩を改訂

遺骨　（小さなわたしは）

椎葉　キミ子（しいば　きみこ）
1938年、宮崎県生まれ。詩集『メダカの夢』。詩誌「コールサック（石炭袋）」、宮崎県詩の会会員。宮崎県日向市在住。

ふる里の山や川を
思い出しながら辿《たど》るとき
散りしく落葉の坂道や竹のしなりとともに
それらは末広がりにふくらんでいく
間もなくハルばぁちゃんの顔があらわれた

ハルばぁちゃんの孫の哲夫さんが
遺骨となって還って来た日のショック
うすびのさす縁側で正座して待っていたばぁちゃんは
亡骸《なきがら》が着くと手をさしのべて抱きとり
白い布で覆った座布団の上に置いた

それから両手をついてその箱に向い
諄諄《じゅんじゅん》と叱り、怒り、嘆きながら掻《か》き口説いた

「哲夫、オマエハドウシテ、コンナスガタニナッテ、カ
エッテキタトカ。ゲンキデカエッテクルモノト、アサ
ニユウニテヲアワセテ、イマカイマカトマッテイタ
ゾ」

そこで絶句。そして声をあげて泣きに泣いた
ハルばぁちゃんは白髪をまげに結《ゆ》い
ふだんは丁寧な言葉遣いをする品のある方で
水屋はいつもきちんと整い評判の家だった
……母親のヨシノさんは表には姿を見せずじまい……

小さなわたしは一年生
庭の入口でうち集まった人垣の隙間から
恐恐《こわごわ》じっと見ていた
七十年経てもなお一言一句耳に残る言葉の重み
戦争はのどかな村に住む人々の心をも引き裂いたのだ

記憶

榊原　敬子（さかきはら　けいこ）
１９４０年、福岡県生まれ。詩集『真夜中のブランコ』。
福岡県詩人会会員。福岡県北九州市在住。

学生が多い街
駅前の通りだけが賑やかだった
いつもは通らない道だが
急いでいたので近道となるその道を通った
突然目に飛びこんできた光景に　息をのんだ
その人の片方の足は
太ももの辺りから失なわれ
先端は包帯で覆われていた
首から募金箱をかけアコーディオンを弾きながら
軍歌を歌っていた
まるで見てはならないものを見たように
目も耳も塞いで　足早に通り過ぎた

だが　どうにもいけない
素通りしてはいけない
ともう一人の私が叫んでいた
急いで後戻った
制服のポケットから取り出した十円玉２個
迷ったが　その人の募金箱に入れ
逃げるようにその場を後にした
背後から「ありがとう」という声が
追っかけてきた

聖日礼拝で神様に捧げる筈だった十円玉２個
ポケットには無い
讃美歌を歌い　牧師様の話　主の祈り
そして献金袋がまわり始めた
目の前に献金袋が差し出された時
思わず　ペコンと頭を下げた
袋は通り過ぎた
ホッ
戦後十数年
その時　高校生だった

戦後二十年を過ぎても
祭りや街の賑やかな通りでは
幾人もの「その人」達を見かけた
その人達は「傷痍軍人」と呼ばれた

戦後七十年
その通りを歩いた
大きく変わった街並み
けれども　あの日の記憶
その人の姿がまるで昨日の事のように鮮やかに
思い出されるのは　どうしてだろう

三人のおじさんたち

山国の小さな町に　おじさんたちはいた

ひとりは　下駄屋のおじさん
ぎこちなくあしを投げ出し朱や萌黄《もえぎ》の鼻緒をすげている
あしも　ても　くびも　かおも　生木のように蒼白い
ほほに　幾筋もの立て皺　それが
あいまいによじれたり　ほどけたりしたことはない
皺の陰に　三日月の目がすがりついている
(母さんにきくと　ショウビョウヘイのかただから　と
　いった)

ひとりは　牛乳配達のおじさん
日焼けした丸顔　がっしりした肩
地面だけをむっつり見つめ　地団太を踏み踏み
病みあがりの父さんのために
左指で鷲掴《わしづか》みにした瓶　二本　置いていく
右の肩口から　シャツの長袖　吹き流されていて
(母さんにきくと　ショウビョウヘイのかただから　と
　いった)

ひとりは　隣りのおじさん
回覧板を持っていくと
浴衣の肩肘で　畳を漕ぎ漕ぎ這いでてきた
顔も髪も蓬《ほう》けた綿毛の白さ
わたしを指さし　口の端に唾をためてぶつくさ
しきりに命令しているのだ　指さきがふるえていた
(母さんにきくと　ショウビョウヘイのかただから　と
　いった)

父さんが死んで間もなく　隣りのおじさんも亡くなった
野辺送りは　おばさんひとり
柾《まさき》の青垣から運ばれていった
しばらくして小綺麗な着物姿のおばさんに呼びとめられた
あなた　学校でたら　すぐにお嫁にいくんでしょう
垣根ごしに　けたたましく笑った　空にひびが入った

野末の小さな町に　わかものたちはいる　と
これから　私は　書き出さなければならないのか
あまたの　傷病兵のこと
ひとりは　ひとりは　ひとりは
気のふれた黒髪の　こひびとのことも

篠崎　道子（しのざき　みちこ）
1940年、長野県生まれ。詩集『窓をめぐりて』『六月のバラ』。詩誌「花」「竜骨」。埼玉県さいたま市在住。

山野　なつみ（やまの　なつみ）
1943年、長野県生まれ。詩集『時間のレシピ』『上海おばさん日記』。詩誌「まひる」、「いのちの籠」。神奈川県相模原市在住。

今年の春

黒縁の中　知らない顔が笑っている
20年も前に会ったままだから
写真のあなたを知らない
美しかった若いあなたは知っている
年月が過ぎ　お世話になったまま
お礼も言えなくて　ごめんなさい

あなたは
親族最後の戦争犠牲者です
最愛の人が戦死して　弟と再婚し
旧家の重い扉の中　静かに腰を下ろし
自由のないまま　伝統のすべてを背負った

写真の奥
重い扉のしまる音がする
走馬灯を揺らしながら　音もあなたも昇華する

優しかった声を覚えている
笑った顔を覚えている
すべてが済んで　春の空気は時を流す

私を取り巻くその春
フラッシュは焚かれ
山野に幼い子のフィルムがある
母の故郷
どこかでまだまだ　戦争がくすぶりながら
私の知らない　生々しい音が包みとなる

父のトラウマ

吉村　伊紅美（よしむら　いくみ）
1944年、京都府京都市生まれ。詩集『夕陽のしずく』『日本人のための英語ハイク入門』。英語ハイクの会EVERGREEN代表、「饗宴」同人。岐阜県岐阜市在住。

秋蝶のふわーっと降りる錆大砲

酒を飲みすぎると
父は暴力をふるった
今でいう家庭内暴力だ
しかし〝家庭内暴力〟という言葉は
一九五〇年代の社会では
何の知名度もなかった

父の暴力が
戦争のトラウマから出ていることに
わたしが気づくには
かなりの時間が必要であった
父はしらふの時は
本当に慎み深い人間であった

酔いつぶれて
子をぶつ父は
夜蟬の鳴く声を耳にしなかったのか

今もわたしの左耳は弱いけど
夏の雨の中で
しきりに鳴く蟬の声だけは
しっかりと聞こえるのだ

わたしから父の暴力のトラウマが
消えていったのは
それが父の戦争体験から
生じていると
わかった瞬間

お父さん
左の耳が聞こえにくいって
誰にも言わなかったんだよ
今まで

折り鶴

義父は再び彼の地へ行くという
記憶が影のように通り過ぎた現代
ソビエトで捕虜となり労働をした場所へ
極寒の地で　亡くなった友の慰霊に
出かけるという

平和な日を迎え
戦争しないと誓った日本から
はるばるソ連という大きな大陸へ
私は　折り紙で着物を折り
鶴を折り　色紙に貼った
大陸の人へのみやげにと

どこの国であろうと
戦争になれば
戦うだけが
勝ち負けだけが
日常をなぎ倒し生命を脅かす
逃げる場所のない
破滅だけがひろがる所

日本中から赤紙で
召集された　若い男たち
個の思いは　軍隊生活へと組み込まれ
やがて　捕えられた大陸
捕虜となり　亡くなった友への思いを胸に
義父は生きのびてきた

陰と陽を併せ持つ
願いを込めた折り鶴の存在
自由に飛べる空を持つ
平和を願う鶴
幾千万の思いを込めた　折り鶴を
作り続けている

長谷川　節子（はせがわ　せつこ）
1949年、岩手県生まれ。詩集『手のひらの思い』『水彩帖』。
詩人会議、中日詩人会会員。愛知県刈谷市在住。

四月の雨

七年半の兵役を父は家族に話さなかった。
そして私は長く父とその時代に背を向けた。
老いて病身となった父が四月の雨の朝、家族
の制止を聞かず出かけた。母を初めて連れ恒
例の〝菊部隊〟の慰霊祭へ。帰宅の後　寡黙
な田舎医は逝った。一年前　死の淵から戻さ
れた私は薄らいでいく父の背を追っている。

目を閉じ　伏せる私を風が過ぎていく。
遠くから声がした。私の名を呼びながら近付
いて来るのは若い軍医の父である。綴《つづ》れの痩《そう》
躯《く》は透けていて、そこに雨の密林と泥土の山《やま》
径《みち》がみえる。父は知る筈もない私へ「ゲンキ
カ」と僅かに笑って聞くと、担送の兵士達と
影のように去って行った。
微睡《まどろみ》の夢か　夢と現《うつつ》の間《あわい》め幻か
私はなつかしい風に吹かれていた。

古い北ビルマの地図に、父の囲んだ赤錆色の
丸が滲んでいる。フーコン、筑紫《つくし》峠*、イラワ
ジ河……。悲惨、非望の果て　命はただ偶然
の手の内《なか》に生死を分けたのか。
止むことのない砲弾と雨の、濁流と化した伐《ばっ》
開路《かいろ》に　それでも流されず食らい付いた草木
の根。戦後に生まれた私等は
その葉先に煌めく朝露ではなかったか。

切れ切れに繋がってきた命の糸を思う。
その時　縒《よ》り合い生かされた命は　自ずと
呼び合うだろう。父は潜めた闇と弔いの中か
ら立って微笑《わら》い、子は故郷の道に父の影を踏
みつつ　その背の傷痕をなぞっていく。

四月の雨が降っている。幽かに光りながら
父に降り　家族に　私に降り
話されなかった荒れ地も濡らし始める。
悠久を巡る雨を　今
父の居た診察室から見ている。

藤山　増昭（ふじやま　ますあき）
1948年、長崎県生まれ。第二十六回「伊東静雄賞」受賞。
詩誌「子午線」。長崎県諫早市在住。

＊北部九州出身者を中心とした菊部隊（久留米第十八師団）の兵士達は、故郷を偲び伐開路《ばっかいろ》（密林を切り開いた迂回路）の峠の一つをこう呼んでいた。

氷解　父に

井野口　慧子（いのくち　けいこ）
1944年、広島県生まれ。詩集『火の文字』、エッセイ集『ウジェーヌ・カリエールへの旅』。詩誌「アルケー」。広島県東広島市在住。

八十七歳になって　父の右の眼が腫れ上がり痛み始めた
　本人は戦時中の弾丸の欠片が残っているせいだと思い込んでいたが　脳腫瘍が眼球を圧迫していたのだった
手術後右眼は失明　放射線治療後は誰からも羨ましがられた若々しさも多くの役職もすべて終了を告げた　長年積み重ねた書道　謡……手から口から　あっという間に消え去った

外へ出たら駄目よ　病院から家まで車で一時間はかかるんだから　歩くのは無理なの　リハビリとお父さんの部屋の工事が終わったら帰れるからね　もうすぐだからね
「いいや歩くのはどうもありゃあせんよ　よう歩いたもんじゃ　歩くばっかりじゃったよ」

幼い時　両親が亡くなり　顔を覚えていないこと　祖父母が死んだ後　兄姉たちと能美島《のうみしま》のサツマイモばかり食べさせられたこと　慰問袋で母と出会ったこと　中国では戦友が死ぬ度に尺八を吹いて弔ったこと　ゲートルが重くて海に沈みかけ　九死に一生を得たこと　父が五十代の頃書きかけた自分史は　あれから一体どうなったのだろう
「線路に沿うてずうーとずうーと歩いてのお　水を飲ませてくれいうもんには飲ませたんよ　ありがとうありがとうというての……今思うんじゃが　あのひとらが守ってくれたんかもしれんと思うてのお――」
そう思うんなら　きっとそうよ
「モウダメジャオモウタヒトニハ　ノマセンカッタンヨ
　ミウチジャナカッタカラノ　オヤキョウダイジャナ
　カッタケエノ……」
それはポロリと父の口から言葉になって　発せられた初めて聞く原爆の話　何度も何度も自分を納得させてきた独語《ひとりごと》を　二度繰り返しぷっつり黙った　ぶつかり合った十代の頃　嫌だと感じたすべての父は　六十代になって解った私自身　いつのまにか父の氷の楔《くさび》を胸に呑込んでその人に向かい微笑んでいる　今秋九十一歳になる父は母と弟家族の中で食べて寝て　時々杖をつき少し歩きながら　〝ホッホホホー〟言葉にならない歌をうたう

仕事の父

柿の消毒は夏場に
幾度もある
動力噴霧器のエンジンをかけようとしては
何度も失敗していた
汗でびっしょりになった
継ぎ当てだらけの
上着が揺らぐ

やっとエンジンがかかったと思ったら
縺《もつ》れたホースの束を解《ほど》くのに
手こずっている

ホースを引きずりながら
消毒の棒を持って山畑へ上がる途中
石に躓き
濡れた草に足を滑らせ
枯れ枝に足をとられて転びかける
差し出す妻の手は
払いのけられ

武西　良和（たけにし　よしかず）
1947年、和歌山県生まれ。詩集『岬』『遠い山の呼び声』。
詩誌「ぽとり」「ここから」。和歌山県岩出市在住。

戦争で満州国に行き寒さのせいで
右足が不自由になっていた
足を引きずりながら父は
戦争を引きずっていた
そのことはほとんど口にしなかったが
爪痕は鮮烈で今も引きずっていた
傷跡が日常を引っ掻いて
いつもどこか傷ついていた

引きずった地下足袋の
親指の部分だけがすり減って
穴が空いていた
太い足の指が
そこから遠い外地を覗いていた

遠い国から点々とつけてきた足跡が今も
ここに続いている
バランスを崩しながら山畑へと続く足音がなおも
先へ先へと軌跡を誘い続ける

二〇一五年八月立秋

原島　里枝（はらしま　りえ）
1974年、栃木県生まれ。詩集『思惟の漁り』『こころのともしび』。日本詩人クラブ、日本現代詩人会会員。埼玉県在住。
祖父は
父が生まれて満一歳にもならないうち
出征し　そして南海に沈んだ
まだ若かった祖母
幼い父との二人暮らし
九二歳まで生きたが
どんな苦労をしたのかを
語ることはなかった

父は今年で満七五歳
祖父の沈んだ海の名を訊くと
「南太平洋ニューギニア、アドミナル海域」
だと教えてくれた

何度聞いても　耳慣れない
馴染みの薄い　遙か遠い異国の海
父は今でも淀みなく言える

戦後七〇年の節目
テレビは何度も言い募る
父の戦後は終わっているか
娘の私にも　分からない

七月　国会議事堂前に一人で向かった
「安保法案反対！」叫ぶ人　人　人
子どものない私でもデモが気になるのだ
子どもを抱える母たちは
推して知る覚悟でデモをするのだろう
世代を超えて　今　平和を祈る

もうすぐ　八月一五日

小さきものをそっと抱く

「おれは戦場で太郎と花子を育てたよ」突然父はかすれた声でそう言いました。私はその時まだ子どもで、ただ子犬を飼いたいと思っているだけでした。

初めは遠くからおびえる目で野営地を見ているだけだが、兵隊が乾パンを投げてやると、争うように飛びついてカシカシ食っていた。

もちろん体は泥だらけさ、時々河にでも入っていたのだろうけど。あとで、体を洗ってやったらシラミだらけ、傷だらけ、可哀そうにずいぶん野生に耐えていたのだろうな。

家族を国に残した古参の兵隊が何度も声をかけてやった。残飯をそっと隠れて取りに来る。「こわくないぞ」といっても言葉が分からない。

ある日、小さい方が鉄条網に絡まっていた。解いてやり兵隊の飯食わせたら真黒顔で笑ったよ。それからもう一方も来た。何かもらえると思ったのだろうな。

若い兵隊が覚えやすい名前を付けてやった。「太郎と花子」呼べば飛んでくるようになった。みんな可愛がったさ。あんなところに小さいものなんかないのだから。

戦が始まると、あいつら何処かへうまく隠れていた。部隊が移動すると、少し距離を置いて黙黙とついて来る。親なんかいなかったろうな。遊んでやると本当に喜んでいた。二年ぐらいたって、ある時大きな作戦があったのだよ。俺たちはタコツボでドンドン落ちる弾に耐えていた。やられたものもいる。けがにんばかりになっていた。両方が引いて終わった戦だが、厳しかったな、あれは。

そう、河のそばで見つけた。小さい少年の方、うつ伏せに倒れていた。かおは覚えていない。そっと抱いたが覚える顔がなかったのさ。少女の方は、それからまだ会ってない。

みんな夜には目を濡らして、ずっとずっと震えながら寝た。もう遠くのものしか見られなくなっていた。

花潜　幸（はなむぐり　ゆき）
1950年、東京都生まれ。詩集『初めの頃であれば』『雛の帝国』。小詩篇「玩具箱」、詩誌「馬車」。東京都東久留米市在住。

隕石《いし》の祭り

神原　良（かんばら　りょう）
1950年、愛媛県生まれ。詩集『オタモイ海岸』『ある兄妹へのレクイエム』。
日本現代詩人会会員。埼玉県朝霞市在住。

あるいは　隕石の祭りの日に
遠い幾世の記憶に追われ
唐突に入水する童形《どうぎょう》の父
青銅の魔像　真紅の舞踏靴《トウシューズ》

幾重にも覚め　幾重にも覚めながら
なお覚めぬ　重い夢見
指をすり抜ける砂　時の　比喩としてではなく
唯　指の間《ま》をすり抜ける軽い事物

幾夜さか　飽かず語り続け
なお語らん　君よ　童形の父
いずこから来　また　いずこへと去る

知らず　この満天の星
今は　我が生のすべてを包め
去りゆく君　星よ　我を埋《うず》めよ！

父の夢

吉田　美和子（よしだ　みわこ）
1951年、長崎県生まれ。詩集『湖底の舟』。
詩誌「子午線」。長崎県雲仙市在住。

ふた昔前のこと
紅葉が秋空に映える季節に
今年が最後になるだろう
そんな思いを胸に秘め
お山雲仙へ車を走らせた

小康状態の父と家族の小旅行
しばらく車を止め
山々を染める紅葉をながめる
肩で大きく息をしながらも
ゆっくりと車外に降り立ち
空を仰ぐ父

　新潟に行かんばて
　ずっと思うとった
佐渡おけさの上手やった部下の墓のあると
　四国にも行かんばやった
　班長　班長　て　慕うてくれとったとに
　仕事ばやめたら
　みんなの墓参りに行くとやったとに…

極限状態の戦地で
堅い絆で結ばれていた男たち

ジャワのスラバヤから戻った父が
長い間　持ち続けた夢は
弔問の旅へ行くことだったが
白い雪が風に舞う夜
若い部下たちの待つ所に
静かに旅立って行った

千年哀歌《あいか》

星乃　真呂夢（ほしの　まろん）
1961年、山梨県生まれ。詩集『劇詩　エーテルの風』。
東京英詩朗読会、山梨詩人会会員。山梨県甲府市在住。

老いに　しずかに雪の降る
父の老いという時間に　しずかにやさしく雪が降る
夏なのに　なぜ　こんなに雪が降るのだろう
九十六歳の父は　遠い目をしてつぶやいた
父には　たぶん　見えていたのだ
とめどなく舞い降りてくるものが

七十年前のあの日　沈まないといわれた航空母艦が
南洋の海に消えたあの日　寝食を共にした戦友達が
次々と大きな渦に呑み込まれていく
「おかあさん　おとうさん……」
声だけが　何もない水面に響いていた
お父さんは　生き残ってしまったからな
草毟りを休みなく続けながら父は何かを刈り取っていた
庭に　日々水を撒きながら　父は何かを鎮めていた
父の魂の深いところに　語れないしずけさがあり
それ故　父は　笑うことを好んだ
父の魂の深いところに　譲れない怒りがあり
それ故　父は　季節ごとの花を愛でた

晩年は特に　桜の花を　こよなく愛した
若き日水兵さんだった頃の　消えない嗚咽のようなもの
それら　すべてを一年に一度
透き通る桜色にして　桜の花は　咲ききる
父の中の　すべての名状しがたいものを
桜色の花びらの形にして　力強くひらく
願いのように　祈りのように
消えてしまった　ひとりひとりを超えて
いのち全体を映して　満開になっていく　桜の樹々よ

桜の花びらは雪に似ているな　夏のある日　父は言った
人間の愚かさに　人間のはかなさに
雪と桜が重なり合い　どんどん透き通り
父のなかで降り積んでいるらしい
ある夏の暑い日　父は肺炎で逝った
レントゲン写真の父の肺には
真っ白な　雪とも花びらともいえない斑点が
降り積み　降り積み　咳き込みながらも
しずかに　穏やかに　それでも笑って　父は逝った
雪と桜　見えない祈りのなかへ

家族

古城　いつも（こじょう　いつも）
1958年、千葉県生まれ。千葉県船橋市在住。

戦争・・・それは涙
そして血

戦争・・・それは人食い虎
首に牙を立てられたら
もうひとに魂はない
人形のように振り回されてね

戦争・・・
人間が紙切れみたいに燃えて
魂も紙切れみたいなものだよ

あの日
わたしの目の前で
父は首から血を噴出させて
母は狂った
母の頬をひっ叩くと
母を連れて海に向かう
ふるさとの東京湾に

弟は武器商人で
叔母は略奪者
従姉妹は借金がちゃらになったと
戦争を賛美する

わたしを育てたふるさとは幻だった
沖の向こうに軍艦が座礁して
サイレンが鳴っている
父の墓を立てたら
泣いている母を宥《なだ》めながら
飯盒でご飯を炊くんだ
戦争は涙
母よ　わたしも泣きたいのだよ

百日紅の花

青木　善保（あおき　よしやす）
1931年、長野県生まれ。詩集『風の沈黙』、『風のふるさと』。
長野県詩人協会、日本現代詩人会。長野県長野市在住。

ことしは　夏日が
五月からはじまった
じりじり　照りつける太陽は
過酷すぎる苦難をあぶりだす
七十年前の　あの日
桃色の百日紅《さるすべり》の花は
熱気にめげず　堂々と　庭に咲いていた
激戦　南の島で戦死した
従兄の笑顔がみえる
蝉取りに　さそってくれた　にいさん！

アジアの大陸に　大海に
大空に　焼土の本土に
三百余万の方々の
御霊魂は　安らかに
眠っておられますか

再び　おとずれる
冷戦の気配
くりかえさせない
歴史をみつめ
凛と　百日紅の花を育てる

石棺

おやじの棺は
薄いモメンの肌着　一枚であった
北緯四十七度のチチハル*
一九四五年　晩秋の未明である

長姉《あね》の棺は
杉の端板造り　それでも
極貧のなかの贅沢であった
一九四六年初冬　東北の僻地

母の棺は
ようやく　まともな並製
おやじと長姉を逝《お》くった　覚悟の女《ひと》であった
一九八九年　雪もよいの　埼玉西郊の陋屋《ろうおく》

いよいよ俺　未だこの世に在りながら　俺ならず
石の棺に嵌め込まれようとしている
二〇一三年十一月二十六日　特定秘密保護法成立
二〇一五年九月十九日　安全保障関連法成立

石棺は
チェルノブイリを
閉じ込めるだけではないらしい
既に　窒息が間近に迫っている気配だ

＊中国東北部　旧満州の北部にある主要都市

高橋　次夫（たかはし　つぎお）
1935年、宮城県生まれ。詩集『雪一尺』『孤性の骨格』。
詩誌「竜骨」「午前」。埼玉県さいたま市在住。

手紙

山口　賢（やまぐち　けん）
1932年、山口県生まれ。詩集『日々新しく』『山口賢詩集』。詩人会議、佐賀県詩人会議会員。佐賀県唐津市在住。

兄さん！
あの世のあなたは十八歳のままです
私は八十四歳になりました
一九四四年夏にあなたが
Ｋ工廠から名古屋の飛行機工場に
軍属として出向するとき
十二歳の私が夏休みにトランクを
届けたのが永遠の別れでした
私が山口県山陰の母の生地の山里に
食糧不足の「口減らし」で
養子に出されたからです
翌年三月にあなたはＢ29の爆撃で
焼夷弾が右大腿部に直撃し
日赤病院で切断しましたが…
戦時の大混乱であなたの葬儀にも
長崎で被爆の姉と姪の葬儀にも
参加できなかった私です
五年後に両親と妹弟を養うため
私は十八歳で炭鉱夫になりましたが
あなたの唯一の遺品は
富士山での記念写真だけでした
兄さん！
ポツダム宣言で日本が無条件降伏してから
七十一年になりました
二千万人の他民族殺戮と
自国民三百十万人を犠牲にした
日本の侵略戦争への反省から
憲法は第九条で「戦争放棄」を明記し
私らの血肉になっています
いまアメリカ傀儡の総理大臣が
憲法を足蹴にするアナクロニズムの
逆走を私らは決して許しません
人民が「殺し殺される」戦争を
絶対に阻止するため力を合わせています
兄さん！
歴史は振り返ることはできても
引き戻すことはできません
私は八十路を希望を抱いて登っています

家族

たに　ともこ
1933年、山形県生まれ。埼玉県所沢市在住。

よろこびあり
悲しみあり
楽しみあり
苦しみあり
何気なく聞いたこの言葉
ただいま
母の声
笑顔を見せる
子供たち
父さんまだ
もうすぐ帰るでしょう
遅い夕げのひととき
笑い声の中に
母の声、父の声
我さきにと話す
子供たち
にぎやかな、にぎやかな
今日一日のまとめの時間
何事もなく無事に
過ぎたこのひととき

しみじみ感じるこの幸せ
いろいろあるけれど
生きていてよかった
良かったと
幸せ感じるこの時間
なくしてはいけない
この時間
大事な大事なこの家族

手を合わす

八十四年の人生から
想い出すのは
白い帽子、白い服
七《なな》つの金ボタン
足並み揃えて、颯爽《さっそう》と
通って行った十七才の
若者たち
あれは夢だったのだろうか
遠く聞こえる歌声は
七《なな》つボタンは桜に光る
花と散りましょう
国のため
見送る母は
笑顔で送り
心で泣いて
手を合わす
今年も桜の季節が
やって来た
南から北へと
迷うことなく

予科練《よかれん》兵を送った
あの時のように……
自然は何の憂《うれ》いもなく
通り過ぎて行く
私達に悲しみや
喜びを心に残して
ふたたびあの夢を
見ることのないように
私はただただ祈る

ぐるっと　まわって

勝嶋　啓太（かつしま　けいた）
1971年、東京都生まれ。詩集『来々軒はどこですか？』、共同詩集『異界だったり現実だったり』。詩誌「潮流詩派」、「コールサック」。東京都杉並区在住。

父はあまり少年時代の話をしたがらない
昭和八年生まれの父にとって
少年時代の記憶は
〈戦争の記憶〉であり
それは〈飢えの記憶〉であり
〈思い出したくない記憶〉なのだそうだ
父は男ばかり四人兄弟の末っ子で
幼くして父親を病気で亡くし
母親の女手ひとつで育てられたのだが
勝嶋家はすごく貧乏で
特に戦時中・敗戦直後はひどかったらしい
ロクに食うものもなかった
子供心に感じた　あの　ひもじさ　惨めさは
経験してない人には　決してわかってもらえないだろう
と父が言うのを聞いたことがある
一番上のお兄さんが
捕虜として　シベリアに抑留され　亡くなり
その遺族年金で　辛うじて食い繋いだ　と
亡くなったおばあちゃんが話していた記憶がある
死んでまでも親孝行な子でした　と言って
おばあちゃんは　泣いた
父は奨学金とアルバイトで大学を卒業し
妻と三人の子供たちを養うために
商社マンとして
アフリカや東南アジアの各国に
単身赴任で乗り込んで行って
日本の高度経済成長の尖兵として働き続けた
父にとっての
〈戦後〉とは
〈平和〉とは
ひたすら〈飢えからの脱出〉だったのだ　と思う
「なんだかんだ言っても
　自分にとっては
　食べるものがある
　今が　いちばん幸せだ」
それが　父の口グセだった
そんな父が　最近　テレビのニュースを見ながら
とても悲しそうな顔をすることが多くなってきた
総理大臣が自衛隊の式典かなにかで
にやけた顔で戦車に乗って敬礼しているのを見た時には

画面に向かって
「アイツはダメだ」と本気で怒っていたが
二人の日本人ジャーナリストが
中東のテロリストに殺され
そのキッカケとなった軽率な発言をした
件の総理大臣が何の責任も感じていないかのように
「テロとの闘い」を口にしているのを見た時は
言葉もなく
けわしい顔で　ただ黙って　画面を見つめていた
そして　テレビを消し
「いろいろ
がんばって
やってきたけれど
ぐるっと　まわって
結局
また　戦争　かな」と
本当に
本当に
哀しそうに
つぶやいた

九章　八月十五日

男の声

新川　和江（しんかわ　かずえ）
1929年、茨城県生まれ。詩集『土へのオード13』『記憶する水』。
日本現代詩人会会員。東京都世田谷区在住。

丸めた古毛布の上に、よれよれの戦闘帽をかぶせたような風体の矮男《こおとこ》。旋盤工であったか検査工であったか、男は、私どもの学校工場に親工場から派遣された十数名の工員のうちのひとりで、直接の指導員ではなかったから、私ども女学生は、一度もかれと言葉を交わしたことが無い。

日の丸を中心に〈神風〉と染め抜いた手拭いの鉢巻を、眉がつりあがるほどきりりと締めて、私どもが機械と取り組み拵《こしら》えていたのは、特攻機の心臓部をなす重要な部品ときかされていた。一定量出来あがると、二キロほど離れた松林の中にある親工場に納品する。トラックはおろかリヤカーさえ無い始末であったので、私どもがそれぞれに持ち寄ったぼろ風呂敷に一個ずつ包み、両手に提げて運んで行った。気化器とよぶ軽合金製のその部品を取り付けた特別攻撃機に乗り込み、片道燃料で基地を飛び立って行く航空兵が、さして年齢のちがわぬ若者であることを思うと、私どもの足どりは重く、両手に提げた物体も次第に持ち重りがしてくる。いわばかれらの死を、恋人かやがては妻にもなったであろう私どもが、運んでいるのであった。それかあらぬか包みの中のその物体は、ちょうど人間の頭蓋骨の形態をしていた。

悴《かじか》んだ手に切ない思いを一緒にぶら提げた女学生の一群が、雪が斑《まだら》に残った田の中のいっぽん道を黙々と進んで行くのを、古毛布の男が、職員用男子便所の明り窓か、渡り廊下の端あたりから見送っていたこともあったろうが、どのような目付で男が眺めていたかは、知る由も無い。昭和二十年の冬も過ぎ春も終り、そうしてあの、八月十五日がやってきたのだった。

正午、炎天下の校庭に整列して私どもは、奇妙なイントネーションの玉音放送なるものを聞かされたあと、礼法室に集結して指示を待つよう言い渡された。雑音入りの放送の内容は、私どもにはよくのみこめなかったが、この国がどんな事態に立ち至ったかは、休憩時間が過ぎても工場内のモーターが作動しないことや、ひっきりなしに鳴っていた空襲警報が、その朝からハタと止んでしまったことからも、推測出来た。

一億玉砕。戦争に敗けたからには、国民はひとり残らず死なねばならない。まもなく担任の教師がやってきて、どのように死ぬか、その方法を指示するのだろう。そのために選ばれた、校内で唯一の畳敷きの教室、礼法室であるのだろう。だが、教師はなかなかやってこず、私どもはなすすべもなく正座して、滂沱《ぼうだ》と涙を流していた。

　校庭を開墾して下級生が植えた南瓜《かぼちゃ》が、礼法室の窓下まで蔓を伸ばし、繁茂していた。緑の葉に照り返す午後の陽が、泣き疲れた目に眩しかった。むっくり、起ちあがる人の気配がして、南瓜を一個、左手に高々とかざした男が、こちらに向かって笑いかけてきた。「敗戦祝いだ、ねえ！」。古毛布の男だった。まったく目立たぬ存在であったあの男が、顔じゅう笑いでくしゃくしゃにして、陽を照り返す葉っぱよりももっと輝いて、弾んで、そう言ったのだ、「敗戦祝いだ、ねえ！」と。

　窓側にいた級友たちは一斉に批難の目を向けたが、私はただもう吃驚《びっくり》して、男の顔を見詰めていた。日の丸に神風のヘッド・ギアを外した額を、男の言葉は真新しいドリルのように刳《く》り貫いていった。そういう受け止め方、考え方もあったのか……。泣き呆けている礼法室の女学生をよそに、校庭の隅で、南瓜を煮る大鍋を囲んだ工員たちのドンチャン騒ぎがはじまった。

　五十年たった今も、つい昨日耳にしたばかりのように私は、男の声を思い出す。純粋とはいうものの無知でしかなかった女学生の私に、ものについての考え方の多元性を教えてくれた男、その時点での私には想像すらし得なかった、民主主義という新しい時代がはじまる、その突っ端で聞いた、あの男の声を。

証言 土崎
――日本最後の空襲

十五日　午前三時三十分まで第二波の空襲
絶え間なくB29が空を覆いました
「そら、逃げれ」
爆弾の落ちる合間をかいくぐって
浜から松林の方へ農道づたいに走ります
あっ　何人か人影が消えました
道の途中　光沼に落ちたのです

すっかり夜が明けてみると
水面から手だけ　にょっきり出ています
その数二十人
いつもは水面の葦吹く風しずかな光沼
その日は燃え盛る火を真っ赤に映して
地獄の光沼でした

＊

ピカッと光って
ガァンと全身をたたく破裂音
熱風のかたまりが顔をおそう
髪が熱い　むせかえる
夢中になって逃げました

佐々木　久春（ささき　ひさはる）
1934年、宮城県生まれ。詩集『土になり水になり』、絵本『はまなすはみた―語りつぐ土崎空襲』。詩誌「北五星―Kassiopeia」、秋田県現代詩人協会所属。秋田県秋田市在住。

どのくらい走ったでしょう
我にかえると
べっとりと　なまあたたかい背中
おぶった　わ　が　子　の
首がありませんでした

＊

羽崎さんの六ケ月の児は
ショックで水も飲めなくなり
亡くなりました
丹後谷さんの背中には　今も
爆弾の破片が入っています
冷える日には痛みます
小学六年生だった岩間久平君も
破片をわきの下に受けました
「水飲みでなぁ
　先生はこのぐれぇ血が出れば
　死ぬって言ってだがら
　おら　もうだめだ」
そのあと久平君は
母さんの方に手をのばしながら
亡くなりました

八月十四日の蜆《しじみ》

悠木　一政（ゆうき　かずまさ）
1942年、秋田県生まれ。詩集『凍土のじいじ』『吉祥寺から』。日本詩人クラブ、秋田県現代詩人協会会員。東京都武蔵野市在住。

旭川につながる堰《せき》から
拾い集められた蜆
水屋の隅のアルミの鍋の中
泥を吐きながら
きゅっと　鳴いた

蒸し暑い夜だったけれど
あした戦争が終わる
という父のささやきが
涼風のそよぎとなった
家人は
くつろぎの中で眠った

空襲だ！
急な喧騒の中を
無我夢中
橋の下に駆け込んだ家人の手に
ぶら下がっていたのは
空っぽの鍋

十五日の明け方まで続いた
土崎《つちざき》空襲
百人を超える人間が
殺された
蜆も
路上で死に絶えたに違いない

幼い僕は
夜中の真っ赤な空を見た
蜆は
何を見ただろう

土空予科練《つちくうよかれん》

終戦直前、太平寺は、土浦航空隊予科練習生の、
食事その他一切の世話する、古参兵の宿舎であった。
その時の話を聴きたいと、
深谷《ふかや》市からわざわざ見えられた。
その方の父上は、土空予科練の教官であったという。
先年、長寿を全うされたが、戦中の出来事は、
一切話されなかったそうだ。
その方のいうには、不思議なことに、
予科練とか特攻隊についての隊員、本人の告白は、
ほとんど発表されていないという。
なぜ人生の、最も貴重な一時期を、
完全に自ら封印してしまったのか。
私自身も、旧制大舘中学において、終戦の日を迎えた。
今でも残念に思うのは、その夜、
本堂の鳴り物、鐘、木魚などが乱打され、
無残に割られてしまった事だ。
彼らにとって、ぶっつけようのない、
憤《いきどお》りであったのは解るにしても、
軍国主義の、正体を見た気がした。
今日から三月。また白鳥が飛来する。

六十年前、向いの小学校に三カ月宿泊。
大野台で、中級滑空機の訓練をした予科練習生は、
私達にとってまさに白鳥の、
清澄さに接する憧《あこが》れであった。
九百名の若者たちは、終戦によって、
平和の使徒に変身した。
先述した〈無言〉は、不戦《ふせん》の決意の固さであろう。
白鳥の風景が、永続してほしい。

亀谷　健樹（かめや　けんじゅ）

1929年、秋田県生まれ。詩集『亀谷健樹詩禅集』『杉露庭のほとり』。
詩誌「密造者」、日本現代詩人会会員。秋田県北秋田市在住。

撃《う》ち方やめい

雪が消えて、待望の散策にでかけた。
ふと春の夕陽が、山際にかくれる荘厳さに、
思わずみとれ、立ちつくした。
あの光明に満ちた西方浄土で、
戦争が起きているとは、とても信じられない。
ふいに天上から、妙なる音楽が降ってきた。
見ると、二羽の白鳥が啼きかわしながら、
北の方に飛んでゆく。
めおとだろうか、おやこだろうか。
まさに平和まるだしの、音の風景である。
いつか、沢木興道老師から「禅とは、戦場で、
激しい銃声がとだえ、静まりかえると、
草むらの虫の声が、またしげく、
天地に満ちるようなものだ」と、
お聴きしたことがある。
いわば〈撃ち方やめい〉の消息だ。
撃ちあっている間は、憎しみのかたまりであり、
悪鬼の形相、そのものである。
ところが、撃ち方を一切やめてしまうと、
佛菩薩の慈眼《じげん》が、みるみるもどってくる。

人間は本来、そのような不思議なこころの、
構造を持つものである。
戦争を、一刻も早くやめてほしい。
そして天空を、沢山の鳥たちが飛びかい、
虫の音が地上に、響き渡るようになってほしい。
世界中の人々の願いなのだ。
そう思いながら、また歩き始める。

江津湖《えづこ》

丸山　真由美（まるやま　まゆみ）
1928年、熊本県生まれ。詩集『螢の家』『ぬすびとはぎ』。
詩誌「アリゼ」。奈良県奈良市在住。

八月十五日　戦争が終わった頃のことは、もうよくおぼえていない　卒中で足がよろけていた父　陸軍経理学校を出た兄はすぐ帰郷し　未亡人になった姉　母と二人の孫たちはまだ田舎でのあけくれ　爆撃で右腕がでくのぼうになったわたし　それに権さん　朝鮮の人だったけれど夜学に行きながらよく学習し稼業に精だしてくれていた　二人で米の買い出しに行った時　（一天にわかにかきくもり）　黒雲があっと云う間にひろがってきた　長崎に原子爆弾が落とされていたことなど知る由もなかった　其の日袋はからっぽだった

熊本の夏は酷暑　真夜中だれかれとなく起きだして　通りに板台を持ち出し団扇《うちわ》で扇《あお》いでいたりした
江津湖に行くぞー
待ちかねていたように兄が言った
行こう
それぞれに自転車を漕ぐ　わたしは誰の背中だったか
ここから北にどれほどあったのかわたしの知らない近道を漕いでくれた

小さい船着き場　ボートへ乗り込む　中州までほていあおいの群生の横をすりぬけて行く　湧水一面に咲くむらさきの花　根は小ボールの両端をひっぱったような浮き袋　それがちょうど布袋さんの膨らんだおなかのようになぞらえてあるのだろう　花達はその間からすっと首をのばしていた
水温は10℃から18℃位だそうだ　よほど剛の者でないと泳いでいられない。私は浸っただけですぐに飛びあがって上陸した
姉は着替えたわたしの背中や右腕をさすり続けていた

悲しみの断片

稲木　信夫（いなき　のぶお）
１９３６年、福井県生まれ。評論集『詩人中野鈴子の生涯』、詩集『溶けていく闇』。日本現代詩人会、詩人会議、水脈の会会員。福井県福井市在住。

戦争が終わって消えたのはこの町か
町なかの我が家の夕餉か
九歳のわたしの日びか

その日その日を楽しんだ町の
家とは言えない立ち並ぶ焼け木の　それが町か

田には人が顔を伏せ
伸びた稲穂をつまんで
空は　秋の匂いにかくれかかっていて

空しくない心
悲しくない心

夏の空がひときわ輝いたのは
初めて知った平和の言葉

平和の中にあって
村で懸けまわり
空襲の夜さえ忘れていて

戦争

私にとって、戦争とは何だったろうか。

叩き起こされて防空濠に急ぐ途中、空の果てに見る探拐灯にとらえられて、美しい火を吹いて落ちる敵機であり、クラスのすばしっこい子が山中に落ちたB29の窓からかっぱらってきてこする匂い硝子であり、そこの港から遠い怖ろしい国へ強制的に集団渡航させられる兵隊さんたちであり、授業を途中であわただしく止めて私たちを走って帰らせる警戒警報発令であり、柱に綱をつけて、町内の人みんなが引いて倒す強制疎開家屋であり、必ず「にくいべいえいをたたきつぶしてやります」と書く作文であった。

私が国民学校二年生の八月、戦争がおわった。私が紙ヒコーキをとばしていると、保ちゃんが来て、「もう、学校に行かなくてもよくなった」と言った。その安堵感は、いかにも広びろとしたものだった。学校にいかなくてもよい…私たちは、世界全体が幼な子のように、罪を知らなかった時代の人間たちと同じく自由になれるはずだった。

だけど、九月になると学校は始まった。そして、なまなましかった戦争は、記憶化という褪色化を少しずつ進めていった。

高橋　睦郎（たかはし　むつお）
1937年、福岡県生まれ。詩集『薔薇の木・にせの恋人たち』、句歌集『稽古飲食』、歌集『爾比麻久良』、能・狂言集『鷹井』。神奈川県逗子市在住。

ジージリジリと蟬が鳴き

ジージリジリと蟬が鳴き
樹々が焦げ
屋根が焦げ
焼けただれた夏がやってきた
また　八月一五日だ

国民学校三年生だった
校長先生が教育勅語を読み上げた
廊下には竹や木の棒の兵器が並んでいた
教室は疎開児童でふくれ上がった
校庭にサツマイモが植えられた
夏休みは子守りと草取りばかりだった
新型爆弾が落ちたと聞いた
天皇陛下の声がピーピーと流れた
父はまだ南方で戦っていた
教科書に墨をぬれといわれた

お天道さまが
元の位置におつきになると
村にも小さな春がやってきた

古ぼけた図書室で本を読んだ

星野　元一（ほしの　げんいち）
1937年、新潟県生まれ。『星野元一詩集』、詩集『草の声を聞いた夜』。
新潟県現代詩人会、日本現代詩人会所属。新潟県十日町市在住。

エロスとタナトスの
美術全集をめくった
ムンクやダリの
レコードを聴いた
ベートーヴェンやモーツァルトの
……みんな少しだったが
父母は田の中で牛になっていた

ジージリジリと蟬が鳴き
国が燃え町や村が燃え
自由が燃え金が燃え性が燃え
夏はまるまると焼け太っていったが

ジージリジリと蟬が鳴き
自ー自利自利と責めたてられ
ミーンミンミンと蟬が鳴き
眠ーン眠眠と眠くなり
カナカナカナと蟬が鳴き
金金金かと思われたりして
よっこらしょ　と
六五段目の
階段を登っていく

八月十五日　四郎おじさんへ

青山　晴江（あおやま　はるえ）
1952年、東京都生まれ。『父と娘の詩画集　ひとときの風景』。詩誌「つむぐ」、「いのちの籠」。東京都葛飾区在住。

おじさん
戦死した四郎おじさん
八月十五日です
丸木美術館の野木庵で反戦朗読会をしています

会ったことのないおじさん
壁に貼られた数百の兵隊写真
もしかしたら　その中のひとりは
おじさんではないでしょうか

「東京市台東区　改製原戸籍」に残された記載
昭和十九年六月十八日中華民国河北省平谷県
馬各荘に於いて戦死　東部第四十一部隊長報告
　同年九月八日受付

聞いてもいいですか
おじさん
中国のひとを殺しましたか
女のひとに乱暴をして辱しめましたか
日本軍の暴虐のつぐないに

わたしは何をしたらいいでしょう　おじさん

たくさんの遺体
中国の　朝鮮の　日本の　その他の
数多の人びとの死体の一つとなって
目を閉じた四郎おじさん
最期に見たのは青空ですか　闇夜ですか
最期に心をよぎったのは
生まれたばかりの息子と妻のことですか

敗戦から七十年
あなたやたくさんのひとの死を凌辱するかのように
ふたたび日本は
戦前と同じ権力下で　天皇制のもと
戦争へ向かおうとしています

八月十五日
傍らを流れる都幾川に
夏の光が反射しています

2015・8・15

なつやすみ

ひと通りは少なく
サイレンの音もない
急ぎ足のひとはなく
メガホンで叫ぶ町内会長も走ってない
音の消えた
夏の真昼

どこからか父が帰ってきた
黙りこく下を向いている
また　誰か戦死したのか
勇気を出してたずねた
どうしたの
ひと言
戦争が終ったよ

戦争が終るとはどういうことか
わからない
戦争は国と国との喧嘩だと聞いた
空から爆弾を落す敵
喧嘩が終ったとはなにか
喧嘩は負けたらしい
戦争ごっこの腕白どもに
空地のままごと遊びが荒されて
泣いて帰っても
喧嘩はいけないと理不尽だった

夜になって
灯火管制の覆いがはずされ
家いえの軒端から
コウモリが飛び交うころ
庭に出ると
空の端から端まで
天の河が牛乳をこぼしていた
交差する探照灯の光もなく
降るほどの星空

明日の朝
いくつ開くだろう
一年生の夏休みの宿題は
「アサガホ　ニッキ」だった
伊藤　眞理子（いとう　まりこ）
1938年、福岡県生まれ。『伊藤眞理子詩集』共著詩画集『心のひろしまあしたきらきらⅠ・Ⅱ』。詩誌「タルタ」。東京都墨田区在住。

終戦記念日

河野　洋子（こうの　ようこ）
1933年、長崎県生まれ。詩誌「子午線」。
長崎県長崎市在住。

友と連れ立って
近くの野に行き
ツワブキ　セリ等を摘み歩く
干潮の浜辺では
マテガイの群れを塩で誘い
砂を掘ってはアサリを探す

空腹の日が続いていた
七十年前の少女の頃

未だ消えない残像は
外出用の和服を包み
胸に抱いて　戸外で待つ母の姿
訪れたのは米を手にした農家の女性
家族の主食を得るための
物々交換という事実を知った
驚愕の場面

戦後暫く続いたのは
食料の配給制度
空腹の思いは
次第に消えていき
穏やかな日々へと向かう

長い歳月が流れても
終戦記念日を迎える
その日には
当時のことが鮮烈に
蘇ってくる

一九四五年八月
―国民学校三年―

菅野　眞砂（すがの　まさご）
1937年、長野県生まれ。詩集『浜木綿の咲く浜辺』。
詩誌「漪」、よこはま野火の会会員。神奈川県横浜市在住。

信州の空も晴れていた
まれに飛行機が空に現れても
戦争の影はなかった

疎開で小学生はお国のために
馬鈴薯畑の害虫・テントウ虫を集めた
つぶさないよう気をつけても
小さな指先が黄色に染まった
集めたテントウ虫は
どの家にもあった緑色の気泡の多いガラスビン
海苔の佃煮の空壜に詰められた
底に黄色の液体を溜めて
それは教室で50銭で買われた

背中には
いつも
一歳に満たない弟がいた
弟を筵に置き
小母さんたちにまじって
軍用ビールのホップの実を摘んだ
25銭もらった

広がる田圃のむこうに鎮守の杜が黒く
杜は老杉で空を覆い
冷んやりとした静寂《しじま》の中に
蝉の声だけが響き合っていた
背の低い一位の垣の赤い実は
ほのかに舌に甘く
杜のはずれのせせらぎは
何時に変わらず清らかな音をたてていた

近くの松代《マツシロ》には
大本営の地下壕が静かに用意され

八月十五日は
すぐ　そこにあった

壊さないで

平凡な愉しみ
平凡な悦び
平凡な暮らし

探照灯が夜空を探す
高射砲の炸裂音
夜空を焦がす
　艦載機の機銃掃射
薬莢《やっきょう》がカラカラと
　屋根瓦の上に落ちてきた
真っ暗な防空壕の中は
　誰もが押し黙ったままだ
前の日には八王子の街が全焼した
　焼夷弾だ

八月十五日
戦争は終った
　空襲は無くなった
　けれど
食べる物が無かった、高粱《コーリャン》、薩摩芋、南瓜《かぼちゃ》
それさえお腹一杯食べられなかった
お米など、それこそ滅多に口に入らなかった

「戦争で最も酷い目に遭うのは子供達だ」
　「火垂るの墓」の
野坂昭如が死んだ、水木しげるも死んだ
反戦反骨の人達が次々と亡くなって行く
今、この国は戦争を知らない
　為政者が動かしている
　　危うさが募る

「危機を煽り、いたずらにナショナリズムを煽り立てる／そういう為政者は常に自分の信念を言い立て迅速な決断を誇りつつ／考えている事はひとえに現在を支配している権力に寄り沿い／ひいては自分の利益を守ることだ」

　イマヌエル・カント「永遠平和のために」より

この国を今よりそんなに強い国にしなくても良いではありませんか
七十年間戦争しないを貫いて来た平和国家日本
　この国を壊さないで下さい

舟山　雅通（ふなやま　まさみち）
1940年、東京都生まれ。詩誌「旅人」、あきる野詩の会会員。
東京都あきる野市在住。

蟬

大野　悠（おおの　ゆう）
1929年、大分県生まれ。詩集『ほほえみ』『小鳥の夢』。
大分県詩人協会、大分県詩人連盟会員。大分県大分市在住。

今年は蟬が激しく鳴いた
燃えるような夏の空気に
重油のように苦しい声を　まき散らした

終戦の日に蟬が鳴いたか　覚えてはいない
しかし蟬が鳴くころになると
終戦の日を思い出す

連日の爆撃で廃墟となった
工場の広場に集まった我々
ぼろぼろの作業服　勤労動員の生徒たち

直立不動固くなって聞いた玉音放送は
よく聞き取れなかった
音声もだが表現が難しい
ただ「耐え難きを耐え忍び難きを忍び」
というところだけはよく聞こえた

「いよいよ本土決戦だから頑張れ　ということだろう」
「俺たちもこんどは死ぬかな」
みんなで議論をしていると
通りかかった工場長が
竹ぎれを拾って
「無条件降伏」
と大きく地面に書いて
無言のまま去っていった
真っ赤な固い顔のまま

我々は硬直した体を動かすこともできず
暫《しばら》く無言のままだった
信じられない。間違いではないかと
疑ってみた
体から空気が抜けて　立っていることができなかった
一人が絞り出すような声で　泣き始めた
だんだん泣き声が広がった
友人たちの泣く姿は激しかった

毎年蟬の季節になると
その激しい鳴き声の中にいつも
友人の泣き声を探している
自分に気づくのである

〝世界が平和であって幸せがある〟
―平和であることの大切さを思う―

野澤　俊之（のざわ　としゆき）
1940年、東京都生まれ。埼玉県新座市在住。

終戦記念日の8月15日が今年もやってくる。

戦争は絶対にあってはならない。

あまりにも聞きなれた古い言葉ではあるけれども。

今も世界のどこかで戦いは行われている。

過去、戦争は地球上のいたるところで、内戦・国同士の戦いのいずれを問わず、繰り返されてきた。振り返ってみると、まさに歴史は戦争とともにあったような気がしてならない。

人類が何世紀にもわたり営々として、艱難辛苦《かんなんしんく》の上に築き上げてきた有形・無形の貴重な財産や文化が、戦争により一瞬にして破壊され、無に帰してしまうことに、やり場のない憤《いきどお》りと怒りを思う。

戦争によって人間性が全く無視されることに、何ともやりきれない深い悲しみを覚え、空しさを感じるのである。何物にも代えがたい人間の生命までも絶たれてしまうことは、どんなにもっともらしい文言を並べた理由付けや、こじつけた理屈も道理として通らない。

日本は唯一被爆国である。この残酷でみじめな状況を見て、戦争を再び起こそうと誰が思うだろうか。あってはならないことと強く心に焼き付けていかなければいけない。

平和があって初めて人類の幸せが構築できるのである。それは自明の理といえる。

人種や民族がどうであれ、人はあまねく幸せになるために生まれてきた。

争いが生じたときに、なぜ人間は粘り強く話し合いによって解決しようとせず、戦いに走ってしまうのだろうか。これほど愚かで無意味なことはない。

人間としての尊厳、正義、人権をことごとく踏みにじってしまう戦争という理不尽な行為を止めさせ、戦争の悲惨さを認識し、戦争のない世界に向けてまい進し続ける持続力を大切にしていかなければならない。

被爆して亡くなった〝女の子〟の悲痛な叫び、苦しみと無念のなかで死んでいった痛ましい姿を目の当たりにした少女の手記を読み、戦争のむごたらしさ・苦しみ、無力感を忘れることなくしっかりと胸に刻み、不幸な戦争を再び起こさないよう心に留めていきたい。

岩波文庫「原爆の子」（上）―広島の少年少女のうったえ―　長田 新（広島文理科大学学長）編　1990年6月　岩波書店　中学校3年（当時小学校3年）田中清子　手記

《昭和二十年八月六日、その日は忘れられない原爆の落ちた日です。今でもその時のことを考えると、身ぶるいがするようです。私は集団疎開に行かないで、近くの分教場で勉強していました。その日はお友達といっしょに近所に遊びに行きました。ピカ！と光った時、私は遊んでいた家の下じきになっていました。こうしてこのままここにいると、どうなるかわからない、と思っていると、向こうの方に少しすきまが見えたので、そこへはって行って、板を押しのけて外にはい出しました。外に出てみると、私が遊んでいた家だけだと思っていたのに、意外にも、どの家もどの家も、くずれたり、燃えたりしているのです。私はそのありさまを見ると、泣き出しそうになりましたが、泣いても元にはもどらないと思って、家に帰ることにしました。ようやく家のところまでくると、母は一歳のあかちゃんを荷物の上にねかせて、一しょうけんめい荷物を道路にはこび出していました。あかちゃんは、びっくりしたためか気絶していました。

―中略―

ひがいを受けた者は、皆似《に》の島《しま》に行けということでした。私たちも、そこに行くことにして、川から船に乗りました。お母さんのすわっている前に、私と同じ年ぐらいの女の子がいました。その女の子は、体中にやけどや、けがをしていて、血が流れていました。苦しそうに母親の名ばかり呼んでいましたが、とつぜん私の母に、「おばさんの子供、ここにいるの？」とたずねました。その子供は、もう目が見えなくなっていたのです。

お母さんは、「おりますよ」と返事をしました。すると、その子供は「おばさん、これおばさんの子供にあげて」と言って、何かを出しました。それはおべんとうでした。

それは、その子供が朝学校に出かける時、その子供のお母さんがこしらえてあげたおべんとうでした。お母さんが、その子供に「あなた、自分で食べないの？」と聞くと、「私もうだめ。それをおばさんの子供に食べさせて」と言ってくれました。

私たちは、それをいただいた。しばらく川を下って船が海に出た時、その子供は「おばさん、私の名前をいうから、もし私のお母さんにあったら、ここにおるといってね」と言ったかと思うと、もう息をひきとって死んでしまいました。私は、その子どもがかわいそうでかわいそうでなりませんでした。私はお母さんと一しょに泣きました。今その子供が生きていたら、どんなにうれしいかわかりません。似の島について、しゅうよう所にはいると、そこは、けがや、やけどをしている人でいっぱいでした。中には、気ちがいのようになって、かん者の中を走りまわる人もいました。今それらの人が、やけどや、けがをしていなかったら、そして生きておられたら、そしてまた、船の中にいた子供がやけどをしなくて生きていて、その子供のお母さんにあうことができたら、私はどんなにうれしかったことでしょう。》

「原爆の子」について、京都大学教授だった桑原武雄は「この文章をうつしとりながら、涙の流れるのをおさえきれない。死に臨んでの、この素直で健気《けなげ》な心のはたらき！こうした人間のこころを育て上げることこそ、生きるという意味であろうに」（雑誌『世界』一九五二年一月号）と書いた。・・・朝日新聞

その少年少女たちも、多くはすでに70代後半になっている。

つい先ほどまであった、朝の幸せな家族のぬくもりと団らんの記憶は一瞬にして失われ、すべてのものが消しさられてしまった。あまりにも悲しくむなしい思いが心をよぎる。なんというやさしい、なんといういたいけな、いじらしい姿だろう。

この子の残した最後の言葉を母親が聞いたとしたら、どんなに深い悲しみの涙に暮れることだろう。

辛く、耐えがたい無残な体験にもとづいた文章だけに、強く胸に迫るものがある。

被爆のなか、着る物も、食べる物も、心休まる場所もない状況にあって、母親の子を思う叫びが聞こえてきて、心に痛く突き刺さる。

この〝女の子〟の無念な気持ちを思うとき、自ずと涙し、いたたまれない気持ちを抑えることが出来ない。ほんとうにこれから花開く豊かな素晴らしい人生が待っていたであろうに、幼く短かった命は絶たれたのだ。

なんでもないような小さな喜びも平和だからこそ感じ取ることが出来るのだ。

今こうして何不自由なく生きていられる幸せは、多くの人の犠牲の上にあることに思いをはせ、感謝し、決して忘れることがあってはならない。

戦争のない、明るく希望に満ちあふれる未来を築いていくこと、そして社会のためになる行動、意義ある人生を送っていくことこそが、「もう戦争は絶対にやめてください」という広島の少年少女の訴えに応えることにつながるのではないか。

言い立てる人

縛り付けられた指針が
ぐらっと百八十度回転して
縄が解け
どさっと地面に落ちた
十四歳の少年だった
同じように落ちた
周りの大人たちが
デモクラシーと叫んでいた
変わり身の早い連中は
楠木正成の衣装を脱ぎ棄て
リンカーンに早変わりした
十四歳の少年の目は冷たかった
それから冷たくなるばかだ
何が正義かわからない
正義を言い立てる人が信じられない
戦意を高揚した在郷軍人会長の
某大佐の髭面《ひげづら》が
皆を一方に引っ張るべく（ゴ苦労様デス）
言い立てる人の貌に重なっていくのだ

曽我部　昭美（そがべ　あきよし）
１９３１年、愛媛県生まれ。詩集『記憶のカバン』。
日本詩人クラブ会員。和歌山県和歌山市在住。

旅の途中

石川　悟朗（いしかわ　ごろう）
1935年、秋田県生まれ。詩集『はるかな歌』『蒼の紋様』。詩誌「密造者」、日本現代詩人会会員。秋田県秋田市在住。

ここは何という海岸だろう
水平線が空へ
消えてゆく

波打ち際で
人の顔に似た小石を拾う
途方もない時を刻んだまま
やわらかな光沢をおび
全身を陽にさらしている

はるか逮くからせまってくる　潮の音
いのちひびかせ語るよう
ゆさぶり　泣いている
　ずぶずぶと沈んで
　帰らざる　ふるさとへの想い
　うらみ　哀しみ　だいたまま
　一九四五年　南太平洋上
せつなくこみあげて
これら　まるごと
闇の石に詰めて
混沌の街のど真ん中で
ざくっと割ってみようと

いまはただ
寄せる波　引く波　の
さらさら　しゃりしゃり　しゃりん
ひびく
お寺の
あの音のごとく

海岸線を上がり
深山へ
こけむし消えた道を
慟哭の魂たちの
駆けた跡
はびこる雑草を掻きわけると
無縁仏が

海の小石をそっと添えた

十章　苦悩する他者たち

恨《ハン》女

——いかに狂女　なにとて　今日は狂はぬぞ　世阿弥

ドキュメンタリー映像作家で
異色作をつくるので著名なT・Y氏が
沖縄近郊、砂糖黍畑の中
ポツンと建つ小屋の二畳ばかりの部屋で
老女《ハルモニ》*と会うことが出来たのは
十日間、那覇のホテルから通い続けたのと
ハルモニと長く面識のあった沖縄人某の仲介があったか
　らだ
敗戦後、軍隊から棄てられ
祖国朝鮮へ帰ることの出来ない、無国籍の天涯の孤児
　なのだ
ハルモニが伏眼がちにポツリポツリ口を開いた
アルコールのような静かな怒りが
T・Y氏の声に反応した声を一度口中で噛みしめ
哀号と恨《ハン》を込め、縷縷——嫋嫋と
深い沈黙の石を砕いていく
植民地——収奪——貧困——拉致——戦争
映像が一本の蘂のように固まり強くなっていく
一日、十人以上の日本兵士たちに
身体を犯され心病んだ女の恨《ハン》とは

浜田　知章（はまだ　ちしょう）

1920〜2008年、石川県生まれ。『浜田知章全詩集』、詩集『海のスフィンクス』。詩誌「山河」「列島」。神奈川県藤沢市に暮らした。

夜々、性器のむくみを手拭いで湿布しながら

こおろぎの羽音のように泣いた
いま、湘南の地に安居しテレビをみている
老兵俺に迫ってくるのである
この世の終わりに近く孤独の残世を生きている、おお
　かつて十七歳の少女は
日本ミリタリズムによる
暴力と強制売春の果て
腐った果実のように棄てられた
ハルモニにはもはや寸土の地もないのだ
時折、涙ぐむ、ハルモニよ
あなたの顔の何という耀きであることよ
今もあなたに石を持って投げる者あまた多し
俺の眼ははっきりととらえた
ハルモニの顔がマリアに変わっていくのを
日本の男たちに肉体を玩弄された末、
ハルモニの枯れた骨々が微光を放つのを

おお、サンタマリア

「五月は宵の口、ぼつぼつデートの頃おいだった」*
三十年ぶりの帰阪だった
大阪梅田ＯＳ劇場の裏通りだ
六〇年安保反対リーダーは妻に逃げられた後の心身の脱落も年月の経つうち忘れた
敗北者の烙印を押されなかったが、いつも自然は平等だった
歩道の人もビルのむこうの茜色の空に染まって
何か楽しげなのだ
梅田裏の飲み屋の二階で
若い人達に囲まれた
昨夜テレビでみたドキュメンタリー
ハルモニについてしゃべりまくった
その感動はまさにマリアだと言った時だった
テーブルの端にいた口紅の濃い若い女が鼻を鳴らした
「慰安婦がマリアなんて、社会派詩人も堕落したもんだョ。」
聞けば若い美人は在日朝鮮人で
生まれは大阪猪飼野である、と
俺がまだ若く一兵卒だった頃だ
初めての衛兵で、越後高田の遊廓街を風紀巡察したことがある
俺と同中隊の某一等兵と、若い週番士官と
当時、大阪には俺の好きな女がいて婚約を申し込んでいた
純真だった、遊廓街へ足を踏み入れたのも初めて
七月の陽が輝き、物憂い昼下がりである
遊廓の格子戸の前に縁台があって、七、八人の女が屯《たむろ》していた
洗髪でぞろり浴衣を着ながして
中にはごろり縁台に寝そべっているのもいた
突如！　女たちが俺たちを見るや口々にみだらな声を投げつけてきたのである。
「ゴボ剣をつけて、そいでわてらの性器《チャンベ》を突き刺す気かよ」
豚とも猪ともつかぬ、異相の化物だった
二十二歳、女を知らぬ俺は真っ赤になり睨みつけると、
どっと嘲笑と哀れみの声
「やりたいくせに威張りくさってョ」
凌辱！　女たちは帝国軍人をヤユし手を叩いて俺たちを嬲るのだ
のがれるように二軒目にかかると
外に誰もいない、格子戸のむこうに一人の、
女が北方に眼をやっているのを
一瞬、俺はとらえたのだ
懐古するような、祈るような

うるんだ瞳の女のクローズアップ
ああ、あれだ
何度も読んだ「罪と罰」
の黄色い鑑札をもつソーニャを
大地に接吻するラスコリニコフを
「幻の女*」
俺にはその白い横顔が大阪の女と二重写しになった
途端、俺は高く歩調をとったのだ
右側の兵も俺に同調した。
オイチニ
オイチニ

オイチニ……

＊
恨《ハン》、老女《ハルモニ》＝朝鮮語
チャンペ＝方言（新潟、富山、石川）
「幻の女」＝アイリッシュ作
「五月は宵の口…」＝「幻の女」の冒頭部分

大きな岩

尹東柱《ユンドンジュ》の
生家跡は
延辺《イエンピエン》市龍井から東へ
そこから南に折れた
長白山系裾野の丘の集落にあった
質素な家が復元され
傾斜地の広場には
記念館造成中であったが
敷地内には歩道ができ
その歩道の石に
やさしい詩が
歩きながら読めるよう
ハングルできざみ込まれていた
龍井からの一本道
その途中
かぶさるように垂直に
そそりたつ巨岩があった
あの岩を目印にこい
咸鏡道《ハムギョンド》からくるものにとって
その岩がみえたら同族の村が近い

トウモロコシ　大豆の育つ村
そんな希望の岩であったか
尹東柱もこの岩を見あげて
龍井へ平壌へ
そして日本留学へと往来したのか
一九三〇年五月間島《カンドン》朝鮮人蜂起
そしてソビエト地区成立宣言の村々
日本軍による討伐と抗日ゲリラたち
そんな地に尹東柱は生れ育った
一九四五年二月尹東柱は
福岡刑務所で獄死
遺骨をうけとりに行った父に抱かれ
その巨岩の下を通って帰っていったか
〝川を渡って森へ　峠をこえて村へ〟*
とかいたやさしい村へ

*尹東柱詩集『空と風と星と詩』岩波文庫

猪野　睦（いの　むつし）
1931年、高知県生まれ。詩集『ノモンハン桜』『沈黙の骨』。
詩誌「花粉帯」「炎樹」。高知県香美市在住。

まだ聞こえる哭声

李　承淳（い　すんすん）
韓国、ソウル市生まれ。詩集『耳をすまして聞いてみて』『そのように静かに蹲っている』。日本文藝家協会、韓国詩人協会会員。東京都世田谷区在住。

従軍慰安婦の少女が泣いている
石川逸子詩人が抱く少女たちも
足蹴にされた枯葉の声ですすり泣いている

故郷を偲ぶ思いは
枯れ果てた涙の塩に漬かる心臓で痛哭する
逃れられない鎖を切りたくて
今日もあがく
縛られた縄がもっと体に食い入る

むやみに
一人の少女が走り出した
数えきれない軍人達を相手しなければならない
残酷な足枷を取り外そうと
走る

逃亡は少女たちの唯一の願望であった
　どこに向かうのだろう

疲れ果て倒れそうな細い脚をずるずる引き摺って
走る

銃声が響く
遠くからまたはすぐ後ろから
落ち葉で覆いかぶさった沼が眼の前に現れる
　あそこまで行ってみよう
沼の中に沈んだらいっそ温かいだろう
胸に沁みる甘い歌声が遥かなところから聞こえてくる
故郷の母の子守唄の調べに乗って
少女はもうそれ以上走れず
深い眠りにつく

もはや泣き声も沼の中に沈む

少女像

金　水善（きむ　すそん）
1939年、韓国済州島生まれ。詩集『済州島の女』。
詩誌「さやえんどう」。神奈川県川崎市在住。

ソウル
日本大使館の近く
少女像がある
チマチョゴリを着て
澄んだ目はグリッと　あどけない
同身大より少し大きい
夏は照りつく太陽の光を浴び
冬は風に頬を叩かれながら
私はここにいる

夏には冷たい一杯の水を
冬には耳まで被る帽子を
大使館の誰かが差し出してくれたなら
少女の頑な心は
どんなにか解けたことでしょう

時代は
日本は憲法を替えて
戦争の出来る国にしようとしている
女性のため　今はなき元慰安婦の友のため
子孫のため　戦争の犠牲者のため
今は小さい像を大きくして
ライトに照らされた
〈東京タワー〉のようにドーンと
〈自由の女神〉のように　デーンと
世界平和の旗を持って
座り続けます

ソウル
ここは
わたしたちの国です

歌うハンアリ

李　美子（い　みじゃ）

1943年、東京都生まれ。詩集『薬水《ヤクス》を汲みに』、翻訳詩集『アジア詩行―今朝は、ウラジオストクで』（高炯烈著）。詩誌「たまたま」「いのちの籠」。東京都多摩市在住。

庭の片隅に
ずっとしまわれて埃をかぶった
ハンアリ（甕）はシオモニム（姑）の結婚祝い
ぴかぴかのネンビ　（鍋）といっしょにやってきた

とんでもない大きさに
若い嫁は途方に暮れた　いえおそれた
キムジャン（冬用のキムチ）漬けも
タクク（鶏スープ）もつくれない

他郷くらしの憂さ晴らし
長い一日の夕暮れどき男たちは集まり
濁り酒くみ交わし笑いうたい　宴の終りは
いつも口角に泡飛ばしてことばの応酬

あの頃のシオモニを真似て
わたしもキムチを漬ける
「料理のキーシン（鬼神）」村人に讃えられた
彼女にとても及びはしない

ハンアリはよろこんでくれるだろうか？
大蒜《にんにく》と唐辛子の薬味を白菜に塗り込む
一枚一枚　懐かしい顔たちに話しかける
冷たい素焼きの腹中が真っ赤に染まる

半島の北・ウォンサン（元山）に暮らす
友ら　厳しい冬の支度は無事すませたろうか？
ハンアリは歌うだろうか？

（「いのちの籠」32号　初出）

中国服の伊太利人

宮川　達二（みやかわ　たつじ）
1951年、北海道生まれ。評論集『海を越える翼―詩人小熊秀雄論―』。詩誌「コールサック」（石炭袋）。北海道旭川市在住。

夏の暑さの残る北京駅、夜十時。私は北京発上海行きの十両編成の夜行列車に乗った。音もなく列車が動き始めると、小柄で紺色の詰襟《つめえり》のような中国服を着たヨーロッパ系の男が乗り込んできた。黒髪で口元には髭を蓄えている。中国服を着こなし、英語の流暢な彼は、鄭州に住む伊太利人建築技師だった。名はカルロ。中国滞在三年。同世代のカルロと、深夜まで話が続く。

彼は、中国の作家の魯迅が日本留学時代を書いた『藤野先生』という小説を知っていた。カルロはこの小説の最終場面の印象的な部分のことを語った。それは、藤野先生が自身の一枚の肖像写真を帰国する魯迅に渡し、その裏にペンで―惜別―と書いた部分だった。

この当時は日露戦争の最中で、両国が中国、朝鮮の支配権を争っていた。アジアの覇権者たらんとする日本人には、中国、朝鮮人蔑視の風潮があった。だが藤野先生は魯迅を気遣い―惜別―という言葉を贈った。

私は、魯迅とロシアの詩人エロシェンコとの交流、上海にあった内山書店での日本人との交友に触れた。さらに作家太宰治が『惜別』という作品で魯迅と藤野先生との関係を題材とした事をカルロに語った。

翌日の夕方五時に上海に着いた。北京、上海間の距離は約一三〇〇キロ。上海駅で、カルロと駅構内を歩いていると、私に向かって、腰掛けていた老婆の鋭く憎しみに満ちた視線が注がれた。彼女は私を日本人と確信し、過去の日中戦争の記憶をもとに激しい憎しみの感情を持ったのだ。カルロは、彼女の視線に気がつくと私にこう言った。「彼女は過去に於ける日本という国の行った行為を憎んでいるのであり、あなた個人を憎んでいるのではない。気にしなくていい」カルロはこの言葉を残し、私と握手を交わして颯爽《さっそう》と立ち去った。

魯迅は日本から帰国して北京に住んだ後、上海へ移り住みこの地で亡くなった。私は、老婆の強い憎悪に満ちた目を背後に感じながら上海駅を出て、巨大都市上海の街への一歩を踏み出した。日本が中国の歴史の中に残した傷跡は、私と無関係ではない。

魯迅の小説の最終場面に登場する―惜別―という言葉に思いを馳せた。中国服を着た伊太利人カルロは今、黄昏の上海のどの辺りを歩いているのだろうか。

選別

中田　紀子（なかた　のりこ）
1945年、群馬県生まれ。『眠る馬』『一日だけのマーガレット』。
詩誌「流」、日本現代詩人会会員。神奈川県川崎市在住。
たった　3、4分で
生と死に別けられたひとたち
右は生きる方へ　左は死の部屋へ

日曜日の午後　水のようなスープを飲み終えて
縦7メートル　横4メートルの小屋に
集められた200人
そこからもう一つのバラックまで走らされる
裸で木靴を履いた姿で

プリーモ・レーヴィ[*1]
あなたは顎をひき　胸を突き出して
1メートル70センチの身体を
より大きくみせて走った
SS[*2]がもっていた
174517と記されたカードは
右に渡された

174517　アウシュビッツに着いて
腕に焼き印された　あなたの新しい名前
一九四四年　二月二二日深夜　六五〇人のユダヤ人は
イタリアから屋根もトイレも食糧もない貨車に立った
まま乗せられ先のないプラットホームに着いた　氷っ
た地面を　五二五人の女性と幼児はガス室まで歩かさ
れ　あなたは九六人の男性と第三ビルケナウに運ばれ
た　消毒の水のシャワーを浴び渡されたのは履きなれ
た靴の代わりに　ぶかぶかの木靴　背とお尻に故意に
穴があけられ接ぎあての　逃走防止のための屈辱に充
ちた上着とズボン　丸坊主に刈られた頭に囚人の帽子

同郷のイタリア人ロレンツォが　秘密に手に入れた
スープとパンを届けてくれて　あなたは生きのびた
ロレンツォは自分の命に代えて死からあなたを守り
電流の鉄柵に囲まれた家畜の生活に慣れたあなたに
もういちど人の感情を思いださせてくれたのだった
のちに　あなたは娘をロレンツォと名づけた

174517　と呼び
ドイツ人の金髪の化学者は椅子から立ちもしないで
おぞましい動物を見るような眼つきで

化学の試験を受けるユダヤ人のあなたを見降ろした
その視線こそあなたが永く抱えていた疑問の答えだった

プリーモ・レーヴィ
あなたは合格し実験室に移され
寒さと飢えとの闘い　烈しい肉体労働から
木靴との摩擦に膿んだ踵の傷みからとかれ
重い猩紅熱《しょうこうねつ》が　あなたを病室に留まらせた
生きる方に別けられたのだ

敗戦した支配者が奴隷の惨状を隠すために壊したのは
家畜小屋の三段ベッド　要領よく囚人を減らすガス室
来る日もくる日も煙突から煙がでていた人体の焼却炉
髪の毛で編むセーターや毛布工場

遺体の上に埃と焼き払われた人間の灰が舞い
チフスで嘔吐と下痢にまみれた病人とともに
世界の終わりのような病室からあなたは救いだされた
ロシアの収容所を経て9カ月後　とうとう
北イタリアの母が待つトリーノに帰り着いた
　あなたの精神をふるいだたせた　暗誦していた言葉
『神曲』の一節　ヘルダーリンの数行の詩とともに

＊

生き延びた者の罪と
死へ別けられた同胞の罪のない善良さとのあいだに
心の傷をかかえ『これが人間か』を書き続けた
なぜどのようにして
二〇か所の労働収容所と一〇か所の抹殺収容所が
ポーランド　オランダ　ドイツ　オーストリアに
作られたのか　ビルケナウ[＊3]の設計者は誰なのか
でも　あなたは誰も責めなかった
エジプト　ギリシャ時代から奴隷はいたのだからと

一九八七年　四月
3階から踊り場への手すりを跳び超え
あなたは自ら死を選別してしまった
そしてパウル・ツェランに続く文学者になった
あなたは冷静に疑問を持ち続けただけだった
生還者として目だつことは希んでいなかった

＊1　イタリアで生れたユダヤ人化学者（一九一九〜八七）。一九四四年二月〜四五年一月までアウシュビッツに収容され、生還後に『これが人間か＝アウシュビッツは終わらない』『周期律』『星形のスパナ』等を出版。
＊2　親衛隊員
＊3　木造バラックの収容所

扶余《プヨ》紀行・女人哀歌

高橋　留理子（たかはし　るりこ）
1951年、群馬県生まれ。詩集『たまどめ』。島根県詩人連合会員。島根県大田市在住。

陽光燃えさかる　二〇一五年　八月
韓半島南西部　忠清南道《チュンチョンナムド》　扶余郡
ここは現在《いま》　鄙びた佇まいの地であるが
六六〇年　百済王朝が　唐・新羅連合軍によって
滅ぼされるまでは　百済の都であった
華麗な仏教文化が隆盛を極め
豊かな地の実りと　黄海へと流れる大河
白馬江が　百済を海洋王国としても繁栄に導いていた
ここから　仏教をはじめ多くのものが
海を渡って　日本にも　もたらされたのだ
人も我も　その末裔やも知れず

錦江《クムガン》　すなわち白馬江を遊覧する船に乗る
クドゥレ船着き場で　思わず私は
『熟田津に船乗りせむと月待てば
　　潮もかなひぬ今は漕ぎ出でな』という
額田王の歌をつぶやいていた
六六三年　歴史にいう『白村江の戦い』に
倭国から百済復興の援軍が出航する時
士気を鼓舞する為に詠まれたという
どよめきも人も藻屑と消え
百済再興の望みは潰えたが　歌は残った
人の世の栄枯盛衰を見つめ続けて
悠揚と流れる大河の　微かな水しぶきを受けながら
私は船べりで風に吹かれていた
あの岸辺の葦のごとく儚い
私もまた　時空のたまゆらの旅人　と

船が上流へ進むと
百済王朝のサビ城があった扶蘇山《プソ》の全景が見えて来る
「あれが　落花岩」と人が指差す
その先には　川に面して切り立つ断崖絶壁
サビ城陥落の時　敵の軍に追い詰められた
百済王宮の宮女三千人が
これから　わが身にふりかかるであろう艱難に
もはやこれまでと覚悟を決め
岩頭から次々と身を躍らせたという
その時の　衣装がひらひらと舞う様は
花が散るようだったという言い伝えから
落花岩と名づけられたという
さもありなん　女人は死出の旅に
一とう美しい衣を身に纏った筈と　私は心に頷く

古代も　百年前も　現代《いま》も
女たちにとって　亡国の悲運は
殺戮や破壊ばかりにあるのではなかった
あまたの寺院や塔が
星の如く雁の如くと喩えられたほど
美しい姿で並び立っていたという都は
瓦礫となって埋もれたが
おおかたは　茫々とした時の流沙の下に
女人たちを散る花に喩えて名づけられた岩は
悲劇の伝承となり　その不変の姿は
観光の名所にさえなって

扶蘇山の麓にある皐蘭寺《コランサ》船着き場で降り
石段の混じる急な坂道を登ると
中腹に　丹青に彩られた皐蘭寺がある
ここは王朝の別邸であったとも
宮女たちの霊を祀る為に高句麗時代になってから
建立されたとも伝えられる
お堂の壁には　宮女たちが投身する様を描いた
大きな絵が掲げられている
すでに空中に身を躍らせている女人の後に続く長い列
次の女官は履いている裳裾で頭を覆っている
目もくらむ恐怖を　そのようにして紛らわしたのだろう
それが故事にリアリティーを添えている
寺のやや下方　白馬江と扶余の街が見渡せる場所に
女人たちの慰霊の為に造られた
六角のあずまや百花亭もあり　屋根の天井には
浄土に咲く
蓮の花が描かれている
私は祈りを捧げて　皐蘭寺を後にした

額田王よ　類まれなる詩歌の才に恵まれ
不滅の光芒を放つあなたは　わが憧れの女人
この悲報は倭国のあなたにも届いたに違いない
あなたもまた　渡来人であったとか
あなたは慟哭しただろうか
『茜さす…』と歌い　『ぬばたまの…』
『君待つとわが恋いおれば…』[*1]と
相愛の歓びを
近代的自我の香りさえ漂わせて
高らかに歌ったあなたゆえ
たまきはる女の命を
生き尽くしたであろうあなたゆえ

けれど　敵に辱めを受けるよりはと
断崖に身を投げた女人たちが
千三百余年の後も称えられるこの国に
『ナヌムの家』[*2]があると思えば哀しい
今は老いてそこに暮らす元従軍慰安婦という
『ナヌムの家』のハルモニたち

もうこの世の人ではない
その多くの女人たちのひとりひとり
あなた方が血と涙で耐え忍んだ苦役は
何をもってしても贖うことは出来ないが
私の国は言うべきなのだ
「よくぞ耐え抜いて
　生き延びて下さいました」と
そして　心に刻まなければならぬ
その痛みを

私は断言する
たとえ　どれ程多くの男たちが
ひとりの女のからだを通り過ぎてゆき
その心を　どれ程引き裂こうとも
人の魂の穢れとはいささかも関わりない
まして　現世の地獄を生きた女人ならば
来世は　間違いなく蓮のうてなに生まれ変わられよう
恥辱はあなた方にあるのではない
一九九一年　初めて
自らが従軍慰安婦であった事を名乗り出て
私の国の罪業を告発する為に現れた
白いチマチョゴリ姿のその人の　凛とした美しさ

幻の都の　緑濃い丘をのぼってゆく
赤いつば広の帽子の少女たちよ
ひるがえる裳裾ならぬ
ショートパンツのしなやかな手足で
あれは私の美しい孫娘たち
いまはまだ固い蕾も　遠からず咲くだろう
どうか後の世までも　このあまねく世界の
女たちが　からだを開くのは
男たちの欲望の為のみではなく
女たち自身の　たまきはる命の為でもあれ

ここは　秋の訪れが早いのだろうか
錦江を見はるかす高台に立つ私たちの上を
あきあかねが一匹飛んで行った
明日は　この国の苦難の時代からの解放
光復節七十周年を祝って　首都のどこかで
盛大に花火が打ち上げられるようだと
語る人の声が聞こえて来た

＊1　額田王の詠歌
茜さす紫野行き標野行き野守は見ずや君が袖振る
君待つとわが恋いおればわが屋戸のすだれ動かし
秋の風吹く
ぬばたまの闇も濡れけん君あればわが屋戸かさね
あかときしらず
＊2　ナヌムの家
広州市にある、元従軍慰安婦の女性たちを支援し
共同生活を営んでいる民間の福祉施設

公園で

柳生　じゅん子（やぎゅう　じゅんこ）
1942年、東京都生まれ。詩集『ざくろと葡萄』『藍色の馬』。
詩誌「タルタ」、日本文藝家協会会員。東京都文京区在住。
ロシア兵がくるよ！
従姉の言葉に　パッと立ち上り
押し入れに飛びこんでいたという
旧満洲から引き揚げたばかりの四歳のわたしが
聞き分けのない言動をする時
このひと言は効用があったらしい

日本兵がきた！
悲痛な叫び声に逃げ惑った
幾多の国の子どもたち
身を縮めた少女と女性たち
事実を知る程にいたたまれなさが募ってくる

公園の大樹は何を護っているのだろうか
花びらを拾う男の子が
母親と笑みを交しあっている
よちよちと歩く女の子の後を
両手を広げ　腰を屈めて従いていく父親
花筏が流れる小川の側で
近くの外国学校の少年少女たちが
隠れんぼをくり返している

樹々の陰から　いくつもの目が
こちらを見つめている気配がする
――笑い　あこがれ　なつかしんでいる
　　希い　苦悶し　淋しがっている
　　抗い　憎悪し　悲しんでいる
これは満蒙開拓青少年義勇軍
学徒出陣　神風特攻隊　人間魚雷
忘れられ　死語になってしまった若者たちの
抹殺された肉声と感情ではないか

ふいの風に樹々がざわめくと
どんな不安に押されてすぐ側まで来ていたのか
いっせいに振り向く者たちがいる

音信不通

金野　清人（こんの　きよと）
1935年、岩手県生まれ。詩集『冬の蝶』『青の時』。岩手県詩人クラブ、北上詩の会会員。岩手県盛岡市在住。

清志
いま、どこにいる？
老い耄《ぼ》れ教師は
四方八方、手を尽くして捜している

拉致問題が報じられた頃から
ぷっつり律儀な賀状が途絶え
還暦祝いの案内状も
幹事の洋治は出せないと嘆いていた

清志
おまえとわたしのつながりは
中学三年のたったの一年間
しかし、わたしは一生おまえを忘れない
わたしが受け持った
たったひとりの外国人だから…
いや、そんな理由ではない

「チョーセン、チョーセン、パカニスルナ
オナシメシクテ、トコチカウ」

周りに囃され
白い目で見られても
歯を食い縛り
一日も休まず授業を受け
皆勤賞をとってくれた

わたしはおまえを
それゆえにこそ忘れない

清志よ
もしかして
日本軍に拉致されて
釜石のヤマで惨死した父の国へ
恨みを背負ったまま帰って行ったのか…

怒りの逆巻く日本海を蹴って
アリランの聞こえるオモニの国へ
飛んで行ったのか…

苦いマントー

「西地明街官舎百二号……」
目を擦《こす》りながら
迷子のボクは
満鉄クーリーに答えた

曠野の地平線に
真っ赤に夕日が沈み
「メーファーズ」
つるはしを置いたクーリーの声も
沈んでしまった

泣き叫んでいると
とっぷり暮れたコーリャン畑を
鉄砲玉のようにロー君が飛んできて
目を真ん丸くして
マントーを差し出した

泣きじゃくりながら食べていたら
日本街の官舎のみんなが
野次馬になって駆けてきて
たぐり飴のようにロー君に絡みつき
戦車みたいに大声張り上げた
「ノーテン、ホワイラ！」
「ノーテン、ホワイラ！」

ボク
直ぐ様ロー君から飛び退いて
思いっ切りマントーを投げつけ
ロモグモグしてまねた
「ノーテン、ホワイラ：」
「ノーテン、ホワイラ：」

鬼子のボク
いまになって
コーリャン畑の彼方から
苦いマントーを
腰を曲げて捜している

＊ロー君＝中国の少年
マントー＝中国の蒸しパン
満鉄＝南満州鉄道株式会社
クーリー＝中国の下層労働者
メーファーズ＝仕方がない
ノーテン、ホワイラ＝馬鹿
カタカナ＝中国語

口を無くす

片山　壹晴（かたやま　かずはる）
1948年、群馬県生まれ。詩集・評論集『セザンヌの言葉―わが里の「気層」から』、随想句集『嘴野記』。群馬県佐波郡在住。

語られたことがない
私が祖母から聞かされた以外
私は誰からも聞かない
私は尋ねもしない
死んだ男のわずかな一生を

大震災はデマを生んだ
自警団は橋のたもとに集まった
男は日本人だと叫んだ
顔つきが日本人ではないと襲いかかった
男から言葉が遠のいていった

日本人と分かったのは翌日だった
朝鮮人殺戮の意味を考えたのは
無口となってからだった
村中が無口になって
いたる街で無口になって

無口でいるかぎり
無口の意味を思い出さざるを得ない

生きているかぎりの
言葉として生きることのできない
墓場への虚無だろう

あれから八十八年
誰もいない世界で
あるいは私同様の人の残る世界で
語り継がない歴史が
私に甦った

大津波で破壊された暗闇の中で
餌がなければ死ぬハイエナと違って
餌を求めてはいない人間が
欲望の淵から彷徨い出て
嗅ぎまわったのだ

自警団が一人の夜盗を見つけ
襲いかかった
怒りの炎のままだった
一人が叫んだ

「死んでしまうぞ！」

誰かが答えた
「死んだって分かりゃしねえ！」
大量の死のなかの一つの死
傷だらけの死
死は軽いものだったに違いない

だが一人の言葉に思い止まった
そして何かからは助かった
法律かもしれない
良心の呵責かもしれない
無口という生の欠損かもしれない

狂気はどこで火がつけられるのか
言葉を発しないまま

の火となるのか

当事者はどのように語れるのか
語る言葉を人間は
用意してきたのか

無口の人たちは

言葉を探したか
私は言葉を探したか……

負けないでもう少し
～引きこもりの友達～

神の子供がいました
美凛《メイリン》と言う中国少女でした
メイリンは病気になって
病院に泣きながら落ち込んだ顔でやってきました
「苦しいの？中国人だということであちこちで
　差別されたり、いじめられたり
　日本人の男性に変なことされるの。助けてください」
時代は時代、中国人の立場は
二〇一三年の日本国内では最悪だった
恨まれることもしばしばだろう
待合室の椅子に座った
さっき、バスの中で泣いていたとき
ハンカチを差し出してくれて
励ましてくれていた男の子が隣に座った
その男の子は引きこもりだった
引きこもりは、両親が引きこもりを
病院に相談して人と接することを勉強するため
病院に行っていました
～神の子供はある日、引きこもりと偶然に出逢いました

あたるしましょうご中島省吾
（あたるしましょうごなかしましょうご）
1981年、大阪府生まれ。『改訂増補版・本当にあった児童施設恋愛』『もっともっと幼児に恋してください』。詩誌「PO」、関西詩人協会会員。大阪府泉南市在住。

引きこもりは既に高いところから落っこちていました～
メイリンはホステスのナンバーワンをやっていたことを
さっきバスの中で引きこもりに言っていたが
やはり綺麗な中国美女であった
美女だからこそ、あちこちで、変な欲望事件に巻き込ま
れて
なおかつ日本のこの今の時代だからこそより活気だって
差別も甚だしく生きるのに大変なことだった

～神の子供はいろんな人からも
神からも愛されるべき中国美女の女の子でした～

「僕、社会が怖いひきこもりなんだ
さっき、バスの中で出逢った時
ふとした瞬間に視線がぶつかったね」
神の子供は「幸せのときめき」でしょと
微笑みながら見つめました
引きこもりに優しく見つめました
メイリンの腕には

リストカットの後がいっぱいありました
引きこもりは中国で神の子供として
産まれてきたような祝福された美少女なのに
今の日本社会でいじめられてきて
何も悪いことしていないだろうに
こんなところに落ちてきたのかと思いました
引きこもりはなんとかしなくちゃいけないと思いました
それは自分のことではなく
神の子供が元の高いこの世の生きる場所
「苦しいよ…今の日本人は中国人に対してすごいよ」
メイリンは引きこもりと
同じ椅子の上で急に泣き出しました
どうにかして中国に
帰してあげなければと引きこもりは思いました
「大丈夫、時代は変わるから」

～負けないでもう少し最後まで走り抜けて♪～
～引きこもりは心の中で願った～
『淋しかった引きこもりと似たような境涯に
　落ちている神の子を
　この世の高いところの生活場所に戻してあげよう』
高いところから、舞い降りてきた
高いところに戻るべき天使に
偉そうにも高いところから
既に落っこちていた引きこもりは
低いところでカッコつけていました
「大丈夫、中国人への差別は今の一時だけだから
　今は絶対、中国に戻してあげるから」
とカッコつけて言いました
人生で本気で初めて戦おうと思いました
痛みと優しさを知ったこの世の最上階から落っこちてきた

天の使いでした。翼はありましたが、傷付けられて
この世の高いところに飛べませんでした
引きこもりは天使が生きている間に
この世の高い天使に似合った生活のところに戻して
天使の翼を修復させてあげて
再び天使の羽を付けてこの世の生きている間に
中国や、高い場所に上げなければと
帰してあげるにはどうしたらいいのか
お金なのか、励ましなのか、仕事なのか
と初めて男らしく他人のことで悩みました
「僕が働いて、君を中国に帰してあげるから泣かないで」
引きこもりは抱きしめました
メイリンはキスして来ました

アンネの青春

開けてはならない窓からは
あまりに遠い　空も風の匂いも
庭のバラや樹々たちさえも
戦争が終わる日を
自由に外を歩く日を
夢見てやまない　十五歳のアンネ

生命と同じほど大切な日記帳
親友に打ち明け話をするように
緊迫と希望の頁を重ねて
一九四四年八月一日のアムステルダム
運河の畔の隠れ家で
その日もアンネは綴っている
最後になるとも知らないで……

どれほどの想像力もたどり着けない
ホロコースト（大虐殺）の深い闇
いまも人の心に棲みつづけて
『アンネの日記』を無残に引き裂く
アンネのバラを踏み荒らす

どうして安らかに眠れるだろう
八月一日の　ひそやかな今宵
闇に沈む河のながれに
あふれてくる
失われた青春の　悲しみ

森田　和美（もりた　かずみ）
1948年、奈良県生まれ。詩集『二冊のアルバム』『リヴィエール・心の河』。
詩人会議、戦争と平和を考える詩の会会員。埼玉県川口市在住。

フランス語で日記を記すということ

鈴木　春子（すずき　はるこ）
1936年、新潟県生まれ。詩集『古都の桜狩』、随筆集『心の透析機』。静岡県、浜松市在住。

日本の国がタリバンみたいだったころ
習ったばかりの字で
「ヘイタイサンアリガトウ」
と　慰問文を書かされていた
戦争がどんなものかも判らずに

草深い田舎にも
戦況の悪化は疎開児童の増加で分かった
クラスに都会のお客様を迎える晴れがましさに
少しわくわくしていたのを思い出す

焼けつくされた東京の惨状は知らなかったが
不安と恐怖はやがて
小さな肩にもまつわりついてきた
そんな頃ある人がこっそり日記を記していた
母国語ではなくフランス語で

渡辺一夫というそのフランス文学者は
フランス語が操《あやつ》れたからよかった
秘密語を持たない多くの人々は
くやしい思いも悲しみも不条理さも
じっとかみ殺し

生きるのに精一杯だったろう

アルカイダとか
タリバン政権だとか
「目には目を」とばかり
テロ報復の戦争を目の当たりにし
戦前のこの国が引き寄せられた
統一思想に洗脳されていた
少国民と呼ばれていたわたし達
心を満たす読み物にも飢えていた

平和な今のびのびと書くことが出来
活字は洪水のように流れて行く
両手で掬いあげられるのはごくわずかだが
その中にあった貴重な情報
忘れてはならないことだ
フランス語で書かれた日記の意味することを

戦争は自分以外は皆敵となる
心が壊れる
救ってくれるのはペンだけ。

愛

橋爪　文（はしづめ　ぶん）

1931年、広島県生まれ。14歳のとき、広島原爆の爆心地一・六㎞で被爆。詩集『地に還るもの　天に昇るもの』、エッセイ集『ヒロシマからの出発』。日本ペンクラブ、日本詩人クラブ会員。東京都町田市在住。

船上にて

空の青と海の青が溶け合うひとときがある
そこには国境線はなく争いもない
ピースとつぶやいたカモメの声も青
数カ国の駐日大使に原爆体験を話す
質疑応答も終ったあと私は言葉をついだ
「私からも質問があります　ひとりで暴挙に及ぶとテロリスト　団体だとテロ集団　では大国が軍隊を使っての　殺人はテロとは呼ばないのでしょうか」
重い無言の空気が流れる
私「地球上に紛争が絶えません　さまざまな原因があるのでしょうが　制覇した国と虐げられた国という歴史の流れを変えることができない　そこにも一因があるのでは」
胸深く押し込んでいたかのような大使たちの心の叫びが
洩れはじめる
E大使「隣国からの独立のために私は十二年間ゲリラ戦で闘った　いまの若いリーダーたちは本当の痛みを知らない　真の指導力がない　彼らは歴史を学ぶべきだ」
P大使が絞るように呟いた「いまこの瞬間も私の国は攻められています」そして顔を上げて私に言った「私の国とイスラエル両国へきて話してください　政府から招聘しますので」〈残念ながら体力がもう私にはない〉
いくつかの発言のあとで
私「お願いがあります　政治の中で外交が要だと私は思っております　みなさんは外交官でいらっしゃいます　絶対に戦争をしないという理念を心の深いところに置いて外交をしてください」
黙した頷きの中に人間同志響き合うものを覚えた
R大使「あなたは空と海が溶け合うところにいる人です
青がお好きですね　あなたの本（ヒロシマからの出発）は身につけていらっしゃる（藍）ものも青
私も青が好きです」
明日彼らは広島の地に立つ

役目

落葉を終えた梢はすでに新しい生命を育んでいる
落葉を敷きつめた大地は豊かな土壌をつくりはじめる
風のように通り過ぎる人間たちよ　人類の役目は何？

悪い夢

油谷　京子（ゆたに　きょうこ）
1952年、大阪府生まれ。詩集『名刺』。
関西詩人協会会員。京都府相楽郡在住。

悪い夢をみた
目覚めてなお続く
決して覚めない夢
もはや夢とはよばない

闇の中で液晶画面が悲鳴をあげていた

早く逃れたい
覚めない夢から遥か遠く遠く

男たちの正義は
挑発とかたき討ち
取引はでたらめばかりで
武器ばかりがよく売れる

瓦礫《がれき》の村の井戸端で
水汲みする少女の
こぼれる無邪気な笑顔は
無垢な命の問いかけ

ナツメヤシの木の下
こちらをみつめる少年の澄んだ眼差しが
真実を語る

あの写真の子どもたちが
こたえを教えてくれた
絶望からの脱出の方法を
あの硬直と臆病から遥か遠くまで歩いて逃げる道標を
醒めることのない悪夢の出口を

こわばった国境を和ませて
空爆の空を鎮めて
はるか遠くまで歩いて行けるだろうか

覚めない悪夢の中
君たちの瞳の輝きに希望の夢をみたい

――後藤健二さんが残した子どもたちの写真から――

平和な調べ

ひおき　としこ
1947年、群馬県生まれ。詩抄『やさしくうたえない』。
東京都三鷹市在住。

〈世界平和祈念の博物館・アウシュヴィッツ強制収容
所〉
負の遺産の旅は　心の佇まいが調わぬまま機上の身に
マーラーのシンフォニーに耳を閉ざすと
思いは遠く　学生の頃のモノクロの風景に
〈ヒロシマ・ノート〉[*1]を抱えた旅
原爆ドーム　慰霊碑　原爆の子の像　相生橋
真夏の陽はかげろうのように　輪郭をぼかし　そして
長崎の平和記念像の下に立つ頃には
あの〈炎《ほのお》〉の記憶か　旅人はみな萎えたありのように
私は平和像の指す　悠遠な空を　仰ぐだけだったか

ロシアの夜明け前の空は果て
ワルシャワ空港　さらに乗りつぎ　バスに揺られ
人家は絶え　突如　現れた　ブラックホール
途切れた赤茶色のレール　底からは夏の小さな花が
かれんに生い繁り　ああ　大地は潤っていた…
有刺鉄線に囲まれた闇の中　旅の鞄　洋服
靴　実在した命の数ほどの毛髪の山　ガス室
銃殺の壁には痕跡が　ここで泣き崩れていた
少女をいつも思い出す…若い案内人の声は消えて

無限の祈りと夢と愛と　苦悶さえ　すべてを奪われ
その時まで　命とともにあった　展示品
この地に刻まれた陰惨な歴史を　風化させまいと
生々しく主張している

少し隔てて　同じ空の下　ワジェンキ公園
あふれる　光　緑　お花　噴水　音楽
ショパンの生家では　二十歳の青年の弾く
端正で力強い〈革命のエチュード〉[*2]
快哉を呼ぶように　青い芝生を戯れ
老夫婦には目を閉じ　恋人達は舞うように　音に添う
祝祭のような賑わい　過去と今が混在し　ふと
　アウシュヴィッツには　今ドイツの青年が
ボランティアで働いている…語っていた声が蘇る

若者達の軽やかな想像力は　時空を超えて
苦難の地から　明るい陽ざしの地に　降り立ち
根を下ろし始めている…魂の祈りにもにて
音楽はひたすら　平和な調べを　奏でている

＊1　大江健三郎
＊2　ショパンのピアノ曲

ナルスは川で

細野　豊（ほその　ゆたか）
1936年、神奈川県生まれ。詩集『女乗り自転車と黒い診察鞄』。共訳書『ロルカと二七年世代の詩人たち』。「日本未来派」、「饗宴」。神奈川県横浜市在住。

1

ナルスは川で骨を洗う
ぬるい水に浸して
丁寧に洗う

捕らえられ嬲《なぶ》られて殺された者たちの体は
風雨と陽に晒されて時が経ち
骨だけが残った

骨は痛まない苦しまない
骨は恨まない悩まない
悲しむこともできない

川はゆるやかに流れ
ナルスは今日も黙って骨を洗う
ぬるい水で丁寧にあらう

2

たまたまそこにいたために人々が捕らえられ
訳の分からないまま虐殺されるのを
ナルスは　じっと潜んで見ていた

銃剣で　先ず子供たちが刺し殺され　次に
母親である女たち　あるいは姉妹である娘たちが
最後にすべての男たちが殺された

多くの骨をひとつずつ
洗いながら
ナルスは想う

あのとき見た情景あれは夢ではなかったのか
記憶の中のその情景に脅かされながら
ナルスはひとり黙々と骨を洗う

光の方へ

崔　龍源（さい　りゅうげん）
1952年、長崎県生まれ。詩集『遊行』、『人間の種族』。家族誌「サラン橋」、詩誌「禾」。東京都青梅市在住。

ひとときでも　こころの闇が
途絶えたわけは　あなたが遠い宇宙へ
夢の浮き橋を懸けてくれたから
こわれやすく　もろいぼくの生を
まるごとつかみとるように

宇宙には　こわれてしまったぼくの夢が
ちりのようにただよっていて　あなたは
それを　てのひらに集めては
星にする　なみだのように光る星に
だから思うのだ　泣こうか　それとも
スローなバラードに託して　告げようか　と
ニンゲンの怒りや憎しみの
その原因にあるものをとらえなくては
変わらない　何も　ガルシア・ロルカは
何度でも殺されるだろう　ホロコーストは
いくつも幾つもまたどこかに造られるだろう
いのちの由緒へ　あなたがいざなおうとする
宇宙にはつなぎ目があって
それが　あなたが架けてくれた
橋のように見えるのだと
わかっても　泣こうか　それとも
愛を告げようか　と迷っていたりする

あの遠い宇宙のはじめへ
たどり着くためには　こころを
無にすることだとわかっていても
戦火の町のニュースがラジオで流れ
テレビの映像に　やせさらばえた
子どもたちが映されると　墜ちてゆくのだ
果てしのないこころの闇へ

だがあなたがそばにいてくれるかぎり
泣こうか　それとも告げようかと
迷いながらも　ぼくは信じる　信じている
闇のかなたに射す光を

十一章　交戦権は認めない憲法

ひとは一瞬間だけ真理を見る

ひとは一瞬間だけ真理を見る
新憲法が成立したとき
メガネをはずして　涙をふいた
人たちでさえ　あれはウソだったんだ
と　壁のむこうへ　ぬりこめにかかった
しかし　議事堂へおしよせる人波に
おぼれながら　たしかめた
一瞬間だけ見たのは　真理だった　と

片桐　ユズル（かたぎり　ゆずる）
１９３１年、東京都生まれ。編著『ほんやら洞の詩人たち』、詩集『わたしたちが良い時をすごしていると』。日本アレクサンダー・テクニーク協会（ＪＡＴＳ）代表。京都府京都市在住。

地震のあとで　津波のように

地震のあとで　津波のように
認識は遅れて　やって来る
祭りの　あとに
さしこむ　いざよいの月
見はるかす　記憶の散乱

拝啓　安倍首相様

これから自衛隊員に戦死者が出たとき、あなたは派兵の最高責任者として、なんとおっしゃるのですか。国のために必要な犠牲者です、靖国神社に祀ります、とでも言いますか。わたしたちの国は前の戦争で同胞を三百十万人、外国人二千万人を殺してしまいました。

その反省が、あなたが変えようとしている日本国憲法九条「国の交戦権は認めない」です。それはまだ厳然としてあるのですから、他国のための戦死など憲法違反そのものです。まして、他国の市民を殺すのは「平和国家」の不名誉です。

自民党と公明党はいつでも、どこへでも、際限もなく、秘密裏に、米軍の戦争に参加決定できると合意しました。集団的自衛権の行使を認める与党合意のとき、北側一雄公明党副代表が高村正彦自民党副総裁に「まっ赤なトマト」を届け、「完成美」の花言葉を添えたそうですね。「平和の党」が「戦争の党」と交わり、朱く染まった記念だったのでしょう。

この高村・北側両氏の二人三脚は、戦争参加にまっしぐらです。あなたも国会で関連法案を審議する前に、いそいそと米国詣《もうで》。大歓迎が期待されています。公明党は自民党と憲法の骨抜き策を密談し、政府は米国の鼻息をひたすらうかがう。

人の命を顧みない戦争大国のマネをやめ、安心して暮らせる平和小国を目指したらいかがですか。

二〇一五・三・二四　東京新聞　本音のコラム

鎌田　慧（かまた　さとし）
1938年、青森県生まれ。著書『悪政と闘う―原発・沖縄・憲法の現場から』『自動車絶望工場』。佐賀県で育ち、東京都在住。

赤頭巾ちゃん気をつけて

たしかに、参院選の結果、改憲四党が議席の三分の二を占め、衆参で改憲の発議が可能となった。しかし、改憲を争点にしないで議席を占めるのは、猫には失礼だが、猫なで声でドアを開けさせ、家に押し入るや、居直って乱暴狼藉《ろうぜき》をはたらく、暴漢のやり口だ。

あるいは、すね毛を隠し、作り声でおばあちゃんに玄関を開けさせて食べてしまった、ペローの童話「赤頭巾ちゃん」の狼《おおかみ》の例もある。やりたいことを隠して、隙をついて思いを遂げるのは腹黒いやり方で、民主主義的ではない。わたしは「改憲隠し選挙」（六月二十八日付本欄）と批判したが、麻生副総理がまねしたがっていたヒトラーの手法で、日本もそこまできたのか、との不安感を与えている。

安倍首相は選挙後、さっそく、改憲を民進党内にも働きかけていくと示唆、国民投票にまで言及した。これから、九条改憲を止める準備が必要だ。日本人の平和意識が問われることになる。

憲法九条は世界的遺産であり、未来からの贈りものである。失ったあと、イギリス人のように、失ったものの大きさに驚愕《きょうがく》するのは愚かしい。誇るべき日本国憲法の世界的、先進的な意味を、若者たちに伝えるのが、重要な運動になる。

沖縄と福島選挙区の野党統一候補や、鹿児島県知事選の勝利が、東京都知事選への希望と教訓だ。

二〇一六・七・十二　東京新聞　本音のコラム

永遠の平和 のために

松本　一哉（まつもと　かずや）
1923年、大阪府生まれ。詩集『サーカスの女王』、詩論集『中原中也論』。日本現代詩人会、日本詩歌句協会会員。大阪府大阪市在住。

ポツダム宣言を受諾したあと宰相鈴木貫太郎は最後に
「永遠の平和、永遠の平和――」と二度言った

日本国憲法第九条
「国際紛争を解決する手段としての戦争と武力の行使の
放棄」ならびに「国の交戦権の否認」をそれは謳う。
それは自らが招いたアジア・太平洋戦争での多くの悲劇
　を顧みての結論であり
同時に現実を踏まえた究極の理想像でもあった。
けれど
この理想の憲法の制定に関わったアメリカは自己の都合
　により時にその改変を日本に迫る。
かつて東西冷戦下のアメリカは
日本を極東戦略の一画に位置づけようと
再軍備を要請してきた
が、時の宰相吉田茂は
憲法九条を盾に
毅然としてアメリカに抵抗する
非武装は「あんたたちが押しつけたものだろう」と
そして申し訳のように警察予備隊という名の武装集団を
　発足させ
これが自衛隊の前身となった
一九五〇年のことだ
だが　自衛隊は自衛隊
あくまで自国防衛のためだからと
国境の外へは出さなかった
結果　一九四五年の敗戦から今日まで七十年
日本は戦死者皆無の平和国家となった。

そして　最近の集団的自衛権の行使要請だ
すでに昨二〇一五年九月十九日
集団的自衛権を行使できる安保法案が参議院で可決成立
　した
だが　これは何を意味するのか　まぎれもなく
日本が請われるままに戦争に加担し
若者たちを加害者にして他国民を殺してもよいと課する
近未来に訪れるかもしれぬ情況だが
断じて許されないことではないか。

しかし九条改憲のハードルは高く

安倍政権は現在「解釈改憲」の立場をとっている
同盟国の軍隊として自衛隊の海外派遣を望むアメリカの
　要請を
歴代政権は「憲法違反になるから」と慎重に断ってきた
　が
実際には「国連」の名において
「平和維持活動」の名において
「非戦闘地域での平和貢献」の名において
実質的に海外派兵の行われてきた既成事実はある
それならいっそ九条「選びなおし」の選択肢に
次のような項を付け加えるという案もありうると
上野千鶴子氏はいう。即ち
二、自衛のための武力はこれを保持する。自衛のため
　の武力は国境の外へ出ないものとする。
三、集団的自衛権はこれを認めない。
と。

　二〇一六年五月二十七日
オバマ米大統領の伊勢志摩サミット後の広島訪問
種々国内外ソサエティ等の批判はあるが
あるいは平和を創造するための良策ではあるか。

和平を探る

燃えるような　朝焼けの空
その下に人
深更《しんこう》までの濁世《だくせ》は
夜の帷《とばり》が持ち去って行った
清涼感ただようひととき

ほんの少しでも　いいではないか
ほんの少しの時間でも　いいではないか
危険な動きを止め
弛緩させるだけでも　いいではないか

暗雲漂う　政治の世界
何が起こるか分からない
虚像も　実像も見え隠れ
覇権か　大儀か　争いは絶えない

ほんの少し　光明射すと思いたいのだが
「イラン核開発　縮小合意」
「外交努力の成果、安全な世界へ、新たな道開く」と
米・英・独・仏・中・露　核保有六か国

志甫　正夫（しほ　まさお）
1934年、東京都生まれ。富山県富山市在住。

非核・非戦への模索か、決意か、首脳は胸を張る
「世界中の　とりわけ朝鮮半島でのあらゆる
　大量破壊兵器、特に核兵器の廃絶を求める」と
イラン・ロハニ大統領初言及

藪睨《やぶにら》みの獅子がいる
目覚めそうな獅子もいる

難事処理
驚愕の道、底知れぬ深い谷
それでも極め付けの政策はあるはずだ

幼な児の清《すが》しき瞳　それは至宝だ
瞬きもせず　じっと焦点を合わせ
しばし動じることはない
奥深き情感
永久の平和を知る

自由を奪う者たち

いだ・むつつぎ
１９３３年、静岡県生まれ。詩集『ぼくら人間だから』『よこはま小動物詩集』。詩人会議、日本現代詩人会会員。神奈川県横浜市在住。

集まってきた黒ずくめの国会議員
ヤスクニの長い廊下を摩訶不思議な顔で
ゾロゾロゾロゾロ歩いて行く
議員たちは戦死者のミタマに最敬礼しながら
同じ頭で戦争する国を祈願した

あれから秋がすぎ寒い冬に入る
彼らの企みが私の前に正夢となって現れた
安倍首相は妙な言葉を使い始める
〝積極的平和主義〟話の流れを見ると
この言葉は違う、反対に戦争へ推進
独裁者は常にコトバの魔術をつかう

私は秘密保護法の強行採決を見た
法の中身も秘密、これはいつかきた戦争への道
強行する議員たち、その姿は国家主義者
その頃、怒りの声は日本各地に広がる
天と地がひっくり返ったような時なのに
茫然とした人たちもいる

私はいそいで知人たちに手紙
米国・欧州も日本軍国化の危険を知らせる
私はいま反対しないと昔に逆戻りすると書いた
詩人の各団体も既に反対で動いていた
自由をまもる詩人の熱い声明文が届く
亜細亜を侵略した祖父、その孫の安倍首相
又しても自由を奪う者になった

風鈴をつるす

桜井　道子（さくらい　みちこ）
1944年、旧朝鮮咸鏡北道生まれ。東京都日野市在住。

福島・鬼怒川・熊本
自然の猛威に日常を絶たれた人々がいて
理不尽な仕打ちに涙する人々も後をたたない
ニュースに憤りを覚えぬ日とてなく
我家の平穏も「要介護1」の認知症の同居人の心のバラ
　ンス次第

がんばって走るから、運動会に来てね
　応援に行くよ、リレーの選手すごいね
ジイジ元気？　電話ジイジに替って
　元気だよ、心配してくれてありがとう
お父ちゃんとごはん食べに行ってもいい？
お母ちゃん、お仕事なの
　一緒に夕ごはん食べようね
幼き者からの電話
これだけで
この当たり前にあるものを
奪われるわけにいかない
どういう災害・災難が降りかかるか分らない世だからこ
　そ
為政者の思惑で、日々の暮らしを狂気が支配する戦時体
　制に置き替える愚は
断じて否

アリストファネスの「女の平和」の昔より
非戦の願いはかそけく細く
叶わぬ希求の果てに
「憲法九条」
戦争・武力行使を永久に放棄したこの国の高み
この到達点を世界が共有する
明るみのかなたを見失なわず
遥かな想い、しかし道理の先の確かさ

風鈴をつるそう
風よ、やわらかに涼やかで

知恵者の行為

大塚　史朗（おおつか　しろう）
1935年、群馬県生まれ。詩集『千人針の腹巻』『昔ばなし考うた』。
詩人会議、群馬詩人会議会員。群馬県北群馬郡在住。

小さな駅前に車を止めて
カーラジオを聞きながら　客人を待つ
カラスが一羽
くちばしで小さな黒褐色の物体をころがしている
どうやらくるみらしい
どこから拾ってきたんだろう
何度かつついているが　車は通らない
突然くわえて　近くの道路に落す
電線に上って　それをながめている
何台かの車は通過
カラスは黒色　頭脳もすぐれものだそうだ
なるほど　今度はタイヤの通りそうな所に落す
物体は割れた
すぐにくわえて　目前から見えなくなった

ラジオは国会のおえらい先生方の答弁は続く
七十年近く続いた平和憲法を捨てようとする論議
カラスは鳥の中では知恵者の部類だ
赤ジュウタンの上を闊歩している議員さんも
みんな知恵者だ

オレの少年の頃は　そのような知恵者・権力者が
アジアや日本国民多数の人々の命を奪い
家々は焼きつくされ餓えに苦しんでいたのだ

カラスは目的を遂行するために
しつこく行為をくり返す
権力者も民衆から収奪するためには
残酷な行為を平然と行い　早々と忘れ去る
そして再来を促す
（いつだって蜜に群がる人も多い）

客人は駅から現われた
今夜の酒盛りには　絶対に話題に上げる
腹黒の知恵者に向き合う法則について

発火点

長津　功三良（ながつ　こうざぶろう）

1934年、広島県生まれ。詩集『影舞い』、詩論集『原風景との対話』。
詩誌「竜骨」「火皿」。山口県岩国市在住。
夢うつつに家の外を足並み揃った軍靴の音を聴く
ザック　ザック　揃った軍靴の音が　寝間に響く
遠く　闇の中に　軍歌が聞こえる
子供の頃暮らした広島の家はお城の近く白島に有り
宇品港から戦地へ送り出される
老召集兵たちの訓練場所への　通り道の家
護国神社のある西練兵場や　駅裏一帯の東練兵場
夜　軍国少年は　蒲団の中で　震えている
僕たちは二十歳まで生きて居られるのだろうかと
予科練か　海兵団か　天皇陛下の恩為に…
この夜の　闇の向こうに　何があるのか

また日本の内外が　きな臭く燻り始めたようだ
集団的自衛権の行使可能の関連法案を閣議決定

戦後七十年の戦争放棄の平和憲法改正の目論見
反対意見は聞く耳がない　強圧的な政治主導者
戦争を知らないお坊ちゃま政治家の独断と偏見
そして又　参政権の年齢引き下げの可決あり
若者の権利は認めたいが　アジに弱い彼ら
憲法改正になだれこまねばいいのだが…

広島の町に生まれ　ひろしまの無差別殺戮《ゼノサイド》を見た者
戦争は一瞬にして　なにもかも　消失すること
一番大切な　命ごと　そっくり　全て
現代は　七十年前よりも　殺戮兵器も格段の進歩
今度は　地球ごと　いや宇宙の全てを　消滅する
いま　昔の　危ない方向に進んでいる
詩人たちよ　いまこそ声を出せ　喚け　戦争反対と

時事問題は　詩にはならない　それでも　喚きたい
詩は　抒情　でも　死んでしまっては
叙事も　抒情も　へったも有るまい
戦争をするな　手段や　言い訳を　作るな
平和を　平和呆けでも　平和を!!

残夢　月遠し

残夢　月遠し

引き裂かれる
　天地のまなか*

求め行く道に
広がる　茫漠たる空間

　　陸に浮かぶ船
　　漂流する家　命のかけら
　　道路脇に横たわる文明の残骸
　　ゴーストタウン

この事実に
一人
道を失った迷い子のように
仏陀の手に包まれた花
憲法の前文のこころ

　　澄んだ空にみちていく
　　美しい希望の　言の葉

ああ　引き裂かれる
　天地のまなか

*天地のまなか…原民喜の詩「碑銘」より

笠原　仙一（かさはら　せんいち）
1954年、福井県生まれ。詩集『我ら憤怒の地にありて』『明日のまほろば～越前武生からの祈り～』。関西詩人協会、日本詩人クラブ会員。福井県越前市在住。

『テロ』と

まつうら　まさお
1931年、愛知県生まれ。詩集『二枚の絵』『真夏の道床』。
国鉄詩人連盟、眼の会会員。岐阜県瑞穂市在住。

『平和を守る為に……』と、陸、海、空、三軍の増
強を力説し、『九条には、違反していない。』と大臣
とその集団は、頭を持ち上げている。

『秘密保護法』。『集団的自衛権』。『安保法改正』国の
方向、人々の歩く道、暮らしの位置まで、決めつける
法律が、赤絨毯の上で、多数決のゴリ押しから、次々
に誕生している。

『テロが……』『テロの……』『テロを……』
より拡大して、流し映し続けられている。武器携帯の
海外派兵の正当制を正面から迫って、大きく揺れてい
る。『憲法改正』を呑んでだ。

赤絨毯の上で、誕生した法律が、何時から歩き出すの
か。言葉を吐き出すのか。地響きを上げ出すのか。誕
生した儘で、閉じ込めて置けるのか。踏み潰し消し去
れるのかは、赤絨毯の外での声量、足音の音量。生産
点の決意。その大きさ、働きが、結果の全ての解答と
して、出てくるのは、間違いない。

『テロ――』と云われ、呼ばれる側から云えば、安倍
総理がヒットラーであり、その集団がナチス集団であ
り、《テロ、テロ集団》と呼んでいるのも、事実のよ
うである。

赤絨毯から、誕生を創り出す根源に、眼向を求め、
《九条》の真実、《銃一丁と雖も、持たない。持たせ
ない》平和について、一字いちじを魂に食い込ませ、
一歩いっぽ実践することしか、現状からは、見出せな
いのかも知れない。

おゝ。あゝ。弓なりの島、日本がよりそり返るかのよ
うに、動くだろう二〇一六年が明ける。
東の空を初陽が、真っ赤に焼いてはいるが――……。

〈二〇一六・一・一〉

九条の蓋は輝きを放つ

鈴木　悦子（すずき　えつこ）
1949年、茨城県生まれ。アンソロジー詩集『生きぬくための詩68人集』。詩文芸誌「覇気」、千葉県詩人クラブ会員。千葉県習志野市在住。

非戦とは　命である
非戦とは　家族である
非戦とは　母の愛である

非戦とは憲法第九条である

非戦とは　進化した人間そのものである

第二次世界大戦の数多の犠牲から
第九条を基とし
「戦争の放棄」を誓い「国の交戦権」を放棄した
国同士が残酷な殺戮に至る戦争は永久に葬り
封じ込めた
その堅牢な蓋は【憲法第九条】
東京大空襲・沖縄戦・広島・長崎を含めた
三一〇万人の同胞の犠牲の苦しみ　痛みと悲しみ
犠牲になった方がたへの鎮魂の思い
不戦の誓いが　蓋を強くしてきた

昨年九月の議会で強行採決された安保法案
蓋をこじ開けようとでもするおつもりか
改めて議論を深め　白紙撤回を！　相当な数の
私たち市民の願いと祈りの結集された署名も届くだろう

非戦とは　愛である

非戦とは　いのちである
非戦とは　鎮魂である
非戦とは　成熟した人間そのものである
非戦とは　憲法第九条である

花に似た　イキモノ

くにさだ　きみ
1932年、岡山県生まれ。詩集『罪の翻訳』、『死の雲、水の国籍』。
詩誌「腹の虫」、「径」。岡山県総社市在住。
花は　目も耳も鼻さえ持たない　イキモノと知った。
『生存権裁判』の傍聴席にいて—
ヒトもまた鋭く　イキモノ　なのに（声も拍手も）
咳ばらいひとつ出来ない　イキモノ　と知った。

法廷にたち　原告のウノさんは　陳述する。
〈内装屋〉や〈タクシードライバー〉をして
40年以上　働いてきました。
現在は61歳の独り暮らし　脳梗塞で働けません。
働けなくても　日本には《平和憲法》があり
健康で文化的な生活が保障されています。

なのに　三年続きで　保護費が削られ
いまは　週に2回しか風呂に入れません。
光熱費の節約で　夜は7時に寝ています。

（趣味の〈カラオケ〉にも行けないので）
携帯電話に録音した　自分の声を聞いています。

ウノさんは　陳述中　ずっと——
口も目も耳も鋭く　裁判長に向けていました。
傍聴席にいて　拍手も咳ばらいもできない
わたくしたちにも　向けていました。

『生存権裁判』の傍聴席で
ヒトは花よりももっと　口を持たない弱いイキモノ。

でも違う。——ウノさんもワタシタチも——
《憲法　25条》を
健康で文化的な生活《くらし》を取り戻そうとして
鋭く　ココロを尖らせる
花に似た（反骨の）　イキモノ　なのだから。

墓標の遺言だ憲法9条は

照井　良平（てるい　りょうへい）
1946年、岩手県生まれ。詩集『ガレキのことばで語れ』。
詩誌「青焔」、日本現代詩人会会員。岩手県花巻市在住。

黒い安保法案よ*　ガンディーで行け！
俺たち墓標を侮蔑するな
　　　　　ガダルカナル　沖縄……
堰を切って
かつての戦いの海の底から
空のかなたから聞こえてくる
墓標たちの嘆き
かたり部たちの怒り

　殺し合いの準備に立派な準備なんてない
　殺し合いに立派な殺し合いなんてない
　殺し合いの戦争に立派な戦いなんてない
　勝者のないすべてが深い傷を負う敗者だ

憲法9条の骨は　血は　肉は
　背骨が
　　あの戦いで亡くなった地球人の墓標だ
　肋骨が
　　俺たち硫黄島　ペリリュー島の玉砕墓標だ
　血が
　　あの日の俺たち特攻の青春の墓標だ
　肉が
　　俺たち戦争かたり部の生き墓標だ

この墓標　墓標　数知れない墓標の琴線
インパール　満州　シベリア…　無念の墓標群
ああ　万歳岬サイパン　墓標の呻き広島

N人よ　**don't forget！**
憲法9条の誇りは
　魂が　戦争をさせないための墓標の願い
　裏切ることのできない
　裏切ってはいけない遺言だ

*安全保障関連法案

忠魂碑

赤木　比佐江（あかぎ　ひさえ）
1943年、埼玉県生まれ。詩集『手を洗う』『風のオルガン』。
電通文芸同好会「窓」、詩人会議会員。福井県吉田郡在住。
永平寺に向かう谷
旧志比谷村の忠魂碑は
杉山の麓のきれいな清水が
一年中湧き出している場所にある
遺族会の草取りが年に一度ある
散歩の途中でお水を飲むことがある

安倍内閣が戦争のできる国を取り戻すと
盛んに言っているので心配になり
この在所でどれくらいの人が戦争で
亡くなっているのか知りたくなった

碑の隣に名前の書いてある
石が二つ立っている
本村の戦病死者名
日露役一二名
満州事変一名
支那事変六八名

もう彫った文字が薄くなり
読めない字もある
若くして亡くなった人の名前
まだ生きていたかったろう人の名前を
崖で斜めの足を踏ん張りながら
ノートに写させていただく
それにしても谷間の村で
八一名もの人が戦死及び戦病死している

この尊い命の犠牲
日本人三百万
アジアで二千万人の死者
戦火を逃げ惑い飢えに苦しみ敗戦
もう戦争は本当に嫌だと
平和憲法ができた
知人のお父さんの名前もある
十六歳で逝った少年の名前もある
ハッキリと読める名前
薄くなりほとんど分からないが
一人分の場所を占めている名前
忘れようとしても忘れられない人の名前

リュックの男

斎藤　彰吾（さいとう　しょうご）
1932年、岩手県生まれ。詩集『榛の木と夜明け』『イーハトーボの太陽』。詩誌「新現代詩」「堅香子」。岩手県北上市在住。

三日月の夜　男が思いあまって口走った
——おれ　テロリストになりたい
古く陸奥《みちのく》　厨川《くりやかわ》合戦で敗れた豪族安倍貞任《あべのさだとう》
九州に流された弟宗任《むねとう》の末裔《まつえい》だとか

濁った白眼《しろめ》の改憲論者の大臣
「自衛隊を海の向うまで派遣する」
と「法」の下の法律案をぬけぬけ
米国で語り大統領と握手した
そんなおまえを殺《や》りたい　だけど
愛する憲法が死にそうだ

いつのまにか　男はリュックを背負い
怒りあらわな街宣　集会のやや遠くに佇んでいた
脱いだ上衣を暫く抱くようにして
取りだしたペットボトルの灯油をぽとぽとかけた

新撰組の一人になれるか
友よ
馬鹿な奴だと笑ってくれ

リュックの男は　空を見あげた
たてよこにあいた鉄線を
ひと足ひと足　よじのぼってゆく
周りを　ぐるり眺めて
足うらの感触を　ひと息たしかめ

身を　弓にしならせ
「憲法9条……」と　くりかえし叫んだ
火のついた上衣がめらめら
放水もあったのか

空を背にした黒い人影が　あかく　もえている夕方
デモを報じるニュースの情景だった

さよなら
熱いデモを胸に焼け死んだろう　リュックの黒い男よ
あくる朝の新聞　小さな活字にも見えず
テレビは　知らぬようにニュースを流した
さよなら　見事な虫けらだった
さようなら　誰からも　忘れられた
名前もない　黒いリュックの男

和田　攻（わだ　こう）
1943年、東京都生まれ。詩集『ミニファーマー』『春はローカル線にのって』。国鉄詩人連盟、日本現代詩人会会員。長野県長野市在住。

神は戦上手らしい
戦国武将は戦勝祈願を
必ず行い出陣した
彼の敗戦まで
武運長久のお守りだったが
いつしか
家内安全交通安全商売繁盛
衣替えの神社
神が御姿を変えたのか仕える誰かが
みごと言の葉を覆し
言葉をすり替え読み違える政治が流行っている
ならば柏手の響きを受け止める
九条神を祀ろうかと思ふ

鐘楼

山寺の鐘楼には二抱えもいや
それ以上の大石が括り付けられ
梵鐘の姿　消え失せたままの風情が
時の流れに戸惑いを見せることなく
溶け込む心根の訴えが素描を思わせる
和尚は
朝昼夕
律儀にも季節に合わせた時刻に
日々
撞木で大石を打ち鳴らす
堅い石に般若心経のくぼみが見えるのも
撞木が砕いた悔恨の痕跡らしい
供出に駆り出され
魂を抜かれた村人は敗戦後
腑抜けの鐘楼に供養の大石を括り付け
同士の御霊に近況の報を送り届ける
確かに金の音色が
山中からはるか見えない海を渡っていく
倒されし君が国人に詫び証文の旋律を伴い

人間の鎖

赤い物を身につけて集まる
赤いダウンコートが一番多い
緋色の和服の人もいる

「女の平和」
そう名付けられたイベント
子を育む性のゆえ
集団的自衛権を閣議だけで決めるなんて
冗談じゃない
女の声で
母の顔で
やめよと叫ぶ

国会議事堂を囲んで
「戦争反対！」と
高く高く叫ぶ
二〇一五年睦月半ばの土曜日は
突き抜ける空が凍てついた

現政権へのレッドカードは
三重にも繋がる
命を尊ぶ女たちの鎖
イデオロギーなんていらない
まっすぐな思い
それだけ

振り向けば男たちが
赤いマフラーやネクタイで応援している
白髪に結ばれたハチマキの赤が
私には滲んで見えた

月谷　小夜子（つきたに　さよこ）
1948年、福岡県生まれ。詩集『ちりぬるを』。
詩誌「柵」、日本ペンクラブ会員。千葉県香取市在住。

よっくど調べて　選挙さ行くべ
杉内先生の授業から*

二階堂　晃子（にかいどう　てるこ）
１９４３年、福島県生まれ。詩集『音たてて幸せがくるように』『悲しみの向こうに—故郷・双葉町を奪われて』。詩誌「山毛欅」、日本現代詩人会会員。福島県福島市在住。

自民党　公明党　民進党　共産党
野党　与党　ハッピー党…
知ってる政党あげた高校生
よっくと調べて　選挙さ行くべ
まず、新聞の切り抜きだべ
ひと月前には公示だし、福島県からは1名で
比例代表は48名で、政党名でも候補者名でもＯＫだ
それから選挙事務所にチラシ機関紙もらいに行くべ
自分らで行く　喜ばれるよ
読めば政党の特徴わかるしな
次にほら携帯スマホで調べられる
憲法改正だって、消費税だって、原発だって
調べて　話し合い、どんどん質問出していい
授業中スマホ使っていいんですか
辞書とおんなじだよ　使え、使え
初めて分かったことばっかりと
今の憲法、自衛隊員のいのちも守ってんだ
政党がどういう意見もってるか分かった
政党が増えて初めて知った政党もあった
選挙に行かないと日本が危ない

俺ら行けばちょっとは変わんのかな
改憲って、俺ら選挙に行けば覆《くつがえ》んのかな
大人って勉強してるのかな
地縁、血縁で入れてるみたい
公約コメント調べて、私のひと押し決めた！

行くと答えた生徒は8割で
まだわからないは2割弱
行かない生徒がいるということ
教師の存在意義が問われている
沈黙、傍観、消極的同調者
高校生を学力ある傍観者にしたくない
自分で判断して行動する人間に
仲間と協力して行動する人間に
選挙指導、人間らしく生きる指導そのものだ

よっくど調べて選挙さ行くべ
若者と一緒に大人も行くべ
杉内先生の思い生きる一票を

＊杉内清吉先生、県立高校教師。

地図の色・日本の色

みうら　ひろこ
1942年、中国山西省生まれ。詩集『豹』、『渚の午後―ふくしま浜通りから』。詩誌「卓」、福島県現代詩人会会員。福島県相馬市在住。

いまの日本は経済格差もさることながら
災害格差とも言えるのではないか
災害に遭遇した街はマップに色付けされ
人々は阿鼻叫喚地獄の思いをしているのに
一方では全く他人事のように
テレビのバラエティ番組で高笑い
賞味期限と明記された食べ物が
一日過ぎただけの理由で平気で廃棄
だけどどうする
日本が戦争に巻き込まれてしまうと
どこに住んでいようと
危機せまる国土と化すのだ
あの七十年前の日本より
もっと過酷な生活が待ち受けるのだ
毎日どこかの町では死者何人などと
遠い国さながらの戦災死亡の数を
毎日毎日報道されるだろう
テレビで歌い踊っている美少女たちも
どこかの国に拉致され
慰安婦などにさせられなければいいが…。
災害に遭った人々にやさしく寄り添い
大人から子供達まで募金を集め
そんな優しい尊い気持ちは
たちまちささくれだつに違いない
老いの身には憂うことばかりだ

福島がフクシマと呼ばれるようになって
私や多くの人は故郷を失った
放射線量が高いため
帰りたくても帰れないまま六年になる
七十年前の世界大戦で
サハリンや国後《くなしり》の故郷から退去させられ
今でも故郷を恋《こ》うる人達の気持ちがわかった
日本を戦争国にしてはならない
日本という地図を
戦火色に染めあげてはならない
憲法九条でうたっている
戦争を放棄した先人の理想を
無理難解な理屈をつけ
改憲に都合の良いように曲げてはならない
一億総活躍させる国民を
一億総悲しみの国民にしてはならない
日本の平和の色を変えてはならない

本日　十日未明

岡田　忠昭（おかだ　ただあき）

１９４７年、愛知県生まれ。詩集『忘れない』―原発詩篇増補三版。
詩誌「沃野」、愛知詩人会議会員。愛知県名古屋市在住。

「一・二・三　ハイ　腕を大きくまわして…」
あの日　いつものように
ラジオに合わせて体操をしていると
「ピピピッ」と注意音が鳴り　音声が切り替わった
「ここで　臨時ニュースです
先ほど内閣官房から発表がありました
本日十日未明より　我が国全土において
特定秘密保護法が施行されました
臨時ニュースです…」
と同じ内容が二度くり返された後
十秒ほど不自然な間があり
次のようにニュースが続いた
「特定秘密保護法が施行されたことによりまして
沖縄県A市B地区の米軍基地建設工事がどれくらい進
　んだか
C精機の機関銃がどれだけいくらで自衛隊に納入され
　たか
D重工にどこの国からどれぐらい軍艦の注文があった
　か
E原子力発電所でどんな事故がありどれほどの放射能
　が飛散したか
暴言を繰り返すF大臣にどこからいくらの献金があっ
　たか
これらのことは特定秘密に指定されましたので一切お
　伝えできなくなりました
こうしたことがなぜ特定秘密に指定されたのかという
　ことも秘密になりました
このことはこの国をどのような国にしていくかを決め
　る国民ひとり一人の知る権利が…」
ここで「ガッガガッ」と雑音が入り
続いて「ガン！」という衝撃音
バラバラと物が落ちる音　乱れた足音
遠くでどなり合う声が聞こえた
その後「プーップーッ」という音が続き
「プツッ」と切れると
「はーい　大きく息を吸って…
　今日も明るく元気におすごし下さい」
いつものように体操は終わった

あの日から同じニュースは二度と流れなかった
ラジオからは恋の歌が流れ
エンタメ情報とスポーツニュースが増えた
こうして　今日までは
穏やかな日々が続いているが

革命権

オバマ米国大統領は広島で「核兵器のない世界を追求する勇気を！」と演説した。核を棄てる勇気。不良の中学生にしたって、ポケットのナイフを棄てるのには勇気がいる。「戦力を保持しない」自衛隊にとっての勇気というなら、殺人のための戦闘機や戦車や機関銃を棄てて、ドクターヘリとブルドーザーとスコップに持ち替えるということになる。

だけど力説するオバマ大統領の後ろには、核の発射ボタンが入った、黒いスーツケースが置いてあったんだ、きっと。日本がロケット開発と原発を維持しつづけるのは、一年以内に原爆と弾道弾を作ることができることを世界に誇示したいのだ、きっと。

軍があるのをフツーの国と呼ぶ政府。全世界が核を持てば、それもまたフツーになるというわけか。

ガロアの比例的抑止論を個人レベルにあてはめると、ひとは手りゅう弾にもなる、小型の携帯自爆装置を持つことで安全を保障される。そんな装置を持った男との取っ組みあいなど、誰もしたくはないだろうから。そんな装置を首にかけて歩く女を、ストーカーになって襲う男などいないだろうから。

文字どおり冗談にならない。銃社会といわれる米国を含めた世界の全員が武器を棄てる可能性と、全人類が携帯自爆装置を持つことでは、どちらが現実的だろうか。携帯電話が普及していった速度で、それは始まるかもしれない。

いっぽうで、憲法九条を守るということは、殺すか死ぬかしか選択肢がないときに、死を選ぶという宣言である。自分を棄てる勇気と、家族や恋人をことばと素手で守る覚悟。それはとても怖いことだ。相手を敵とすることなく尊厳することでもある。じゅうぶんに臆病なわたしたちにこそできる、巨大な闘いになるだろう。歴史上のどんな戦争よりも。

勇気は裏返せば、臆病から出発する。臆病を感じない演説などに、誰がこころを動かすだろう。平和は、真の臆病からしか生まれないだろう。

秋　亜綺羅（あき　あきら）
1951年、宮城県生まれ。詩集『透明海岸から鳥の島まで』『ひよこの空想力飛行ゲーム』。個人誌「ココア共和国」。宮城県仙台市在住。

砂川の柿色の空に

萩尾　滋（はぎお　しげる）
１９４７年、福岡県生まれ。詩集『戦世の終る日まで』。京都府向日市在住。

主《あるじ》を皇尊《みことのり》から連合国軍最高司令官にすげ換えて
しぶとく生き残る　血の匂いのカスレ残る
日本帝国政府の　進駐軍への隷従の時代は終わっても
空襲の再来を想い起こさせる　窓を震わせる轟音の
原水爆搭載の重さに　鉄条網をかすめる　ジェット機に
手狭となった米軍基地をはみ出す　滑走路拡張の宣告
収容を名乗る　町を引きちぎる収奪の刃　銃を手にした
金バッチの保安官アンクル・サムに急かされた
無言のままの調達局の置き去る　ただ一枚の紙切れ
一銭五厘の赤紙で　狩り集めた兵卒の命のように
農地を　墓地までをも　かすめ取る
百姓に死を強いる　土地収用計画書

大正の初めから「お国のために」と繰り返し
陸軍に　命を繋ぐ畑をそがれ　押し広げられた飛行場
戦時には　迎え撃つ戦闘機さえも無い警報の中に
米軍の標的とされ　降り注ぐ爆弾に追われ
敗戦の諦めの中の　作物ごとブルトーザーで占領された
悔しさの中の無断接収に加えて　覆い被さる米軍の命令
やむをえないと強請《ゆすり》をかける人殺しのための土地の提供

オライヤダ　ヨソン国攻メルタメン　基地拡張ワ
土に生きる百姓の素朴さの中の意地　差し出しはしない
抗いに据えられた命の営む匂いに溢れる肥担桶《こえたご》の砦
鍬の入るヌメッコイ畑の　麦やイモの命も知ることなく
顔を隠す背後で命令を下す　威圧する巨大さの国家の
権力の歯車の一つに噛み込まれ　憎しみようもない中に
戸惑う心を押さえて襲いかかる　青い乱闘服の
畑を　野良着を　白い割烹着を　踏みにじる編上靴の
打ちつけてくる鉄カブトの　下腹に突き上げる警棒の
装甲車の押しつける鉄条網の棘の　痛さを
スクラムを引き抜く腕の　猛々しさを
優しさに包み込む　赤とんぼの唄
一人一人の心に　にじみ出すなつかしさのふる里の
熟した柿の色に染まった夕焼けの空の
こみ上げてくる母と伝えあった肌の温もり
基地拡張反対の白だすきでおぶわれた児の
回らぬ口で追うトンボの　夕日に透き通った翅に
泥だらけの時間が停まる

占領に替わる収奪の測量図に　赤く囲い込む
収容の線は引かれても　土地に　杭は打たれても
上意を撥ね返す　ほつれた藁のムシロ旗の黒く光る叫び
あきらめない　繋ぎを戻す命のしない
耕し掘り返した　土の息吹く匂いに混じる
腹の底から絞り出す不殺生の読経の声に
打ちあげる妙法の団扇《うちわ》太鼓の音に
爆音を弾き返す　二十七度線に引き裂かれた沖縄の
碧い海を越える　平和を繋ぐ響き

露に光り　雨にしぶき　霜に凍り　踏みにじられても
石を抱き込み土に溶ける根に　絡み合う勁《つよ》さの雑草《あらぐさ》の
追い込む測量中止　追いかける東京地裁での伊達判決
　日本政府による米軍駐留は戦力の保持にあたり
　　違憲である

翌年の安保条約改定への影響を懸念する米国大使
占領の威圧に　コーンパイプにポーズをきめた元帥の甥
即時の逆転結審のための　最高裁への跳躍上告の指令
想定外の宗主の大事と　平和への理念を振り捨て
伊達判決に　異端への魔女狩りの杭を打ち込むために
国の独立も司法権も裁判官の独立も顧みず
現状維持の防壁の安定を誓い　繰り返す共同謀議
日米の密約を背に反り返る虚勢の蔭で
見返すConfidential（極秘）とMacArthurの
十四通の電報と書簡
天の声の　管制の解かれた夜の和らぎを再び閉ざす闇
最高裁の　在日米軍を戦力としない解釈の政治的決着
――米軍を「我が軍」にすり替えて
　後生大事に「合憲」と繰り返す手品師の術

のし掛かる公権の職務執行を　暴力としての法の脅しを
きらめきに群れ泳ぐメダカの堀と
青く伸び上がりそよぐ麦の楯に　かわし
貼り出す　一枚の声明
「原水爆の大火焰中に民族を亡ぼす
　基地拡張には絶対服従しない」
鍬の起こす黒い畝《うね》の土塁に　どっかと腰を据え
プカリプカリとナタ豆煙管《きせる》をくゆらせる　お爺の
日に焼けたシワに刻み込む　頑固さの十三年
土地収容の強要を取り下げさせる閣議決定に追い込み
米軍基地を追い出し　爆音のない青空の下に
滑走路のコンクリートの鎧を剝ぎ取り　甦る農土
平和の名に武装する国とアメリカの強権をおしかえす
武蔵野の台地に玉川の用水から水を引き
根を張るには粘すぎる土を　一鍬一鍬掘り起こし
指でほぐし　息を吹き込み　耕してきた砂川の
百姓三百五十年の歴史を生きてきた　分厚く硬い掌と
繋ぎ合う　風を揺らし響き合う　平和と命と愛への賛歌

君の涙

ぼくが君に出会ったのは中学二年の秋だった
担任の先生が笑顔で紹介してくれた
その日からぼくは君が好きになった
クラスのみんなも君が大好きになった

君の偉いところは、
自分からケンカをしないことだ
ケンカしている人がいると
「よしなよ」と言ってくれた
君をぼくの家に連れて行くと
母はにっこり微笑んだ
祖母も弟も大歓迎だった
戦争帰りの父も君のことを誉めてくれた

あるとき
ぼくはクラスでいじめに遭った
君は言ってくれた
「泣いてるだけじゃ何も解決しないよ
　勇気を出せ」　と
そのときからずっと
ぼくにとってかけがえのない友となった
そして、君はぼくの生涯の誇りでもあった

先日、久しぶりに君に会った
大分やつれた表情だった
「もう私の命も終わりかもしれないね」
君はそっと涙をぬぐった
「そんなことはないよ」
ぼくは、はじめて君を励ました

君の名は
日本国憲法、第九条

曽我　貢誠（そが　こうせい）
1953年、秋田県生まれ。詩集『学校は飯を喰うところ』、『都会の時代』。詩誌「とんぼ」、「詩樹」。東京都文京区在住。

カッカ　カッカは困りもの

地図を見ると米粒にもならない島
宇宙からは国境も見えない

あっちの国でも　こっちの国でも
それはぼくらのものだと　頭をカッカする

あっちの国でも　こっちの国でも
カッカ　カッカ　顔が真っ赤になる

戦争の仕方は議論になるが
戦争の止め方は話題にもならない

国家とか民族と言い始めると、きな臭い
これをナショナリズムというらしい

天変地異や世の中が不景気になると
誰かが民衆にたきつけ一層激しくなるようだ

もともとは、人は誰も住んでもいなかった
渡り鳥がたまに来てウンコをする程度

石油が出たか、周りに魚が泳いでいたか
すると人は自分のものにしたいらしい

国家を世界に、民族を人類に置き換えれば
もう少しはまともな議論になるのだが

今の人間は頭が悪いので
未来の人間に任せよう　とある偉い人が言った

一人の人間の命は地球より重い　というが
今日も世界のどこかで地球の何倍もの血が流れる

カッカ　カッカして、くれぐれも死なないように
ちょっと粋がって、くれぐれも人を殺さないように

一人も死ぬな　一人も殺すな

子どものころ大人に聞いた
どうして戦争に反対しなかったの
困ったように大人は答えた
そう言う時代だったんだよ
物を言えば捕まったからね

これからは、大人になったぼくたちが
子や孫から聞かれる時が来るかもしれない
どうして戦争に反対しなかったの　と
反対したんだけどとか
あの時の政府がよくなかったからとか
そういういい訳はするまい

でも、これだけは言えるだろう
何も終わっちゃいないよ
絶対一人も死ぬな　絶対一人も殺すな
そんな戦いが今もずっと続いている　と

憲法九条を守ろう

東梅　洋子（とうばい　ようこ）
1951年、岩手県生まれ。詩集『うねり』。岩手県詩人クラブ会員。岩手県北上市在住。

集団的自衛権　巧みな話術で刷り込まれ
自由の旗をかつぎ歩けるのか
陽射しが無いのにサングラス
電池の切れた携帯電話
風邪引きでもないマスク
戦後生まれの私達
ベトナム帰還兵達が北大を訪れた時
「憲法九条」日本の宝だと言った
ＰＴＳＤ　フラッシュバック　辛いと
夜も眠れず戦場での光景に悩まされ
心も体もボロボロ　仕事も無い
負傷して帰還しても国からの補償は全くなく
支援団体の支援が頼り
社会復帰の難しさ　貧困生活奪回の為
また傭兵になる　そして
空気の抜けた弾まない
ボールみたいに人生閉じると
学園への勧誘　ピカピカの武器の展示会
武器は玩具ではない
赤い血も出る　人を殺す道具

彼等は　誇れる「憲法九条」を持つ
我々日本人が羨ましい　大切にして欲しい
そう言って言葉を結んだ

戦後70年軋む世界　軋む日本
子供の火遊びでも有るまいに
きな臭い　何の臭い　政治の悪臭か
私達は民主主義の下で生きている
今　原理原則がへし折られつつある
何処へ連れて行くというのですか

70年前の8月　広島　長崎の惨劇
日本よ同じ過ちを犯してはならない
あの時代を生きた証人達が身を挺して
私達戦争を知らない世代に
もう一度言う
身を削り血を吐く思いで　伝えてくれた
「大人になれなかった弟達に」を二度と
書かせてはならない
「火垂るの墓」を

「はだしのゲン」を
「野火」を二度と
書かせてはならない
「死んだ男の残したものは」を
「さとうきび畑」を二度と
歌わせてはならない

集団的自衛権行使も始まる
3・11での自衛隊活躍は誇らしかった
その影で心を病み　自死した自衛官もいた
戦争の為の海外派遣は嫌だ
いち母親として撤廃を願う

3年前藤沢市在住34才お母さん
駅前で「憲法九条」にノーベル平和賞をと
一人で署名運動を開始した
今もビルに残るという焼け焦げた人型
美しい海の楽園の底に眠る悲しみの遺産
まだ足りませんか
地球の命ある全て壊しますか
戦争に大義などありません
ただの人殺しです
命は天からの尊い授かりもの
こわす権利は誰にもありません

戦争を知らない世代が八割の日本
どうなっていくのか　恐い
だが
シールズという頼もしい若者達も現れた
世界に平和な未来を残したい
日本の「不戦の歳月」をのばしたい
どうか智恵を
そして希望を・・・・

全ての戦いは悪です

ファシズムと戦争のとば口で

登り山　泰至（のぼりやま　やすし）
1982年、大阪府生まれ。
詩誌『新現代詩』、関西詩人協会会員。大阪府大阪市在住。
七十年ものあいだ平和を守ってきた憲法九条
それを事実上踏みにじる安倍政権
戦争法の施行によりフィリピン、ベトナムに自衛艦二隻
　を寄港させる暴挙
まだアジア圏での信用も回復していないうちにアメリカ
　の信用を買おうとしている
自国の信用も買えずにだ
いつまでアメリカの言いなりになるのか
口当たりのいいリップサービスの裏で実際は弄ばれてい
　るのがわからないのか
そして再びの憲法改悪

熊本大地震の到来にかこつけて提言された「緊急事態条
　項」
不要なオスプレイと支援物資や押し売りで恩を売りつけ
　たところで誰もこころよく首を振らないだろう
自衛隊員を遣いものにし災害派遣中の悪い給食状態と精
　神的ストレスに押し込める暴挙
川内《せんだい》原発の継続　伊方《いかた》の再稼働問題
地震動の基準値ばかり許容していても今後発生の可能性
　のある地震の同時的発生に耐えうる保証はあるのか
まだ今でも余震は続いているというのに
いつまでも核に依存している国に成り下がってはいけな
い

北朝鮮や中国の幼児的な戦争挑発にのってはいけない
中東やシリアで行われている好戦的なムードにのっては
いけない
アメリカ、中国、ロシアの核軍事力増強競争にのっては
いけない
いかにそうした誘惑の蛇に誘われようとこれまで血と肉
でまもり上げてきた崇高な精神を踏みにじってはなら
ない
ファシズムの名の下に自国の人々とそれに関わる人々を
　再び不幸にしてはいけない

報道は真実を伝えるべきだ
そもそも真実ありのままを国民に伝えるのが存在意義で
　はないのか

当選の審議が不透明な開票には真偽が疑わしい
情報の悪質な操作は止めろ　数値の虚偽の報告は止めろ

野党は有権者の顔色を窺った発言ばかりをするな
党の精神の崇高な理念のもとに党員は集まったのだろう

全国で行われた決起集会に参加した
自分や愛するものや子や孫や友人のために声高に叫ばれ
　た怒りの声
憲法を守ろうとする固い意志の貫かれたコーラスの響き
改憲阻止、戦争法反対、自衛隊派遣反対、子供を戦場に
　おくるな、原発・核反対――
反対、反対、反対――
非戦の精神を掲げた人々が立ち上がる姿に心を打たれた
人の命は尊い　そしてそんな命が積み上げてきた歴史は
　深く重い
それゆえに容易に改変・歪曲してはいけない
私や周りの人の未来のために立ち上がろうと腹を決める
熱く硬いハガネのような意志が鎌首をもたげてくる

田中六助　その時代

こんな男がいたことを知っているか
特攻隊の隊員として
戦友　同僚を失い
その教官として
若者を散華させ
その無残さを
政治家の原点とした男を

時の首相の就任時に
憲法前文の写しを献じて
その精神を訴え
平和憲法のありがたみを
信じた男のいたことを

病で大きな文字の
大きな草稿さえも
読めずに
立ち往生しながら
その翌年には
同じ議場でその首相に

質問に立ち
戦争の無残さを語り
議場を沈黙させたことを

それから二年
一九八五年逝去
既に戦後四〇年

天命を知り
残された命の使い道に
迷わなかった男
その政界での栄達ぶりは
忘れてもいい

しかし、忘れてはいけない
田中六助が、保守本流にいたことを

林　裕二（はやし　ゆうじ）
1957年、福岡県生まれ。『Haiku&詩　2001-2013』。
福岡県福岡市在住。

日本国憲法・九条さんのご家族への感謝状

拝啓。九条さんこんにちは。

私は貴女のご家族に感謝しています。お母さんは前文ですね。「平和を愛する諸国民」の信頼がおおもとであって、決して「同盟国」の〝信義〟ではないのですね。貴女は大きな愛情で育まれたのですね。お父さんは九七条ですね。「この憲法が日本国民に保障する基本的人権は、人類の多年にわたる自由獲得の努力の成果」には、十八世紀のアメリカ合衆国やフランスのご先祖さんが思い浮かばれますね。一九条、二〇条、二一条は三つ子のご兄弟ですね。平和であってこその思想、信教、表現の自由ですよね。二四条のお姉さんは、両性の平等こそ暴力のない平穏な社会の礎ですね。三六条の弟には拷問で苦しめられたお祖父さんの血が特に流れているんでしょうね。二五条、二六条の妹たちは文化、教育をもっともっと豊かにしなければこの日本国が傾いてしまうと危機意識を持っていますね。ただ最近、貴女を一番守ってくれている九九条のお兄さんを粗末に扱う国務大臣や国会議員が増えていて私も心を痛めています。そんな国務大臣、国会議員は、ちょっとやんちゃな九六条の弟を持ち上げる傾向にありますね。でも彼は意外にドッシリとおちついているのですよ。それは私たち国民の頑張りを、彼も肌で感じ取っているからでしょう。そして一番悩んでいるのが一条伯父さんかもしれませんね。法の下の平等を謳っている一四条のいとこに何かと白い目で見られていましたからね。でも一条伯父さんは熟慮の末、自分こそ憲法の精神にかかせない国民主権を内に秘めていることを理解されたのですよ。前文母さんと強力な〝民主タッグ〟じゃないですか。

九条さん、貴女の麗しさは、ご家族全員の愛情でこれからも輝かれることを願っています。

敬具

追伸

私は日本国憲法は〝美文〟の一つだと思っていますよ。

畑中　暁来雄（はたなか　あきお）

1966年、三重県生まれ。詩集『資本主義万歳』『青島黄昏慕情』。詩人会議、関西詩人協会会員。兵庫県西宮市在住。

平和を！

山崎　夏代（やまざき　なつよ）
1938年、埼玉県生まれ。詩誌「詩的現代」。埼玉県ふじみ野市在住。

憲法九条を目にするときには　いつも
琉球を思う
沖縄復帰間もないころに　現地を訪ねた
海岸沿いの斜面は　土が覆され
　開発？　すごい勢いね
　本土資本さ　このあたり　人骨たくさん　出てくる
年月を経ても　耳に残る現地のひとの話
薩摩は　江戸幕府は　明治政府は
琉球に何をしたか　武器をもたぬ　平和の民に
日本は沖縄を盾にして本土防衛を考えた
殺された　少女　赤児　老人　家畜も犬も
爆破された家　踏みにじられた花も畑も虫も
戦火の跡なまなましい地に立ったとき
聞こえた　殺されたもののひたむきな叫び
　平和を！

胸元に銃を突き付けられたときに
なにを武器に抵抗するか　言葉？
人間の言葉は　たまには武器だが　ときに無力
ならば　銃を突き付けられる前に殺せ
　積極的平和だ
ウソをついてはいけない
平和に積極も消極もない
場　分かり合う場ことばの通じ合う場　が　平和
人間のいる　いられる　場

殺したものと殺されたもの　ともに　人間
遠く原初を思えば　おなじ一個の生命体にいきつく
人間が人間を殺す　自分が自分を殺す
殺したものの言い分は
　おれの意志じゃない　戦争だ　指導者の意志だ
指導者も人間　人間が人間を殺す　それは自殺

戦争とは　人類を根絶やしにするための　種子
殺されたものに　平和はなく
殺したものに　平和はなく

ただ　叫ぶ　無力なものは言語をことばにして
血を吐くまで　叫ぶ
平和を！

ギニョールの演説舞台から

腕を振り回しながら　登場したのは　むくんだ顔のおやじ
ブランドスーツに包まれた肉体の奥から
腐臭がしゅるしゅるにじみ出す
演説会場　聴衆は興味なさげな老若男女

弁士「この国を再び、世界の中心で輝く国にするために」

舞台をちらりと眺めて　ひそひそと女「この国って？どこのこと？」。男「見当もつかねえな。世界の中心で輝いたことなんかあるか」。女「この国ちゃんて名前のあかんぼかしらね。あかんぼならいつでも世界の中心にいるんですよ。世界は自分のまわりだけですからね」。男「再びってのは育っちゃったあかんぼをふたたびうまれたばかりにもどしたいってのかい？」。女「（顎で弁士を指しながら）しいっ、あのおっちゃんなんかいってるよ」。

弁士「平和は守ります。積極的に守ります。ほら、ニーチェもいっている、新しき戦いの手段として平和を愛すべし。積極的平和とは戦いです。戦いで守り抜く平和です」。

女「あのおっさんはさ、この国の女や子供を乗せた外国船が敵に襲われたら、軍艦を出して兵士と銃器で守ってくれるっていってるんだろ」。男「ちゃうで。女子供が乗っておらんでも、友好国の船が敵艦に襲われたら武装怠りなく助けにいくっちゅう義侠心らしいで」。横から婆「そんで、武器兵器、一杯作ってさ、世界に売って、世界からも買い込んで、うちの工場も、ちったあ、儲かるかねえ、大手の下請けの孫請けのひ孫うけの、もっと下でもさあ、おこぼれちょうだいできるかねえ」。

弁士「これよりは経済に力を入れます。この国のすばらしい技術力で、暮らしを豊かにしてみせます」。

婆「あ、わかったわ、そいでこのひと、原発にこだわるんだわ。この国の技術力なら、ちっちゃい原子力兵器作ってさ、世界中に売ってさ」。女「分かった分かった、人間も獣も、みんな死に絶えれば、世界はきっと平和だよねえ。積極的平和って、そういうことかあ」。

弁士「わたしは総理大臣ですから、わたしにできぬことはないのです。いまに軍隊はわたし直属、この国の憲法からも自由な存在にします」。

危険な法律

林田　悠来（はやしだ　ゆうき）
1966年、東京都生まれ。詩集『水平線』『晴れ渡る空の下に』。日本現代詩人会、日本詩人クラブ会員。埼玉県新座市在住。

戦争を平和と置き換え
危険を安全と言い換える
危険極まりない法律が今
国会を通り抜けてしまった
市民の目は国会に向けられ
「安倍よやめろ」
「戦争法案絶対反対」などと叫ばれ
国会議事堂の周辺に何万もの民衆が寄り集まる
雨の中若い人から高齢者に至るまで
普段政治に関心を持たない人たちが
戦争の体験がない人たちが
自分の生活で精いっぱいな人たちが
危険な兆候を
見過ごすまいとしている
反対勢力は
すさまじい勢いで反対運動を続けている
自分も　ノー・ウオー展に参加して安保法律反対を叫ん
　だ
戦争は相手を仲間だと思わないこと
この世に敵なんていないと
信じないこと
地球という小さな星で
わざわざ争いを繰り返し
多くの無辜《むこ》の住民が何のいわれもなく
犠牲になっている
そうした紛争に
日本が巻き込まれないようにするには
いかに憲法9条を
守っていくかしか方法はない
それ以外
道はないのだ

十二章　戦争をわけるな

わけるな

池下　和彦（いけした　かずひこ）
1947年、北海道生まれ。詩集『母の詩集』、『父の詩集』。『はがき詩信』。千葉県柏市在住。

わけるな
戦争をわけるな
いい戦争と
わるい戦争とにわけるな
わけるな
戦争をわけるな
防衛の戦争と
侵略の戦争とにわけるな
わけるな
戦争をわけるな
国民を守るための戦争と
国民を危険にさらす戦争とにわけるな
わけるな
戦争をわけるな
前線の戦争と
後方支援の戦争とにわけるな
わけるな
戦争をわけるな
国際法で許される戦争と
国際法で許されない戦争とにわけるな

わけるな
戦争をわけるな
核戦争と
非核戦争とにわけるな
わけるな
戦争をわけるな
内なる戦争と
外なる戦争とにわけるな
わけるな
戦争をわけるな
ヒットラーや東条英機が引きおこした戦争と
ルーズベルトやチャーチルが引きおこした戦争とにわけるな
わけるな
戦争をわけるな
勝ち戦と
負け戦とにわけるな

少しずつ

佐藤　一志（さとう　ひとし）
1937年、宮城県生まれ。詩集『桜の木抄』『波の向こう』。詩誌「みみずく」、詩人会議会員。東京都世田谷区在住。

ネギには
白い部分と青い部分がある

白から青になってゆく
わずかな距離をすすむと
白い部分に
少しずつ
少しずつ
青い色が混ざってきて
いつの間にか青になってしまう

少しずつ変わるのには
気づくのが遅くなる

公共放送といわれる
ニュースの映像が
首をかしげる
内容になっているのに気づいて
どうしてなのかと
観察していたら

ニュースの画像に
少しずつ
少しずつ
切れ目なく
平和の部分に
戦争を進めてゆく
広報が混ざってきて
いつの間にか
放送するアナウンサーの
表情も声も
堅くなってきているのが
悲しい

少しずつ
少しずつ
戦争と独裁を受け入れる
意識に慣らされて
たまるか！

悲願

築山　多門（つきやま　たもん）
1945年、岡山県生まれ。詩集『流星群』、『はぐれ螢』。
詩誌「漪」、「いのちの籠」。神奈川県横浜市在住。

戦争は嫌だ　と叫ぼう
友と肩を組んで叫ぼう
見知らぬ人と連帯して叫ぼう

人を殺すのは嫌だ
殺されるのは嫌だと叫ぼう
母が　父が殺される
子どもが　愛する人が殺される
戦争ではいつも無辜《むこ》の人が殺される

殺すのは銃弾だけではない
同胞の声なき声も殺すのだ
憎しみを煽《あお》る声は巷に溢れている

青い空には
白い雲が二つ三つ浮かんでいるのがいい
水平線には一隻のヨットが走っているのがいい
人の心には
少しは悲しみが宿っているのがいい
悼《いた》みを知っているならなおいい

戦争は嫌だ　と叫ぼう
百回　千回　一万回叫び続けよう
なぜなら　人とは
アウシュヴィッツを　ナンキンを
ヒロシマ　ナガサキを忘れる生き物だから

忘れなかったら
日々を生きていけないから
だからこそ
記憶に留め
心に刻むために叫ぶのだ

戦争は嫌だ　と

平和って

原　利代子（はら　りよこ）
1939年、静岡県生まれ。『永遠の食卓』『ラッキーガール』。
日本現代詩人会、日本文藝家協会会員。静岡県藤枝市在住。

お姉さんが二人　花を摘んでいる
広々とした田んぼの畦道
ひとりのお姉さんは桃色の花を
もうひとりのお姉さんは黄色の花を持っている
田は緑一色に広がっていて
どこにも花影は見えないが
わたしも花を探した
遠くに山並みが浮かび
この広い田んぼだけが
ぽっかりと別世界のようにあった
いくら探しても花はない
わたしは一本も花を
見つけることが出来なかった
お姉さんたちが近づいてきて
桃色の花と黄色の花を一本ずつ手渡してくれた
細い花の茎がひんやりとわたしの手に収まる
その感覚がうれしくて
もっともっと欲しいと思った
前より一生懸命に探したが
花は一向に見つからない
でもきっと見つかる
お姉さんたちも見つけたのだもの

腰をかがめ目を凝らし
どのくらいそうして探したろうか
いつの間にか田んぼの畦に一人きりになっていた
お姉さんたちはもう家に帰ってしまったのかしら
空襲で家を焼かれ
この山里に住まわせてもらっていた
この田んぼでこのとき
桃色と黄色の花を手に　わたしは平和の中にいた
山里のお姉さんたちがくれたみずみずしい花
あれは戦時下のつかの間の平和だった

いまでもそっと手を開けば
桃色と黄色の花が咲いている
わたしはお姉さんたちが分けてくれた
平和を持ち続ける少女だ
たんぼの畦で花を探す少女たちよ
わたしもこの手を差し出そう
美しい花を分けてあげる

ほら　平和って美しいでしょう
ほんとうに美しいでしょう

祈る

神も仏も
人類誕生の後に　成り生れし祖霊
思惑や　鎮魂のために祈る以前に
原初の人たちは何に何を祈ったか

こころに寄り添ってくるものに
からだに寄り添ってくるものに
空や　海や　大地に
成り生れしもの
太陽や　星月夜に　樹木に
その命に
畏怖と愛と希望を感じて祈ったのではないか

人が造った形式の
例えば鳥居　結界《けっかい》のはじめ　線引きの籬《まがき》
威圧する建造物　巨大古墳　ピラミッド
こころ弱きものは脅威を感じこそすれ
まことの愛や　自由への祈りを託すだろうか
たよりなく吹く風に
愛や悲しみを託すほどには

山本　倫子（やまもと　みちこ）
1931年、大阪府生まれ。詩集『秋の蟷螂』『落花相殺』。
日本現代詩人会、日本詩人クラブ会員。三重県名張市在住。

異文明と開化を土産に
鉄製の武具を携え
一つの社会あるいは国を壊し　主権交替の
得るものを得るために
大義をたて自らが神になろうとした人々よ
東西の史実に残る数多き人たちの
軍《いくさ》を支配する神のごとき人の功罪よ

みむろの社殿　奉安殿《ほうあんでん》　その奥のまた奥の
封印は
時が静かに解いてゆく
謎は謎として
合点に導く時のあかし　時の真実
希う　わたしは時に
時にこそ祈りを託す

照る日や曇る日は身にまとうよ
人為でなければと　祈る　希う
人が　侵略することないように
侵略されることのないようにと

生命《いのち》の約束

明治生まれの父は
三度　国に動員され
大陸に渡り
生きて　復員してくれました
私への生命が、つながったのです。

けれど
絶ち切られた生命のあまりの多さに、
焼夷弾の雨降る激戦の　いくつもの悲しい日
原爆が落ちた日
戦争が終えた日
私たち　立ち止まって祈ります。
殺された、もっと生きたかった多くの
多くの生命に
祈り続けていきます　誓い続けていきます。
もう、戦争はしない、と。

それは
生命のつながった　今を生きる私の、
あなたの
生きている重みの証し。

戦禍をくぐって手渡された生命の約束を
勇気をもって果たすこと
再び戦争に、殺されないために
明日を生きる私の
あなたのために。

大矢　美登里（おおや　みどり）
1952年、神奈川県生まれ。神奈川県愛甲郡在住。

春の香りの傍で

今年も春は隣家からやってきた
今朝おばさんから頂いた蕗のとうを
早速つくだ煮にたいてもらい
お昼の食事のとき賞味したからである
一口ほうばると
ほのかに広がってゆく苦味に寄り添い
野の香りを連れた春日が躰を包んでくれるのであった

今年は終戦から七十年目だそうだ
あれからこの国は戦争を放棄している
ひごと訪れてくる曙光《しょこう》に向い
その日を生きることだけを念じればよかった
あの頃は固く結び合わされていた絆の糸も
いつしかほどけてしまっている
また互いの胸で輝き合っていた信じ合う赤い灯も
もうまたたき合うこともなくなっていた
辺りの山肌は嬰児の手の甲のように
新芽をまあるく膨らませ
時折り立ち止る風や小鳥を憩《いこ》わせている

杉本　知政（すぎもと　ともまさ）
1932年、岡山県生まれ。詩集『迷い蝶』『時と歩んで』。
日本現代詩人会、関西詩人協会会員。岡山県赤磐市在住。

この国のこしかたの中で
このように永い期間
戦火の絶えていたことはなかったのであろう
いつまでも火筒《ほづつ》の響きの無い時が続くことを
庭のくさむらに潜んでいる小さないのち達と共に祈って
いる
正午のＴＶニュースが海外派兵云々と報じている
柿の小枝で囀《さえず》っている雀の声に聴きほれ乍《なが》ら
そのことが少し気になっている

悪鬼の貌《かお》

小峯　秀夫（こみね　ひでお）
１９３４年、秋田県生まれ。共著『秋田の民謡・芸能・文芸』。
詩誌「密造者」、秋田県現代詩人協会会員。秋田県秋田市在住。

君は悪鬼の貌を知っているか

誰も生誕のときは天使の顔をして
無垢の装いをこらしてこの世に生じ
人々のこよない慰藉に育まれ
永遠の平和をわが身に刻まんと―

それなのに時として邪悪の誘いに乗ぜられ
やがてそこに馴染むのは容易なる転進
どこにもない「国」の行く末などを案じ
耳元で喚呼する威勢に身も心も屈し
いつのまにか勇み立ち混迷へと突き進む

戦《いくさ》よ　歯止めの理法を置き去りにして
自壊の物理作用にいま火がともるのだ
頭上を乗り越えてゆく暗黒の巨大な意志
すでに後戻りの道は薄明のなかに消え
ひとしなみに餓鬼道の闇へと不帰の人に成り果てるのだ

君に際限のない羅刹《らせつ》の高笑いは聞こえているのか

ボク達　人間なんだ

枝先でカマキリがカマキリを食べている
腹の子を育てるために
巣の真中でクモがクモを捕えて
糸でまいている

中学生が小学生を殺した
　妹じゃないか　弟じゃないか
転んだら抱き起こしてヒザの泥を払って
痛くないかって涙を拭いてあげなくては

なのに
人間が人間を殺す
人を殺すことは自分を殺すことだ
カマキリじゃないんだ
クモじゃないんだ

殺されたあの子がかわいそう
殺したあの子がかわいそう

市川　つた（いちかわ　つた）
1933年、静岡県生まれ。詩集『市川つた詩選集一五八篇』『虫になったわたし』。
詩誌「回游」「光芒」。茨城県牛久市在住。

海峡

港のある終着駅から外へ出ると
レトロな街並みに海峡が広がっている
海岸通りに家族連れや若者たちが集う
通りには馬の水飲み場も有るのだが
通り過ぎて行く人たち
出征軍馬の水飲み場が残されている

門司港の海岸通りには　今も
出征軍馬の水飲み場が残されている
のどかな農村から徴用された馬たち
遠く戦地へ送られた百万の軍馬たち
最後の水を飲んだのがこの水飲み場
帰って来た馬は一頭もいなかった

戦地の大陸から帰還した父は　やがて
まだ幼かった私に軍馬の話をした
「戦地では多くの戦友が
　銃弾によって馬から落ちて逝った
　キューン、キューンと銃声が
　耳をかすめると戦友が落ちて逝った
　馬は逃げることもしないで
　涙を流して寄り添っていた
　馬は優しい目をしていた」
父は語り継がなければならなかった

関門の海峡は潮の流れが速く
迫り来る夕陽の中で海峡が紅く燃える
潮の流れの表層に無数の波の背が
軍馬はいないのだが疾走している
軍馬はいないのだが嘶《いな》いている
港に軍馬の水飲み場が残されている

髙嶋　英夫（たかしま　ひでお）
１９４９年福岡県生れ。詩集『明日へ』。
詩人会議会員。埼玉県狭山市在住。

熟柿

日高　のぼる（ひだか　のぼる）
1950年、北海道生まれ。詩集『どめひこ』『光のなかへ』。二人詩誌「風《ふう》」、戦争と平和を考える詩の会会員。埼玉県上尾市在住。

荒川河川敷の草もみじ
サイクリングロードをゆっくりと北上する
ホンダエアポートから飛び立ったセスナの機影
太郎衛門橋のたもと桶川市川田谷の高台へむかう
そこは大宮台地のうえ
河川敷の飛行場　富士山が見えていた場所
いまは旧兵舎を囲むように木々は高さを増していた

旧熊谷陸軍飛行学校桶川《おけがわ》分教場跡地
守衛所　火薬庫　倉庫　本部兵舎などが残されている
一九三七（昭十二）年六月開校
推定千五百から千八百人の飛行兵を戦場に送り出す
一九四五年二月以降特攻隊の訓練基地に改変された
四月五日第七九振武隊《しんぶたい》十二人
練習機で鹿児島・知覧《ちらん》基地へ出発
十六日　十二人全員沖縄へむけ飛び立っている

戦後旧兵舎は内部を仕切り
「満州」などからの引揚者住宅に利用され
最盛期には約六百人もが暮らしていた
二〇〇七年三月　最後の住人が転出
国の管理が終わり取り壊される予定だったが
戦争遺跡を守ろうと有志が声を上げ
市を動かし保存が決まった
毎週土　日曜に公開されている

晩秋のうす曇りの空　カラス　ヒヨドリ
スズメの鳴き交わす
第二次世界大戦中　聖域だったという場所
戦争遂行のため飛行技術を学んだ人たち
この地から戦場へ向かい
いのちを落とした若者の遺された言葉には
戦争を　自らの生と死を俯瞰してみているような
無念の思いが感じとれる

いまは当時の思いを汲み取るように
資料館として整備し
写真や証言とともに展示されている
解説を担当している方々はこの飛行学校で学び
飛行機の整備に当たっていた人たちが

中心になっている
展示室をまわりながら繰りかえされる言葉
二度と戦争をしてはいけない

特攻という自爆死
死は鴻毛《こうもう》より軽し――軍人勅諭の呪縛
天皇の命《めい》を受けた軍隊による強制殺人に
抗することはできなかった

いまは展示室となっている兵舎の長い廊下
当時のままのコンクリートの床
見つめると崩れかかった廊下の奥から
軍靴が響き　たたずんでいる影が浮かぶ
わが子を失った両親　兄弟姉妹　妻や恋人たちの
すすり泣きがあたりを覆い　思わず耳を塞いでいた

旧兵舎の一角　事務所としている場所で休憩する
この地で稔り
いのちを結んだ柿の実をいただきながら
殺されていった若者たちから
未来へつづくいのちの連鎖をみつめていた

二度と戦争をする国にしてはいけない

再びの春に

外村　文象（とのむら　ぶんしょう）
1934年、滋賀県生まれ。詩集『影が消えた日』『秋の旅』。詩誌「東国」「滋賀詩人」。大阪府高槻市在住。

再び春がめぐって来た
カリフォルニアに住む
孫娘由理夏は二歳になる

歌舞伎役者の息子が
二歳で初舞台に登場し挨拶した
彼が背負うものは大きい

世界の各地で続発するテロ
不安は世界中にひろがる
平和な社会を求めても
思い通りに行かないのが人間の性《サガ》か

安心して暮らせる社会を
望む人達は多いのに
一部の不心得者によって
世の中はかき乱される

由理夏が生きる時代は
どんな時代なのか

予測することはできないが
どうか平和な時代であることを
祈らずにはいられない

桜の花が満開となって
人々の心は幸せに包まれる
再びの春に　万感の思いが宿る
老春の身にも身の丈に合った春の歓び

戦後生まれの私たちは

矢城　道子（やしろ　みちこ）
1963年、大分県生まれ。エッセイ集『春に生まれたような』。詩誌「コールサック（石炭袋）」。福岡県北九州市在住。

戦後生まれの私たちは
まだ何も知らされておりません
戦争がどういうものであったか
知らないまま生きてきたのです
戦後七十年
微かに見えてきたのは
隠蔽という文字

都合の悪いことを
隠し通さねばならないということは
よくわかりました
過ちが隠蔽から生じ
隠蔽の中で長らえることも

むき出しにされるべきことは
当然のごとく隠蔽され
人はあたかも
美しい生きもののようにして生きている
むき出しにされるべきものを
むき出しにしようとするものは

美しくないものとして
どこかに隠蔽されているのだろう
分厚い壁に向かって
叫び続けているに違いない

隠蔽の上を時が過ぎてゆく
無責任な言葉が大きな顔をして流れてゆく

川底に沈んで動けなくなった真実よ
水面に出てきて
私たちを叱ってはくれまいか
自らを美しいと信じてやまないものたちに
知らしめてほしいのだ

戦争が
人殺し以外の
何ものでもないことを

兵隊人形

冬の海辺に
人形が横たわっていた
兵隊の形をした人形がころがっていた
人形は眠りながら静かに泣いているようだった
生きていくには何かをしなければならない
それがなんだかもうおっくうなように眠っていた
水平線のかなたから遠い海戦の響きを聞き
雲間にのぞく低い太陽を見上げてはまどろみ
水平線がいつの日か晴れ渡り
先へと進むことができると夢を見て眠っていた

かつてこんな冬の海があったね
たったひとりのあなたにわかればいい
ボクは志願兵にはならないボクは兵隊じゃない
軍隊が人ならばボクは人をやめて人形になるさ
一瞬を海に刻んだ兵隊人形
ある日逃亡に疲れ追い詰められるように船を降りたのだ

時の流れは波のうねりに似て海の揺籃《ようらん》は静かにうつろっ
た

日野　笙子（ひの　しょうこ）
1959年、北海道生まれ。文芸誌「開かれた部屋」、詩誌「コールサック（石炭袋）」。北海道札幌市在住。

人形は長い冬の時代の空と海の輝きのなかで
次第に清らかな姿になっていった
けれども遺されたこの生はどこでどうしたものか

羅針盤の針がピーンと極を指した
長い旅をしても探せなかった人形がころがっていた
気弱なドンキホーテみたいね　と私は泣き笑い
あぁ　今日は雲の流れがやけに速い
この波の行き着く先にいったい何があるのだろう
そう　私の心はむしろ静かな愉しみでいっぱいだ
つい今しがた人形と別れて今というこの刻に
まるで大自然の約束ごとのように
空と水平線の裂け目から太陽が顔を出した
そうして波間から無数の素粒子ほどの欠片《かけら》が飛来すると
人形のからだを突き抜けた
人形はどんどん透明になっていった
抜け上がった冬の青空に

「戦後生まれ」だからこそ

石川　啓（いしかわ　けい）
1957年、北海道生まれ。北海道詩人協会、北見創作協会会員。
北海道北見市在住。

「ワーキング・プア」と名づけられたらスマートだが
働いても働いても最低限度の生活者が増えた
国はアメリカから軍事費の援助を求められたら即決
貧しい国から支援を頼まれたら寛大に承諾
しかし自国の低所得者への措置は殆ど聞かない
じわじわと削り取っていく福祉への予算
「なぜ？」と問う私に友人は云う
「格差社会を大きくして貧しい者を兵士に仕立てる為」
畏《おそ》ろしい話だがあり得ないことでもない
戦争を決めた者はいつも司令塔の安全圏の中
第二次世界大戦で日本の敗戦が決ったとき
外地の士官達は我れ先にと逃げたという
戦争のさなかにあっても貧富の差が物を言う
外地の民を掴まえて「人を殺す度胸をつける為」と
下級兵に銃剣で殺させたとも聞いている――

戦争を体験した私達の父母の世代に
もう二度と悲惨な体験をさせてはならない
戦後生まれの「平和」の中で育ってきた私達は
平和なのが当然と安穏としていてはならない

「集団的自衛権」の怪しさと不確かさ
いつの日か「集団的攻撃権」へと摩り替えられるだろう
私達の下の世代にも「戦争」などという
一皮剥いた鬼達に操られる体験などさせたくない
日本は「憲法九条」を定めた事で　戦後
曲がりなりにも他国から認められたのではなかったか

血で血を洗う抗争を長年繰り返しどちらが被害者なのか
判らなくなった国　熱狂的な信奉者の神の教えとは？
それを不可解に思いながらも自分の奥底を覗いてみると
近しい人が殺されたら黒い復讐心がとぐろを巻いている
「平和や命の尊さ」は仮面となり二の次となる
「他国の応援」と派遣したら日本にも攻撃の手が伸びる
ミサイルが飛び込み　テロがはびこり　火を放たれ
阿鼻叫喚が連射される弾の中を右往左往するだろう
政府はそれらをどの程度踏まえているのだろうか
福島原発事故から撤退した国が本気で日本を守るのか？
アメリカの経済的植民地から植民地へと成り下がる
「人」であり続ける為にも憲法九条は崩してはならない

二〇一六・三・四　母八四歳の誕生日に

或る氷河期

・・・・があっても
夏は来るだろう
生き残った異形《いぎょう》のセミは
何処かしらにとまって
じりじりと鳴くのだろう
・・・・があったからと言って
地球上に人類は生き残るつもりだろう
・・・・があっても
ウミガメは偶然行きついた浜の
砂の中へかなしい卵を産むだろう
・・・・が無かったからと言って
世界中が幸せに満ち足りる訳でもないだろう

・・・・が無ければ
・・・・が無くても

それにしても
食らうためでなく
危機回避のため
経済効果のため

佐藤　銀猫（さとう　ぎんねこ）

１９６０年、埼玉県生まれ。詩集『ラベンダー海岸』、『君に向けて』。詩誌「反射熱」、横浜詩人会会員。神奈川県鎌倉市在住。

という屁理屈を
ヒトは何年考え続けているのだろう
放っておいても
空にはとっくに穴が開き
太陽は味方でなくなって久しい

剥き立てのジャガイモに
奇怪な細工をして食らう人類は
ほんとうの地球を知らず
ならばひとの成り立ちも覚えてはおらず
滅亡のスイッチを押すことばかり考えているのだ
多数決はとても簡単で
共存の賢さを易々と超える

サルよ
かつて氷河が恐竜たちを絶やしたように
ヒトは内側からヒトを焼き尽くして
ヒトはヒトによって
滅びることを約束していたか？

ピストル

中久喜　輝夫（なかくき　てるお）
１９４６年、茨城県生まれ。詩集『チンパンジーの森』『ジェロントロジー』。
詩誌「鹿」、静岡県詩人会会員。静岡県三島市在住。

ピストルの音が鳴った
ピストルの音が遠くの山々に響きわたった
ピストルの音が紺碧の空に消えていった

森の中でそぞろ寒に震えている
何ものかが私を追ってくる
追われている

必死に逃げている
木陰に隠れて見上げると小さな青い空があった
ピストルが後頭部に突き付けられている
銃口が頭のてっぺんに押し付けられている
そしてピストルの音が鳴った
銃声が野分のようにわたっていった

行く秋の青空はとりとめもなく
ねず鳴きのような声を必死に張り上げている
狩りをするヒトたち
必死に逃げる獲物たち
戦争に行った絶対絶命のヒトたち

戦争に巻き込まれた心細く貧しいヒトたち
数えきれない生き物が死んだ
数えきれないヒトが殺された

二発目のピストルの音が鳴った
ピストルの音が遠く秋の野にしみ入っていった
かる萱《かや》のうら枯れ
ナナカマドの赤い実が散る中
微かなピストルの音が葉末に光る露と消えていった

行徳

吉田　ゆき子（よしだ　ゆきこ）
1950年、埼玉県生まれ。詩集『スノー・チャイルド』『鼓膜の内外』。日本詩人クラブ、日本現代詩人会会員。埼玉県さいたま市在住。

行徳の神社の深い森が
おしえてくれたこと

敷石にそそがれる影は
とおい昔を奏でている

穏やかなほほえみを投げる
目の前の海では
海苔がたいせつに育てられ

江戸城に向けて
御用達の旗を掲げて
艪の音が響いていた

海の路はひらいて
船を誇らしげに見送っていたという

ちいさなトゲをからませている
野いばらが神社の石段に
ちる　るりら　りり　るはら　りら　石は

ま白なかなしみを受けとめていた

行徳村に時のページは
新しい光をつづる

市川は平成二十八年
マンションが立ち並び
弟の勤めるお店では
八十歳代七十歳代が
ゴルフの打ち上げ会で盛り上がる

立ち尽す

やまもと　れいこ
1949年、大阪府生まれ。『燃え上がるフォード・マーク・ロスコの絵』。
詩誌「コールサック（石炭袋）」、「軸」。大阪府大阪市在住。

病と貧困と老いを抱えて何処にも行けない私
悲しみと憤《いきどお》りで粉砕されてしまった心が
彼の地へ飛んで行く
私のかわりに私となって
爆弾とミサイルで破壊された瓦礫の街へ
草深くかきわけて行く窪地へ
置かれた石の横に
苦しげに傾く杭の横に
花が供えられた墓標の横に　立つ
あらゆる所の　亡骸が横たわり
埋葬された場所に　立つ
理不尽で悲惨な死を　悼んで
残された人々と共に涙を流す
彼等からは見えない私を
無念に横たわる魂が彼等の世界へ連れてゆく

残された人々は逃げる事しか出来ない
彼等の流す涙は
死者の魂からしみ出る涙とあわさり
命の雫となって集まり
大地に染み込んでゆく
沈黙する人々
目を伏せて何も見ようとしない人々
動かない壁のような人々の足元で
激流となっている
大地を走る彼等と一緒に流れている
いつか故郷の川と合流し
大地を崩し　大海へと流れ込む
そして　青い海を彼等の苦しみの色に
変えてゆくだろう

邪悪で強欲な支配者達が戦いを止めるまで
世界中の人々が動き出すまで
私は立ち尽す
一人一人の亡骸の横で彼等と
固く手を繋いで

芳賀　章内（はが　しょうない）
1933年、福島県生まれ。詩集『宙吊りの都市』詩論集『詩的言語の現在』。
日本現代詩人会会員。埼玉県さいたま市在住。

抒情の日々

それこそ　ひたすら待っても
わたしのなかに
季節が　うまく流れてこなくて
かわりに
悲鳴が流れたり
凍ったりだ
太陽の夢が滑って
椿の花を一個　咲かせた
椿の木が
未来の絵図面を吐息で濡らしている

罪と罰が
法律用語を
肉体のように
鍛えあげる
あまりに殺人事件が多くて
法律用語が
放心状態で寝そべっているからだ
悠久の
法律用語を教えてやろう

神になることだ
中東から「いたりあ」
「ろしあ」を廻って
それ　靖国神社に行け！
殺し　はどこでも
信仰無罪
愛国無罪の伝導体でつながっている

子殺し　親殺しを加えて
磨きのかかった日記をつけつづける

花見の日に
罪と罰が歌っている
　桜が屋根に降りつづき
はぁ　神となって降りつづき

バラ苑の入口で

バラ苑の入口で　ころんで　気をうしなっていたらしい
バラ苑は　としたけた女のように　全体がすきとおって
一ケ所だけ　噴きだした血がかたまって
まっかに　まっくろに
さいごの　ひとはなを　さかせていた

ビイーと　するどく啼いていたのは　ひよどりか
ゆめのおくの　おくの　おく
巨大な伽藍につつまれて　天のそこから
たおれた女をみおろしていたのは　磨崖仏か
みんなが祈っているものを　どうして　くだくの
夢のなかでも絶えだえに　たずねていたらしい
かついだ機関銃　からだにまきつけた弾帯
目の前で親を殺され　拉致され少年兵へ
頬を裂かれ　麻薬を埋め込まれ
狂った　殺人機となって
あなたのしかけたものは　ダイナマイトか
くだけて　ふりそそいできたのは
山か　仏像のかけらか
ふりそそぐものを浴びながら
あなたは　たしかに　こういった
殺しの場　ここ以外に　食べる場は　ない

バラ苑の奥には地下から浸みだす水があって
小鳥たちが　秘泉のみずを　のみにやってきていた
ターリバーンも　ＩＳも　国をもたないひとも
憎まれスポットに　配置されてしまったテロリストも
あたたかな　スープの酌める　非戦の場は　ないのか
醒めかけた　ゆめのなかで
さらに深い　ゆめのなかへと　まよいこんでいくらしい
小田切　敬子（おだぎり　けいこ）
1939年、神奈川県生まれ。詩集『流木』『わたしと世界』。詩人会議、ポエムマチネ会員。東京都町田市在住。

見たことがある

上野　都（うえの　みやこ）
１９４７年、東京都生まれ。詩集『地を巡るもの』、翻訳詩集　尹東柱『空と風と星と詩』。日本現代詩人会会員。大阪府枚方市在住。

「兵隊は地図を見たことがありません」
　　　　浜田　知明

☆

慰問袋に入っていない　何度ひっくり返しても
もしやと　縫い目までほどいてみたが
かたく握りしめた鉛筆の
紙の二枚目に残した凹凸が　そうだったか
やわらかく浮き上がった地図もどき

ずたずたにスコールにのめされ
声さえ届かない密林
前進と言う者すら　足が向くまま
何百人が歩こうと
無情にも　すぐに密林は閉じてしまう
首筋に浮いた血管は
細い道に見えなくもない
後ろに従うもののための
手を引かれ　転げ込んだ闇

闇という全方位
誰も教えなかったが
灼熱が三ケ月のように切り込むところ
そこは下り坂だ
群青の海へ跳ぶ草むす野道の

「兵隊は地図を見たことがありません」

そう　言われたって
maps.google.co.jp/

見えすぎる分だけ
誰にも見えると
誰も腐らないと
誰も焼かれないと。

引用の言葉は二〇一五・六・二三付け朝日新聞
「折々のことば」より。

戦争を知らないわたしは

植松　晃一（うえまつ　こういち）
1980年、東京都生まれ。
詩誌「コールサック（石炭袋）」。東京都江戸川区在住。

戦争を知らないわたしは
実弾射撃場で拳銃を撃つ
ヒトの似姿を標的に
銃弾が銃口をはねあげるとき
わたしの魂から何かが勢いよく飛び出して
ぽっかり　穴があいた
凶器は主人の魂を
喰らって動くことを知った

戦争を知らないわたしは
富士山麓で自衛隊の演習を観る
戦闘ヘリはブンブンうなり
戦車の砲撃がドンと胸を叩く
豆鉄砲を抱えて走る隊員の健気さよ
土煙と爆音にべそをかきながら
兵器はただ破壊と恐怖で魂を
破裂させることを知った

戦争を知らないわたしは
死者の記憶をたどる
正しさを着飾った総力戦に酔い
冷たい戦争に熱い血を流し続けた前世紀
いまは飢《かつ》えた隣人の自爆に泣き
不意に訪れるだろう終末の幻影に踊る
なぜ殺し　殺され　生き残らねばならなかったのか
無念の問いを共にしながら
争いを招く狂気のウイルスに
わたしも感染していることを知った

戦争を知らないわたしは
いろいろなことを知ったけれど
本当のことはきっと　何も分からないまま
触れることすらできない
時代の撃鉄《げきてつ》をとめることは
かなわないかもしれないけれど
でもせめて
それでも生きていくべき
すべての子どもたちのために
奪い奪われる狂気の熱をさます
解熱剤になりたい

人の重み

なぞり
たどった
聞いた見た
その後　何があった
何を見た
そしておまえは何をした
それに
おまえは何をしたい
明日をどんなものと想像したいのか
いつかおまえたちのようなものばかりの時にも
耐えうる話を

戦争　戦争　事変
紛争　派兵　出兵
鎮圧
支援　派遣　敵
利益　停滞しない経済のために
国益　国民の義務
民族　人種　家族　個人　わたしにとって
人の重みに叶うとはどういうことを言うのだろう

関　中子（せき　なかこ）
1947年、神奈川県生まれ。詩集『三月の扉』『話すたびに町は旅する』。
日本詩人クラブ、日本現代詩人会会員。神奈川県横浜市在住。

これからもずっと
生まれつづける世代よ
黄色い嘴を薄暗いひかりが輝かし
雨後に筍を掘る
彩りに
山椒の葉
香りに満ち
朝の食卓を跳ねる空気たち
どのような彩りに次の子どもはするつもりだろう
戦争直後の日々がここに二度と現れませんように
いつか次の子どもたちのようなものばかりの時にも
耐えうることばを
耐えうる話を
戦後に生まれた人の重さよ
平成の今日したことに戦後が続く

こどもは皆戦争に行ってしまった

河野　俊一（こうの　しゅんいち）
1957年、大分県生まれ。詩集『またあした』『陰を繋いで』。
日本現代詩人会、大分県詩人連盟理事。大分県大分市在住。

こどもは皆戦争に行ってしまった
少子化だから
募兵では数が足りず
皆行ってしまった
親から見ればいつの時代も
子どもの方がさばけて見える
ゲームのようにはつらつと
ラップのようにはきはきと
ただ
いってきます
のことばを楷書で残して
スニーカーを履いて行く
残された老人は皆一人で死んでゆく
アパートで路上でデンデラ野で
死後一週間なんて
まだましだ
探しに来る方も足元がおぼつかない
高校時代の同級生も
朽ち果てて見つかり
初恋の人も
半分獣に食べられていたらしい
算数では
引かれものを除いたら
余りが出るはずだったのだが
このままでは
何も残らないようだ
何かがなくなることによって
すべてがなくなる場合だってある
わけのわからない話だ
わけのわからない人が
人の詩を読んで
わけがわからない
とつぶやくよりも
もっと重い罪が
陽炎のように
目の前でゆれている

ひとつの太陽

星野　博（ほしの　ひろし）
1963年、福島県生まれ。詩集『線の彼方』。詩誌「コールサック（石炭袋）」会員。東京都立川市在住。

朝日が昇り
あらゆる場所に
光がそそがれる
人間に与えられているのは
たったひとつの太陽
すべての人に
ゆきわたるその恵み
例外はない
体を暖め
衣服を乾かし
食料となる穀物を育む
太陽は人間を照らす
まったく平等に
わけ隔てなく
いまの頭上の太陽が
どこかの国で朝日となり
どこかの国で夕日となる
違う言葉の人が
違う肌の色の人が
違う宗教の人が
違う国籍の人が
同じ太陽で目を覚まし
同じ太陽の日差しで汗ばみ
同じ太陽に祈りを捧げ
同じ太陽が彼方に沈むのを眺める
そのひとつの太陽の下
人間同士が殺し合う愚かさを
手放すそのときまで
太陽は新しい朝を何度も与え
人間の道を照らし続ける

十三章　平和創造

平和創造の詩《うた》

堀江　雄三郎（ほりえ　ゆうさぶろう）
1933年、旧満州大連市生まれ。宮城県仙台市在住。

日本近代史年表を読み
私の知る、戦史を上げれば
一八九四年に始まった
日清戦争から日露戦争
第一次世界戦争へ参戦
シベリア出兵・満州事変
日中戦争・太平洋戦争
　その果に、一九四五年
広島・長崎へ原子爆弾投下さる
これにより、日本は八月十五日
無条件降伏、
　ポツダム宣言受諾した
この間五十一年、約半世紀
大・小七度《ななど》の戦争当事国
これらを繙《ひもと》けば敵も味方も
聖戦などの正義は見えず
人間技とも思はれぬ
非道・卑劣の応酬は
野獣にも見ぬ残忍さ
弱者を喰う餓鬼の道

それによる戦争犠牲者の数知れず
更に加わる、悲嘆に沈んだ無辜《むこ》の民
涙なしには語り得ぬ、多くの霊
屍《しかばね》の山を築く愚かな殺し合い
絶対しません、出来ません
　との固い誓い合いを
非戦を貫《つらぬ》く強い心を
　世に広めねばならぬ

多くの同胞を助けられず
敗走《はいそう》し生き残った
　戦争体験者の務《つと》めとして
これからは、もう一人の
戦争被害者も出さないと
平和創造の詩《うた》を、戦争放棄の声を
いつまでも高らかに響かそう
　戦争で命を落した御霊に誓う

命令に従うべきか

宗教改革ののろしを上げたルターが
ドイツの兵たちに「上官の命令が
キリストの教えに反している時には
従う必要はない」と説いたけれども
それを実践した兵たちはひとりでもいたか

第二次世界大戦で　ヒトラーの命令に
ほとんどのドイツのクリスチャンが従った
その人たちがどうしてイエスの
「敵を愛しなさい」や「殺すな」の教えに従わず
ヒトラーの言うことに従ったのか

ドイツでは日曜日の礼拝出席が半ば市民の義務だったか
ら
アウシュビッツにもきっと礼拝の習慣があったのだろう
ドイツ兵たちはユダヤ人たちをガス室で焼きながら
日曜日には礼拝に出席して罪を清めてもらい
肩につもった重荷を取り除いてもらったのだろうか

日本でも　西欧の国家教会の伝統持つ教会の信者たちが
国家から命令され　その多くがキリストに従わず
現人神の天皇を拝み　国の命令に従って戦争に行き
戦死した時には靖国に祀《まつ》られ
国民から拝まれた
矢口　以文（やぐち　よりふみ）
1932年、宮城県生まれ。詩集『詩ではないかもしれないが、どうしても言っておきたいこと』。詩誌「Aurora」。北海道札幌市在住。

八紘一宇

石川　逸子（いしかわ　いつこ）
1933年、東京都生まれ。詩集『千鳥ヶ淵へ行きましたか』、『たった一度の物語』。詩誌「兆」。東京都葛飾区在住。

「八紘一宇という理念が大事」
戦後七十年　自民党女性議員の口から
ふいに飛び出してきた　コトバ

霧のむこうから　おどろいて顔を出したのは
国民学校五年生だった　わたし
自作の紙芝居を　教室で披露している

「東南アジアで　日夜
悪い人たちをやっつけるために
兵隊さんは　戦っておられます」

「わたしたちの送った　慰問袋が
兵隊さんたちに　届き
うれしそうに開けてみています」

「消しゴム　船の模型　コンペイ糖　千羽鶴…
慰問袋のなかみ　ほとんど　を
現地の子どもたちに　兵隊さんは贈りました」

皮膚の焦げた子どもたちが　感謝の花束を
兵隊さんたちに贈る絵で終わる　紙芝居
背後には　八紘一宇　の大文字

（聖戦）実は強盗の戦争だったのに
空中に放り投げられ　銃剣で刺された
アジアの幼子がいたことなど　ゆめ知らず

村民まるごと殺戮のあと
焼き払われ　荒れ地となった
村も　あまたあったことも知らず

（八紘一宇）
二度と使ってほしくない
侵略の臭いに包まれた　四文字

文字

ヒトは文字をもち
過去の愚かしさから
学ぶすべを得た

それが何であろう
愚かしさを知っても
直せないなら

あまたの宗教
正しい教えも
実を結ぶことなく

文字をもたぬ
生きものをさげすみ
万物の長とうそぶく

わざと文字にのこさぬ
悪知恵あり
あさはかなり

ヒトは文字を
おろそかにし
愚かさへと進む

真田　かずこ（さなだ　かずこ）
1952年、島根県生まれ。詩集『新しい海』『奥琵琶湖の細波』。詩誌「山陰詩人」、個人誌「トンビ」発行。滋賀県高島市在住。

語釈

紫陽花の小径を散歩していると
真っ青だった空を
鵺《ぬえ》が灰色のペンキで塗ってゆきます

カイシャク　戒尺　解釈

いつも歩きながら
口遊む歌は音程を放してばかりいます

君から貰った手描きの地図には
番外地しか記されていません
君に贈った手紙は転居先不明となって
戻ってきてしまいました

かいしやく　介錯　解釈

サンダルを空に向かって放り上げると
迦陵頻伽《かりょうびんが》の悲鳴が木霊して
地底のノイズと一緒に聞こえてきます

何事もない日は良い一日でしたが

松本　高直（まつもと　たかなお）
１９５３年、東京都生まれ。詩集『木の精』『永遠の空腹』。
詩誌「舟（レアリテの会）」、日本現代詩人会会員。東京都小平市在住。

何気ない顔をして密かに何事かが進行しています

だから生温い風が肩を叩くんですよ
空から降ってくるのは雨とは限らないんですよ

飛蚊症《ひぶんしょう》のように
視野に現われた独楽は
左に傾いたり右に傾いたりしながら
空回りする憤りのようです

目をこすると
半熟卵みたいな風景が迫ってきて
道の両側には親切に
官製の道案内の地図が張り出されています

解釈　かいしやく　カイシャク

皆んなが声を合わせて唄っていますよ
紫陽花の茂の中から飛び出した
速度記号が付いていない
国歌が暴走し始めているのです

言葉

洲　史（しま　ふみひと）
1951年、新潟県生まれ。詩集『小鳥の羽ばたき』『学校の事務室にはアリスがいる』。詩人会議、横浜詩人会議会員。神奈川県横浜市在住。

料理人と客が　ぼくのわからない言葉で話し始める
客と客も　ぼくのわからない言葉で話し始める
ここは　東京　大塚駅北口の店のはずだが

カウンター七席ほどの店
まるで　異国にいるようで
いくらか心細く　ぼくは
焼き小籠包《しょうろんぽう》でビールを飲んでいる

錦の御旗を押し立てた　ご一新の政府は
かって
アイヌの人の暮らしを絶望の淵まで追い込んで
アイヌの言葉を日常から追放した

万世一系の神の国は
かって
朝鮮の人々から民族の言葉を奪い
名前まで奪おうとした

神風が吹くと言われた国の軍隊は
かって
沖縄言葉でしゃべるな　と
同じ国の人々に銃口を向けた

ぼくの暮らす国では　今
英語しか話してはいけない会社があると言う
そんな会社に　まかり間違って　迷い込んで
鬼畜米英　敵性語をしゃべるスパイめ　と
叫んだら　どうなるだろうか

料理人は
東洋鬼《トンヤンクィ》　と　叫ぶことなく
しきりに　ビールのお代わりを日本語で勧める

週刊誌

佐相　憲一（さそう　けんいち）
1968年、神奈川県生まれ。詩集『森の波音』、エッセイ集『バラードの時間―この世界には詩がある』。小熊秀雄協会、九条の会詩人の輪会員。
東京都立川市在住。

裏で動く
おとしめて喜ぶ
権力をもった者には慎重に対応し
ちょっと力をもった者をねらい打ち
人気者とか外国人はかっこうのえじきだ
いじめの欲望をかきたてる
のぞき願望をそそる
噂を拡大し
噂を呼ぶ
噂は真実よりも大事
人びとが信じれば噂が真実になる
噂のせいで消え去る者には
噂のおかげで話題になれたと恩を着せる
日々、井戸端会議
意外とウレル
カウ方が求めているんだからと
居直ることでますますうごめく
群集心理を巧みに利用し
きのうはあっち、きょうはこっち
どっちが得か

空気を読んですり寄る
ナカミなんかない
オモシロければ何でもいい
言葉の暴力で目をひき
それでいて逃げの手も打っておく
肝心のことはあいまいにするお国柄だ

そんなものが
巷にあふれているが

そんなものが
自分のなかにも
ないかどうか

戦争協力者はフツウの人びとだった

生きているのです

生きているのです
血まみれの遺体を見せられても
現場が確認されても
生きているのです

報復するって
誰にするのですか
直接殺した人を殺しますか
土地の人びとを空爆しますか
これを機に軍事を加速させますか

誰に報復しても
この命は
帰ってきません

でも生きています
生きているのです

取材の方々
どうして目が輝いているのですか

お金は弾むからと
いつまで不幸を撮影するのですか

世界は願いでできていると
信じ続けていいですか

心臓が止まりました
口がふさがれました

だから

引き継ぐのです
願いの鼓動を
夢の語りを

生きている限り

あなたに　聴かせたい

その一
目には目を
齢ごとに弱って行く目なのに
そんなに急いで目をつぶされたいのですか
この世は闇になりますよ

歯には歯を
やがて入れ歯になるあなた
そんなに急いで歯をなくしたいのですか
食べられなくなったら待っているのは死ですよ

聞かせて下さい
なぜ隣国に泥靴で侵入する必要があるのですか　隣人を
　巻き添えにする
あなたにそんな権利があるのですか
困った時はお互い様　助け合うのが人間でしょう
強国のいうなりに右向け右でいいのですか
自爆行為だとは思いませんか
国民はみんな憲法を愛し平和を願い真っすぐ前を向いて
　歩いていますよ

堀田　京子（ほった　きょうこ）
1944年、群馬県生まれ。物語集『なんじゃら物語』、『はないちもんめ』。東京都清瀬市在住。

政治に自己満足はなりませぬ　戦争への準備は誰のため
右のホッペを殴られたなら　左のホッペを差し出しま
　しょうとは
申しません
ガンジーさんやキング牧師の声を聴いて下さい
戦争は人間を獣にします　憎しみは連鎖し破滅への道
人間は人間らしく生き　死んで往かねばなりません
そんなに殺し合いが面白いのですか
悪魔の歴史は繰り返さないと誓い合ったこの国ですよ
大臣に言いたい　民の声を聴く事が民主主義の基本では
　ないでしょうか

その二
他国を干渉する前に　自国の現状福島を見て下さい
放射能にＤＮＡを犯された大自然の悲劇が始まっていま
す
何も知らずに咲いた奇形の楕円ひまわりを見ましたか
この世のものとは思えない奇怪な花々を見て下さい
菊は菊の花になれず　タンポポはタンタンポポポポに
　なってしまいました

菜の花も　ダリアの花もバラの花さえもお化けのように
　咲き訴えています
哀しすぎて泣くこともできない花の声を聞いて下さい
茄子はグローブのように　トマトはぶどうのようになり
サツマイモは巨大に育ち　カブはカブになれずそれでも
　生きています
シジミチョウは羽が小さくて飛べず　目もありません
腹部が2つのアブラムシ　告発も復讐もできない奇形ゼ
ミ
沢山の昆虫の嘆きの声が聞こえますか
鳥は空を飛べなくなり　いなくなりました
二本指の猫がうまれ　脚の先がない犬の気持ちがわかり
　ますか
耳のないうさぎはどうすればいいのでしょうか
一体に頭部が二つの下半身のない驚愕の亀さん
スリーマイル島の頭が二つの牛の目を見るがいい
月に向かって吠えて見たとて太陽に祈り捧げたとて　や
　るせないこの惨事
神の領域にいたずらを仕掛けるのは誰　甲状せん癌だけ
　じゃない
闇に葬られた奇形児の声なき声を聞くがいい
目以外の穴という穴がふさがったまま誕生したベラルー
　シの赤ちゃん
問題は隠しても消えません　事実は証言します

自然淘汰の一言では許されない
警告を無視すれば必ずこの身に降りかかって来ることを
　ご存じでしょう
放射能は恐怖の大魔王です　ハルマゲドンの世界が見た
　いのですか
今こそ原発問題の大きさに気づかねば取り返しのつかな
　いことになります
足元の問題を見ることなく死の商人にならないでくださ
い

こわれたハカリ

あるとき　キミはサヨクか　と言ったヒトがいる
そう　おれか?おれはサヨクだ　と言っておこう
生まれたときからずうっと　サヨクだったとね
では　そういうキミはウヨクなのか?
この世にはウヨクとサヨクしかいない
だって　正義と邪悪のあいだに
その真ん中なんて　あるんだろうか
正義と邪悪をハカリにかけて
その真ん中なんて　あるんだろうか
この世には重さや長さを計ったりするほか
もうひとつのハカリがあるんだね
どちらが正義か邪悪かを　はかるハカリがね
正義と邪悪を足して2で割ることはできない
この国の裁判所の入り口には
よくハカリが飾ってあるけど
これは今ほとんど機能していないんだ
ウヨクの政権にしか機能していないんだ
ほとんどが　ニセモノのハカリなんだ
他国に押し入った戦争は
誰が見ても邪悪な行為そのものだ

佐藤　文夫（さとう　ふみお）
1935年、東京都生まれ。詩集『ブルースマーチ』『民謡万華鏡』。
詩誌「炎樹」、詩人会議会員。千葉県佐倉市在住。

そのための大量の戦車や軍艦や戦闘機など
送りこんだ政府が　あれは戦力ではないなんて
デタラメな判決をここ数十年くりかえしている
この国の裁判所のハカリは　ゼッタイに狂っている
武器をもってヒトを殺《あや》めることは邪悪な行為である
ならば　大量殺人を目的とした　それらの武器を
海外へ輸出することも　また邪悪な行為であろう
ましてや何十万人を一瞬にして殺せる　核爆弾
その原料となる原発を儲け目的に輸出することは
おおいに邪悪なことだ　邪悪のきわみであろう
それと同時に　弱者を責め立て増税し
福祉を切り捨てる政治もまた邪悪な行為であろう
おれたちの不幸は　いまこうした邪悪な政府を
持たされてしまったことにある
インチキきわまりない　選挙制度によって
こわれたハカリを　持たされてしまったことだ
こんなハカリは　もはや打ちこわすほかはない
いまだ迷っているウヨク以外のマジメな人びとよ
正義を愛し　邪悪を憎む　おおくの人びとよ
いまこそ立ち上がれ

蔦の歌

蔦《つた》を見た
崩れ残った　大煙突の割れ目の上に
伸びあがるものを見た
蔦を見た
崩れ落ちた瓦礫《がれき》の中から
抜け出るものを見た
大空を摑むものを見た
蔦を見た
風の中に揺れるものを見た

風の中に　おお歌う
鉄の梯子《はしご》よ！

島田　利夫（しまだ　としお）
１９２９〜１９５７年、群馬県生まれ。『島田利夫詩集』。
群馬県などに暮らした。

帝国の学習

原　詩夏至（はら　しげし）
1964年、東京都生まれ。詩集『波平』、歌集『レトロポリス』。日本詩人クラブ、風狂の会会員。東京都中野区在住。

もう古い話で　記憶もおぼろだが
確か　ガキの頃　夢中で観た
映画「さらば宇宙戦艦ヤマト」では
かつて　地球を滅ぼそうとして
逆に　地球の　ヤマトに滅ぼされた
ガミラス帝国の総統・デスラーは
あてどなく　宇宙を彷徨っているところを
別の超巨大帝国「白色彗星帝国」に拾われ
客将として　一艦隊を任せられて
一つには　もちろん　復讐のため
二つには　帝国再建のため
彼らの　地球征服の　片棒を担いで
再度　ヤマトに戦いを挑む
とはいえ　客将なんて　要は飼い犬同然
皇帝からは　名前も呼び捨てで
何をするにも　秘密の監視付き
しかも　そこまで　屈辱を忍んでも
結局　ヤマトには負け　艦隊は失い
皇帝の参謀（兼愛人？）からは　酒の肴に
「所詮はそこまでの男♡」とあざ笑われ

死んでも　その死すら　悼んで貰えない
さすがに　最後は　少々哀れだった
しかし　思えば　俺の知ってる
実名は伏せるが　もう一人のデスラー
聞けば　そいつの　死んだお祖父さんは
かつて　隣国を　滅ぼそうとして
逆に　自分が　ぼろぼろに滅びて
あてどなく　地上を彷徨っているところを
これも実名は伏せるが　別の超巨大帝国に拾われ
友軍として　一師団を任せられて
一つには　もちろん　復讐のため
二つには　帝国再建のため
彼らの　地球征服の　片棒を担いで
再度　戦いを挑む　その途中で
時間切れで　寿命が尽きてしまって
今や　孫である　その男が
愛する　お祖父さんの　遺志を継ぐべく
ありとあらゆる　忠告に　耳を塞《ふさ》ぎ
ありとあらゆる　現実に　目を塞ぎ
それでも　自分なりには　至極本気で

一路邁進《いちろまいしん》しているそうなのだが
とはいえ　友軍なんて　実は飼い犬同然
皇帝からは　名前も呼び捨てで
何をするにも　秘密の監視付き
しかも　そこまで　屈辱を忍んでも
所詮は捨て駒で　異人種同士を
ぶつけて　戦わせて　漁夫《ぎょふ》の利を得る
超巨大帝国の　昔ながらの　狙いと
「馬ッ鹿でえ！」という　陽気な高笑いが
何の呪いでか　ぜんぜん　聞こえない
それとも　本当は　聞こえているのに
だからって　結局　何にも出来ないし
そんな　自分が　余りにも惨めで
敢えて　気づかぬふりを　しているのか
俺も　さすがに　少々哀れで
一度　知り合いの　女霊能者に
「どうして　こんなに　見え見えの　トラップに
あいつは　むざむざ　はまり込んでいるんだ？
やっぱり　何かの　霊障？」と訊いたら
「それはな　その昔　あいつのお祖父さんが
かつて　負かした　或る帝国の　皇女を
『俺の言う事さえ　きちんと聞いていれば
いつか必ず　親父さんの帝国を
同盟国として　再興させてやる』と

たぶらかして　諜報部員に仕立てて
ありとあらゆる　屈辱を忍ばせ
汚れ仕事で　さんざん利用して
その挙句　一応　約束は守ったが
とはいえ　そんな国　所詮は傀儡国
実質は　裸の　飼い犬同然で
結局　上手に　捨て駒にされた　その皇女は
最後は　全てに絶望して死んだ　その祟《たた》りさ」と
厳《おごそ》かに　だが　事もなげに言う
すみれ色の　変な　お香の　煙の彼方から
あのさあ！
全世界の…いやさ　全宇宙の
ありとあらゆる「帝国」の皆さん！
思えば「スター・ウォーズ」の昔から
「帝国の逆襲」なんて　よく言うけど
やっているのは　つまりは　こんなことの
嫌になるほど　無限の繰り返し
「逆襲」もいいけど　そろそろ「学習」も
本気でやってくれよ！　頼むから！

日本の「茶色い朝」

前田　新（まえだ　あらた）
1937年、福島県生まれ。詩集『無告の人』、詩論集『土着と四次元』。詩誌「詩脈」、「いのちの籠」。福島県会津美里町在住。

フランク・パブロフの
「茶色い朝」の邦訳を読んだのは
二〇〇三年だった
あれから十二年が過ぎた今日
テレビで不思議な光景を見ている

何やら、委員長のところに
人が駆け寄る
委員長の側には屈強な男が
立ちはだかり、怒号が飛ぶ
委員長は渡された紙を握って
何やら叫ぶ（聞き取り不能）
髭を生やした男が〝決まった〟を連呼する
その一瞬を、カメラは写し取る

ほう、こんな風にして
日本の「茶色い朝」は、はじまるのか
ヴィセント・ギャロの奇妙な挿絵は
カメラが写した光景さながらに
なにがなんだか解らない

ぐるぐる右巻きの
反知性の線のなかに
人間らしきものが描かれている

その挿絵をよく見ると
人間は男も女も裸のまま
みんな恥部を押えて立っている
すると「安心して下さい」「はいてます」
という下劣なギャグが
まるで、彼が率いる軍団の
国民へのメッセージのようにひびきわたる

彼らの愚民観を顕にしたＣＭに
「安心して」はいけない
日本の「茶色い朝」は、
ふたたび、こうしてやってきた
しかし、今なら、まだ間に合う
試されているのは、彼らではない
私たちだ

ただひたすらに

人は　やすらぎの地を求めて
旅をつづける
ときに　雲の流れに　身をゆだね
　氷河のおつる音にも耳を澄ます
溢れくる生の鼓動は　吹雪のように
　空いっぱいに　舞い上がる

人は　夢と真理探究に向かって
旅をつづける
学びと連帯は　未来を切り開き
　清き文化の礎となる
世のあらゆるものに　豊饒をあたえ
　微笑みのトンネルに導く

人は　大地を謳歌する
感謝の旅をつづける
歓喜の広場には　泉があふれ
　人々の周りには　花咲き香る
こんな世界が　戦禍のない世界が
　我らの　もとに

永山　絹枝（ながやま　きぬえ）
1944年、長崎県生まれ。詩集『讃えよ、歌え』『子ども讃歌』。
詩誌「コールサック（石炭袋）」、詩人会議会員。長崎県諫早市在住。

ねがい

　大空に平和の鳥を飛ばしたい
　風船に手紙をつけて飛ばしたように
　　ほとばしる滝の如くに
青い空へ　青い空へと　…
曇り空であっても　雨の日でも
坂道になっても、石ころ道でも

戦禍の狭間に咲くたんぽぽのように
千羽鶴でつなぎたい
舞い上がる凧のように飄々と
惹きつ弾かれつしながらも
平和の歌を奏でたい
響いてくる　こだまする
世界の人々から

冬の夜

秋野　かよ子（あきの　かよこ）
1946年、和歌山県生まれ。詩集『梟が鳴く―紀伊の八楽章』『細胞のつぶやき』。詩人会議、日本現代詩人会会員。和歌山県和歌山市在住。

ひっそりと　パソコンを開くと
シリアの空爆　イラクの空爆
子どもへ　学校へ　病院へ　街へ
空からの辺り構わず落とす爆撃
燃え上がった閃光
瓦礫の街
白い布でくるまれた　子どもの死体
瓦礫の山
原産の花々ひらく　シュメールの大地に
私は　ゆっくりとお茶を飲みながら見ている
私は　何故ここにいるのか

パキスタンの少女が　叫んでいる
「日本のみな様　どうか爆弾のお金をわたさないで！」
無人爆撃機ドローンで　家族を殺された

私の　貯金が知らぬ間に　爆弾になっている
私は　それでも大切に貯金をしている
私は　お金に名前を書いて封印したい

私は　何をしたらいいのか

シルクロードに文字の影が消え
数千年の時の色が粉塵の風で吹き荒れる
幻影の砂は　ふたたび滅亡の星が覆う

終わらないものはない
古代ローマも　元王朝も　世界を制した国々も
ドイツや日本も
喘ぐ　アメリカ……も
欲望の数字に巻きつかれた一握りの人々
幻の鎖を　放つときは来るのか

餅

瀬野　とし（せの　とし）

１９４３年、中国東北部生まれ。詩集『なみだみち』『菜の花畑』。日本現代詩人会、詩人会議会員。大阪府堺市在住。

男の子は　ふらつきながら
〈ヨイショ！〉
おおぜいの声に杵《きね》を下ろす
幼い女の子が　お父さんの握る杵に触って
ちいさな〈ヨイショ！〉
笑いがおこる

わたしたちは丸め役で
何味にする？
あんこ　きなこ　醤油　大根おろし
搗《つ》きたてはやっぱり違うねぇ

このあいだ　強行採決のあと
〈餅を食えば　忘れるさ〉
言ったんだって　政権党の人
まったく馬鹿にして
怖ろしい指導者の言葉と同じね
〈大衆は理解力が小さいが　忘却力は大きい……
　宣伝はそれに依拠せよ〉＊って

忘れるものですか
お餅を食べられなかった年のこと
戦死した兵隊さんたちの六割以上が
飢死《うえじに》ということも

年が改まっても　覚えている
お餅をしっかり食べて
理解力を強め　忘却力を弱める
この子たちが大人になるころは
戦後二〇年でもなく　戦時中でもなく
戦後平和な百年にしなければ

駐車場は寒いけど
ドラム缶でどんどん火を燃やし
ほら
次の蒸籠《せいろ》から湯気が上がってる

＊ヒットラー『わが闘争』

教育現場はブラック

梅津　弘子（うめづ　ひろこ）
1941年、山形県生まれ。詩集『山ガール』。
横浜詩人会議、詩人会議会員。神奈川県横浜市在住。

教育を「取り戻す」と
声高に叫ぶ　時の権力者
その　官房長官のおひざ元
私の町の子ども達の社会科の教科書
「大東亜戦争」は
自存自衛　と書く
有事に備えよと　強調し
憲法改定へと　誘導する

予備自衛官二等陸尉の
肩書を持つ　社会科教師
今年の夏休みも　子ども達を
東富士演習場に連れて行く
戦車　ヘリコプタ　火砲
間近にみられる
子どもたちの　好奇心に付け込む
「自衛隊が平和を守る組織として
　充実している事実を学ばせる」と

母親たちは　自衛隊は安保法制で
殺し　殺される　軍隊に変わった

母親たちの抗議に
校長は　口を閉ざす

教え子を戦場に送らない　あの反省は
どこへ

教育の中立性　公正性は
どこへ

大きな組合の教員は　流れに逆らわず
小さい組合の教員は　市民と手を結ぶ

地球家族～東西南北・小競り合いをしている時ではない～

酒木　裕次郎（さかき　ゆうじろう）

1941年、鹿児島県生まれ。本名、坂木玄理《さかきげんり》。詩集『筑波山』、『浜泉』。詩誌「衣」、「いのちの籠」。茨城県取手市在住。

『ノストラダムスの大予言』という本は　フランスの医師・占星術師ノストラダムスが著わした『予言集』を纏めたもので『一九九九年七の月に恐怖の大王が来るだろう　人類が滅びる』と書かれている
『恐怖の大王』の正体は目に見えないものだが　その出現の前に『別のもの』が現れれば　人類は救われる　人類滅亡が先延ばしにできる　局所的な破壊にとどまり人類が滅亡はしない
希望としては　失墜した西洋キリスト教文明に対置しうる東洋思想の現実的な実践などによって　救われる可能性があるかもしれないという

この本を四十年前に読んだ時の戦慄を忘れない　環境問題が懸念されてはいたが　それさえ糺せば地球は何の心配もないと信じていた
しかし　世界は平穏ではなかった　大きな戦争はない代わりに　インドシナはじめ途上国での地域紛争　内戦が勃発するだろう　加えて『恐怖の大王』の候補とされる自然災害　大地震大津波　火山　台風・ハリケーン　大気汚染　水質超汚染　核兵器　彗星…
いまそれらが的中しはじめてきた　子供たちの地球は安穏なのか　人間はついに地球を脱出して宇宙をさ迷うのか…
人間の心の中から　差別　他者排除の思想を取り去り
『地球家族』の連帯意識が現実に機能すればいい
そうでなければ　人間は地球上から消えてなくなり　地球は放射能を吸い込んで巨大化した未知の生物に　支配されてしまうことであろう

※『ノストラダムスの大予言』五島勉著　を参考にした
※『東洋思想』＝法華経（仏典）

夢を見た

奥主　榮（おくぬし　えい）
1959年、東京都生まれ。詩集『海へ、と。』、エッセイ集『在り続けるものへ向けて』。東京都中野区在住。

貧しさの中で
夢を見た

三百年もの長いあいだ
他国と交わることもない中で　遅れていった技術は
恐ろしい兵器を生み出すことはなく　内乱もなく
黄金や螺鈿《らでん》　鼈甲《べっこう》を
きめこまやかに細工しながら
大量殺人の道具などは想像することもなかった
知っていたのは　ちっぽけな島国の狭い価値観だけ
視野が狭く歪んではいても
それだけで満ちたりていて
けして不幸ではなかった
ふつふつふつと溢れ　零れだすものはあっても

火にかけられた鍋の中で
水は静かに対流を始め
小さく　慌ただしく　気泡が生まれ

大きな軍艦が姿をあらわし　大砲を向け
開国をと迫ったとき
あたふたと態度を豹変させ　誰が親玉になるかと
玉をかかけ　弱いものよりは強いものにと
変わり身の早いものだけが生き延びて
挙げ句の果てには
よその国にまで開国を迫るようになり
自分たちの生活の規範を捨て
身の丈に合わない生活をしたいと　夢を見た

夢を実現するためには　と
小さな島の資源をむさぼりつくし
人の命さえも　安い対価で消費していき
男も女も子どもも　いうまでもなく老人たちも
ひとしくむさぼりつくし
他国の資源も　そこにある命のことごとくも簒奪《さんだつ》し
僕らの祖国は安楽な生活を夢に見た

いつか熱湯となった水は
沸騰し　溢れ出し
蓋を跳ね上げて

鍋の縁を越え　火の上へと襲いかかり
激しい音と湯気の中で　炎は失せ
どろどろになった灰だけが
そこには残され

ひとりよがりな思い上がりが
もっと強い力や欲望の前に　ぱしゃんと叩き潰されたとき
また新しい欲望のせめぎあいの中で僕らの罪はみすごされた
僕らはまたしても舵の向きを変え
新しい侵略者の手先となり
かつてこの手でずたずたにした国々の上に
戦に負ける前の夢を
またしても見始めた

泥だらけの灰の中では
消えそびれていた火がごそごそと
また燃え上がる機会をうかがっていた
執念のようにそこに残り
欲望を膨らませていった

焼き払われたものは何もかも
埋め立てて水路さえ失い
新しい街並みへと地図を塗り替え
汚れた靴を履きかえて
スーツの埃をはらい
部屋の中に塵ひとつ落ちることのない
そんな幻想に追い立てられて
海を汚し山を崩し
もはや国破れても山河なしと
美田《びでん》を塗り固め　麦秋《ばくしゅう》を踏みにじり
乾いた土がひびわれる湾に立ち
メチルのにおいのする酒で乾杯をした
僕らの体は指先から黒く染まり
足は干潟に釘付けにされた
それでも食欲だけは衰えず　腕を伸ばし
肥満した大食漢の化け物と成り果てながら
いくら喰い続けても飢えることに怯え続け
まだ貧しさから抜け出していないのだと
果てることのない悪夢を叶えようとしている

花みづきの咲くころ

栗和　実（くりわ　みのる）
1928年、愛知県生まれ。詩集『白い朝』『父は小作人』。
詩誌「遠州灘」、日本現代詩人会会員。静岡県浜松市在住。

八十八才過ぎの想い出は村八分に追放よりなし
三十才で心臓弁膜症に精神異状に悶え苦しむ
町に無い宗教を呼びこみ入会したる私
四日目に狂気治りて人と話せた　食べられた
七日後に戸外に出光をあびる妻の祷《いの》りで

法難とも言えぬ　ペンギン五十　人形のように
黙って立つ夜が市議選中つづく　吾が泣く子供達
村出身の浜松市功労者の石塚弁護士が「はからう」
また市議戦中に私の後ろに車一台張り付く

その前に母の実家に來い　と　すぐに変ちくりんな宗教
　は止めろと首を絞める叔父の力　すりぬけ逃げる　と
　二年も過ぎぬ間に膵臓癌
六カ月最後まで昼夜蘇鉄の花の痛みで逝く叔父
入会二十五年　花みずき咲くころに　村八分になる
引越した家の後と崩れの見える山に
遊歩道を作りたいボランティア現われる
いいよ　と言えば花木いっぱい植える千本余

丸山園と言う名の公園を見に來たお役人
おおと叫び　これは全部無税だと言うありさま
五十種　名を覚え切れぬ切なさにしだれ梅

村八分で投げる石にガシヤとガラス戸四度も合う年月
昭和の村八分で私を「修業」をしてくれた
尊い村の自治会に山の土さらの花木全部
平和を顕彰するために　献上を決めた
いささかも　いやさかも　こってりと
「人と人」と　も　「國と国」のいさかいも宇宙での
総ての幸福の大陽と輝けといのりをこめ

村につき出た丸山園　私のなごりをこめて
村八分三十五年の儀として　平和を
宇宙に告げる

好きなんだ

植田　文隆（うえだ　ふみたか）
１９８０年、福岡県生まれ。
詩誌「詩創」。福岡県北九州市在住。

バカがつくほど
争うことが好きで
平和なんてそんなの
気休めだろう
笑っていたよ
平和をまた壊す
それはきっと
人がバカだからだろう
平和なんてそんなの
捨てればいい
争うことこそが
生きがいなんだ
そう言うのだろうか
「そんなの人じゃない。」
そう言える勇気が
私には欲しい
そしたら戦争をゲームみたいに思ってる
連中に言ってやれるのに

知らない

いつの間にか
こんな原発だらけの国になってた
内緒でこっそり？
いやいやそんな訳は
相手の有ることだし
でも住民に偽って
首長と役人と電力会社がなあなあで
いやいや一部が買収されたとして
全員てことはないだろう
結局自分の無関心が原因か
知らぬ間に　傍らに
ずっと前からそこに居たような貌で
しれっと棲み着いている　危険極まる隣人

原爆もないまま
ウランも押さえられたまま
柿の種ほどの土地に　原子炉満載して
自爆テロのような国
それでもなにか出来たろうか　祖国よ

今日　本当に美しい曲を聴いた
ありがとう
一生行くこともない国
この曲を生み出した見事な指先
在ってくれて

「3時のあなた」を
飽きもせず来る日も来る日も
口を開けてずっと観ていた
あなたの惨事
少し前は韓流ですっけ
懐かしかったですか
愚かで惨めだった自分は
そして今でも愚かですか
快適な環境をあてがえば
人も猫も決まって居眠りを始める
たとえそれが見せかけでも
そうして眠らされてきたのではないのか

忙しい振りを装い　時計を見たおまえ
たった今　おまえが
はしょったものは
何だった？
竹森　絵美（たけもり　えみ）
1960年、東京都生まれ。詩集『精神の狩猟』『観世』。
「麗日の会」会員。青森県弘前市在住。

『平家物語』の朗読

安森　ソノ子（やすもり　そのこ）
1940年、京都府生まれ。詩集『香格里拉で舞う』、エッセイ集『京都　歴史の紡ぎ糸』。詩誌「呼吸」、日本現代詩人会会員。京都府京都市在住。

琵琶の音と連れ立ち
平清盛が生きた時代へ――
黒い和服に白ぬきの紋
黒と白の縞模様の袴は
〈遠い過去の時代の　生身で候〉と

「祇園精舎の鐘の声、諸行無常の響あり。
娑羅双樹の花の色、盛者必衰の理をあらはす。
おごれる人も久しからず、唯春の夜の夢のごとし。た
けき者も遂にはほろびぬ、偏に風の前の塵に同じ。」

平家の先祖を尋ぬれば　という語りに入り
低く　道を切り開くような響で　歩みがスタジオに流れ
る
「桓武天皇第五の皇子、一品式部卿葛原親王、九代の後
胤、讃岐守正盛が孫、刑部卿忠盛朝臣の嫡男なり。」
更に続く……子孫代々
家系の血筋

流転　栄華は　人類の発光の業か

戦で滅びる者の側に尚
地を這う意志が　未来を動かす　と胸騒ぐ

武士の子として生育
熱病で悶え苦しみながら　生涯を閉じた在りし日の主人
　公が
私の心臓をえぐり
前に立つ

「〝国のために　人心のためになればと
若くして戦った正義心〟
何百年経っても　わかってくれようぞ」
「勿論！　わかっているから
平成の時代に　心をこめて朗読中なのだ

同じ京の空のもと
わが祖先からの土地を　通っていた貴殿だよ」

「百万本のバラ」を聴いた夜

たけうち　ようこ
1939年、大阪府生まれ。著書『父ー杉山親雄の病床日誌ー帰る日迄を』。
千葉県市川市在住。

二〇一五・八・三〇　安全保障関連法案に
反対する十二万人の　国会周辺デモがあった日
ラジオ深夜便で　加藤登紀子の
「百万本のバラ」　を聴いた
二百人のバックコーラスも　耳に心地よく響いた
お登紀さんは
『二〇一八年ラトビア共和国独立
百年祭に参加したい』と言っていた

ふり返れば三十年　いやもっと前だったろうか
私の暮らしていた街で
お登紀さんの　〝ほろ酔いコンサート〟があった
七百席余のホールに　私は　地酒の一升瓶を抱え
いちばん前の真ん中に席をとり　タイミングをみて
一升瓶をステージの上に　〝ドン〟と置いた
お登紀さんは　ロングドレスの
裾をつまみ　柔らかい仕草で
瓶をかかえ　栓を抜き　酒を飲み
「知床旅情」を歌った

打ち上げの食事処は貸し切りで
集まった数人の男女と私も
お登紀さんの連合いの藤本さんも
みんなで乾杯!!
お登紀さんは　この店の茶碗蒸しが大好きで大好きで
細い目をさらに細めて
にこにこと茶碗蒸しを食べ酒を飲んでいた
みんな若くて熱い熱い夜だった
あの日は遠くなり　藤本さんもいまは亡い

国会デモのあった日の深夜　私はひとり
「百万本のバラ」を聴いた
〝あなたにあなたに　あなたにあげる〟
と　リフレインが続く「百万本のバラ」を　聴いた

「百万本のバラ」の一本が
私の心の奥にまで　深く届いたように
法案反対の十二万人もの声は
為政者たちの耳に心に
届いたのだろうか　もし
届いたとしたら　届いたとしたら
なにかが変わるのだろうか
それとも…

青のないアン・フォルメル[*1]

松尾　静子（まつお　しずこ）
1948年、長崎県生まれ。詩集『夏空』。
詩誌「西九州文学」、日本現代詩人会会員。長崎県諫早市在住。

瓦礫と　遺体と　憤怒と混沌が
陵辱された女の悲鳴と共に
キャンバスに塗り込められ
スペインのアン・フォルメル絵画には
フォートリエ[*2]のブルーは　なかった
救いようのない哀れを胸に抱き
人は生まれてくるものだから
せめてもの青を希求するのだけれど

不幸を比べることは出来ない
フランスよりスペインが　スペインより…などと
不幸は不幸でしかないのだから
一片の青もない　スペインのアン・フォルメル
与えられた一瞬の　偶然の平和の中で
硝子越しに観る

美術館を出ると
第三次世界大戦[*3]で負傷した人々が
波の上に浮かぶ街を背景に
一様に項垂れ　洞穴《ほらあな》の瞳を見開き
過去の戦争で　総てを焼き尽くされた小さな港町を
影のように行き来していた

＊1　第二次世界大戦後、フランスを中心としたヨーロッパで興った非定形（informel）を志向した前衛芸術運動。大戦によって人間が「非定形」なまでに破壊された状態を表現したフォートリエやデュビュッフェから、かつてのフランスのシュルレアリスムや同時代のアメリカの抽象表現主義、日本の具体美術協会に至るまで、混沌とした世界観をひとつに紡ぎ上げたのは美術批評家のタピエによるところが大きい。（現代美術用語辞典より抜粋）

＊2　ジャン・フォートリエ（Jean Fautrier　一八九八－一九六四）
パリで生まれる。早い時期からロンドンで美術の教育を受けた。第一次世界大戦に従軍したあとパリに戻り、表現主義的な具象画を描き始めた。その画面には、裸婦、皮をはがされた動物など、暗い画面に浮き上がってくるような対象が描かれている。しかし、一九三〇年代半ば～一九四〇年には、いったんは絵画を離れる。そして、一九四〇年から再開された絵画の代表作といえば、「人質」のシリーズである。人質というテーマも衝撃的ではあるが、非常に厚く塗られた絵具の上に描かれた人間の顔には、強烈なメッセージが込められているようである。ここでの本当の主役は重苦しく塗りこめられた絵具そのものであり、そこに託された出口なしの実損的な状況である。（『すぐわかる 画家別抽象絵画の見かた』本江邦夫／著　東京美術　二〇〇五年発行より抜粋）

＊3　架空の戦争

トナリビトは忍者

原　桐子（はら　きりこ）
1934年、茨城県生まれ。詩集『火喰鳥』『ここはどこですか』。
詩誌「Pont」、日本現代詩人会会員。茨城県水戸市在住。

あなたは　まだ肉体をお脱ぎにならないの？
一部分を残して往かれたのですか？
お葬式も終って　埋葬されて
なお　気配を漂わせながら此岸を訪れて

〈だからこそ知らせなければならない!!〉
　オトナリにおられるのですね
すぐそこに　手の届くところに
　　出たり入ったり

トナリビトは忍者・幽霊ではない
　　　忍・忍・忍・・・・・
生ある時は戦火の中を忍・忍・忍・・・・・
それはそんなに　遠い昔の事ではない
死線を越えて
なに故に　忍・忍・忍・・・・・

生と死の境を越えてなお　気配という形で

〈戦争は忍び難い
　どういう理由であろうとイケナイ!!〉

二〇一五年九月一九日未明、国会に於いて「安全保障関連法」が強行採決成立した。国会周辺並びに地方でも「反対」のデモの民衆で埋まった。

河童は踊る

時計草が咲いた
日を受け
月に照り
去年《コゾ》に違わず
今日咲いた
会釈して
微笑み返す時の花

擦り寄ってくる禍々《まがまが》しい戦《いくさ》のにおい
葉ずれが饒舌な言の葉となる六月
何ともかまびすしくて…

「非戦論」を道づれに
富士山麓へきた
湖は溢れる水量
蟹は這いあがり
水馬は一直線にすべり宙へも飛ぶ
うすら寒く
河童のザンバラ髪は
遠い日の国民学校五年生

負の眼で時を超えた
温和《おとな》しく情が湧いて
時計草を腕に巻いた
オカッパに腰をひねって
のたりのたり鈍く
身をかわして動く
水面も不規則に曲線を描いて
延びたり縮んだり
河童踊りに余念がない
これだ！これだ！
これで戦は皆無だ
背中に光る湖を負うて
踊る　踊る　踊りつづける
月映えに

卯月　遊（うづき　ゆう）
1934年、福岡県生まれ。詩集『シルクハットをかぶった河童』『月が歩く』。
詩誌「めびうすの輪」「ひばり野」。神奈川県相模原市在住。

平和なればこそ出来る環境活動

渡辺　健二（わたなべ　けんじ）
1917年、静岡県生まれ。著書『富士山の植物たち—随筆』、『富士山砂漠の植物ハンドブック写真』。詩誌「コールサック（石炭袋）」。静岡県御殿場市在住。

富士山は世界遺産でしょうか？
問いかけると　皆変な奴と言う顔をする
富士山はゴミと糞尿で汚れ環境で落第した
それは忘れてはならぬ大事な問題なのだ

後に辛うじて信仰と芸術の面で認定された
しかし霊山富士を信仰する登山者幾何ありや
観光集客よりも芸術面の継承進展を計らねば
そんな富士山の環境保全に一生を捧げた

病身引揚げ帰国焼野原東京洗面器一杯の吐血
医薬手段なしと医師の宣告終の棲家と故郷《ふるさと》へ
生れ育った富士山麓は食糧不足など無い
病はあっても永らえて白寿の祝を受けた

故郷富士の恵みに報いんと植物分布調査
一九五〇年山津波とも呼ぶ雪代で大被害
防ぐ手段は植樹が最良十年余り百回超現地へ
誰も不可能と言う富士山砂漠緑化策探る

三百年余も草木育たぬ灼熱地獄の砂漠
人工衛星が示す日本最高温の地六十度超える
何メートルもの厚い砂礫地三百年の植樹計画
着手する迄四十年余の歳月が消えた

二十年余の継続植樹の効果が見えて来た
小さな一つの提案広がって集まる善意
ボランティア十万人を越え尚続くだろう
富士山砂漠は広く未だほんの僅かな部分の緑

一九九五年の大雪代は史上最大被害も甚大
巾三千五百m距離三千m標高差千百m
流動土砂は三百万立方mと巨大な記録
植樹した広葉樹苗はそれでも復活再生した

過去の敵国や侵略した国からも植樹に参加
ナショナルトラスト創成英国や中国・韓国
平和なればこそ地球の環境が守られる
戦えば破滅　地球も人類や総ての生物も

花火と火花

細島　裕次（ほそしま　ゆうじ）
1952年、栃木県生まれ。
詩誌「雲」。栃木県真岡市在住。

祈りのように
夜空へ打ち上げられる
花火
「菊」
「牡丹」
「時計草」
（英語で passion flower
　passion は受難）

増殖する欲望のアメーバのような
荒地いちめんひたす流血のような
カヴァーの『火花』が本屋の平和に山積みされて
導火線は世界のどこへでも繋がっている

イラク戦争の後方支援で
PTSDを患った元自衛隊員は
花火のはぜる音に
フラッシュ・バックに
わななく

ヒュー　ドドドーン！

ふるえる幣束《へいそく》の
縄の結界
暗い川
を挟んだ
向うの空へ
つぎつぎ炸裂して
円になり
瀧になり
柳になり……

その柳の下に
血まみれの軍人が立って笑っている

光線

籠空　朋果（こぞら　ともか）
1978年、奈良県生まれ。
詩誌「コールサック（石炭袋）」。奈良県奈良市在住。

天に向かう　幾筋もの光に
誰もが美しいと笑い拍手した

だけど　あのひとは泣いた

七十年程前のキオクの中から
同じ景色を見たのだ

僕は知らない
あの様な美しい光線が
たくさんの命を一瞬にして消したことを…

でも僕は知ってしまった
あのひとの涙を…

何の為の戦いだったのだろうか
それを知る人は　もう少なくない
やるせない想い、悔しさ、切なさ、憎しみ…

僕には分からない
分かりっこない

だけど…
忘れちゃいけないんだ
もっと知らなくちゃいけないんだ
語り継いでいかなくちゃいけないんだ

ほんの些細な風景で　涙してしまう人達がいる

決してそんな国になってはいけない
決してそんな国にさせてはいけない
それが今の時代を生きる僕等の使命だ

しかし、一体何ができるのだろうか…

僕は無力さを感じ　再び天を見上げ
一筋の光を　あのひとのキオクに重ねた

十四章　非戦

報復しないのが真の勇気

テロリズムはなんとも卑怯《ひきょう》だ。テロによって影響を受けたあらゆる人々に深く哀悼の意を表したい。ぼくもこの事件で腰が萎《な》えるようなショックを受けた。第一報を聞いて、いてもたってもいられなくなり、カメラをひっつかんで通りに出た。炎上するＷＴＣ（世界貿易センター）ビルを茫然《ぼうぜん》と見ていたが、いくら凝視してもその光景は超現実的で信じられなかった。

　ダウンタウンの大きな病院の前には、たくさんの医師と看護人が出て、大勢の人々が献血のために集まってきていた。その時、大音響とともにさっきまで存在していたＷＴＣビルが消滅し、黒煙だけがたなびいていた。あの黒煙の中にはアスベストだけでなく、ダイオキシンを含む多数の有害化学物質が大量に含まれているのではないか、という考えも頭をよぎる。

　被害の甚大さに足がすくんだ。しかし……、と思う。原爆や水爆と言わず通常爆弾の破壊力さえ、ＷＴＣビル崩壊の何十倍の規模だろう。今回の被害を思ってみれば、そのすさまじさがありありと想像できる。いかに戦争が悲惨で愚かで、人々の無数の努力を一瞬にして奪ってしまう非情なものか、ということが皮膚感覚として迫ってくる。と同時に、世界のあちこちで今回のテロの犠牲者と同じように傷ついている人々が跡を絶たないということに、暗澹《あんたん》となる。

　ＴＶではブッシュ大統領が「これは戦争だ」と宣言した。ついで、小泉首相がそれを支持する声明を出した。しかし報復すれば、傷つくのはどこにも逃げ場のない子供を含む一般市民だ。小泉首相は平和憲法をもつ国の代表として、いかなる戦争行為も支持するべきではない。ましてや無実の市民が傷つくことも辞さない戦争に加担するわけにはいかないはずだ。そして戦争支持宣言をしたことで、同様のテロ攻撃が日本にも及ぶ可能性が増すことになった。一国の首相として、国民をあえてそのような危険にさらしていいのだろうか。なぜ国民の側から疑問の声があがらないのだろうか。

　もし日本の首相が憲法に基づいて戦争反対を表明し、平和的解決のための何らかの仲介的役割を引き受ければ、世界に対して大きなメッセージを発し、日本の存在を大きく示すことができたはずだ。その絶好の機会を逸してしまったが、まだ遅くはない。これは日本のためだけではなく、二一世紀の国際社会への大きな貢献になるはず

坂本　龍一（さかもと　りゅういち）

1952年、東京都生まれ。監修・共著『非戦』、自叙伝『音楽は自由にする』。アメリカ・ニューヨーク在住。

だ。

　ぼくは思う。暴力は暴力の連鎖しか生まない。報復をすればさらに凶悪なテロの被害が、アメリカ人だけでなく世界中の人間に及ぶことになろう。巨大な破壊力をもってしまった人類は、パンドラの箱を開けてはいけない。本当の勇気とは報復しないことではないか。暴力の連鎖を断ち切ることではないか。人類の叡智《えいち》と勇気を誰よりも示せるのは、世界一の力を自ら動かすことのできるブッシュ大統領、あなたではないのか。

　事件から最初の三日間、どこからも歌が聞こえてこなかった。唯一聞こえてきたのはワシントンで議員たちが合唱した「ゴッド・ブレス・アメリカ」だけだった。そして生存の可能性が少なくなった七二時間が過ぎたころ、街に歌が聞え出した。ダウンタウンのユニオンスクエアで若者たちが「イエスタデイ」を歌っているのを聞いて、なぜかほんの少し心が緩んだ。しかし、ぼくの中で大きな葛藤《かっとう》が渦巻いていた。歌は諦《あきら》めとともにやってきたからだ。その経過をぼくは注視していた。断じて音楽は人を「癒《いや》す」ためだけにあるなどと思わない。同時に、傷ついた者を前にして、音楽は何もできないのかという疑問がぼくを苦しめる。

〈出典　二〇〇一年九月二二日　朝日新聞「私の視点」〉
二〇〇二年一月十日刊『非戦』（幻冬舎）にも収録された。

敵ニ殺サレタ若者ノ祈リ

宗　左近（そう　さこん）
1919〜2005年、福岡県生まれ。詩集『炎える母』、詩論集『宮沢賢治の謎』。詩誌「海の会」、市川縄文塾主宰。千葉県市川市などに暮らした。

キミヲ殺シタ敵ヲ祈ラナケレバナラナイ
祈リダケガ祈ル本人ヲ美シクスルノダカラ
神サマ　アナタハソウオ教エ下サイマシタ

オ教エ通リニイタシテオリマス　ボク
殺サレテコノ闇ノナカニキテ以来ズット
敵ヨ　ボクヲ殺シタカラニハ幸福デアレ

苦シンデハナラナイト　祈リ続ケテオリマス
スルト不思議ナノデス　ボク自身ガ
ボクヲ殺シタ敵ノヨウニ思エテクルノデス

知リマシタ　祈ルモノヲ吸イコンデシマウ
ソレガ祈リナノデスネ　死ヌモノヲ
吸イコンデシマウ　ソレガ死デアルヨウニ

気ヅキマシタ　敵ノ安ラギヲ祈ルホカニハ
ボクハ何モ祈ルコトガナイノデスネ　ソレナラ
生ハ生キテイラレナカッタ祈リダッタノカ

ソレトモ今ニナッテボク惑乱シテイルノデスカ
死ハ死ンデイラレナイ祈リノヨウナノデス
神サマ　闇ノナカニキテ心カラ敵ヲ祈リマス

ボクガボクヲ祈ッテモ何モ見エテコナイ　デモ
敵ヲ祈レバボクガ見エテクルノデス
有難ウ神サマ　コノ暗サノナカデボク生キテユケル

ケレド神サマ　ボクヲ殺シタアノ敵ハ
アノオゾマシイ憎イ奴ハ　ヒョットシテ
優シイアナタダッタノデハナイデスカ

色わけ運動会
――赤信号を渡る

畠山　義郎（はたけやま　よしろう）
1924年、秋田県生まれ。詩集『赫い日輪』『色分け運動会』。詩誌「密造者」発行人、秋田県詩人協会初代会長。秋田県北秋田市に暮らした。

色さまざまに彩られ
山脈　河川を蛇行し
あるいは緯度　経度を直線に引いて
その縁《ふち》どり
一〇〇〇年も変らぬ
永久境界のように
鮮やかな地図

熱沙の沙漠
仮説が測定した
無境界をたばしりながら
ときに象牙を狙った
意識の外の
国境

国境はまさしく
前時代を縮図して
自生の植物
いつの間にか栽培した穀物　果実も
その国に似た風貌をもつ
妙に慣れ慣れしく季節を生きて

無心に生殖するくわがた
他国と高価に取引され
飢餓から脱出できる
くわがたを尋ねて山峡をさまよう
国境とは奇体な化けもの
国境は休火山
ある日突如活火山になり
轟然と噴火する

均衡する力
国境は色わけされている
運動会のように応援歌も聞こえる
勝ち組が負け組を蹴散らすこともある
勝ち組は何を得ようとするか
一国を得るごとにただ
新しい国境と出会って戸惑うのみなのに

人間と動植物が
こんがらがっている
旧秩序を嗤い
妙な新世紀がはじまる

寓話
地霊と蚯蚓と兵役を拒否した勇者

尾花　仙朔（おばな　せんさく）
1927年、東京都生まれ。詩集『晩鐘』『尾花仙朔詩集』。宮城県仙台市在住。

――春の　地霊はともかくうやうやしい
今しも蚯蚓《みみず》一匹が地霊に庇護されて
地中海文化形成のほとり
人類の危機に忽然と姿を顕すという
とある僧院に向かってゆくところだ

地中の幽暗にひっそりと
原初の愛　太古のヒトの愛の根が
息づきながらこもっている
古代エジプト・フェニキア・ギリシャ・ローマが支配した栄華の夢の跡
今二十一世紀　独裁者の惨虐な弾圧に蜂起するアラブの民
血で血を洗う自由への渇望と悲しみの春
おお　そして彼のラーゲリさながらガザを囲む民族分離壁
国なきペリシテの民を襲うミサイルに報復する憎しみと絶望と自爆テロの春
地中海文化形成のほとり
蚯蚓鳴き　涙流して眺める向こう
ゴルゴダ（頭蓋）の丘からやってきた
兵役を拒否した若い勇者の影が蒼い幻をひいてゆく
かつて暗黒大陸と呼ばれたアフリカの北岸と
ヨーロッパ南岸・アジア西岸にはさまれた海
地中海文化形成のほとり
きみは知っているだろうか
そこは貨幣と武器を持たない人類の始祖たちが抱いた大きな理念
小さな原始世界共和国政府があった場所だ
されば銃を捨て　兵役を拒否した若い勇気の人よ
きみの知と感性のペンで
武力に拠って権威を称えるすべての国家の絶唱を射て！
民族の精神に吸着し麻痺させるコバンザメ
そのあやかしの面貌を撃て！
世界の若者がきみのすがすがしい愛の理念を殺める狙撃兵とならぬために

地中海文化形成のほとり
今しもたどりついた僧院を前に
地霊に寄り添い

蚯蚓一匹が直立し
盲目の瞼に涙を溜めて
うやうやしく
きみに敬礼しているところだ

《注釈》本作品は、18歳で男女共に兵役義務を負うイスラエル国の一青年が、兵役を拒否して国外に逃れた報道をモチーフの背景として製作した。

無告

まるで辻斬りにでも遭ったかのように真っ二つに切り捨
　てられて
あなたは突然わたしの前に現れた
眉間の辺りからパックリ割れた頭蓋からは
脳漿が花火のように飛び散ってるし
口元にこびりついた笑顔に似たひきつりから
絶え間なく流れ落ちてゆく血と汗が
あなたの胸を炎のように焦がしている
臍の辺り
ずるずると五臓六腑を引きずりながら　あなたは
歩く　ずるずると
臓物と一緒にあなたは歩いてゆく

どこへ歩こうとしているのか
この地上にあるはずの　唯一のどこか
を
あなたにとっての最後の場所
あなたのやすらぐ場所と思い定めてでもいるんだろうか
まるで　辻斬りにでもあったような姿のあなたを
見るようになったのはいつごろからだろう
いつの間にか
あなたはわたしの傍ら、すぐそばに
影のように寄り添うようになっていた

けれどわたしはそれには気付かず、
いいえそれとも　気付かぬふりで
そのすがた
血と涙と臓物にまみれたその顔から
ずっと目を逸らし続けてきた
けれどいまようやく振り向き
飛び込んできたその歪んだ顔は
なんだか　どこか見覚えがあるようで
思わず目を凝らしてみる
と
ああ
なんだ、Kさん、
Kさんだったの
ずいぶん前の大雨の夜に
トラックだかダンプだかに何百メートルも引きずられた
鈴木　有美子（すずき　ゆみこ）
1961年、茨城県生まれ。詩集『水の地図』、『ホッパー大佐対真夜中の滝』。
詩誌「白亜紀」、「歴程」。茨城県日立市在住。

まま
襤褸切れのようになって息絶えたと言う隣町の若いひと
二度と帰ることのなくなった新築の家には
今年生れたばかりの女の子がいるとテレビのニュースで
　は言っていた
いいえ　それともTちゃん
いつもからだじゅう痣だらけで
髪も洋服も嫌な匂いがして
いつも近くのコンビニで万引きしてはまた殴られ
親はいません
いいえいるけど、でもやっぱりいないの、と
笑いながら
誰かに強く腕を引かれてどこか別の街へと行ってしまっ
　た

仕方ないの
だっていまは　こんなに悪い風が吹いているんだもの
ひとという、そんな薄っぺらな皮なんて
すぐに吹き飛ばされてしまうくらいに

もっとむかし
やっぱりもっともっと悪い風が吹いていたころには
名前もかたちもわからないまま
死んだり生きたりしたひとたちが
ずいぶんたくさんいたりもした

彼／彼女らは
とぼとぼと川沿いの道を歩いたり
七転八倒したりしながら
次々と　産土に呑み込まれていったのだ

何故叫ばなかったのか
と　問いたいけれど
何故泣かなかったのか
と　問いたいけれども
声は
涙は
どこに消えていったのかと
そう　問いかけたいけれど
何も聞こえない
聞こえはしない
が
発することのできなかった声
流れることのできなかった涙
を引き摺りながら
まるで
巨大な斧でひしゃがれたような姿のあなたがもうずっと
わたしの傍らに寄り添って
静かに世界を揺らしているのです

二〇一五年春の想い

清水　茂（しみず　しげる）
１９３２年、東京都生まれ。詩集『夕暮れの虹』『暮れなずむ頃』。
埼玉県新座市在住。
春も酣《たけなわ》、野にも山にも、海辺にも　きっと
色とりどりの花が咲き、遠くから
戻ってきたツバメたちは　今年も
明るい光のなかを飛び交っているだろう。
いま、ここには何という穏かさ……
それなのに　遥か彼方では　世界の屋根が
唐突に烈しく揺れて　幾つもの都市や聚落を
無惨に打ち砕き、幾千の生命が喪われたという。

病む人は昨日につづく今日を
臥所《ふしど》に迎えることができたものの、
明日の光を窓の外に見ることが
叶うものかどうかと　不安がないでもないが
またしても「どうして？」と鈍色の問いが心を塞ぐ。
崩れた瓦礫の下敷きになって亡くなったたくさんの
男の子や女の子の姿……　陽気な笑い声が
谿間《たにま》にこだましつづけていてもよかったのに
どうして彼らにはもう明日がないのか。

どうして自分ではなくて、彼らだったのか、
辛い季節を越えて　漸くよみがえり
若い芽を迸らせたばかりの樹々は
根こそぎ倒されて　斜面に転がり
岩棚は崩れ落ちてしまっているだろうに
鳥たちは　何処に塒《ねぐら》を探せばよいのか。
病む人の目は　遥かな彼方に
見えないままに　暗く向けられている。

山巓《さんてん》の雪は真っ白にひかっているだろう、
空は何ごともなかったように底抜けに青いだろう。
長い、長い歳月の、ほとんど永劫にも近い
涯知れぬ宇宙の流離《さすら》いが
時の砂浜に打ち上げた一枚の貝にも似て
私たちはただ奇蹟のようにここにいるだけなのに
理不尽に　それが押し流されてしまうのは
どうしてなのか、空は底抜けに青いのに。

病む人の顔が重く翳《かげ》りを帯びる。
星雲の彼方からつづいてきた存在の旅路で
物質から生命に、そして　そのなかに

辛うじて点された意識が　私たちの衷で
いまも至高の夢に変ろうとしているのを
心に深く感じながら　私たちは生きているのに
そのすべてが不意に何処へか搬び去られてゆくのは
どうしてなのか、幾億光年の流離いの
その涯の山巓の雪はいまもひかっているというのに。
これらすべての努力は　ただ虚しさを
語ろうとするためのものなのか。

たくさんの問いが落石のように　雪崩のように
落ちてゆく。物質も生命も意識も
それから　夢の結晶もまた落ちてゆく、
何処か深いところへ落ちてゆく、
何もかもが落ちてゆく。その遥かな上空に
何故か流離いがいまもなおつづいているのを
病む人は　臥所の窓から見ている、それとなく。
その頬に泪が伝って流れ落ちる、幾億光年の
涯知《はてし》れぬ努力の末の　たった一滴の泪が。

そのようにして

林　嗣夫（はやし　つぐお）
1936年、高知県生まれ。詩集『そのようにして』、詩論集『日常の裂けめより』。
詩誌「兆」、日本詩人クラブ会員。高知県高知市在住。

赤ん坊を
そっと抱いてあげたい
右のてのひらでお尻をすくい
左手で小さな背中や首を支え
顔をのぞき込みながら
繰り返し名を呼んであげたい
世界が少しずつ広まり
深まっていくようにと

あのひとを
しっかりと抱きしめたい
髪などをやさしくなでてあげたい
なにも特別なことではない
ただそれだけのことに心を尽くしたい
その時
胸の内を満たす声にならないことばこそが
この世に質量をもたらすヒッグス粒子であることを
思い知るのではないか

季節の中で咲く花花を
やわらかく抱き寄せたい
手折るのはやめにして　少し離れた位置から

日の光に揺れる色や形を
飛んでくる虫や鳥たちを
過ぎていく時間を
透明な視線で包んであげたい
あらゆるものがつながりあう
そのリズムに打たれていたい

目の前に迫る世界を
ゆったりと抱きたい
そんなことができるだろうか
そんなことばがあるだろうか
きっと赤ん坊が足をふんばって泣きわめくように
腕からはみ出してもがくだろう
鋭い部分がこちらを刺してくるかもしれない
それでも
幻影の下の裸形を求め　腕をすこしゆるめるようにして

その脈動のどこかに触れていたい
もし
伸びた世界の首のあたりから
かすかによろこびの声がもれたとしたら！
そのようにして
死ねるものなら　死にたい

いのち

木がいます　と
タイ語ではいう
木には命が宿っているからだ　という
国の言葉が
生きとし生けるものと
命をもっとも大切にしている源
戦争は人の命を粗末にすること
人間同士が敵対して
殺し合いをする
ことわざにも
「一寸の虫にも五分の魂」とある
一つ一つの生に命の輝きが
あかりを点している
たとえ小さな灯でも
命が消えゆくまで大切に大切に両手で
囲み守ってゆくことが
一番大切なこと
花は美しく咲き散ってゆく
命の儚さを嘆くことはない
継がれてゆく

たとえば球根となり実となり種となって
次世代へと引き継がれる
人の命も亡くなっても
その命を育みその命の輪となって
生きた者達の心の中で
大事に継がれる思い出となり
来世に生まれ変わる
森の中で
命のささやきが聞こえませんか
逝ったあなたに語りかける声に
答えるこだまが響くように

吉田　博子（よしだ　ひろこ）
1943年、岡山県生まれ。『吉田博子詩選集一五〇篇』、エッセイ集『夕暮れの分娩室で—岡山・東京・フランス』。詩誌「黄薔薇」、日本現代詩人会会員。岡山県倉敷市在住。

歌う

うおずみ　千尋（うおずみ　ちひろ）
1944年、福島県生まれ。詩集『牡丹雪幻想』『白詰草序奏』。詩誌「衣」「コールサック（石炭袋）」。石川県金沢市在住。

届きますか？
懸命に伸び上がって
わたしの腕を引き上げ
見上げる高さ
〈聖ヨハネ五島〉の
十字架の足元に触れさせてくれた
青年よ
知っていたのですね　あなたは
視力を喪った者にとっては
触れる事が
視る事　なのだと云う事を

十九歳で殉教した〈聖ヨハネ五島《ごとう》〉の
遠く重い歴史と
架けられ曝された命の滴りが
触れた瞬間
わたしの血の内に一気に雪崩れ込んで来て
思わず
震えたのでした

触れて視えて来る物
触れ合って伝わる物
けれども
真夏の陽射しをちりばめて拡がる五島の海と
青紫色に反射するステンドガラスと
触れる事を　遥かに超えて立ち上がった
美しい色彩たち

その聖らかな輝きの中で
盲目の父を持つ旅の青年とわたしは
まるで
ずっと以前からの信仰者の同志のように
静かに声を響かせ合い
暑さも忘れ
賛美歌を
歌ったのでした

うそ

小せえうそを　吐《ち》いたんよ
そのうそのため　また吐いた
大けえうそを　吐いたんよ
うそはぼっけえ　ふくらんで
つぶされそうに　なっとんよ

こどもの神さん　隠れんさって
こどもの神さん　隠れんさって
お地蔵さんも　知らん顔
彼岸花咲く　赤《あけ》え道
遠くて細《ほせ》え　日暮れ道

＊

咎《とが》められはしなかったが
こどもの頃　母に吐いたうそ
自分で傷つき　母の眼を見ることができなかった
大人になり　教師になって教わった言葉
　不安になったり行き詰まったら　原点に返ろうよ
教師の原点は生徒だよ　と

なんば・みちこ

１９３４年、岡山県生まれ。詩集『兆《きざ》し』『蜮《いき》』。
詩誌「火片」「総社文学」。岡山県総社市在住。

わたしの原点はこどもの頃

夕闇に浮かぶカラスウリの花　白いレースの花弁
蔓を伸ばして隣の花と囁《ささや》きかわす
蔓が絡んでよい匂
愛の交わりならいいが　秘密の企みなら怖ろしい

誰しも胸に秘めているのではないだろうか
初めてうそをついた時のわななきを
ならば　原点に返ろうよ
カラスウリの花のようにひっそりと
よいことを話し合おうよ

国の原点は民《たみ》　ひとりひとり息する人間
赤ちゃんから高齢者
障害のある人　病気の人
国も原点に返ろうよ
文明も文化も　科学も芸術も思想も　歴史も
これから生まれる未来のために
貧しくてもいい
やさしく原点に返ろうよ

システム　VS《たい》　思い

青天目　起江（なばため　ゆきえ）
1980年、福島県生まれ。詩集『緑の涅槃図』。
文藝風舎、日本現代詩人会会員。福島県いわき市在住。

プルトニウムも怖いけれど
一番怖いのは
リスクがあると疑われるものなのに
目をふせて、事を進めてしまうシステムがあること
大局の空気に個人が呑まれるという弱点
日本の国の人は戦争を経験しても超えられないらしい

大切な人の役に立ちたくて
科学技術は発達したのではないだろうか
歴史を学べば
誰かを守りたくて
身分という染み渡った思想から
血を流して平等や自由を得てきた

進化の元は人の思い

であれば
僕は人の進化に賭けたい
時間がかかっても
どこかの場所が犠牲を強いられる

僕ら自身のシステムを克服し
本当の豊かさを考える我慢比べの闘い
優しさで思想や技術が進歩して
今というハードルを越えて
全ての人が納得のいく未来を創ること
不可能と屈せず信じて歩みたい

毒がまき散らされて、三十年後
この世界はどうなっているのだろう
影響は特にないという声もあるけれど
怖い病気にかかってはいないだろうか
生まれてきてよかったと
思っているだろうか
きれいな結末は本当に難しいのか
僕らの思いの進化に賭けたい

台湾の人

光が強いほど　ガジュマルの影は濃くなる
照りつける陽射しの下で
交わされる言葉は明るく
身を守る笑顔もくったくがない

そして夜
体の奥から吠え出てこようとする深い声を
酸っぱい胃液とともに
呑み込み
目を瞑《つむ》る

そして朝
温かな陽射しに抱かれて
気さくに挨拶を交わし
何事もなかったかのように
一日がはじまる

四〇〇年の植民地の歴史
奪われた母語
いつまでたっても国として認めてもらえない国

親が子に泳ぎを教える
溺れない生きかた
水の流れに逆らわず
水面をただ流されていく泳法

でも今　若者は魚のように跳ねる
覆《おお》いかぶさる波から
身をひるがえし
見つけようとしている
広い海を遠くまで行けるような
新しい泳ぎかた
海に囲まれた島国にふさわしい
自分らしい泳ぎかたを

近藤　明理（こんどう　めいり）
1954年、東京都生まれ。詩集『ひきだしが一杯』『故郷のひまわり』。詩誌「阿由多」「プラットホーム」。東京都練馬区在住。

竹内　萌（たけうち　もえ）
１９４９年、愛知県生まれ。詩集『羽根のない天使』『午後の浴室』。詩誌「ぱぴるす」、中日詩人会会員。愛知県名古屋市在住。

のぞみ

ともだちと
いつもの道をあるいていた

オレンジの光と
おおきな音がとんできた

あたりはなにも
見えなくなった

たてもの
くるま
ぼくも　ともだちも
おとなも　うしも　市場の売り物も
みんな
みんな
ふっとび
ひんまがりねそべったままうごかない
何がおこったんだ？

ともだちが死んだなんて
しんじるものか！

ぼくには
たたかいもへいわもいらない
きのうまでの
ふつうの日がほしいだけだ

憎んでいたのですか

あなたに問いたい
あなたは銃を向けたその相手を
憎んでいたのですか

こたえはきっと「否《いな》」

あなたはその相手に
その日初めて会ったのだから

ただ命令に従い引き金を引いたのですね

あなたに命令を下した人間も
死んでいったその人を憎んだことなどなかった

戦争とは

かくも愚かなこと
かくもおろかなこと

和田　実恵子（わだ　みえこ）
1950年、大阪府生まれ。訳書『アレクサンダー・テクニークにできること』、詩集『舫《もや》う』。奈良県奈良市在住。

サン・ジュアンの木
〜香月泰男に〜

そのひとは
一粒の豆を持ち帰った
雪のなかのサン・ジュアンの豆の木の
小さな粒だった

そのひとは
自分の庭にその豆を蒔いた
冬にも葉が落ちず
十年経ち　はじめて花が咲いた

そのひとは
サン・ジュアンの木になろうとした
自分が死んだとき
サン・ジュアンの木の根元に
埋骨してほしいと
妻に言い残した

―あなたの死んだあと
　いくら枝が伸びても
　サン・ジュアンの木を
伐れないではないですか

そのひとは
生きて帰れなかった兵士たちの
虜囚の悲しみを
凍った絵筆で刻みつづけた

そのひとが描いた
〈シベリア・シリーズ〉には
サン・ジュアンの小さな粒が
漆黒の空にきらりと光っている
久保田　譲（くぼた　ゆたか）
１９３４〜２０１４年、群馬県生まれ。詩集『サン・ジュアンの木』。
詩人会議、群馬詩人会議会員。群馬県勢多郡に暮らした。

戦争放棄を貫く精神の純粋な魂の持続性について

埋田　昇二（うめた　しょうじ）
1933年、静岡県生まれ。詩集『富嶽百景』、『ガリレオの独白』。
詩誌「鹿」、「青い花」。静岡県浜松市在住。

軍国少年であった私は戦争で死ぬことなど少しも怖くな
かった
というより死ぬことの意味など少しも考えたこともな
かった
一九四六年　敗戦の年の翌年
私は旧制中学校に入学した
中学に入って驚いたのは
上級生たちが生徒大会を開いて
校長先生の戦争責任について追究したことだった
そのころ文部省の『あたらしい憲法のはなし』が発行さ
れ
民主主義とはなにか
国際平和主義とはなにかについてわかりやすく教えられ
た
そしてこの憲法九条で
戦争放棄
戦力の不保持
交戦権の否認について定められた
私はこの『あたらしい憲法のはなし』のなかの
次の文を今でも忘れない
「みなさんは、決して心ぼそく思うことはありません。
日本は正しいことを、ほかの国よりさきに行ったので
す。世の中に、正しいことぐらい強いものはありませ
ん。」と

また
日本国憲法第九条の各条項を堅持することはもちろん
日本国憲法前文の以下の文言も変えてはならないと考え
る
「政府の行為によって再び戦争の惨禍が起こることのな
いようにすることを決意し、ここに主権が国民に存す
ることを宣言し、この憲法を確定する」
また
前文の最後に
「日本国民は、国家の名誉にかけ、全力を挙げてこの崇
高な理想と目的を達することを誓ふ」
と国民の誓いも述べていることである
前文のいうあの「戦争の惨禍」とは

ヒロシマ　ナガサキへの原爆投下をはじめ
東京や全国の都市への無差別爆撃
そして唯一の地上戦の戦闘地域になった沖縄と
その後の占領軍の住民の土地の強奪と基地の建設などを
　含む

現在の日本では
いつでも　どこでも
安倍内閣の戦争法反対　憲法九条厳守などと
声限り叫ぶことができる
いまは　戦争法と国家秘密保護法によって
戦争に加担して若者達を戦争に駆り出す戦争前夜ともい
　える
しかし
私は国民の多くが戦争に諸手をあげて賛同していた
あの暗黒時代に
毅然として命がけで反戦をとなえていた人たちのことを
　想う
特高警察に捕まり残酷な拷問の末に虐殺された小林多喜
　二のこと
獄中にあって反戦を貫いたひとのこと
「治安維持法」によって二回も逮捕投獄され
獄中に亡くなった哲学者三木清のことを想う

いま
ひとりの詩人として
ひとりの人間として
戦争放棄の精神をいつでもどこでも
貫きとおせるかが問われている

戦争があった

根本　昌幸（ねもと　まさゆき）
1946年、福島県生まれ。詩集『昆虫物語』『荒野に立ちて』。
日本ペンクラブ、日本詩人クラブ会員。福島県浪江町より相馬市に避難。

昔　戦争があった。
だが　戦争は今も続いている。
なぜなのか
思想の違いは誰にでもある。
それなら譲り合うということを
しなければなるまい。

戦争とは、お互いが
多大なものを失なうということ。
そんなことは分かっているのに
何故争うのだ。

馬鹿のやることだ。
意地の張ることだ。
話し合えば分かる。

如何なることがあろうとも
殺し合いをしてはいけない。
落付いて考えろ。

平和へ平和へと
手と手を合わせて
祈る。

人間が人間に
生まれてきたのだ。

たった一つの命だ。

それを失なっては
ならない。
生きることだ。

生きること。

びんぼう・燦燦と

司　由衣（つかさ　ゆい）
1944年、東京都生まれ。詩集『西境谷団地から』『魂の奏でる音色』。
詩誌「呼吸」、日本現代詩人会会員。京都府京都市在住。

蝉が鳴く
必死に鳴く

七十年前の夏、島国は戦争に負けた
資源の全てを使い果たして敗れた
平和の道を進もうと涙をためて願っても
静かな流れがあの戦渦に連れ戻そうとする

戦争は麻薬のようなものだ
知らず知らずのうちに
その流れに吸い込まれていく
人を殺すことが正義となる
人を殺すことが美しく見えてくる
勝った国は勝ち続けなければならない
負けた国は裁かれなければならない

お金には麻薬のような力がある
持つものは底なしの欲望にとり憑かれ
持たないものを武具にして戦争を起こす
持つものは持たないものを支配する

持たないものは持つものに支配される
古代ローマでの悲しい定義は　今も
貴族と奴隷の関係を生きつづける

貴族様　お昼は何を召し上がりますか
外見がよくて皿数の多いお料理ですか
今を時めく即席ヤキソバを食べてみませんか
熱湯を線まで注ぎ三分待って湯を捨てる

びんぼうの私は
戦争を起こす貴族の旨味を知らないが
三分待つヤキソバの旨味を知っている
世界を動かす力はないけれど
世界の流れを止める運動に署名する
紛争の火だねを消す運動に署名する
――戦争に訴えない価値観を共有しませんか
――武力によらない平和を探してみませんか

蝉が鳴いている
戦争を知らずに鳴いている

歯を食いしばって赦す

奥山　侑司（おくやま　ゆうじ）
1982年、奈良県生まれ。香川県丸亀市在住。

どうしてあなたはそんなにいらだっているのですか
どうしてあなたは他人《ひと》を排除するのですか
どうしてあなたはいのちが失われていくのを見過ごすのですか

そのようなことをしていてはだめじゃないですか
平和な世の中を求めていこうではありませんか
どうして私の言うことが伝わらないのですか

ちょっと待て
自分の思いがうまく伝わらないことに
おまえ自身がいらだっているではないか

おまえは何者だ　何を知っている
世界の何が見えている
世界の何を知っている
世界の歩みをどれだけ理解している

おまえに何ができているのか
おまえに何が見えているのか

できているのはほんの一部ではないか
見えているのはほんの一部ではないか

それならば
自分の苦しみ、いらだちを主張するのではなく
相手の苦しみ、いらだちを想像せよ

たとえどのような罵声が飛んでこようとも
どれだけ傷つけられようとも
歯を食いしばって　他人《ひと》を赦すのだ

これ以上戦さを起こさせないために
これ以上大切ないのちを失わせないために
歯を食いしばって　赦せ

六月賛歌―いのち―

高森　保（たかもり　たもつ）
１９３３年、佐賀県生まれ。詩集『1月から12月　あなたの誕生を祝う詩』『歳月の果実』。「九州文学」、「さが連詩」の会会員。佐賀県伊万里市在住。

六月になった
五月《さつき》晴れの風は運んでくれるか　さわやかな幸福感
梅雨入りして湿度の高い曇天と長雨
氾濫させるいまどきの集中豪雨　憂鬱な六月にするのか

北海道では「躾《しつけ》のため」と森の道で放置された七歳児が
行方不明　たくさんの捜索隊員が出て森中を探索
それでも見つからない
やきもきしてあきらめかけた八日目
五キロ先の自衛隊演習場宿舎で発見　保護される
―良かったね　演習中でないから砲弾も来ず
北海道のひぐまや　ＩＳのような連中にも会わず
日の長さが宿舎へ導き　宿舎はたまたま無施錠
夜具の無い宿舎でも寒さに震えず済んだ
食料は無かったが　飲み水が有った

今年の四月は熊本大分の大地震
特異な火山灰の大地と活断層
余震が続き　六月雨期を前に土石流の心配
人の力を超えた災害には無力感が来て憂鬱になるのだが
七歳児無事のニュースが五月晴《さつきば》れにした
戦争放棄をした日本ならではのことだ

―七十一年前だったら
親も子も家も一切を失う危機にさらされる空襲だ
子どもだけでも助かるよう都会では集団学童疎開
戦場になった沖縄では疎開させた学童が
乗った船・対馬丸諸共《もろとも》　海底に沈められてしまった
残った人たちも上陸した米軍に追い詰められていた
今も沖縄に米軍の基地があり
米軍関係者の殺人が繰り返し起っている
結婚を控えた二十歳の女性がウォーキングに出たまま
帰らない　暴行され　殺される
平和を守るための同盟国の駐留軍関係者の手によって
人命も人権も脅《おびや》かされる
アメリカ自身の歴史がかかえてきた南北問題が
人権の　21世紀と言われる今日　沖縄に飛び火している
世界では何十万の難民が生死の瀬戸際にあり
その解決は容易でないから「何もしない」では
平和憲法制定時の決意・前文はうそになる
ましてや一人の命も守れない平和日本の沖縄の悲しみ
もう現実は憲法より核の傘に守られていると言うのか
自制心など気遣いがなくなった私生活に見合うのか
この六月の近年の気象
―さあ　手をつなごう　防災だよ　命が大事！

オバマ大統領広島に来る

田島　廣子（たじま　ひろこ）
１９４６年、宮崎県生まれ。詩集『愛・生きるということ』『くらしと命』。詩誌「人間詩歌」、詩人会議会員。大阪府大阪市在住。

地図を広げ爆心地を夫と捜してまわり
やっとみつけ　しるしの頭をふたりで撫でた

ほら　見れ　鉄骨だけになって立っているドーム
原爆資料館の中はアメリカ人もすすり泣きの声
うううーこらえ切れずに私は大粒の涙を流した
　直視しろ　逃げるな　美しい命だ
目と心に焼き付けて　帰れ
瞬間湯沸かし器と言われていた三十数年前の私
資料館の机のノートに私は書いた
アメリカ大統領　広島に来て事実を見てください
と　物おじしない　怖さ知らずに生きていた

血塗られた服はぼろぼろ　動かなくなった時計の秒針
ウジが涌いた肉体の傷の中
石段に焼き付いた人間の姿に
無性に　会いたい
声のない写真

戦後七十一年オバマ大統領が広島に来た

原爆投下したのは良かった五十三％のアメリカ人
広島に来る勇気を持ったオバマ大統領に拍手
まっ白な服が血に染まって何回洗っても
おちなかった　資料館は今までの中で初めて
感動したと話　被爆者の背中を撫でた
プラハのときのように謝罪はしなかったが
　核のない世界を目指そう
と　世界に向けて黒い顔に力を込めて発信した

去年　核兵器廃絶世界大会が広島であり参加した
世界各国から集まった人たち「祈る平和」から
「作る平和」へと声をあらげた
張り裂けそうな心の痛み　叫びを詩に書いた
「沖縄戦を平和につなごう」「千羽鶴」
「戦後を生きた親子」「手」
詩に書きあげて発表　朗読した
オバマ大統領　来年の一月までの任期
詩を　書いてください

弱い雑草

鈴木　文子（すずき　ふみこ）
1941年、千葉県生まれ。詩集『女にさよなら』『鳳仙花』。日本現代詩人会、詩人会議会員。千葉県我孫子市在住。
植物学では
名前も解らない雑多な草
栽培目的以外の植物
生命力が強い草
これらを雑草と呼ぶ

花壇が日照り続きでぐったり
雑草は青々としげって元気だ
雑草にとって乾燥は
根っこに栄養を蓄えるチャンス
根っこは栄養のメーンバンクなのだ

雑草は
畑や道端　庭の日陰に生える
けれど
厳しい環境にいどむ雑草は弱い
弱いから競争をさける
弱いから何処で勝負するか
何時も　根っこで考えている
雑草は
逆境がないと生存できない
逆境を利用して生きのびて来たから
草取りで土が掘っくりかえされると
貯蔵庫の種に光が囁く
これが芽生えの合図
発芽の誘導なのだ

道端で　バス停で
オオバコ　ハコベの種が熟れている
通勤　通学の靴底にめり込み
種たちは新天地へ旅立っていく
雑草の花は目立たないけど美しい
植物学に一項目加えなければならない
雑草は弱いから仲互いを嫌い
仲間を増やす植物　と

ランナー

魚見岳《うおみだけ》をひとまたぎする
孤独な足取りと
観客の吐息が
重なって
春隣《はるとなり》のつめたい空気が
あたためられる
昼下がり
普段は人通りの少ない
交差点も
体温をはらみつつある

遠い国で
理由もなく殺された
あの人もまた
孤独なランナーだった
〈剃刀で皮膚を切り裂き
　麻薬を埋め込まれると
　急にものすごく人を殺したくなるんだ〉*
そんな子ども兵士の告白を伝えた人が
テロリストの手にかかってまで

見つめようとしたものは何か
伝えようとしたものは何か

歓声の向こうには
思い思いの旗を振る
園児服の子どもたち
その肩ごしに
一面の菜の花
それらを
筋肉の振り子に乗せて
早春の高さに振り上げ
私たちのランナーは
次のランナーへと
この国の平和を
つなぐのだ

*後藤健二著『ダイヤモンドより平和がほしい』参照

宇宿　一成（うすき　かずなり）
1961年、鹿児島県生まれ。詩集『賑やかな眠り』『固い薔薇』。
詩人会議、日本現代詩人会会員。鹿児島県指宿市在住。

空の鯨

北畑　光男（きたばたけ　みつお）
1946年、岩手県生まれ。詩集『北の蜻蛉』『救沢まで』。詩誌「歴程」「撃竹」。埼玉県児玉郡在住。

雨がふっています
みどりごが手をひらいたような新緑の葉をぬらし
やわらかい去年の落葉をぬらし
雨がふっています
去年のおととしのさきおととしの　百年も
　千年もまえの　さらに
さらに遠い二千四百万年もまえの石をぬらしています
石のうえで雨がきれいな音楽を奏でています
その音楽を石の骨になった鯨がきいています
鯨は欠けた耳を雨にかたむけています
信号の音楽を
ふってくる雨の一滴一滴にかたむけています
おなじころ
ひろい海にも雨はふっています
そのなかを白い糸のような航跡が伸びています
艦船の航跡です
時折　船に離発着する戦闘機が
雨滴の音楽を壊しています
古代
陸からふたたび海にかえった鯨が
軍艦や戦闘機たちにむかって
悲痛な叫び声をあげています
いくな　いくな
雨がいっそう哀しくひかって
ふっています
そんなときです
石の骨になった鯨は雨にひかって
空を泳ぎはじめたのです

りんご銀河

駒木　田鶴子（こまき　たづこ）

1935年、秋田県生まれ。詩集『流れやまぬものへ』『落花無量』。
レアリテの会「舟」会員。秋田県横手市在住。

りんごのお歳暮を送る慣わしは
もう半世紀も続いている
四年つづきの豪雪にもめげず
教え子が
真《ま》人《と》山《やま》の麓で育てた「ふじ」は
種《しゅ》のあかしのように
たっぷりと蜜を抱いている

さっそく北の海からは
りんごの照り返しのような紅鮭が
やがて
南の島から届く「たんかん」が
さわやかな果汁をふるまうだろう

ありがとう
　おいしかったよ
　からだに気をつけて…
一年ぶりに行き交う声の便り

秋の陽に染め上げられたりんごを
たなごころに載せると
透き通った声が
奥羽山脈を越えて
ふわりと舞い降りる

—宇宙とは
　紅色のりんごではあるまいか—＊
そう
そうかもしれない
みずみずしい球体を包んだ
夕焼けの空の奥に
無数の星がまたたいている

＊村上昭夫詩集の「紅色のりんご（1）」より

距離

木島　章（きじま　あきら）
1962年、神奈川県生まれ。詩集『点描画』。
詩誌「エガリテ」、詩人会議会員。神奈川県横浜市在住。

犬は
殺処分されるところを
わが家にやってきた
すこしして
野良猫が
塾帰りの息子についてきて
住みついた

たがいに不遇をかこつこともなく
猫はいっしょに遊ぼうと犬にちょっかいを出し
犬は必死で無視しつづける
犬は猫のご飯をねらい
猫は犬のご飯に砂をかけるマネをする
犬が散歩に出れば
猫も慌てて家を飛び出し
犬をつけまわす
ひとつのボウルから
かわるがわるに水を飲み
気がつくとソファの両端で眠っている

一メートルほどの間合いが
二匹にとっては
平和な距離なのか
動物も人も
たぶん国どうしも
上手に間合いを取り合うことが
大切なんだと
二匹そろって
しずかに寝息を立てている

反逆者の覚悟

神に祈り　神などいないと泣き喚く者達よ
英雄が降臨することを祈るだけの者達よ
では逆に問う
神や偶像に縋《すが》るだけで何も成さなかったのは何故だ
誰だって祈るのだ
祈るだけでは何もしないのと変わらないのだ

例え話をしようか
一人の男が苦しめられている民衆の為に立ち上がった
その男のカリスマ性と壮大な武力と財力に縋《すが》り
人々は我も我もと着いて行った
既に己の意志を棄てたことに気付かぬままに
その男に既に支配されていることに気付かぬ者達は
大義名分を振り翳《かざ》し　まるで傀儡《くぐつ》の様に武器を持ち
「平和の為に！」と破壊と殺戮と強奪を続けた
そんな時代を再び持ち出すのか？繰り返すのか？
本末転倒ではないか？
そして力無き者達は新たなる神を探し出して祈るのだ
楽だからなのか？何故だ！

神月　ROI（かむづき　ろい）
1977年、沖縄県生まれ。福岡県在住。マルチクリエイター。

私に騙されるな！踊らされるな！己の頭で考えよ！
己の意志で決めよ！己の心で想像せよ！惑わされるな！
支配されることに慣れるな！血の粛清に疑問を持て！
己の魂の声を信じろ！そして国籍問わず相手を労われ！
敵味方を簡単に創り出すな！狂わされるな！
祈るだけでなく！願え！そして動け！己の足で立て！
神を信じるならば恥じることなく美しく生きよ！
神を否定するならば世界に生きる動植物達を見よ！
私達に愛と無常の癒しを与えてくれていることに気付け
全ての安寧を！幸せを！護れ！無駄に血を流すな！
己の！他者の命の在り方を真剣に考えよ！投げ出すな！
戦う相手を間違えるな！
憎しみと言う感情の醜さに潜む己の心にある鬼と戦え！
誰しもが尊い命を持っているのだ！
愛する者がいるならば！その愛を総てに向けよ！
己の自我を確立させよ！押し出せ！己の独立精神を！
他者を認めよ！愛を忘れるな！哀しみを忘れるな！
世界を愛せよ！思い遣りを総てに向けよ！
私の役目は終わったのだ！私を終わらせてみせよ！
そして眩しい光に包まれた未来を己々で歩いてゆけ！

死神の涙

何故お前達人間は殺し合うのだ
では何故お前達人間は愛し合うのだ
そして何故お前達人間は身勝手なのだ

大釜を振るい私は魂を肉体から救済する神だが
唐突に殺され死を受け入れられぬ者達の
彷徨う魂までは導けぬ
髑髏《どくろ》の仮面の下で涙を飲み続けている
素顔ではいられやしない
私に涙など到底似合わないのだから
悲しくて切なくて遣り切れぬ
この様な務めは辛過ぎる
安らかなる死を贈りたいだけなのに

内乱　戦争　乱戦　世界大戦
何故　繰り返すのだ

私は長きに渡り人間の世を見てきた
どの時間　どの時代　どの国　どの場所　総てを
何故　お前達人間は身勝手に愛し合い殺し合う？

原始の争いは進化の強化だったと言えようが
だが今はどうだ
科学と言う名の神に仕えている人間達よ
大量殺戮兵器でトールハンマーを凌駕する程の
邪悪な力を手に入れて何がしたいのだ！

愚か者共よ！そんなに神になりたいか！
選民思想の行末か！はたまた国訓《こっくん》の亡霊か！
総てを滅ぼし新たに世界を生むとでも言うか！
お前達が恐れる死神の私ですら悍《おぞま》しいことを望むか
放射汚染されし土地は花も咲けぬことを知っていよう
何故お前達人間は哲学と言う名の知恵を持ちながら
科学と言う名の神に劣悪を望むのか？
戦わずして心を通わせる術を持っていながら…

それ程までに　お前達人間の心は病んでいるのか？
それとも世界が病んでいるのか？
もうやめてくれ！
これ以上　私に涙を飲ませないでくれ…

リアルブレイクスルー

風　守（かぜ　まもる）
1959年、山口県生まれ。岡山県岡山市在住。

駅構内にある岡本太郎の壁画
夜が更けたその場所で
一人たたずみ壁画に見入る

赤や青、黄色の原色が伸びやかに生命感溢れて跳躍し
観ている私を圧倒する

太郎の精神は時代を超越し
現在の私達に熱く語りかけてくる
「お前たちは時代と本気で闘っているのか」

私の父母の青春時代は戦争で黒く塗り固められていた
父は通信兵として十七歳で入隊し
上官や先輩に毎日殴られていた
母は来る日も来る日も
軍需工場で働かされていた

父母が過酷なる日常を耐えられたのは
揺るぎない信念があったからだ
「日本は必ず勝つ」

だが八月十五日
その信念は崩れ去った

戦後
父と母を含めた国民は
過去を忘れ去り
いや心の奥底にしまいこみ
生活のため
それぞれ懸命に
働いた
働いた
働いた

その結果日本は
戦後の混乱からようやく抜け出した

いや抜け出したのは
表面的な
物質的な

顕在意識上の
問題からだけであった

本質的な
精神的な
潜在意識下の
人間性の根幹に係わる
問題はなにも解決していなかった

「昔はよかった」
と人々は過去を懐かしむ
しかし本当によかったのか
様々な問題に
目を閉じ
耳を塞ぎ
口を噤んでいた
だけではなかったか

差別・貧困・格差・高齢化・少子化等々
様々な多くの問題が
今を生きる
我々の目の前に
巨石のごとく立ち塞がっている

もう後戻りはできない
進むしかない
問題に真正面から
対峙するしかない

その問題を解くための
マニュアルや
魔法の呪文は
存在しない

我々が
考え導き出すしかない
考えて
考えて
考え抜いた時に
明日の道が見えてくる

考えて
行動に移さなければ
この混沌からは抜け出せない

太郎の壁画は
我々がこの時代と真に向き合い
闘っていくことの必要性を訴え続ける

鏡

鏡に映る僕をあなたが見ている
あなたを映す鏡を僕が見ている
その姿を確かに映す鏡に
僕はなれているだろうか
あなたは鏡を確かに映してくれるだろうか

映っているあなたの姿に
僕は知っていると答える
過去に起きた争いが
誰かを悲しませたということを
知っていると答える
あなたも知っていると答える
知っていながら
鏡に映るあなたが消えてしまうかもしれないのを
止めることができない
大切な人が消えるのを
誰も止めようとしない

何を守るために戦うのか
誰も知らないまま
争いだけが残ろうとしている
愛するものを守るために誰かが消え
それで愛が残ったとしても
大切な人はいなくなってしまう
そこに残るのは
いったい何なのか
僕はわからなくなる
残すつもりの意思が
残らない

戦う相手が
違ったのだろうか
それとも
見ていた鏡に映ったものが
違ったのだろうか

僕はあなたを見ていたいと願い
あなたは僕を見ていたいと願った
それは確かだった
末松　努（すえまつ　つとむ）
1973年、福岡県生まれ。福岡県中間市在住。

鏡を見る眼に
埃が入っていたのかもしれない
新たな歴史を作る前に
目をこすっては
僕たちは鏡に確かな姿を映し
見つめたなら
確かなものを
残さなければならない

モアイ

川奈　静（かわな　しずか）
1936年、千葉県生まれ。詩集『花のごはん』、『いのちの重み』。日本児童文芸家協会、日本詩人クラブ会員。千葉県南房総市在住。

小さな島を囲い
海をにらんでたつ大男の石像
ここは巨人の島である
見ればわかるだろうと誇示した立体宣伝
戦わずして勝利する手段

神話の時代のおおらかな国防
南太平洋のイースター島
資源もなく船付場もない
近代国家からは見むきもされない

狭い国土の海岸に
モアイに似た原発塔をたてて
国益を守っている日本は
集団的自衛権が国防だという

自衛とは自国のみで自国を守ること
他国と連携するなら　もはや自衛ではない
モアイのような自衛ではない

海辺に林立している原子炉は
ミサイル攻撃の的として最適だ
白い建屋は目立つ
破壊されたら放射能がばらまかれる
消滅する国家

戦争するなら原子炉を撤去してから

海岸の原子炉は
権力者に戦争をさせない自衛手段となるか
いや原子炉も自爆する

物言えぬ暗黒の道を再び歩むな

―ある言論人の信念の生涯をかえりみて

〔言論の自由とは、権力者に対してのそれが自由であることでなければならない。〕『石橋湛山全集』（全一六巻）第一四巻第二部―八所収の言説より。

石村　柳三（いしむら　りゅうぞう）
1944年、青森県生まれ。詩集『夢幻空華』、詩論集『雨新者の詩想』。詩誌「コールサック（石炭袋）」、「いのちの籠」。千葉県千葉市在住。

「物言えば唇寒し」の言葉には、どこか文芸性の抒情もあろう。けれども「物言えぬ口を閉ざして沈黙ふかし」の、私の歴史の目のさけびには、明治に入り富国強兵・強権国家という帝国主義へのレールを走り、大正に入り民本主義といわれる「大正デモクラシー」の輿論がさけばれた世相の波があった。しかし昭和に入り大日本主義の幻想を抱き、近隣の国への支配を強くして行く。小国主義の民主主義《デモクラシー》よりも国益のための侵略をふかめる軍部の横行。民主主義の波はつづかず、言論弾圧の治安維持法により自由の灯は消されてしまう。暗黒到来の世へ。

一目散に走る物言えぬ時代の沈黙。その力を増す軍部の権力を批判し、言論の自由と人としての人権を訴え、平和の主張の「小国主義」をさけんだ言論人がいた。「東洋経済新報」のリーダーであった石橋湛山や、外交評論家で『暗黒日記』の著者と知られた清沢洌。清沢は湛山の自由思想者の盟友のひとりであった。また地方の信濃毎日新聞の主筆であった桐生悠々も、言論の弾圧と戦争突入への批判者だった。彼ら三人の言論人はいずれも非戦を貫いた平和主義者だった。なかでも、石橋湛山は生命かけた強固の信念を背骨とした自由主義者《リベラリスト》であった。

そうした圧迫された世相、あるいは逮捕国家の不自由さに自由思想をおそれることなく主張し、言行一致の生き方をした湛山は、稀有の存在といわれている。戦争の足音がするころには、良心派と見られていた朝日新聞も軍部に迎合してしまう。権力を批判する言論機関の新聞も皆廻れ右して、今次大戦へ突入し三百二〇万の死者を生み、終戦を迎えた。国敗れて山河なしの地獄の国土であった。七一年前の日本の敗戦の姿だ。それは多くの苦痛と悲しみを残しただけの悲劇であった。湛山はまた、戦時中にあっても早期終戦を政府の要人に進言していた。

言論人湛山は、軍人の東条首相から睨まれ内務省に逮捕の命令が出されていたともいわれる。終戦直後に小国主義による日本の復興を予見し「前途洋々たり」と言説。自らの信念で戦争の愚批判と、平和到来への歩みをした。昭和四八年、風雪八八年の一生を了えた。

　われは知る思念自由の滅せぬ言《げん》　（石芯）

非戦

木村　孝夫（きむら　たかお）
1946年、福島県生まれ。詩集『ふくしまという名の舟にのって』、『桜螢―ふくしまの連呼する声』。詩誌「コールサック（石炭袋）」。福島県いわき市在住。

非戦と不戦について考えて整理してみましょう
と　先生が言った
同じような言葉だが意味が違うというのだ
非戦と不戦について話し合いする為に
先生はたくさんの時間をくれた

シッと先生が口元に手を当てた
靴の音がするのだ　軍靴の乱れのない足音だ
この頃　街の中でも
この軍靴の足音が聴こえてくる

私たちの国にも考え方は二つある
それは非戦と不戦
介在したいという国家の意思があれば不戦
そこに介在しないのが非戦
先生のアドバイスに　A君は大きな声で
同じことではないのかと言った

国家の意思があるのか　ないのか
同じようでもこの二つは大きく異なる

しかしどちらも憲法の解釈を
一つねじ曲げれば同じことになる
そうすると街中は軍靴の足音ばかりになる
人が人を殺す
そんな時代に戻ることは許されない

十八歳から選挙権が与えられるから
それでいいのか
と　皆で考える時間なのだ

意見を整理して先生に提出した
翌日先生から点数が付いて帰ってきた
総合点数は△の小さな印が黒ペンで書いてあった
先生の迷いが点数に出ている
先生の顔からは笑顔が消えていた

憲法を曲げて解釈してはならないという解答には
大きな太い赤丸がついていた

手紙

赤木　三郎（あかき　さぶろう）
1935年、福岡県生まれ。詩集『よごとよるのたび』『無伴奏』。詩誌〈夢〉に終刊まで所属。詩の朗読会、数度。東京都品川区在住。

1

たとえ花ばなさきみだれる　野のはらが　この世の果て
までつづく　としても
そこに
一匹のかぶと虫もちょうも　くそ虫も存在しない　とし
たら　花は
なんのために
咲く　のでしょう　か？
だから　わたしは　くそ虫です
――こころからなる　あいを　こめて

2

たとえ虫むし　むし満ちる野のはらが　この世の果てま
でつづく　としても
そこに
一本のばらのはなも鬼ゆりも　ひなぎくも咲いていない
としたら　虫たちは
なんのために
はいまわり飛びまわる　のでしょう　か？
だから　わたしは　ひなぎくです
――こころからなる　あいを　こめて

【解説】ひとつひとつの命の声が伝える人類学

佐相　憲一

魚を食べながら思う。アジとマグロを比べると、「魚」という同一の枠に置くのはかなり無理な体格の違いがある。さらに顕著なのは、あぶら分がかなり違う。ほかの魚も、その体に大きな差異が認められる。これは、海洋や河川のそれぞれの場で活動する際の、必要エネルギー量や環境条件によるものだろう。たとえばサンマとアユをひとくくりにはできないだろう。深海魚と川魚も違う。なるほど「魚」よりも「魚類」と言えば納得のいく豊かなバリエーションである。

ではわたしたちヒト、「人類」はどうだろう。太っている人、やせている人、黄色人種、アフリカンなどの違いはあるが、食生活や運動量や遺伝的傾向などによる個人的身体の差異はあっても、約七十億人全員、生まれたままの基本的な人体の構成要素は共通である。「人類」の差は「魚類」の差よりもずっと小さいばかりでなく、そもそもホモサピエンスは生物学上は一種なのである。世界各地の歴史はいろいろなバリエーションがあるのに、世界のどことどこを比べても、人間であることだけは共通だ。もちろん、長年の生存条件による身体の遺伝的変化や身体能力の得意分野などは特徴として認められるが、たとえばそもそもの脳のつくりとか、内臓の配置とか、体の水分具合などは共通の人類である。

情報の電子化によって世界中の出来事が日々知らされるが、〇〇人が〇〇人より基本的につくりが劣っているなどと言ったら、現代人の多数はこれを時代遅れの人種差別・民族差別であると批判するだろう。文化の違いは決してもともとの人間のつくりの違いではないのだ。だからこそ、共通の相互理解のもとで、自分たちとは違った文化をもつ人びとへの関心も生まれるのだろう。

もしもヒトラーや古代皇帝のようにナニ人がナニ人より優れていて淘汰する宿命にあるなどといった狂信思想が現代にはびこったなら、世界は無茶苦茶に血みどろになるだろう。最新の科学はいかなる国家の国民もほかより優れているわけではないことを伝えている。いくら優劣を強弁しようとも、独断のぶつかり合いは論証上の勝ち負けがつかない。ならば殺しまくるしかない、となる。もしも殺し殺されるのが当たり前の、戦国時代のような世の中を現代に再現したなら、兵器の破壊力ゆえに、地球はヒトによって滅亡さえするだろう。そんなことは実はもうずいぶん前からわかっているはずだ。わかっちゃいるのにやめられない、お金の力と国家対立思想の力である。

人と人の差異が、こと肉体的な基本形においては、アジとマグロの差異よりも小さいということ。これは驚くべきことではなかろうか。肌の色がいろいろあって楽しいが、たとえば世界中の恋人たちが同じようにまなざしや言葉や身振り手振りで愛する気持ちを伝達している。ナナニ人だけは愛の感情を根こそぎ体内から削除したなどという話は聞かないし、そんなことは不可能だろう。ナニ人だけは全く飲まず食わずで生きられる体になったとか、平均身長が四メートルになったとか、ナニ人はえら呼吸に成功して海中生活に戻ったなどという話も聞かない。

この大きな共通性には、ホモサピエンスの経てきた困難で奇跡的な道のりが反映しているだろう。原始地球の海から発生して、両生類的生き方、爬虫類的生き方を経て、夜行性のねずみに似た哺乳類へ到達し、恐竜全盛期を何とか生き抜き、サルや猿人となって、二足歩行によって幾多の環境変化を乗り越え世界中に移動拡散し、氷河期も血なまぐさい殺し合いも乗り越えて命をつなぎ、ついにもう何百万年もサルの一種としてヒトの暮らしを保っているのである。知られているように、わたしたちと直接つながる原始人の時代には、ほかの原始人もいたらしい。わたしたちと直接つながるホモサピエンスの時代になってからも無数の命が何らかの理由で消えていった。そして、祖先はひとり残らず死を迎え、わたしたちもひとり残らず死を迎える中で、ごくごくわずかな生き残り種として、現在の約七十億人が存在しているわけである。遠い命継ぎの奇跡的な同志と言ってもいい。「同志」。何の「志」だろうか。「とにかく飢え死にせずに生きていたい」というシンプルで切実な共通項がそれであろう。いま生きているヒトは、死んでいった無数のヒトの死の上に、生きているのだ。どんなに相互に違う生き方でも、共にいま地球上に生きているという共通項を確認したい。どんなに嫌いで相性が悪い者同士も殺し合わずにいること。その一線を越えた途端、ヒトはまた血みどろの歴史の焼き直しに陥るだろう。

いま、こうした大きな視野が必要ではないか。日々報じられるあれこれの事象はプラスマイナスさまざまな評価に分かれるだろうが、環境破壊も著しいこの地球の二十一世紀、ヒトはどうやって生き延びていくのか、そのために人類の最初からたどり直す必要があろう。命ということで言えば、さらに地球生命の始まりからの長い時間を思考の中に入れて先を見ないと、取り返しのつかないことになるだろう。

＊＊＊＊＊

狭い枠組みで人びとの善意までが分断されている複雑な現代。一方では最新医学が世界中の病人の命の希望となる前進を遂げ、他方では貧富の格差のいっそうの増大による政治経済的不公正が人びとに憎しみの種をまき続けている。

難病に苦しんでいる幼児の母親は、世界のどこのお医者さんでもいい、この子の命を救ってほしいと祈るだろう。

また、医薬品業界が怪しい金儲けに走る傾向の中でも、しっかりした医師はいて、自分の技術が役に立つならば本当は世界のどこの人でも診たいと思っているだろう。そして、究極の命の現場では戦争政策は人気がないだろう。ナニ人なら助けるが、ナニ人はどんどん死ねばいい、そんなことを考える医師や看護師はほとんどいないと信じたい。

他の分野でも、ふだんの日常生活では本来、国籍による対立や差別感情は、多くの人の頭を支配してはいないであろう。

ところが、ふとしたきっかけで人は案外たやすく偏狭なナショナリズムの方向、すなわち日頃の不満を「外敵」に向けて発散させる古来の常とう手段に乗せられてしまう。このナショナリズムという怪物がいま世界各地で猛威をふるっていて、日本も例外ではないのだ。まるで戦前の復活のようだとの危惧も多く聞かれる。

戦争。一般論ではそんなものは嫌だとほとんどの人が言うのに、あっと言う間に煽動されて、いつの間にかそこへ道が敷かれていく魔物である。

ヒトの歴史は一面ではなるほど戦争の歴史と言ってもいいかもしれない。小中学生が学ぶ日本史の教科書を開いても、古代から殺し殺され、騙し騙されの権力闘争がずっと続くのであった。もちろんそれだけではなくて、いやそれよりももっと大切なこともたくさん学べる歴史であるが、とかく教科書の書き方が時の権力者の記述中心であるからそのような印象になってしまうのだろう。

もう戦争はやめよう、戦後の国際社会で率先して平和共存していこう、というのが一九四五年終戦後の、多くの日本人の気持ちだったのではないだろうか。それは、決して外から押しつけられて従ったものではなく、とにかくこれからは戦争とは反対の道の世の中にしようと、ボロボロになった日本の国民自らの実感としてひろまった新しい考え方ではなかったか。正義の戦争と信じさせられて命をかけたものが実は侵略戦争だったと知った時のショックは計り知れないものだっただろう。特に、戦後になってようやく参政権などを得た日本の女性は、戦争で我が子を亡くし、夫を亡くし、兄弟姉妹を亡くし、親を亡くし、友を亡くした痛苦の体験から、より強固な平和思想を胸に刻んだのではなかったか。

それから約七十年、戦争体験者が亡くなっていき、戦争を知らない世代が次の世代を生み、そのまた次の世代も大人になっていく昨今、確信犯的な戦前戦後の潮流のしぶとい煽動もあって日本のアジアにおける歴史認識が怪しくなり、近隣諸国の否定的なニュースの度に動揺する人びとが、平和憲法とは違う方向へのかじ取りを承認させられようとしている。まるで生き証人の寿命が尽きるのを待っていたかのように、改憲と軍事力拡大への声が大きくなってきた。

しかし、ここで冷静に事実を見つめたい。なるほど、近隣諸国が怪しい動きをしているのも確かであるが、戦後史を復習するなら、いまよりもっと不安定で危険な時代があった。その時にも平和憲法で乗り切ったのに、以前よりも国際社会の瞬時の情報公開と鋭い注視のもとで、果たして外国が日本を侵略して武力滅亡させるだろうか。

一体どこの国がそんなことで得をするのだろうか。仮に某国が突然宣戦布告して、海の向こうから軍事攻撃してきたとして、そのままその某国は成し遂げられるだろうか。無理であろう。国際社会がそんなことを許さない。たちまちのうちに世界中の国々にニュースが流れ、日本への同情が集まるだろう。そして、その国は強く非難され、国連の約束違反で国家の罪を宣言されるだろう。そんなにしてまでその国は日本が欲しいであろうか。大して資源もなく、地震国なのに原発がたくさんあるという危険も背負い、世界中を敵に回して断交されてまで軍事侵略する価値があるであろうか。これは某国への好き嫌いとは全く別の冷静な分析である。国への嫌悪感をいくら煽っても、実際に日本を乗っ取ることはどこの国も考えていないのだ。勝手に妄想するのは、かつて日本が引き起こしたアジア侵略戦争の負い目からだろうか。きっと相手方は恨みを晴らしにやってくるに違いないという妄想だ。

もちろん、あれこれの外交対立はある。この点においては、某国が間違っているとわたしも考える問題はいくつもある。だが、怪しい動きと言うのなら、外から見れば、大規模な原発事故で危険物質を海洋に垂れ流して非難されたこの日本も大いに怪しいのである。ほかにも日本の巷のニュースから抜け落ちているものとして、盛んに実施されている米日韓の合同軍事演習の問題がある。これに対する近隣国の恐怖感もまた東アジアの現実なのである。仮想敵国とされている国からすれば、米軍とその子分による強力な軍事力がいつか自分を破壊しに来るだろうという恐怖感がリアルだ。イラク戦争などがなまなましく思い出されることだろう。だから虚勢を張ってでも自らの軍事防衛力の誇示をし続けるというわけだ。

いたずらに国家対立を煽られて軍拡の口実にされるなら、国民は汗水たらして働いて納めた税金を悪用されることになるだろう。軍事よりももっと使わなければ国民生活が困るような分野がいくらでもある。どこの国がすべて悪くて、どこの国がすべて正しい、ということはありえないのだ。相互不信感の渦巻く国際社会で、だからこそ粘り強い外交交渉や文化交流などが大切になっている。

このような状況の下で「集団的自衛権」などと言って、日本が攻められてもいない海外での米国の戦争への武力協力を可能にしたり、そもそも平和国家の宣言である平和憲法の根幹九条を変えてしまおうと煽られている。それは国際貢献でも何でもなくて、「同盟国との信頼関係」に名を借りたナショナリズム復活と、それを背景に日本の巨大資本・多国籍企業をいっそう世界に展開するための処置でしかないだろう。もっと言えば、こちらからけんかを売っているのである。アジアの国の悪口は盛んに言うが、日本に居座る米軍基地の危険性や米軍が世界で行ってきた軍事行動の過ちにはとかく甘い日本のお国柄である。

沖縄の人たちは米軍基地に怒っているだけでなく、傲慢な差別構造を押しつけてきた日本国家に対しても激怒しているだろう。日米軍事同盟の矛盾が激烈なかたちであらわれている沖縄をめぐって、日本中が揺れている。そうした動きに対抗して、本当の日本の安全と、真の多文化共生社会の実現をかけて、広範な人びとの輪がいま沖縄に集まっている。

日本という、戦後曲がりなりにも平和友好の道をもってひろく外交関係を築いてきた国への文化的親しみが、アメリカの子分としての軍事経済的大国主義の国への嫌悪感となったら、それは何と悲しいことだろう。そうなると日本はテロリズムの標的にもなってしまう。自衛隊員もこれからは大変だ。殺し殺されることのない道の選択は、時代遅れでないどころか、これまでの戦後の日本の誇りではないだろうか。それを取り払ってしまっていいのだろうか。

現在、政治状況は国会で憲法「改正」発議に足る改憲勢力となったが、各種世論調査では、肝心の国民全体は、九条改憲に半数も賛成していないのである。これが大事な事実だ。むしろ、改憲反対や違和感などの方が多数であることが多い。改憲を積極的に支持する国民は少数なのに、政治の場や一部マスコミはどうして改憲の方へ煽るのであろうか。その国民の声無視のあり方こそ憲法違反ではないのか。選挙戦ではあまりこの問題を言わず、選挙が終わって多数を占めたら改憲へ、という露骨な国民軽視をのさばらしてはいけないだろう。いわゆる伝統的な保守層からもいまのこうした動きへの危機感が表明されていることに励まされる。九条改憲阻止を掲げる野党への支持者だけでなく、与党の支持者の中にも平和問題では改憲とは意見が違うという人びとが少なからずいるのである。

いまや、平和憲法の問題は、思想信条や政党支持の違いなどを大きく超えた、これからの日本の安全そのものに関わるものとなっている。

理想なんか言ってもダメだというような論が目につくこの国だが、理想を忘れたら人はおしまいだろう、個人でも集団でも。これまでの人類の歴史には多くの否定的側面の中で、よく見るとキラリと光る肯定的要素があった。それらの原動力は古来いつでも理想であった。過去と現状を内省し、より良い未来を夢見て行動するのがホモサピエンスの特色なのだ。それを捨て去って惨たらしい現象を愚かに繰り返すだけならば最悪だろう。

戦争思想で戦争は止められない。軍拡競争がいかに空しいかはつい少し前までの不毛な米ソ冷戦の教訓を見ても明らかだろう。

これからは、この小さな島国である日本が、平和思想や各種の科学技術、そして文化の力で全世界にアピールするといいのだ。それは夢のある光栄な道だろう。平和へのこだわりを国の一番の旗印にしてもいい。世界はいま物騒なことにあふれているから、あえて非戦にこだわる生き方は大いに注目されるだろう。そんなユニークな国として各国の人びとの橋渡し役になれるなら、武力紛争に平和の使者たる日本を巻き込んではいけないという空気が世界各国からもたらされるだろう。そんな夢を見たいものだ。

＊　＊　＊　＊　＊

命の詩想に話を戻そう。

所詮ホモサピエンスは地球生態系の根本に逆らっては生きてゆけない。食物も、酸素も、陽光も、緑も、水と大地も、すべてこの大きな生命の輪の中で生かされている存在だ。

日頃、国家、人種、民族、思想対立といった抽象的・観念的なものに眼を奪われがちだが、ひとつひとつの命の物語に焦点を合わせるのは文学の大切な役割だろう。特に詩は、現実描写の優れたものにしろ、繊細な心理が展開されたものにしろ、あるいはイメージの豊かさが光るものにしろ、傾向を問わず心と世界のかたちが強度の集中力で表現されたものであるから、「個」というものが大事にされる。大きなテーマを書いたものでさえ、すぐれた作品はすべて「個」の内側を通して独自のものとなっている。外的・内的真実を作者ならではの切実な表現で書いたものが人の胸をうつのだ。また、本来、詩人は洞察力をもっており、過去の出来事の表象の裏にある本質を見抜いたり、見渡して予言するようなところがある。夢を見るという人類の特徴を個の表現力で記すことも詩人の務めのひとつだろう。

手に取っていただいている本は「非戦」アンソロジー詩集であるが、「個」を大事にするこうした詩文学のあり方自体がこのテーマにふさわしいだろう。ひとつひとつの命の声を聴く姿勢は、小さなものの中に大きなものを見抜くということにもつながる。

幾人、幾十人、幾百人、幾千人かは死んでもいいと言わんばかりの状況に追い込まれる前に、ひとりひとりの心の力を発揮したいものだ。

この本には三〇〇人の詩作品が収録されている。一篇一篇については読者諸氏それぞれの鑑賞にゆだねるが、この本が詩の共感力を発揮して、非戦と平和を願う広範な人びとの心と響き合うなら本望だ。

平和憲法公布七十年、同施行六十九年、戦後七十一年のこの年に、詩人たちのさまざまな「非戦」の思いを結集できたこと、この重みを大事にしたい。

人類はいつまでも戦争ばかりやっている場合ではない。魚や獣たちや森や海にそう言われているような気がする。そして、無数のヒトの死者たちにそう言われている気がする。限りある大切な「個」それぞれの生の時間を巨大なものに踏みにじられたくない。このごろ特に、わたしはそう思っている。

【解説】
「非戦」の思想・哲学を永久に日本の歴史の背骨にするために

鈴木比佐雄

日清・日露戦争や十五年戦争の間に軍国教育を受け、戦争に巻き込まれていった父母・祖父母の世代は、日本の歴史上でも最も過酷な体験をしたことは紛れもない事実だ。それらの世代の体験や経験を本人たちが記すだけでなく、貴重な民衆の記録を子や孫の世代が記録しさらにそれを原点として想像力で真実を伝えていくことが、日本人が世界やとりわけアジアの人びとに果たすべき最も重要な役割ではないか。そのために戦争の悲劇を直視し、そこから人びとが何を感じ死者や傷付いた者たちといかに対話し学んだかを記された詩を結集した詩選集が様々な形で構想されてきた。コールサック社においては、二〇〇七年に『原爆詩一八一人集』（日本語版・英語版）、二〇〇九年に『大空襲三一〇人詩集』、二〇一〇年に『鎮魂詩四〇四人集』、二〇一一年に『命が危ない311人詩集』、二〇一二年に『脱原発・自然エネルギー218人詩集』（日本語・英語合体版）、二〇一五年に『平和をとわに心に刻む三〇五人詩集』などが戦争と平和を考える詩選集として刊行されてきた。そして戦争の悲劇を踏まえた究極のテーマ「非戦」を貫くためには、どのように感じ考えたらいいのだろうか。そんな自らの「非戦」という思想・哲学の参考にしてほしいと願って、多くの詩人たちに呼び掛けた。その結果として構想通りの三〇〇人の詩篇が集まり、この『非戦を貫く三〇〇人詩集』が刊行されることになった。この詩選集の公募趣意書による呼び掛け文は、巻末の編註に収録されている。その考えを詳しく論じたものが「コールサック」（石炭袋）八十四号と八十五号に掲載された私の「非戦詩」に寄せた詩論である。その中の八十五号の詩論を左記に再録し、この詩選集が百年以上前から日本の心ある詩人たちによって「非戦詩」が試みられてきた経緯を明らかにし、現在もその志は引き継がれて書き継がれていることを記している。それゆえにこの左記の詩論をこの詩選集の存在意義の解説の代わりとさせて頂きたい。その前にこの詩選集の全体像を示しておきたい。

集まった三〇〇人の詩篇は、一章「彼も人なり、我も人也」、二章「『爆弾三勇士』を強制した歴史」、三章「波間に消えた子供たちの夢」、四章「無差別爆撃の傷跡」、五章「地球を抱いて生きる沖縄」、六章「沖縄の心と共に」、七章「広島・長崎」、八章「家族・友人の追憶」、九章「八月十五日」、十章「苦悩する他者たち」、十一章「交戦権を認めない憲法」、十二章「戦争をわけるな」、十三章「平和創造」、十四章「非戦」などに編集させて頂いた。これらの詩篇を読むことによって三〇〇人の多様な観点からの「非戦」の思想・哲学が、詩人たちの感受性の言葉を通して読者の心に生き生きと甦り、新たに心に住み着くことが可能だと思われる。そんな『非戦』の思想・哲学を永久に日本の歴史の背骨にするために」この詩選集は刊行された。特に一章は日清・日露戦争前から北村透谷などの日本の詩人たちは「非戦」を願う民衆の思いを代弁していたのであり、その詩人たちが手渡してきた思いが記されている。二章・三章・四章は戦争が国家の人権軽視の軍国教育を明らかにしてそれがどんな悲劇をもたらしたかの歴史的な事実に基づいて書き残されている。また五章・六章の沖縄に関わる詩篇は、沖縄の詩人はもとより、沖縄に心を寄せる多くの詩人たちから、侵略された沖縄四〇〇年の歴史、風土、現在も継続している沖縄の米軍基地の問題点や沖縄に犠牲を強いている日本人の在り方を浮き彫りにしている。七章・八章・九章・十章は、広島・長崎の原爆が引き起こしたことや、八月十五日の敗戦記念日に立ち返りその時の人びとの在りようを伝え、日本などの侵略国の引き起こした戦争が他国にどのような影響を与えたかなどが、民衆の痛みから記されている。十一章、十二章、十三章、十四章は、平和の原点である「交戦権を認めない憲法」や「非戦」の思想・哲学をいかに自らの言葉で語れるか、という多様な観点からの試みが表現されている。それでは「コールサック」(石炭袋)八十五号に掲載された呼び掛け文を左記に引用する。

北村透谷から始まる「非戦」の論考と詩作―北村透谷、坂本龍一、ガンディー、尾花仙朔、赤木三郎、鈴木有美子(『非戦を貫く三〇〇人詩集』への呼び掛け文Ⅱ)

1

「コールサック」(石炭袋)八十四号で私は「日本の詩人たちにとって『非戦』とは何であり続けるか―中里介山、与謝野晶子、北川冬彦、押切順三、峠三吉、宗左近、末松努の『非戦詩』の系譜」という題で日露戦争直前の中里介山、与謝野晶子たちから始まる「非戦詩」の試みを論じて、「非戦詩」の公募を呼び掛けた。その後に私は「非戦詩」が書かれたなら「非戦詩」を促すような「非戦」の論考が詩人や評論家によって書かれていたに違いないと考えた。すると北村透谷が日清戦争直前に書いていた一連の評論が想起された。その中に「非戦」の精神とそれに促された人生や文学の在り方を考えているものがあったはずだった。再読してみると透谷は、一八九三年(明治二六年)五月に「日本平和会」の機関誌『平和』で「復讐・戦争・自殺」という評論を書いていた。その中で人間の「復讐」なるものの危うさを冷静に分析し、独創的な論を展開している。八十五号では透谷の論考や坂本龍一さんの論考や最近の詩人の詩作を通して「非戦」を考えてみたい。「復讐・戦争・自殺」の冒頭の三連を引用する。

人間の心界に、頭は神にして脚は鬼なる怪物棲めり。之を名けて復讐と云ふ。渠は人間の温血を吸ひて人間の中に生活する無形動物にして、古へより渠が為に身を誤りたるもの、渠によりて志を得たるもの、渠の為に苦しみたるもの、渠の為に喜びたるもの、挙て数ふべからざるなり。

見よ、戯曲は渠を以て上乗の題目とするにあらずや、見よ、世間は渠を以て尊ふとむべきものとするにあらずや、而して復讐なるもの、そのいかなる意味の復讐に関らず、人間の心血を熱して、或は動物の如く、或は聖者の如く、人を意志の世界に覚めしめるはあやし、あやし。

復讐は快事なり。人間は到底、平穏無事なるものにあらず。罵らるれば怒り、撃たるれば憤る、而して、其の怒ること、其の憤ること、即座に情を洩らすこと、野獣の如くにして而して止むを得ば、恐らく復讐といふもの、要は無かるべし。然れども人間は記憶に囲まる、ものなり。心界に大なる袋あり、怒をも、恨をも、この中に蓄ふることを得るものなり。再言すれば情緒を離る、こと能はざるは人間なり。人間の一生は、苦痛の後に快楽、快楽の後に苦痛ありて、而して満足といふものはいつも霎時のものにして、何事も唯だ一時の境遇に縛らる、ものなり。爰に於て、人間の本能の、或部分は、快事の為に狂するなり。

復讐の快事なるは、飲酒の快事なるが如く然るなり。日常の生活に於て此事あり。多岐多方なる生涯の中に幾度か此事あるなり。生活の戦争は一種の復讐の連鎖なり。人は此快事の為に狂奔す。人は此快事の為に活動す。斯の如くにして今日の開化も昔日の蛮野に異ならざるなり。然り、ヒューマニチーは衣装こそ改まれ、千古不変なるものなり。

このように透谷は、「復讐」が苦痛を経た快楽であることを凝視している。それゆえに人間が快楽と結びついた狂気のような「復讐の連鎖」に取り込まれ、そこから離れることの困難さを今から一二〇年前にすでに指摘している。けれども透谷はその「復讐の連鎖」を解く鍵として、人間の中に内在する「ヒューマニチー」を目覚めさせる可能性に賭けようとしていた。この論の最終の二連を引用する。

人と人とをつなぐものも愛なり、神と人とを繋ぐものも愛なり、社会が受けたる害を酬ゆるは、社会自らも之を為す能はず、神も亦た社会に対して復讐の意味を以て、害を加ふると云ふ事は全然之あるまじき事なり。斯の如くにして、宗教的組織の社会には復讐といふ事は遂に其跡を絶たざるべからず。（但し懲罰といふ事は別題なり）。

然れども宗教は架空の囈言たらしむべからず、無暗に唯だ救とか天国とか浮かれ迷はしむべからず。宗教はクリード（信仰個条）にあらざるなり、宗教は聖餐にあらず、洗礼にもあらず、但しは、法則にも、誡命にもあらざるなり、赤心の悔改と赤心の信仰とは、いかなる場合に於ても尤も大なる宗教なり。而して宗教は、ヒューマニチーの深奥に向つて寛々たる明燈たるべきものなり。人生実に測るべからざるものあり、人生実に知るべからざるものあり。願くは吾等信仰をして皮相の迷信たらしめず、深く人間と神との間に、成立たしめんことを。

透谷は「復讐の連鎖」を解き放つには、「人と人を繋ぎ神と人を繋ぐ愛」こそが、社会の害となった様々な「復讐」を癒す可能性を秘めているのであると言う。そして宗教は、「愛」が「ヒューマニチーの深奥」から湧き上がるのを促す役目を担っていると語っているようだ。この透谷の論調の背後には、教会のクリード（信仰個条）や儀式よりも、神と直接的に内面でつながっていく宗教観を抱いていたことが分かる。同じ十九世紀半ばに信仰とは、神を信じ逆説を生きることだという主体的真理の実存主義思想を生み出したデンマークのキルケゴールと、とても似ているように感じられる。キルケゴールはデンマーク教会と対立し、市民社会が成立し始めた大衆新聞などのマスコミからも個性的ゆえにその才能を揶揄された。きっと透谷はこのような論文を発表して所属していたクエカー教徒の教会の人びとからたぶん孤立し、当時の主戦論的な評論家たちとも論争になったことがこの文章から読みとれる。透谷は自由民権運動から派生した反社会的な行動から離脱し、その挫折から政治と文学の狭間で深い深淵を見詰めていたのだろう。透谷は「復讐の連鎖」を克服するために、人びとがどうしたら「ヒューマニチーの深奥」から「愛」を呼び寄せることが出来るかを、考え実践していたのだろう。キリスト教とヒューマニズムの間で苦悶している内面が誠実に記されている。この論文を書いた翌年の一八九四年に透谷は二十五歳四ヶ月で自殺した。キルケゴールは四十四歳で死亡したが、私は一九九二年からたった二年間で多くが書かれた透谷の内面の格闘を残した思索的な文章を読むたびに、せめて透谷が後十年生きられたら、途轍もない詩人・思想家になったに違いないと夢想してしまう。ただ時代は透谷の純粋な精神や才能を発見し生かすことが出来ないほど、狂気とも言える戦争の時代に向かっていた。日清戦争が始まる直前の透谷の平和思想を摸索する実践的な試みは、現代においても学ぶべきところが多い。

透谷が発表した「日本平和会」の機関誌『平和』について、歴史学者の家永三郎は『日本平和論体系1　安藤昌益　植木枝盛　中江兆民　北村透谷』の「序にかえて——千九百四十五年以前の反戦・反軍・平和思想」で次のようにその歴史的な意義を紹介している。

三　日清戦争前後

平和主義が組織として展開されるようになったのは、一八八九（明治二十二）年のフレンド協会会員（クエカー教徒）を中心に日本平和会の創立されたのがその最初であろう。一八九二（明治二十五）年から翌九三年にわたり、機関誌『平和』十二冊を発行した。北村透谷が主筆であって、数多くの文章を寄稿しているが、透谷以外にも多数の執筆者がおり、戦争の悲惨不幸を訴え、戦争がキリストの教えと相容れないこと、紛争の解決または予防のための仲裁制度の確立などが主張されている。日清戦争の段階に入って、クエカー教徒の間に意見が対立し、日本平和会は解体し、その活動は短期間で終ったけれど、日清戦争に先だって短期間ながら組織的な平和運動がおこなわれたことの先駆的意義は評価されねばならないであろう。（『桐朋学園大学短期大学部紀要』第一〇号所載高橋正幸氏「日本平和会機関誌『平和』に関する考察」）。

透谷は日清戦争前夜の好戦的な情況の中で、平和を説くクエカー教の神父達の講話の通訳・翻訳をし、ヨーロッパの戦争の悲劇から学んだ平和思想に基づいた評論を多数執筆し、当時の世界情勢も世界文学の流れも理解し、日本の危うい帝国主義的な国家主義の危険性を透視していた。その中で「日本平和会」の創設に関わり、その機関誌『平和』の主筆として、また一人の詩人として「平和」について理想を語った。日本の近代詩の発端に透谷のような詩人がいたことは、とても誇るべきことだと私は感じている。満州事変から始まる十五年戦争の敗北の根本的な原因が日清・日露戦争にあった。そのことを突き詰めないことが、二〇一五年の安倍政権の総理談話による日露戦争を肯定し戦後世代の戦争責任を回避する姿勢につながっていったのだろう。かつての国民の命を少しも顧みなかった国家主義への郷愁による敗戦の反省の不徹底が、これからの国際情勢の中で再び戦争に加担し巻き込まれていくハードルをさらに低くしたように思われる。

透谷の詩「髑髏舞」を引用したい。

髑髏舞

某日、地學教會に於て見し幻燈によりて想を構ふ。

うたゝねのかりのふしどにうまひして／としつき經ぬる暗の中。／／枕邊に立ちける石の重さをも／物の數とも思はじな。／／月なきもまた花なきも何かあらん、／この墓中の安らかさ。／／たもとには落つるしづくを拂ねば、／この身も溶くるしづくなり。／／朽つる身ぞこのまゝにこそあるべけれ、／ちなみきれたる浮世の塵。」

めづらしや今宵は松の琴きこゆ、／遠の水音も面白し。／／深々と更けわたりたる眞夜中に、／鴉の鳴くはいぶかしや。／／何にもあれわが故郷の光景を／訪はゞいかにと心うごく。／／ほられたる穴の淺きは幸なれや。／墓にすゑたる石輕み。／／いでや見むいかにかはれる世の態を、／小笹蹈分け歩みてむ。／／世の中は秋の紅葉か花の春、／いづれを問はぬ夢のうち。」

暗なれや暗なれや實に春秋も／あやめもわかぬ暗の世かな。／／月もなく星も名殘の空の間に、／雲のうごくもめづらしや。／／天を衝く立樹にすがるつたかつら、／うらみあり氣に垂れさがり。／／繁り生ふ蓬はかたみにからみあひ、／毒のをろちを住ますらめ。／／思ひ出るこゝぞむかしの藪なりし、／いとまもつげでこのわが身、／／あへなくも落つる樹の葉の連となり／死出の旅路にいそぎける。」

すさまじや雲を蹴て飛ぶいなづまの／空に鬼神やつどふらむ。／／寄せ來るひゞき怖ろし鳴雷の／何を怒りて騷ぐらむ。／／鳴雷は髑髏厭ふて哮るかや、／どくろとてあざけり玉ひそよ。／／昔はと語るもをしきことながら、／今の髑髏もひとたびは、／／百千の男なやませし今小町とは／うたはれし身の果ぞとよ。／／忘らるゝ身よりも忘るゝ人心、／きのふの友はあらずかや。」

人あらば近う寄れかし來れかし、／むかしを忍ぶ人あらば。／／天地に盈つてふ精も近よれよ、／見せむひとさし舞ふて見せむ。／／舞ふよ髑髏めづらしや髑髏の舞、／忘れはすまじ花小町。／／高く跳ね輕く躍れば面影の、／霓裳羽衣を舞ひをさめ。／／かれし咽うるほはさんと溪の面、／うつるすがたのあさましや。／／はら〳〵と落つるは葉末の露ならで、／花の髑髏のひとしづく。」

うらめしや見る人なきもことはりぞ、／昨日にかはれる今日の舞。／／纏頭の山を成しける夢の跡、／覺めて恥かし露の前。／／この身のみ秋にはあらぬ野の末の／いづれの花か散らざらむ。／／うたてやなうきたる節の呉竹に、／迷はせし世はわが迷ひ。／／忘る、身も何か恨みむ悟りては、／雲の行來に氣もいそぐ。／／暫し待てやよ秋風よ肉なき身ぞ、／月の出ぬ間にいざ歸らむ。

〈一八九四年（明治二七年）五月「文学界」に発表〉

一連目では、墓石の下で安らかに死者が眠っている様を描いている。二連目では、その死者が水音や鴉の鳴き声によって目覚めて故郷の紅葉や桜の光景を見たいと目覚めていく。三連目では、墓から出ていくと外は「暗の世」で毒蛇もいて再び「死出の旅路」に急いでいるようだ。四連目は、見上げると空には鬼神や「鳴神」がいて昔は男を悩ました美女だったのに、今の髑髏のさまは何なのだとあざけられる。五連目では、かつて花小町と言ってくれた友人たちを思い出し、豪華な衣装を身に付けて「髑髏の舞」を踊って見せる。のどが渇いたので渓の水を飲み際に自分のあさましい髑髏の姿が映し出され、「花の髑髏のひとしづく」と呟くのだ。最終連では、「纏頭の山を成しける夢の跡、／覺めて恥かし露の前。」と語り、この世の栄華とは、踊り子の「纏頭」（ご祝儀）のようなもので、「夢の跡」に必ず向うのだ。そのことを告げて月の出てくる前に墓場に戻っていく。透谷の詩は、死すべき宿命を持った人間たちが、本来的なものを見つめて有限な時間をいかに生きるかを問いかけてくる。キルケゴールは死者の眼差しをもって生きようとした主体的真理を生きる単独者であり、そんな個人を踏みにじっていく組織や社会と抗う作家・哲学者だった。透谷の死者を甦らす想像力が生み出した詩もまた、一二〇年経った後にも古びないで、単独者であろうとした透谷は、克服すべき「復讐の連鎖」を超えて「ヒューマニチーの深奥」からの「愛」を私たちに語りかけている。

2

二〇〇一年九月十一日のＷＴＣ（世界貿易センタービル）を崩壊させた映像は、今も生々しく世界の人びとを震撼させ続けている。それから四ヶ月後の二〇〇二年一月十日に一冊の本が刊行された。私が購入したのは一月十五日付の三版目だった。その本のタイトルは白地のカバーに墨文字で『非戦』で「監修：坂本龍一＋sustainability for peace」と記されている。序文とも言える無署名の次の言葉から始まっている。「しかし、もっと大事なことは／「人を殺すな」／「生き物を殺すな」／ということです。／／人を殺すテロや戦争、／生物を殺す環境破壊、／次世代を苦しめる債務や金融システム、//これらを、/どう「希望」へと変えていくか、です。」これを受けてWTC崩壊後の世界をどのように考えるかを表現した六十七名の文章や写真から成り立っている。三人目に「WAR IS OVER! IF YOU WANT IT.」というジョン・レノンとオノ・ヨーコさんの言葉がある。五番目には坂本龍一さんの次の文章が収録されている。

報復しないのが真の勇気　坂本龍一

テロリズムはなんとも卑怯だ。テロによって影響を受けたあらゆる人々に深く哀悼の意を表したい。ぼくもこの事件で腰が萎えるようなショックを受けた。第一報を聞いて、いてもたってもいられなくなり、カメラをひっつかんで通りに出た。炎上するWTC（世界貿易センター）ビルを茫然と見ていたが、いくら凝視してもその光景は超現実的で信じられなかった。

ダウンタウンの大きな病院の前には、たくさんの医師と看護人が出て、大勢の人々が献血のために集まってきていた。その時、大音響とともにさっきまで存在していたWTCビルが消滅し、黒煙だけがたなびいていた。あの黒煙の中にはアスベストだけでなく、ダイオキシンを含む多数の有害化学物質が大量に含まれているのではないか、という考えも頭をよぎる。

被害の甚大さに足がすくんだ。しかし……、と思う。原爆や水爆と言わず通常爆弾の破壊力さえ、WTCビル崩壊の何十倍の規模だろう。今回の被害を思ってみれば、そのすさまじさがありありと想像できる。いかに戦争が悲惨で愚かで、人々の無数の努力を一瞬にして奪ってしまう非情なものか、ということが皮膚感覚として迫ってくる。と同時に、世界のあちこちで今回のテロの犠牲者と同じように傷ついている人々が跡を絶たないということに、暗澹となる。

TVではブッシュ大統領が「これは戦争だ」と宣言した。ついで、小泉首相がそれを支持する声明を出した。しかし報復すれば、傷つくのはどこにも逃げ場のない子供を含む一般市民だ。小泉首相は平和憲法をもつ国の代表として、いかなる戦争行為も支持するべきではない。ましてや無実の市民が傷つくことも辞さない戦争に加担するわけにはいかないはずだ。そして戦争支持宣言をしたことで、同様のテロ攻撃が日本にも及ぶ可能性が増すことになった。一国の首相として、国民をあえてそのような危険にさらしていいのだろうか。なぜ国民の側から疑問の声があがらないのだろうか。

もし日本の首相が憲法に基づいて戦争反対を表明し、平和的解決のための何らかの仲介的役割を引き受ければ、世界に対して大きなメッセージを発し、日本の存在を大きく示すことができたはずだ。その絶好の機会を逸してしまったが、まだ遅くはない。これは日本のためだけではなく、二一世紀の国際社会への大きな貢献になるはずだ。

ぼくは思う。暴力は暴力の連鎖しか生まない。報復をすればさらに凶悪なテロの被害が、アメリカ人だけでなく世界中の人間に及ぶことになろう。巨大な破壊力をもってしまった人類は、パンドラの箱を開けてはいけない。本当の勇気とは報復しないことではないか。暴力の連鎖を断ち切ることではないか。人類の叡智と勇気を誰よりも示せるのは、世界一の力を自ら動かすことのできるブッシュ大統領、あなたではないのか。

事件から最初の三日間、どこからも歌が聞こえてこなかった。唯一聞こえてきたのはワシントンで議員たちが合唱した「ゴッド・ブレス・アメリカ」だけだった。そして生存の可能性が少なくなった七二時間が過ぎたころ、街に歌が聞え出した。ダウンタウンのユニオンスクエアで若者たちが「イエスタデイ」を歌っているのを聞いて、なぜかほんの少し心が緩んだ。しかし、ぼくの中で大きな葛藤が渦巻いていた。歌は諦めとともにやってきたからだ。その経過をぼくは注視していた。断じて音楽は人を「癒す」ためだけにあるなどと思わない。同時に、傷ついた者を前にして、音楽は何もできないのかという疑問がぼくを苦しめる。

【出典　二〇〇一年九月二二日　朝日新聞「私の視点」】

坂本龍一さんのこの文章を読み返すたびに、ＷＴＣ（世界貿易センター）ビル崩壊現場の生々しい光景とあの時に自分がどのような思いであの映像を見ていたかが甦ってくる。また坂本さんは二十一世紀の初めに起こったこのテロ事件に対してアメリカ大統領が報復を宣言し、それを支持した小泉首相の言動を批判する。それは「暴力は暴力の連鎖しか生まない。報復をすればさらに凶悪なテロの被害が、アメリカ人だけでなく世界中の人間に及ぶことになろう」という泥沼の悲劇を回避したいという願いが込められていたからだ。あれから十五年以上が経ち、首謀者とみなされたオサマ・ビンラディンを支援したタリバンがいるアフガンへ報復しパキスタンにいた彼を死亡させ、また大量破壊兵器がある可能性でイラクへ進攻した結果として、イラク国内は無政府状態になり様々な悲劇を増幅し、さらにテロ行為は想像を超えて日常化し「報復の連鎖」を続けて、世界のテロは収まることはない。坂本さんの語った「本当の勇気とは報復しないことではないか。暴力の連鎖を断ち切ることではないか」という「非戦」の精神は、アメリカ大統領などの世界の指導者たちだけでなく、それらの政権を支持する世界の多くの人びとに、今も突き付けられている。

『非戦』の最後の六十七人目は、マハートマ・ガンディーの次の言葉で締めくくられている。

核と非暴力

原子爆弾がもたらした最大の悲劇から正しく引き出された教訓は、／ちょうど暴力が対抗的な暴力によって一掃されないように、／原子爆弾も原子爆弾の対抗をもってしては／滅ぼすことはできないということである。／人類は、非暴力によってのみ暴力から脱出しなければならない。／憎悪は愛によってのみ克服される。／ただ憎悪に対する憎しみをもってすることは、／ただ憎悪を深め、その範囲をひろげるだけである。

（出典「ハリジャン」一九四六年七月七日号
森本達雄訳『非暴力の精神と対話』）

ガンディーの「人類は、非暴力によってのみ暴力から脱出しなければならない。／憎悪は愛によってのみ克服される。」という考え方は、「非戦」の精神の極限を語っているだろう。私は坂本龍一さんやガンディーの「非戦」の精神を共有する詩人たちの言葉を次に探し紹介していきたい。

3

仙台市に暮らす一九二七年生まれの尾花仙朔さんの最新詩集『晩鐘』の中に「寓話　地霊と蚯蚓と兵役を拒否した勇者」という詩がある。この詩には現在の中東・ヨーロッパなどの緊張する世界情勢の中で、その渦に巻き込まれる若者にとって「非戦を貫く」とは、どのようなものであるかを考えさせてくれる。

寓話　地霊と蚯蚓と兵役を拒否した勇者　　**尾花仙朔**

──春の　地霊はともかくうやうやしい／今しも蚯蚓一匹が地霊に庇護されて／地中海文化形成のほとり／人類の危機に忽然と姿を顕すという／とある僧院に向かってゆくところだ

地中の幽暗にひっそりと／原初の愛　太古のヒトの愛の根が／息づきながらこもっている／古代エジプト・フェニキア・ギリシャ・ローマが支配した栄華の夢の跡／今二十一世紀　独裁者の惨虐な弾圧に蜂起するアラブの民／血で血を洗う自由への渇望と悲しみの春／おお　そして彼のラーゲリさながらガザを囲む民族分離壁／国なきペリシテの民を襲うミサイルに報復する憎しみと絶望と自爆テロの春／地中海文化形成のほとり／蚯蚓鳴き　涙流して眺める向こう／ゴルゴダ（頭蓋）の丘からやってきた／兵役を拒否した若い勇者の

影が蒼い幻をひいてゆく／かつて暗黒大陸と呼ばれたアフリカの北岸と／ヨーロッパ南岸・アジア西岸にはさまれた海

地中海文化形成のほとり／きみは知っているだろうか／そこは貨幣と武器を持たない人類の始祖たちが抱いた大きな理念／小さな原始世界共和国政府があった場所だ／されば銃を捨て　兵役を拒否した若い勇気の人よ／きみの知と感性のペンで／武力に拠って権威を称えるすべての国家の絶唱を射て！／民族の精神に吸着し麻痺させるコバンザメ／そのあやかしの面貌を撃て！／世界の若者がきみのすがすがしい愛の理念を殺める狙撃兵とならぬために／／地中海文化形成のほとり／今しもたどりついた僧院を前に／地霊に寄り添い／蚯蚓一匹が直立し／盲目の瞼に涙を溜めて／うやうやしく／きみに敬礼しているところだ

《注釈》　本作品は、18歳で男女共に兵役義務を負うイスラエル国の一青年が、兵役を拒否して国外に逃れた報道をモチーフの背景として製作した。

蚯蚓は土を食べ土壌に空気を入れ、その糞には窒素、リン、カリなどの植物に必要な物質が含まれていて、固くなった土を肥沃な土壌に変えてくれる。蚯蚓がいなければ樹木や野草だけでなく、人類を養う穀物もこれほど豊かに収穫されることは無かった。尾花さんはきっとそんな蚯蚓に敬意を抱いているのだろう。それゆえに現在の人類が作り出した大量殺戮兵器で対峙し合う恐怖の均衡世界は、干からびて硬直化してしまった岩石のようなものだと感じている。その殺伐とした世界の在りように風穴をあけるには、徴兵を拒否したイスラエルの若者のような存在こそが必要であり、彼の行為は「地中海文化形成のほとり」を耕してきた蚯蚓のような勇者であると褒め称えている。「愛の理念」によって良心的徴兵拒否をしたイスラエルの若者こそが、民族や宗教によってさらに殺伐となった世界を耕す可能性のある「一匹の蚯蚓」になるだろうと夢想し予見している。日本においても多くの若者が自らの生死に関わる問題と捉えて反対をした安保法制が国会を通過し、自衛隊の若者たちや将来の若者たちが戦場に向かうことになる可能性がさらに高まった。「非戦を貫く」ことは「愛の理念」によっても可能であり、徴兵や兵役を拒否する思想を持つことを支援する土壌は、尾花さんのような詩を書き継ぐことで、豊かに耕されなければならないと痛感する。

次に私が「非戦」の精神を感じてしまう詩は、例えば次のような赤木三郎さんの最新の詩集『えちうど鏡のなかの音楽』の中の詩「手紙」だ。

手紙　　赤木三郎

1

たとえ花ばなさきみだれる　野のはらが　この世の果てまでつづく　としても／そこに／一匹のかぶと虫もちょうも　くそ虫も存在しない　としたら　花は／なんのために　／咲く　のでしょう　か?／だから　わたしは　くそ虫です／———こころからなる　あいを　こめて

2

たとえ虫むし　むし満ちる野のはらが　この世の果てまでつづく　としても／そこに／一本のばらのはなも鬼ゆりも　ひなぎくも咲いていない　としたら　虫たちは／なんのために／はいまわり飛びまわる　のでしょう　か?／だから　わたしは　ひなぎくです／———こころからなる　あいを　こめて

「野のはら」とは何だろうか。それは「野の原」、「野の腹」、「野の膨らんだ所」か、それとも「野の胎」、「野の本心」だろうか。はたまた「野の度量」だろうか。いずれにしても赤木三郎さんは、この世に存在しない「野のはら」か、この世の始まりか、終わりの「野のはら」のイメージを抱いているのだろう。

ファーブルが『昆虫記』で紹介した「スカラベ」は日本では「フンコロガシ」と言われているが、「くそ虫」の方が親しみを持つかも知れない。「スカラベ」である甲虫の一種は古代エジプトで再生や復活の象徴として神聖視されて壁画に描かれている。詩「手紙」には、一見して人間はどこにも出てこない。しかし「くそ虫」が存在することは、動物や人間の「くそ」の後始末をする存在として位置付けているのだろう。詩「手紙」は、他者に送られた謎がちりばめられた愛のメッセージである。ただ素直に読めば、あなたが「花」であるなら、わたしは「くそ虫」でありたいし、あなたが「くそ虫」であるなら、わたしは「ひなぎく」でありたいと語っている。「野のはら」に「くそ虫」と「ヒナギク」が存在し続けることを願っている詩だ。この世に無駄なものはなく、全ては補完関係であり、その関係存在を知ることによって、「こころからなる　あいを　こめて」という「野の本心」が伝えられると物語っているように感じた。「非戦」とは世界の「野のはら」を受けとめることから始まるのだろう。

最後に鈴木有美子さんの詩集『ホッパー大佐対真夜中の滝』から詩「無告」の前半と後半部分を引用したい。

無告　　鈴木有美子

まるで辻斬りにでも遭ったかのように真っ二つに切り捨てられて／あなたは突然わたしの前に現れた／眉間の辺りからパックリ割れた頭蓋からは／脳漿が花火のように飛び散ってるし／口元にこびりついた笑顔に似たひきつりから／絶え間なく流れ落ちてゆく血と汗が／あなたの胸を炎のように焦がしている／臍の辺り／ずるずると五臓六腑を引きずりながら　あなたは／歩く　ずるずると／臓物と一緒にあなたは歩いてゆく

どこへ歩こうとしているのか／この地上にあるはずの唯一のどこか／を／あなたにとっての最後の場所／あなたのやすらぐ場所と思い定めてでもいるんだろうか

まるで　辻斬りにでもあったような姿のあなたを／見るようになったのはいつごろからだろう／いつの間にか／あなたはわたしの傍ら、すぐそばに／影のように寄り添うようになっていた

けれどわたしはそれには気付かず、／いいえそれとも気付かぬふりで／そのすがた／血と涙と臓物にまみれたその顔から／ずっと目を逸らし続けてきた／けれどいまようやく振り向き／飛び込んできたその歪んだ顔は／なんだか　どこか見覚えがあるようで／思わず目を凝らしてみる／と／ああ／なんだ、Kさん、／Kさんだったの／ずいぶん前の大雨の夜に／トラックだかダンプだかに何百メートルも引きずられたまま／襤褸切れのようになって息絶えたと言う隣町の若いひと／二度と帰ることのなくなった新築の家には／今年生れたばかりの女の子がいるとテレビのニュースでは言っていた／いいえ　それともTちゃん／いつもからだじゅう痣だらけで／髪も洋服も嫌な匂いがして／いつも近くのコンビニで万引きしてはまた殴られ／親はいません／いいえいるけど、でもやっぱりいないの、と／笑いながら／誰かに強く腕を引かれてどこか別の街へと行ってしまった

（略）

何故叫ばなかったのか／と　問いたいけれど／何故泣かなかったのか／と　問いたいけれども／声は／涙は／どこに消えていったのかと／そう　問いかけたいけれど／何も聞こえない／聞こえはしない／が／発することのできなかった声／流れることのできなかった涙／を引き摺りながら／まるで／巨大な斧でひしゃがれたような姿のあなたがもうずっと／わたしの傍らに寄り添って／静かに世界を揺らしているのです

子どもは親を選べないように国民は生まれた国を選ぶことはできない。その国の侵略戦争の報復によって空爆され、戦後は人を不幸にさせるシステムや制度の中で残酷な事故に遭遇してしまう人びとがいる。鈴木さんの一連目の描写は、原爆投下後に脳や身体を断ち割られて脳漿や内臓が飛び出した被爆者たちを描いているかのようだ。また轢き逃げ現場から逃げようとして車に引き摺られぼろきれのようになった父親、虐待され風呂にも入れず養育を放棄され万引きする子ども。鈴木さんはそんな不条理に殺され壊されていく「無告」の存在者たちの声に聞き入り、その苦悶に満ちた姿を想像しリアルに描こうとしている。この時代の最も矛盾に満ちた在りようを一身に背負った人びとは、「何故叫ばなかったのか」といい「何故泣かなかったのか」といわれるが、すでに口は閉ざされ、涙は枯れ果てていたのだろう。それでも彼らは「どこに消えていったのかと」と問い続ける。そして「発することのできなかった声」を発し、「流れることのできなかった涙」を流す「無告」の人びとは傍らにいる鈴木さんに寄り添ってくる。するとそんな過酷な体験をした人びとがこの酷薄で殺伐とした世界を少しでも本来的な世界に立ち還るように、「静かに世界を揺らしている」ことに気付くのだ。この不幸な「無告」の人びとは、もしかしたら無償の愛で世界を揺らしているのではないかと鈴木さんは語っている。その意味で世界は過去の数多の不幸な「無告」で無償の人びとによって、現在の世界の秩序は辛うじて構築されてきたことを暗示している。「非戦を貫く」とは、そのような人びとの無償の愛の系譜を背負いながら連なることなのかも知れないと、この詩から考えさせられた。

北村透谷の「ヒューマニチーの深奥」、坂本龍一さんの「報復しないのが真の勇気」、マハートマ・ガンディーの「憎悪は愛によってのみ克服される」などに耳を傾けてきた。そして尾花仙朔さんや赤木三郎さんや鈴木有美子さんたちの詩の中にいかに「非戦」の精神が宿っているかを垣間見てきた。そのような精神を共有する詩篇を『非戦を貫く三〇〇人詩集』に寄せて欲しいと願っている。

以上のような呼び掛けの詩論に呼応して多くの詩人がこの『非戦を貫く三〇〇人詩集』に参加してくれたことは、詩人たちが「非戦」の思想・哲学を生きようとしている証しだと私には感じられた。この詩選集が多くの若者たちに読み継がれ戦場へ向かう「非戦」の壁となって活かされることを三〇〇人の詩人たちと共に願っている。

最後にこの詩選集に「報復しないのが真の勇気」の再録を承諾して下さり、帯文にも「暴力は暴力の連鎖しか生まない。巨大な破壊力をもってしまった人類は、パンドラの箱を開けてはいけない。本当の勇気とは報復しないことではないか。暴力の連鎖を断ち切ることではないか。」を使用させて頂いたことに重ねてお礼を言いたい。

実は私は気力が萎えそうになった時や判断に迷った時などには、坂本さんの曲を聴いている。すると何か私の中の個の力がなぜか勇気付けられ、そのことによって他者の美点も見出せるような心の広がりや深まりが感じられる。多分坂本さんの音楽には小さな自己を確認・検証しながら、それを解き放ち大いなるものに向かわせる何かがあるのだと思われる。私は優れた詩にもそのような効果があることを読み取ることが出来る。そのような音楽と詩的精神や芸術精神とが根底では深く繋がっていることに再認識させられた。多くの「非戦」を願う人びとの心にこの詩選集の詩篇が響き渡ることを願っている。

【編註】

1、『非戦を貫く三〇〇人詩集』を公募した趣意書は左記のようだった。

〈儚く有限な人間たちは、寿命が来れば必ずこの世を離れるのに、なぜ殺し合い続けているのだろうか。二十世紀に日本はアジア・太平洋の十五年戦争の悲劇を引き起こした国であり、東京大空襲・沖縄戦・広島・長崎を含めた三一〇万人の同胞の死者を出して戦争は終結した。二度と戦争はしないという誓いのもとに、その死者たちの記憶は戦後七十年間にわたり語り継がれてきた。けれども今年二〇一五年九月一九日の正岡子規の命日の未明に、集団的自衛権を行使できる安保法案が参議院で可決成立してしまった。この法案で一内閣がアメリカの要請で集団自衛権による戦争に加担することが可能となった。この法案を通した安倍内閣の閣僚たちは、日本国憲法が第二次世界大戦に流された数多の血で出来ている崇高な精神性を読み取る民衆の痛みの想像力が欠如しているのだろう。憲法第九条を引用してみる。

第九条　日本国民は、正義と秩序を基調とする国際平和を誠実に希求し、国権の発動たる戦争と、武力による威嚇又は武力の行使は、国際紛争を解決する手段としては、永久にこれを放棄する。

②前項の目的を達するため、陸海空軍その他の戦力は、これを保持しない。国の交戦権は、これを認めない。

「戦争の放棄」を誓い「国の交戦権」を放棄した第九条の精神は、十五年戦争であったアジア・太平洋戦争での多くの悲劇によって生み出された究極的な結論だった。この憲法の精神には現実を踏まえた究極の理想が存在していた。決して戦争をしない「非戦の精神」と「国家の交戦権」を放棄した究極の理想だった。けれどもその理想の憲法の制定に関わったアメリカは、その憲法を捨てさせ戦争の手助けを望んできた。かつてベトナム戦争を始め多くの間違った戦争を行ったアメリカの要請による集団的自衛権の行使は、日本が思考停止の状態で戦争に加担して若者たちを加害者にさせていくことを意味している。引用した第九条の「戦争の放棄」による「国の交戦権」は、なし崩し的に否定されてしまうだろう。その意味では今の情況は戦後ではなく新たな戦争の前の戦前なのかも知れない。世界平和のために戦争を行うという倒錯が現実化されてくる。そのような事態になれば、きっと有名無実化されつつある「戦争放棄」の憲法を改定すべきだという状況になるだろう。

私たちは理由が何であれ、国家が国民の一人である若き兵士たちに他国民を殺してもいいと課してもいいのだろうか。そのような近未来に訪れる情況に異議を申し立てたい。かつて明治時代に中里介山は詩「乱調激韵」

や与謝野晶子は詩「君死にたもうことなかれ」を書いて、日露戦争に異議を唱えた。その後も北川冬彦、中野重治、金子光晴などの多くの詩人たちも「非戦の精神」の詩を書いてきた。戦後も現在に至るまで峠三吉、押切順三、宗左近、末松努などの詩人たちもまた「非戦の精神」で詩を書き継いでいる。（「コールサック」八十四号の評論〈日本の詩人たちにとって「非戦」とは何であり続けるか〉参照）そのような一人の人間として「人を殺してはならない」という様々な観点から多様な表現と発想で「非戦詩」に挑戦されることを願っている。）

当初計画通りの三〇〇名の作品を収録した。

2、編者は、鈴木比佐雄、佐相憲一である。

3、詩集は詩誌「コールサック」八十四～八十六号での公募や趣意書プリント配布に応えて出された詩篇と、編者から推薦された詩篇で構成されている。

4、全詩集・詩選集・詩集・詩誌・オリジナル原稿の詩作品を底本として、現役の詩人には本人校正を行なった上に、さらにコールサック社の鈴木光影・座馬寛彦の最終校正・校閲を経て収録させて頂いた。

5、パソコン入力時に多く見られる略字は、基本的に正字に修正・統一した。

6、旧字、歴史的仮名遣いなどは、明らかな誤植以外は、発表した時のものを尊重し、そのままとした。

7、収録詩篇に関しては全国の詩人や関係者などから貴重な情報提供やご協力を頂き、謝してお礼を申し上げる。

8、装幀は、宮良瑛子氏の絵「過疎」を使わせていただき、コールサック社の杉山静香が担当した。宮良瑛子氏には厚く感謝御礼申し上げる。

9、本詩選集の詩篇に共感してくださった方々によって、集会などで朗読されることは大変有り難いことだと考えている。但し、詩の朗読会や演劇のシナリオ等で活用されたい方は、入場料の有料・無料を問わず、二ケ月前にはその詩篇の著者名とタイトルをご連絡頂きたい。著者や著作権継承者の許諾をコールサック社が出来るだけ速やかに確認させて頂く。また、ひと月前には、著者の氏名や詩篇名入りの当日のパンフレット案やポスター案と著者分の入場チケットかそれに代わる書類をお送り頂きたい。それらをコールサック社から著者や継承者たちに送らせて頂く。書籍への再録及び朗読会や演劇の規模が大きい場合で、著者への印税が発生するケースやコールサック社の編集権に関わる場合も、遅くとも二ケ月前にコールサック社にご相談頂きたい。

10、本書が非戦や平和を願う広範な人々への励ましとなり、広く一般に読まれて、日本や世界を考えるきっかけになることを願う。

鈴木比佐雄・佐相憲一

石炭袋

非戦を貫く三〇〇人詩集

2016年8月15日初版発行
編　者　鈴木比佐雄・佐相憲一
発行者　鈴木比佐雄
発行所　株式会社 コールサック社
〒173-0004　東京都板橋区板橋 2-63-4-209
電話 03-5944-3258　FAX 03-5944-3238
suzuki@coal-sack.com　http://www.coal-sack.com
郵便振替　00180-4-741802
印刷管理　（株）コールサック社　製作部

＊装画　宮良瑛子　　＊装幀　杉山静香

ISBN978-4-86435-261-1　C1092　¥1800E